VERMELHO, BRANCO e SANGUE AZUL

CASEY
McQUISTON

VERMELHO, BRANCO e SANGUE AZUL

Tradução
GUILHERME MIRANDA

SEGUINTE

Copyright © 2019 by Casey McQuiston
Todos os direitos reservados, incluindo os direitos de reprodução completa ou parcial em qualquer formato.

O selo Seguinte pertence à Editora Schwarcz S.A.

Grafia atualizada segundo o Acordo Ortográfico da Língua Portuguesa de 1990, que entrou em vigor no Brasil em 2009.

A citação original utilizada nesta edição foi retirada de *Razão e sensibilidade*, Jane Austen (Trad. de Alexandre Barbosa de Souza. São Paulo: Penguin-Companhia, 2012).

TÍTULO ORIGINAL Red, White & Royal Blue
CAPA Kerri Resnick
ILUSTRAÇÃO DE CAPA Isadora Zeferino
PREPARAÇÃO Sofia Soter
REVISÃO Renata Lopes Del Nero e Adriana Bairrada

Dados Internacionais de Catalogação na Publicação (CIP)
(Câmara Brasileira do Livro, SP, Brasil)

McQuiston, Casey
  Vermelho, branco e sangue azul / Casey McQuiston ; tradução Guilherme Miranda. — 1ª ed. — São Paulo : Seguinte, 2019.

  Título original: Red, White & Royal Blue.
  ISBN 978-85-5534-094-9

  1. Ficção juvenil 2. Ficção norte-americana I. Título.

19-29627   CDD-813

Índice para catálogo sistemático:
1. Ficção : Literatura norte-americana 813
Iolanda Rodrigues Biode — Bibliotecária — CRB - 8/10014

16ª reimpressão

Todos os direitos desta edição reservados à
EDITORA SCHWARCZ S.A.
Rua Bandeira Paulista, 702, cj. 32
04532-002 — São Paulo — SP
Telefone: (11) 3707-3500
www.seguinte.com.br
contato@seguinte.com.br

/editoraseguinte
@editoraseguinte
Editora Seguinte
editoraseguinteoficial

para os estranhos e os sonhadores

Um

No terraço da Casa Branca, escondido em um canto da varanda, há um painel meio solto bem no canto do Solário. Se bater do jeito certo, dá para puxar o painel o suficiente para encontrar uma mensagem que foi entalhada com a ponta de uma chave, ou talvez com um abridor de cartas roubado da Ala Oeste.

Na história secreta das primeiras-famílias — uma indústria exclusiva de fofocas que devem permanecer eternamente em segredo, sob pena de morte —, não se sabe ao certo quem escreveu aquilo. A única certeza que as pessoas parecem ter é que só o filho ou a filha de um presidente teria a audácia de vandalizar a Casa Branca. Alguns juram que foi Jack Ford, que tinha discos do Hendrix e um quarto de dois andares anexo ao terraço para fumar de madrugada. Outros dizem que foi a jovem Luci Johnson, que prendia o cabelo com uma fita grossa. Não importa. A frase se mantém, um mantra secreto para quem for esperto o bastante para encontrá-la.

Alex a descobriu na semana em que se mudou para a Casa Branca. Ele nunca contou para ninguém.

Diz assim:

REGRA Nº 1: NÃO SEJA PEGO

Os Quartos Leste e Oeste no segundo andar costumam ser reservados para a primeira-família. Foram projetados para ser um enorme salão de aparato para as visitas do marquês de La Fayette durante o governo Monroe, mas, depois de um tempo, foram divididos. Alex dorme no Leste, de frente para a Sala do Tratado, e June, no Oeste, perto do elevador.

Quando eram crianças, no Texas, eles tinham quartos na mesma configuração, um de cada lado do corredor. Na época, dava para saber com o que June andava sonhando só pelo que cobria as paredes do quarto dela. Aos doze, eram pinturas em aquarela. Aos quinze, calendários lunares e tabelas de cristais. Aos dezesseis, recortes do *The Atlantic*, uma bandeira da Universidade do Texas, Gloria Steinem, Zora Neale Hurston, e trechos de ensaios de Dolores Huerta.

Já o quarto de Alex era sempre o mesmo, só que cada vez mais cheio de troféus de lacrosse e pilhas de trabalhos de matérias avançadas. Está tudo juntando poeira na casa que eles ainda mantêm na cidade. Pendurada em uma corrente no pescoço, sempre escondida, ele guarda a chave daquela casa desde o dia em que se mudou para Washington.

Agora, do outro lado do corredor, o quarto de June é todo decorado em tons de branco, rosa-claro e verde mentolado. Ele foi fotografado pela *Vogue* e é famoso por ter velhos periódicos de design de interiores dos anos 60, que ela encontrou em alguma das salas de estar da Casa Branca, como inspiração. O de Alex pertencera à Caroline Kennedy quando bebê e depois se tornou o escritório de Nancy Reagan — motivo pelo qual June fez uma purificação energética no cômodo. Ele manteve as ilustrações de natureza em uma linha simétrica sobre o sofá, mas cobriu as paredes cor-de-rosa de Sasha Obama com azul-escuro.

Pelo menos nas últimas décadas, os filhos do presidente não costumam morar na Residência depois dos dezoito anos, mas Alex começou a faculdade em Georgetown no mesmo mês de janeiro em que sua mãe tomou posse e, pela logística, não fazia sentido dividir os seguranças nem os custos entre a Casa Branca e o apartamento em que ele iria morar. June veio no mesmo ano, recém-formada na Universidade do Texas. Ela nunca disse, mas Alex sabe que ela se mudou para ficar de olho nele.

June sabe melhor do que ninguém que ele adora estar tão perto da ação e, mais de uma vez, chegou a arrancá-lo à força da Ala Oeste.

Dentro do quarto, ele pode sentar e escutar Hall & Oates na vitrola do canto, sem que ninguém o ouça cantarolando "Rich Girl", como seu pai fazia. Pode usar os óculos que sempre finge não precisar para ler. Pode fazer todos os guias de estudo detalhados e cheios de post-its coloridos que quiser. Ele não vai se tornar o congressista mais jovem a ser eleito na história moderna se não fizer por merecer, mas ninguém precisa saber o quanto ele se esforça para isso. Senão seu status de sex symbol cairia por terra.

— Ei — diz uma voz à porta. Ele ergue o olhar do laptop e vê June entrando no quarto, carregando dois iPhones, uma pilha de revistas embaixo do braço e um prato na mão. Ela fecha a porta com o pé.

— O que você roubou hoje? — Alex pergunta, afastando a pilha de papéis para ela sentar na cama.

— Donuts sortidos — June diz enquanto sobe. Ela está usando uma saia lápis com sapatilhas cor-de-rosa de bico fino, e Alex já consegue imaginar as colunas de moda da semana seguinte: uma foto de June com aquela roupa estampando alguma propaganda para vender as sapatilhas perfeitas para a jovem prática e profissional.

Ele se pergunta o que a irmã fez o dia todo. June tinha comentado sobre uma coluna para o *Washington Post*, ou era uma sessão de fotos para o blog? Ou as duas coisas? Ele nunca conseguia acompanhar.

Ela esparramou a pilha de revistas em cima da colcha e começou a ler.

— Fazendo a sua parte para manter a indústria de fofocas norte-americana viva?

— É pra isso que serve meu diploma de jornalismo — June diz.

— O que tem de bom essa semana? — Alex pergunta, pegando um donut.

— Vejamos — June diz. — A *In Touch* diz que estou... namorando um modelo francês?

— Sério?

— Quem me dera. — Ela folheia algumas páginas. — Ah, falaram que você fez clareamento anal.

— É verdade — Alex diz com a boca cheia de chocolate com granulado.

— Imaginei — June diz, sem erguer os olhos. Depois de folhear quase a revista inteira, ela a enfia embaixo da pilha e passa para a *People*. Ela a folheia distraidamente; afinal, a *People* só escreve o que os assessores dela mandam. Não tem graça. — Não tem muita coisa sobre a gente essa semana... Ah, sou uma dica nas palavras-cruzadas.

Acompanhar a cobertura dos tabloides é um passatempo de June que às vezes diverte e às vezes irrita a mãe dos dois, e Alex é narcisista o bastante para deixar a irmã ler os destaques para ele. Geralmente são pura invenção ou frases prontas escritas pela assessoria de imprensa da família, mas às vezes ajudam a desviar os rumores estranhos e especialmente maldosos. Se pudesse escolher, Alex preferiria ler uma das centenas de fanfics apaixonadas que protagoniza na internet, em que sempre aparece com um charme devastador e uma resistência física inacreditável, mas June se recusa categoricamente a ler isso em voz alta, por mais que ele insista.

— Lê a *Us Weekly* — Alex diz.

— Hmm... — June a desenterra da pilha. — Ah, olha, estamos na capa.

Ela vira a capa brilhante para ele, que tem uma foto dos dois estampada no canto: June com o cabelo preso em um coque e Alex ligeiramente bêbado mas ainda bonito, com seu maxilar forte e cachos escuros. Embaixo, em letras amarelas em negrito, a manchete diz: NOITADA MALUCA DOS PRIMEIROS-FILHOS EM NOVA YORK.

— Ah, é, essa foi uma *noitada maluca* mesmo — Alex diz, recostando na cabeceira alta de couro e ajeitando os óculos. — Nada mais sexy do que ser os palestrantes principais de uma conferência sobre emissões de carbono e passar uma hora e meia comendo salgadinho de camarão e ouvindo discursos.

— Estão dizendo que você teve um casinho com uma "morena

misteriosa" — June diz. — "Embora a primeira-filha tenha sido levada de limusine para uma festa repleta de celebridades logo depois do evento, Alex, o galã de vinte e um anos, foi flagrado entrando no W Hotel para se encontrar com uma morena misteriosa na suíte presidencial e só saiu por volta das quatro da madrugada. Fontes internas do hotel afirmam ter ouvido ruídos amorosos do quarto a noite inteira, e correm boatos de que a morena era ninguém menos do que... *Nora Holleran*, a neta de vinte e dois anos do vice-presidente Mike Holleran e terceira integrante do Trio da Casa Branca. Será que os dois estão revivendo seu romance?"

— Isso! — Alex comemora, e June resmunga. — Faz menos de um mês! Você me deve cinquenta dólares, bebê.

— Espera aí. Foi *mesmo* a Nora?

Alex lembra da semana anterior, quando apareceu na suíte de Nora com uma garrafa de champanhe. Eles tiveram um lance rápido um milhão de anos antes, durante a campanha, meio que para fazer acontecer de uma vez algo que parecia inevitável. Eles tinham dezessete e dezoito anos na época, e tinham certeza de que eram as pessoas mais inteligentes do mundo. Desde então, Alex admitiu que Nora era duas vezes mais inteligente do que ele, e definitivamente inteligente demais para namorá-lo algum dia.

Não havia nada que ele pudesse fazer se a imprensa não tinha superado aquele caso, só porque adoram a ideia dos dois juntos, como se fossem um casal Kennedy moderno. Por isso, se ele e Nora se encontram de vez em quando em quartos de hotel para beber, assistir a *The West Wing* e fazer barulhos de gemidos altos contra a parede para a alegria de tabloides enxeridos, a culpa não era dele. Eles estavam apenas transformando uma situação desagradável em diversão pessoal.

Tirar dinheiro de June também era uma das vantagens.

—Talvez — ele diz, arrastando as vogais.

June bate nele com a revista como se ele fosse uma barata especialmente nojenta.

—Você está roubando, babaca!

— Aposta é aposta. Combinamos que você me daria cinquenta dólares se aparecesse um boato novo em menos de um mês. Aceito PayPal.

— Eu não vou pagar — June diz, irritada. — Vou matar a Nora amanhã. O que você vai vestir, aliás?

— Onde?

— No casamento.

— Casamento de quem?

— Hm, o *casamento real* — June diz. — Da Inglaterra. Está literalmente em todas as capas que acabei de te mostrar.

Ela ergue a *Us Weekly* de novo e, dessa vez, Alex nota a principal manchete em letras garrafais: PRÍNCIPE PHILIP DIZ SIM! A fotografia mostra um herdeiro britânico extremamente sem graça e sua noiva loira igualmente desinteressante com sorrisos insossos.

Ele derruba o donut para fingir devastação.

— É *esse* fim de semana?

— Alex, nós vamos viajar de manhã — June diz para ele. — Temos duas aparições antes da cerimônia. Não acredito que a Zahra ainda não encheu seu saco por causa disso.

— Merda — ele resmunga. — Devo ter anotado em algum lugar. Acabei me distraindo.

— Se distraiu conspirando com a minha melhor amiga para ganhar cinquenta dólares de mim?

— Não, com meu trabalho para a faculdade, engraçadinha — Alex diz, apontando com ar dramático para suas pilhas de anotações. — Passei a semana inteira trabalhando nisso para Pensamento Político Romano. E pensei que tínhamos concordado que Nora é *nossa* melhor amiga.

— Isso nem parece uma matéria de verdade — June diz. — Será possível que você esqueceu de propósito o maior evento internacional do ano só porque não quer ver seu arqui-inimigo?

— June, eu sou filho da presidenta dos Estados Unidos. O príncipe Henry é um testa de ferro do Império Britânico. Não dá pra dizer que ele é meu *arqui-inimigo* — Alex diz. Ele volta para seu donut, mastigando pensativo, e acrescenta: — Arqui-inimigo implica que ele é realmente meu rival em algum nível, e não, sabe, o fruto esnobe de um incesto que deve bater punheta olhando as próprias selfies.

— Nossa.

— Só dizendo.

— Bom, você não precisa gostar dele, só precisa fazer uma carinha feliz e não causar um incidente internacional no casamento real.

— Juju, eu sempre faço uma carinha feliz — Alex diz. Ele abre um sorriso enorme terrivelmente falso, e June faz uma careta de repulsa.

— Eca. Enfim, já sabe o que vai vestir, né?

— Óbvio, escolhi e pedi para a Zahra aprovar no mês passado. Não sou uma anta.

— Ainda não decidi o meu vestido — June diz. Ela se aproxima e tira o laptop das mãos dele, ignorando seu resmungo. — Você prefere o marrom ou o de renda?

— Renda, óbvio. É a Inglaterra. E por que você está se esforçando tanto para me fazer reprovar nessa matéria? — ele diz, tentando pegar o laptop, antes de ela bater na sua mão. — Vai mexer no seu Instagram, sei lá. Você é um pé no saco.

— Cala a boca, estou tentando escolher alguma coisa pra assistir. Eca, você tem *Hora de voltar* na sua lista? Está estudando cinema em 2005?

— Eu te odeio.

— Hmm, eu sei.

Lá fora, o vento bate mais forte sobre o gramado, fazendo as tílias farfalharem no jardim. A vitrola no canto parou de tocar. Alex sai da cama e vira o disco, pondo a agulha no lugar, e o segundo lado começa a tocar "London, Luck & Love".

No fundo, Alex nunca se cansou dos jatinhos particulares, nem mesmo depois de três anos do mandato da mãe.

Não é sempre que ele pode viajar assim, mas, quando pode, é difícil manter a cabeça no lugar. Ele nasceu no interior montanhoso do Texas;

sua mãe, filha de mãe solteira, e seu pai, filho de imigrantes mexicanos, todos muito pobres — uma viagem de luxo ainda era um luxo.

Quinze anos antes, quando sua mãe concorreu à presidência pela primeira vez, o jornal de Austin a apelidou de Cometa de Lometa. Ela havia saído de sua cidadezinha na região de Fort Hood, trabalhado noites inteiras em lanchonetes para bancar a faculdade de direito e, antes dos trinta, estava defendendo casos de discriminação diante do Supremo Tribunal Federal. Ela era a última coisa que alguém esperaria sair do Texas em meio à Guerra do Iraque: uma democrata de cabelo loiro-avermelhado, respostas rápidas, salto alto, um sotaque forte e uma pequena família birracial.

Por isso, ainda é surreal que Alex esteja cruzando o Atlântico, beliscando pistaches em uma cadeira de couro de encosto alto com os pés para cima. Nora está debruçada sobre as palavras-cruzadas do *New York Times* à frente dele, os cachos castanhos caindo sobre a testa. Ao lado dela, o gigantesco agente Cassius do Serviço Secreto — apelidado de Cash — segura o próprio jornal na mão gigante, correndo para terminar as cruzadinhas primeiro. O arquivo do trabalho de Pensamento Político Romano de Alex pisca cheio de expectativa na tela do laptop, mas ele não consegue se concentrar enquanto atravessa o Atlântico.

Amy, a agente do Serviço Secreto preferida da sua mãe, uma ex-fuzileira naval que já matou muitos homens, segundo os boatos que correm por DC, está do outro lado do corredor. Ela está tranquilamente bordando flores em um guardanapo, ao lado de uma caixa de materiais de artesanato feita de titânio e à prova de balas. Alex já a viu perfurar o joelho de uma pessoa com uma agulha de bordado muito parecida com aquela.

June está ao lado dele, apoiada em um cotovelo com a cara enfiada na edição da *People* que, sabe-se lá por quê, trouxe com eles. Ela sempre escolhe os materiais de leitura mais bizarros para os voos. Na última vez, era um guia antigo de conversação em cantonês. Antes, *A morte vem buscar o arcebispo*.

— O que você está lendo aí agora? — Alex pergunta.

Ela vira a revista para ele ver a matéria de duas páginas intitulada:

LOUCURA DO CASAMENTO REAL! Alex solta um grunhido. É definitivamente pior do que Willa Cather.

— Que foi? — ela diz. — Quero estar preparada para o meu primeiro casamento real.

— Você já foi pra uma festa de formatura — Alex diz. — É só imaginar isso, só que no inferno, mas você tem que ser muito gentil o tempo todo.

— Dá para acreditar que gastaram setenta e cinco mil dólares só no bolo?

— Que deprimente.

— E parece que o príncipe Henry vai sozinho para o casamento e todo mundo está pirando. Diz aqui que ele estava — ela faz um sotaque britânico cômico —, "segundo rumores, saindo com uma herdeira belga no mês passado, mas agora aqueles que acompanham a vida amorosa do príncipe estão sem saber o que pensar".

Alex bufa. É inacreditável como milhares de pessoas acompanham a vida amorosa incrivelmente sem graça dos irmãos da realeza. Ele até entende que as pessoas liguem para onde ele enfia a língua — pelo menos, *ele* tem personalidade.

— Vai ver, a população feminina da Europa finalmente se deu conta que ele é tão atraente quanto um novelo de lã encharcado — Alex sugere.

Nora abaixa as palavras-cruzadas. Cassius olha para o lado e solta um palavrão ao ver que ela terminou primeiro.

— Você vai dançar com ele, então?

Alex revira os olhos e se imagina rodando pelo salão de baile enquanto Henry fala vários nadas sobre críquete e caça de raposa em seu ouvido. Pensar nisso lhe dá ânsia de vômito.

— Até parece.

— Ah — Nora diz —, você ficou vermelhinho.

— Escuta — Alex diz —, casamentos reais são um lixo, os príncipes que fazem casamentos reais são um lixo, o imperialismo que permite que príncipes existam é um lixo. É um lixo sem fim.

— Mas que belo discurso — June diz. — Você sabe que os Estados Unidos também são um império genocida, né?

— Sei, *June*, mas pelo menos temos a decência de não manter a monarquia viva — Alex diz, jogando um pistache nela.

Os novos funcionários da Casa Branca sempre são informados sobre algumas coisas a respeito de Alex e June antes de começarem a trabalhar. A alergia de June a amendoim. Os pedidos frequentes de café que Alex faz no meio da noite. O ex-namorado de June, que terminou com ela quando se mudou para a Califórnia depois da faculdade, mas ainda é a única pessoa cujas cartas chegam diretamente para ela. O velho ódio de Alex contra o príncipe caçula.

Não é nem ódio, na verdade. Nem uma rivalidade. É uma birra incômoda e inquietante. Faz as palmas das mãos dele suarem.

Os tabloides — o mundo — decidiram elencar Alex como o equivalente americano ao príncipe Henry desde o primeiro dia, visto que o Trio da Casa Branca é a coisa mais próxima que os Estados Unidos têm da realeza. Nunca pareceu justo. A imagem de Alex é puro carisma, inteligência e humor cínico, entrevistas reflexivas na capa da *GQ* aos dezoito anos; a de Henry é composta de sorrisos plácidos, cavalheirismo cortês e aparições genéricas de caridade, uma tela perfeitamente em branco de Príncipe Encantado. Na opinião de Alex, Henry tem um papel muito mais fácil de representar.

Tá. Talvez tecnicamente seja uma rivalidade.

— Tá, inteligentona — ele diz —, quais são os números aqui?

Nora sorri.

— Bom. — Ela finge pensar profundamente no assunto. — Avaliação de risco: se o primeiro-filho não se cuidar, vai resultar em mais de quinhentas mortes de civis. Noventa e oito por cento de chance de o príncipe Henry estar gato. Setenta e oito por cento de chance de Alex ser banido do Reino Unido para sempre.

— Melhor do que eu imaginava — June comenta.

Alex ri, e o avião segue caminho.

Londres é um verdadeiro espetáculo. Multidões lotam as ruas em frente ao Palácio de Buckingham e a cidade inteira tem corpos envoltos em bandeiras do Reino Unido, acenando bandeirinhas menores. Há lembranças comemorativas do casamento real por todo lado; o rosto do príncipe Philip e de sua noiva estampados em tudo, de barras de chocolate a roupas íntimas. Alex quase não consegue acreditar que tanta gente se anime dessa forma com algo completamente idiota. Ele tem certeza que não vai aparecer tanta gente quando ele ou June se casarem um dia, tampouco queria algo assim.

A cerimônia em si parece durar uma eternidade, mas até que é bonita. Não é que Alex não curta esse lance de amor ou não veja graça em casamentos. É que Martha é uma filha perfeitamente respeitável da nobreza, e Philip é um príncipe. É tão sexy quanto uma transação comercial. Nada de paixão, nada de drama. Alex prefere as histórias de amor shakespearianas.

Parece que leva anos até ele estar sentado em uma mesa entre June e Nora dentro do salão de baile do Palácio de Buckingham, já se sentindo um pouco irresponsável de tão irritado. Nora passa uma taça de champanhe para ele, que ele aceita com gratidão.

— Algum de vocês sabe o que é um visconde? — June diz, entre uma mordida e outra de um sanduíche de pepino. — Eu conheci, tipo, uns cinco desses, e fico sorrindo como se soubesse o que significa quando eles falam isso. Alex, você fez aquela matéria de coisas relacionais governamentais internacionais comparativas. Sei lá. O que eles são?

— Acho que é um vampiro que cria um exército de sílfides sexuais ensandecidas e inaugura seu próprio governo — ele responde.

— Faz sentido — Nora diz. Ela está dobrando o guardanapo em um formato complexo sobre a mesa, as unhas pretas cintilando sob a luz do candelabro.

— Queria ser visconde — June diz. — Podia mandar minhas sílfides sexuais cuidarem dos meus e-mails.

— Sílfides sexuais trabalham bem com correspondência profissional? — Alex pergunta.

O guardanapo de Nora começou a ficar parecido com um pássaro.

— Acho que pode ser uma abordagem interessante. Os e-mails seriam completamente trágicos e devassos. — Ela faz uma voz rouca e esbaforida. — "Ah, por favor, eu imploro, me leve... me leve para discutir amostras de tecidos no almoço, seu animal!"

— Pode ser estranhamente eficaz — Alex observa.

— Vocês são perturbados — June diz baixinho.

Alex abre a boca para responder quando um assistente da realeza se materializa diante da mesa feito um fantasma corpulento com a cara azeda e uma peruca tosca.

— Srta. Claremont-Diaz — diz o homem, que tem uma cara de quem se chama Reginald, Bartholomew ou algo nessa linha. Ele faz uma reverência e, por milagre, sua peruca não cai no prato de June. Alex troca um olhar incrédulo com ela enquanto ele não está olhando. — Sua alteza real, o príncipe Henry, gostaria de saber se a senhorita lhe daria a honra de uma dança.

June fica boquiaberta, emitindo um som vocálico baixo, e Nora abre um sorriso sarcástico.

— Ah, ela *adoraria* — Nora diz. — Passou a noite torcendo por esse pedido.

— Eu... — June começa a dizer e para, sorrindo mesmo enquanto lança um olhar cortante para Nora. — É claro. Seria um prazer.

— Excelente — Reginald-Barthlomew diz, se vira e aponta por trás do ombro.

Lá está Henry, em carne e osso, com a beleza clássica de sempre: o terno sob medida, o cabelo claro bagunçado, as maçãs do rosto salientes e a boca delicada e simpática. Ele tem uma postura impecável inata, como se um dia tivesse saído completamente formado e adulto de algum belo jardim de buquês.

Ele encara Alex e algo parecido com irritação ou adrenalina enche seu peito. Deve fazer um ano que ele não conversa com Henry. O rosto dele ainda é insuportavelmente simétrico.

Henry o cumprimenta com a cabeça, como se ele fosse apenas mais um convidado qualquer, não a pessoa que ele venceu ao sair primeiro na *Vogue* quando eram adolescentes. Alex pestaneja, se enche de fúria e observa Henry virar seu maldito queixo esculpido na direção de June.

— Olá, June — Henry diz, e estende a mão educadamente para ela, que está corada. Nora finge desfalecer. — Você sabe dançar valsa?

— Eu... tenho certeza que consigo acompanhar — ela diz, e pega a mão dele com cautela, como se ele estivesse pregando uma peça, o que Alex pensa ser muito generoso com o senso de humor de Henry. O príncipe a leva em direção ao grupo de nobres girando.

— O que foi isso? — Alex diz, olhando fixamente para o pássaro de guardanapo de Nora. — Ele decidiu me fazer ficar quieto de uma vez por todas seduzindo a minha irmã?

—Ah, amiguinho — Nora diz. Ela estende o braço e dá um tapinha na mão dele. — É fofo você achar que tudo gira em torno de você.

— Pois deveria.

— Esse é o espírito.

Ele ergue os olhos para a multidão onde Henry está girando June pelo salão. Ela está com um sorriso neutro e educado no rosto, enquanto ele fica olhando pelo ombro dela, o que é ainda mais irritante. June é incrível. O mínimo que Henry pode fazer é prestar atenção nela.

— Mas você acha que ele realmente gosta dela?

Nora encolhe os ombros.

—Vai saber? A família real é esquisita. Pode ser uma cortesia ou... Ah, ali está.

Um fotógrafo real apareceu para tirar uma foto deles dançando, que Alex sabe que vai ser vendida para a *People* da próxima semana. É isso? O plano é usar a primeira-filha para chamar atenção com um boato idiota de relacionamento? Deus livre Henry de Philip dominar o noticiário por uma semana.

— Ele até que é bom nisso — Nora comenta.

Alex chama um garçom e decide passar o resto da festa ficando sistematicamente bêbado.

Alex nunca contou — nem nunca vai contar — para ninguém,

mas viu Henry pela primeira vez quando tinha doze anos. Ele só pensa nisso quando está bêbado.

Ele tem certeza que viu o rosto dele no noticiário antes, mas essa foi a primeira vez em que ele o *viu* de verdade. June tinha acabado de fazer quinze anos e gastou parte do dinheiro que ganhou com a edição de uma revista adolescente de cores ofuscantes. O amor dela por tabloides cafonas começou cedo. No centro da revista havia minipôsteres que dava para tirar e colar dentro do armário. Se você tomasse cuidado e erguesse os grampos com a unha, era possível tirá-los sem rasgar. Um deles, bem no meio, era a foto de um menino.

Ele tinha o cabelo cheio e dourado, grandes olhos azuis, um sorriso doce, e um bastão de críquete apoiado no ombro. Devia ser uma foto espontânea, porque não tinha como aquela confiança alegre e ensolarada ser posada. No canto inferior da página, em letras azuis e rosa: PRÍNCIPE HENRY.

Alex ainda não sabia dizer o que exatamente o fazia voltar, mas ele entrava escondido no quarto de June, encontrava a página e passava a ponta dos dedos no cabelo do garoto, como se pudesse sentir sua textura. Quanto mais seus pais subiam na carreira política, mais ele começava a se conformar com o fato de que o mundo logo saberia quem ele era. Nessa época ele às vezes pensava no retrato e tentava canalizar um pouco da confiança tranquila do príncipe Henry.

(Ele também tinha considerado erguer os grampos com os dedos para tirar a foto e guardá-la no quarto dele, mas nunca chegou a fazer isso. Suas unhas eram curtas demais; os grampos eram feitos para unhas grandes como as de June.)

Mas então chegou o dia em que ele conheceu Henry — ou chegaram as primeiras palavras frias e distantes que Henry disse a ele — e Alex constatou que tinha entendido tudo errado, que o menino lindo e sincero da foto não era de verdade. O verdadeiro Henry era bonito, distante, sem graça e fechado. Essa pessoa a quem os tabloides o comparavam sem parar, com quem *ele mesmo* se comparava, se achava *melhor* do que Alex e do que todos os outros. Alex não conseguia acreditar que algum dia quis ser como ele.

Alex continua bebendo e alternando entre pensar nisso e se forçar a não pensar nisso, desaparecendo na multidão e dançando com herdeiras europeias para esquecer.

Ele está rodopiando com alguém quando avista uma figura solitária perto do bolo e da fonte de champanhe. É o príncipe Henry de novo, com uma taça na mão, observando o príncipe Philip e sua noiva rodando no salão de baile. Ele tem aquela cara cortês odiosa de desinteresse, como se tivesse mais o que fazer da vida do que estar parado ali. Alex não resiste ao impulso de provocá-lo.

Ele abre caminho pela multidão, pega uma taça de vinho de uma bandeja no caminho e toma metade de uma vez só.

— Quando for seu casamento — Alex diz, chegando ao lado dele —, é melhor contratar duas fontes de champanhe em vez de uma só. Dá vergonha ir a um casamento com só uma dessas.

— Alex — Henry diz com aquele sotaque insuportavelmente esnobe. De perto, o colete dele sob o paletó é de um tom dourado exuberante e deve ter um milhão de botões. É horrível. — Estava me perguntando se teria esse prazer.

— Parece que é seu dia de sorte — Alex diz, sorrindo.

— Realmente é uma ocasião histórica — Henry concorda. Até o sorriso branco dele é radiante e imaculado, pronto para ser impresso em dinheiro.

O mais irritante de tudo é que Alex *sabe* que Henry também o odeia — ele *deve* odiar, os dois são antagonistas mútuos naturais — mas se recusa a ser sincero em relação a isso. No fundo, Alex sabe que política envolve ser simpático com pessoas que você odeia, mas ele queria que uma vez, uma que fosse, Henry agisse como um ser humano de verdade em vez de um brinquedinho de corda reluzente vendido em uma loja de presentes do palácio.

Ele é perfeito demais. Alex tem vontade de provocar.

— Você nunca se cansa — Alex diz — de fingir que é melhor que isso tudo?

Henry se vira e o encara.

— Não sei se entendi o que você quer dizer.

— Tipo, você fica lá, fazendo os fotógrafos te seguirem, passeando como se odiasse toda essa atenção, o que visivelmente não é verdade já que chamou bem a minha irmã para dançar — Alex diz. — Você age como se fosse importante demais para estar em qualquer lugar, sempre. Não cansa?

— Eu sou... um pouco mais complicado que isso — Henry arrisca.

— Ah, tá bom.

— Ah — Henry diz, estreitando os olhos. — Você está bêbado.

— Só uma sugestão — Alex diz, pousando o cotovelo com intimidade excessiva no ombro de Henry, o que não é tão fácil quanto ele gostaria porque Henry é uns dez centímetros irritantes mais alto que ele. — Você podia fingir que está se divertindo. De vez em quando.

Henry ri com pesar.

— Acho que talvez seja melhor você tomar uma água, Alex.

— É mesmo? — Alex pergunta. Ele deixa de lado o pensamento de que talvez tenha sido o vinho que lhe deu coragem para puxar papo com Henry e finge o olhar mais recatado e angelical que consegue. — Estou te ofendendo? Desculpa se não sou tão obcecado por você quanto todo mundo. Sei que deve ser confuso.

— Quer saber? — Henry diz. — Eu acho que você é, sim.

Alex fica boquiaberto, enquanto a boca de Henry esboça um sorriso quase maldoso.

— Só uma ideia — Henry diz, com o tom polido. — Você já notou que nunca abordei você e fui *exaustivamente* educado todas as vezes em que nos falamos? Mas aqui está você, me procurando de novo. — Ele dá um gole do champanhe. — Só um comentário.

— Quê? Eu não... — Alex balbucia. — É você que...

— Tenha uma ótima noite, Alex — Henry diz, tenso, e se vira para ir embora.

Alex fica *furioso* por Henry achar que pode dar um fim à conversa e, sem pensar, estende a mão e o puxa pelo ombro.

Henry se vira, de supetão, e quase empurra Alex dessa vez. Por um breve momento, Alex fica impressionado com o brilho nos olhos dele, a explosão abrupta de uma personalidade verdadeira.

Antes que se dê conta, ele tropeça no próprio pé e cai para trás, esbarrando na mesa mais próxima. Tarde demais, ele percebe, horrorizado, que essa é a mesa que abriga o enorme bolo de casamento de oito andares, e segura o braço de Henry para se endireitar, mas tudo que consegue é desequilibrar os dois e fazê-los cair juntos em cima do suporte do bolo.

Ele observa, como se em câmera lenta, o bolo se inclinar, balançar, estremecer e, finalmente, tombar. Não há absolutamente nada que ele possa fazer para impedir. O bolo cai no chão em uma avalanche de glacê branco, uma espécie de pesadelo açucarado de setenta e cinco mil dólares.

Um silêncio ensurdecedor toma conta do salão quando o impulso o leva ao chão junto com Henry, caindo bem nos destroços do bolo no carpete decorado, a mão de Alex ainda segurando a manga de Henry. A taça de champanhe de Henry entornou sobre os dois e se quebrou e, pelo canto do olho, Alex pôde ver que um corte na maçã do rosto de Henry começara a sangrar.

Por um segundo, tudo em que ele consegue pensar enquanto olha para o teto, coberto de glacê e champanhe, é que, pelo menos, a dança de Henry com June não vai ser a maior notícia a sair sobre o casamento real.

Seu segundo pensamento é que sua mãe vai matá-lo a sangue-frio.
Ao seu lado, ele escuta Henry murmurar devagar:
— Puta que pariu.
Ele nota vagamente que essa é a primeira vez que ouve o príncipe dizer um palavrão, antes de o flash de uma câmera disparar.

Dois

Com um estalo sonoro, Zahra joga uma pilha de revistas na mesa da sala de reuniões da Ala Oeste.

— Essas são só as que eu encontrei no caminho pra cá hoje de manhã — ela diz. — Acho que nem preciso dizer que moro a dois quarteirões daqui.

Alex encara as manchetes diante dele.

O TOMBO DE $ 75.000

BATALHA REAL: *Príncipe Henry e primeiro-filho dos EUA saem no soco no casamento real*

REBOLIÇO:
Alex Claremont-Diaz desencadeia Segunda Guerra Anglo-Americana

Cada uma é acompanhada por uma foto dele estatelado com Henry em uma pilha de bolo, o terno ridículo de Henry todo amassado e coberto por flores de glacê despedaçadas, seu punho apertado na mão de Alex, com um risquinho fino de sangue na bochecha.

— Tem certeza que não deveríamos estar na Sala de Crise pra essa reunião? — Alex brinca.

Nem Zahra nem sua mãe, sentadas do outro lado da mesa, parecem achar graça. A presidenta lança um olhar furioso através dos óculos de leitura, e ele fica quieto.

Alex não pode dizer que tem exatamente medo de Zahra, vice-chefe de gabinete e braço direito da sua mãe. Ela tem uma fachada espinhosa, mas ele jura que há alguma suavidade ali em algum lugar. Ele tem mais medo do que sua mãe é capaz de fazer. Eles cresceram falando muito sobre sentimentos, mas então sua mãe virou presidenta, e a prioridade da vida deles mudou de sentimentos para relações internacionais. Ele não sabe ao certo qual opção representa um destino pior.

— "Fontes internas do casamento real relatam que os dois foram vistos discutindo minutos antes da... *bolástrofe*" — Ellen lê seu exemplar do *The Sun* com a voz cheia de desprezo. Alex nem tenta adivinhar como ela conseguiu colocar as mãos na edição do dia de um tabloide britânico. A presidenta mãe age de maneiras misteriosas. — "Mas fontes exclusivas da família real afirmam que a rixa do primeiro-filho com Henry já dura anos. Uma fonte afirmou ao *The Sun* que Henry e o primeiro-filho se desentendem desde seu primeiro encontro na Olimpíada do Rio, e a animosidade só cresceu com o tempo; agora, nenhum deles consegue ficar no mesmo ambiente. Parece que era apenas uma questão de tempo até Alex fazer uso da abordagem americana: a violência."

— Acho que não dá para chamar tropeçar em uma mesa de "violência"...

— Alexander — Ellen diz, assustadoramente calma. — Cala a boca.

Ele cala.

— "É impossível não se perguntar" — Ellen continua — "se o estranhamento entre os dois filhos poderosos não contribuiu para o que muitos consideram uma relação fria e distante entre a presidenta Ellen Claremont e a monarquia nos últimos anos."

Ela joga a revista de lado, cruzando os braços sobre a mesa.

— Por favor, me conta outra piada — Ellen diz. — Quero tanto que você me explique por que isso é engraçado.

Alex abre e fecha a boca algumas vezes.

— Foi ele quem começou — ele diz finalmente. — Mal encostei nele... foi ele quem me empurrou, eu só segurei nele para tentar me equilibrar e...

— Meu bem, não sei como te dizer que a imprensa não dá a mínima para quem começou o quê — Ellen diz. — Como sua mãe, até entendo que pode não ser culpa sua, mas, como presidenta, tudo que quero é mandar a CIA fingir sua morte e usar a compaixão do povo para me reeleger.

Alex cerra os dentes. Ele está acostumado a fazer coisas que irritam a equipe da sua mãe — quando era mais novo, tinha o hábito de confrontar os colegas da mãe a respeito das discrepâncias nos votos deles em eventos amistosos de arrecadação de fundos em Washington —, e já esteve nos tabloides por coisas mais vergonhosas. Mas nunca em um aspecto tão cataclísmico e internacionalmente terrível quanto esse.

— Não tenho tempo para lidar com isto agora, então vamos fazer o seguinte — Ellen diz, tirando uma pasta de seu fichário. Está repleto de documentos de aparência oficial pontuados por post-its de cores diferentes, e o primeiro diz: TERMOS DO ACORDO.

— Hm — Alex diz.

— Você — ela diz — vai fazer as pazes com Henry. Vai viajar no sábado e passar o domingo na Inglaterra.

Alex pestaneja.

— A opção de fingir minha morte ainda está de pé?

— Zahra pode explicar o resto — Ellen continua, ignorando-o. — Tenho umas quinhentas reuniões agora. — Ela levanta e vai em direção à porta, parando para beijá-lo e passar a mão na cabeça dele. — Você é um tonto. Te amo.

Ela vai embora, batendo os saltos pelo corredor, e Zahra senta na cadeira vaga com uma expressão de quem prefere providenciar a morte dele de verdade. Tecnicamente, ela não é a pessoa mais poderosa ou importante na Casa Branca, mas trabalha ao lado de Ellen desde que Alex tinha cinco anos e Zahra tinha acabado de sair da Universidade Howard. Ela é a única em quem confiam para lidar com a primeira-família.

— Certo, o negócio é o seguinte — ela diz. — Passei a noite toda acordada em uma conferência com um bando de encarregados reais metidos a besta, canalhas das relações públicas e a porra do *cavalariço* do príncipe para fazer isto dar certo, então você vai seguir este plano à risca e não vai fazer nenhuma merda, entendeu?

Secretamente, Alex ainda acha essa história toda completamente ridícula, mas concorda com a cabeça. Zahra não parece nem um pouco convencida, mas continua:

— Primeiro, a Casa Branca e a monarquia vão emitir uma declaração conjunta dizendo que o que aconteceu no casamento real não passou de um acidente e um mal-entendido...

— Que é o que foi.

— ... e que, apesar de quase nunca terem tempo de se ver, você e o príncipe Henry são amigos íntimos há alguns anos.

— Nós o *quê*?

— Olha — Zahra diz, tomando um gole de café de sua garrafa térmica gigante de aço inoxidável. — Os dois lados precisam sair bem dessa história, e o único jeito de isso acontecer é fazer parecer que sua briguinha no casamento foi algum tipo de acidente homoerótico entre velhos amigos, tá? Então, você pode odiar o herdeiro do trono o quanto quiser, escrever poemas maldosos sobre ele no seu diário, mas, no segundo em que vir uma câmera, vai agir como se o sol nascesse da pica dele, e vai ser convincente.

— Você conhece o Henry? — Alex diz. — Como vou fazer isso? Ele tem a personalidade de um repolho.

— Você realmente ainda não entendeu que não dou a mínima para como você se sente? — Zahra diz. — Isso está acontecendo para que sua idiotice não distraia o país inteiro da campanha de reeleição da sua mãe. Você quer que ela suba no palco do debate no ano que vem e explique para o mundo por que o filho dela está tentando desestabilizar as relações dos Estados Unidos com a Europa?

Bom, não, ele não quer. No fundo, ele sabe que é um estrategista melhor do que tem sido nessa história e, se não fosse por essa rixa idiota, provavelmente teria pensado nesse plano sozinho.

— Então, Henry é o seu melhor amigo — Zahra continua. — Você vai sorrir e acenar, sem encher o saco de ninguém enquanto vocês passam o fim de semana fazendo aparições de caridade e falando para a imprensa o quanto adoram a companhia um do outro. Se perguntarem sobre ele, quero que se declare como se ele fosse a porra do seu namoradinho da escola.

Ela passa para ele uma página de listas com tópicos e tabelas com dados organizados de maneira tão elaborada que ele mesmo poderia ter feito. O título diz FICHA INFORMATIVA DE SUA ALTEZA REAL, PRÍNCIPE HENRY.

—Você vai decorar isso para que saiba o que responder se alguém tentar te pegar em uma mentira — ela diz. Embaixo de hobbies, está escrito polo e corrida de iate. Alex prefere atear fogo no próprio corpo.

— Ele vai receber uma dessas sobre mim? — Alex pergunta, resignado.

—Vai. E quero que saiba que fazer a sua ficha foi um dos momentos mais deprimentes da minha carreira. — Ela passa outra página para ele, detalhando as exigências para o fim de semana.

Mínimo de dois (2) posts em redes sociais por dia destacando a Inglaterra/ visita ao país.

Uma (1) entrevista ao vivo à ITV *This Morning*, com duração de cinco (5) minutos, segundo roteiro predeterminado.

Duas (2) aparições conjuntas com fotógrafos presentes: um (1) encontro particular, uma (1) apresentação pública de caridade.

— Por que tenho de ir até lá? Foi ele que me empurrou naquele bolo ridículo. A gente não deveria mandar ele vir para cá e aparecer no *Saturday Night Live* ou coisa do tipo?

— Porque foi o *casamento real* que você arruinou, e foram *eles* que perderam setenta e cinco contos — Zahra diz. — Além disso, estamos providenciando a presença dele em um jantar oficial daqui a alguns meses. Ele está tão animado quanto você em relação a isso.

Alex aperta a ponte do nariz, onde uma dor de cabeça de estresse já está se formando.

— Eu tenho aula.

—Você vai estar de volta no domingo à noite, horário de Washington — Zahra responde. — Não vai perder nada.
— Então realmente não tenho como sair dessa?
— Não.
Alex pressiona os lábios. Ele precisa de uma lista.

Quando era criança, ele escondia páginas e páginas de papéis soltos cobertos por sua letra confusa e ilegível sob a almofada velha de brim do banco da janela na casa de Austin. Tratados divagantes sobre o papel do governo nos Estados Unidos com todos os Gs escritos ao contrário, parágrafos traduzidos do inglês para o espanhol, tabelas dos pontos fortes e fracos de seus colegas do ensino fundamental. E listas. Muitas listas. Listas ajudam.

Então: Motivos por que essa é uma boa ideia.

Um. Sua mãe precisa de uma boa imagem na imprensa.

Dois. Ter um histórico podre de relações internacionais não vai ajudar em nada na carreira dele.

Três. Viagem de graça para a Europa.

— Tá — ele diz, pegando o arquivo. — Eu aceito. Mas não vou me divertir.

— Espero que não.

O Trio da Casa Branca é o apelido oficial de Alex, June e Nora, cunhado pela *People* pouco antes da posse. Na verdade, o termo foi cuidadosamente testado com grupos focais pela assessoria de imprensa da Casa Branca e passado diretamente para a *People*. Política — calculismo até nas hashtags.

Antes dos Claremont, os Kennedy e os Clinton protegiam a primeira-prole da imprensa, dando-lhes privacidade para passar por fases difíceis, experiências orgânicas da infância e tudo mais. Sasha e Malia Obama foram perseguidas e comidas vivas pela imprensa antes mesmo de saírem do ensino médio. O Trio da Casa Branca quis ficar à frente da narrativa antes que qualquer um pudesse controlá-la.

Era um plano novo e ousado: três jovens bonitos, inteligentes, carismáticos e vendáveis da geração dos millennials — tecnicamente, Alex e Nora nasceram um pouco depois do início da Geração Z, mas a imprensa acha que esse termo não pegaria. Pegar vende, descolado vende. Obama era descolado. A primeira-família inteira também podia ser; um tipo próprio de celebridade. *Não é o ideal*, sua mãe sempre diz, *mas funciona*.

Eles são o Trio da Casa Branca, mas aqui, na sala de música do terceiro andar da Residência, são apenas Alex, June e Nora, naturalmente grudados uns nos outros desde que eram adolescentes se enchendo de café expresso até prejudicar a saúde na época de provas. Alex os impulsiona. June os equilibra. Nora os faz serem honestos.

Eles se acomodam em seus lugares de sempre: June, acocorada sobre os saltos diante da coleção de discos, procurando algum da Patsy Cline; Nora, de pernas cruzadas no chão, abrindo uma garrafa de vinho tinto; Alex, sentado de cabeça para baixo com os pés em cima do encosto do sofá, tentando descobrir o que fazer.

Ele vira a FICHA INFORMATIVA DE SUA ALTEZA REAL, PRÍNCIPE HENRY e estreita os olhos. Consegue sentir o sangue correndo para a cabeça.

June e Nora o ignoram, fechadas em uma bolha de intimidade que ele nunca consegue penetrar direito. A relação delas é enorme e incompreensível para a maioria das pessoas, até para Alex às vezes. Ele conhece todos os mínimos detalhes e vícios das duas, mas existe ali um laço feminino estranho que ele não consegue e sabe que não tem como traduzir.

— Pensei que você estava curtindo o trabalho do *Washington Post* — Nora diz. Com um estalo baixo, ela tira a rolha do vinho e toma um gole direto da garrafa.

— Eu estava — June diz. — Quer dizer, *estou*. Mas não é bem um trabalho. É só um editorial por mês, e metade das minhas pautas é derrubada por ser próxima demais da plataforma da minha mãe e, mesmo assim, a assessoria de imprensa precisa ler tudo que for político antes de eu entregar. Então, tipo, fico mandando esses artigos inofensivos, sabendo que do outro lado da tela as pessoas estão fazendo o jornalismo mais importante da carreira delas, e tenho que me contentar com isso.

— Então... você não está curtindo?

June suspira. Ela encontra o disco que estava procurando e o tira da capa.

— Não sei o que mais eu poderia fazer, esse é o lance.

— Eles não te colocariam em um furo? — Nora pergunta.

— Até parece. Eles não me deixariam nem entrar no prédio — June diz. Ela põe o disco na vitrola e posiciona a agulha no lugar. — O que Reilly e Rebecca diriam?

Nora ergue a cabeça e ri.

— Meus pais diriam para fazer o que eles fizeram: largar o jornalismo, se envolver com óleos essenciais, comprar uma cabana no meio do mato em Vermont, e ter uns seiscentos coletes com cheiro de patchuli.

— Você esqueceu a parte de investir na Apple nos anos noventa e ficar estupidamente ricos — June a lembra.

— Detalhes.

June chega perto e coloca a palma da mão em cima da cabeça de Nora, no fundo dos cachos da amiga, e se abaixa para dar um beijo nos próprios dedos.

—Vou pensar em alguma coisa.

Nora passa a garrafa, e June dá um gole. Alex solta um suspiro dramático.

— Não acredito que tenho que aprender essa porcaria — Alex diz. — Minha semana de provas mal acabou.

— Olha, é você quem quer brigar com tudo quanto é ser vivo — June diz, limpando a boca com o dorso da mão, um gesto que só faria na frente dos dois. — Incluindo a monarquia britânica. Então não sinto tanta pena de você. Enfim, ele foi supersimpático quando a gente dançou. Não entendo essa sua raiva.

— Acho incrível — Nora diz. — Inimigos mortais obrigados a fazer as pazes para resolver tensões entre seus países? Tem um quê shakespeariano nessa história.

— Se é shakespeariano, tomara que eu morra esfaqueado — Alex diz. — Essa ficha diz que a comida preferida dele é tortinha de frutas. Não consigo pensar em nenhuma comida mais sem graça. Ele é, tipo, uma pessoa feita de papelão.

A ficha é cheia de coisas que Alex já sabia, seja porque os irmãos reais dominam os noticiários ou por ter lido a página de Henry na Wikipédia com ódio no coração. Ele sabe sobre os pais de Henry, seus irmãos mais velhos Philip e Beatrice, que ele estudou literatura inglesa em Oxford e toca piano clássico. O resto é tão insignificante que ele não imagina que possa aparecer em uma entrevista, mas, de qualquer maneira, não vai correr o risco de estar menos preparado do que Henry.

— Uma ideia — Nora diz. —Vamos transformar isso em um jogo de bebida.

— Aah, boa — June concorda. — Beber toda vez que o Alex acertar?

— Beber toda vez em que a resposta der vontade de vomitar? — Alex sugere.

— Uma dose para cada resposta certa, duas para um fato sobre o príncipe Henry que seja mesmo horrível, objetivamente falando — Nora diz. June já tirou duas taças do armário, e as passa para Nora, que as enche e fica com a garrafa. Alex desliza do sofá para sentar no chão ao lado dela. — Certo — ela continua, pegando a ficha das mãos de Alex. —Vamos começar com uma fácil. Pais. Vai.

Alex pega sua taça, já puxando uma imagem mental dos pais de Henry, os olhos azuis sagazes de Catherine e o maxilar de astro de cinema de Arthur.

— Mãe: princesa Catherine, filha mais velha da rainha Mary, primeira princesa a obter um doutorado, em literatura inglesa — ele dispara. — Pai: Arthur Fox, famoso ator do teatro e do cinema inglês, mais conhecido pelo período em que interpretou James Bond nos anos oitenta, falecido em 2015. Bebam.

Eles bebem e Nora passa a lista para June.

— Certo — June diz, analisando a lista, parecendo procurar por algo mais difícil. — Vamos ver. Nome do cachorro?

— *David* — Alex diz. — É um beagle. Dessa eu lembro porque quem faz isso? Quem chama o cachorro de *David*? Parece nome de um procurador fiscal. Um procurador fiscal canino. Bebam.

— Nome, idade e profissão do melhor amigo? — Nora pergunta. — Melhor amigo fora *você*, claro.

Alex mostra o dedo do meio para ela com frieza.

— Percy Okonjo. Atende por Pez ou Pezza. Herdeiro da Okonjo Industries, uma empresa nigeriana líder em avanços biomédicos na África. Vinte e dois anos, mora em Londres, conheceu Henry no colégio Eton. Gerencia a Fundação Okonjo, uma ONG humanitária. Bebam.

— Livro preferido?

— Hm — Alex diz. — Ai. Merda. Hm. Qual é aquele...

— Sinto muito, sr. Claremont-Diaz, resposta incorreta — June diz. — Obrigada por participar, mas você perdeu.

— Vai, fala aí a resposta.

June espia a lista.

— Aqui diz... *Grandes esperanças*?

Alex e Nora grunhem ao mesmo tempo.

— Entenderam o que quero dizer agora? — Alex diz. — Esse cara lê Charles Dickens... *por prazer*.

— Nessa eu vou ter que concordar com você — Nora diz. — Duas doses!

— Olha, eu acho... — June diz enquanto Nora bebe. — Gente, até que é legal! Tipo, é pretensioso, mas os temas de *Grandes esperanças* são todos, tipo, o amor é mais importante do que o status, e fazer o que é certo vale mais do que dinheiro e poder. Talvez ele se identifique...
— Alex faz um barulho alto e longo de peido. — Vocês são babacas pra cacete! Ele parece muito legal!

— Você só fala isso porque é nerd — Alex diz. — Quer proteger sua espécie. É um instinto natural.

— Estou te ajudando por pura bondade — June diz. — Eu tenho prazos agora.

— Ei, o que vocês acham que Zahra colocou na minha ficha?

— Hmm — Nora diz, sugando os dentes. — Esporte olímpico preferido: ginástica rítmica...

— Não tenho vergonha disso.

— Marca preferida de calça cáqui: Gap.

— Olha, elas vestem bem na minha bunda. As da J. Crew enrugam de um jeito esquisito. E não são *cáquis*. São *chinos*. Cáqui é coisa de *gente branca*.

— Alergias: poeira, sabão da marca Tide e ficar quieto.

— Idade da primeira obstrução política: nove, no SeaWorld San Antonio, tentando forçar um tratador de orcas a se aposentar mais cedo por, abre aspas, "práticas baleeiras desumanas".

— Sempre defendi e sempre vou defender as orcas.

June joga a cabeça para trás e solta uma gargalhada alta e natural, Nora revira os olhos, e Alex fica contente por pelo menos ter isso esperando por ele quando esse pesadelo acabar.

Alex imagina que o representante do príncipe seja um tipo inglês de livros infantis com paletó de cauda e cartola, talvez um bigode de morsa, correndo para colocar um banquinho de veludo à porta da carruagem de Henry.

A pessoa que está esperando por ele e sua equipe de segurança na pista é muito diferente. É um indiano de trinta e poucos anos com um terno impecavelmente ajustado, bonito e charmoso com a barba bem aparada, uma xícara de chá fumegante, e uma bandeira britânica na lapela. Então tá.

— Agente Chen — o homem diz, estendendo a mão livre para Amy. — Espero que o voo tenha sido tranquilo.

Amy faz que sim.

— O mais tranquilo que o terceiro voo transatlântico em uma semana pode ser.

O homem entreabre um sorriso solidário.

— A Land Rover é sua e da sua equipe durante a viagem.

Amy faz que sim de novo, soltando a mão dele, e o homem volta sua atenção para Alex.

— Sr. Claremont-Diaz — ele diz. — Bem-vindo de volta à Inglaterra. Shaan Srivastava, cavalariço do príncipe Henry.

Alex aperta a mão dele, se sentindo um pouco como se estivesse em um dos filmes de James Bond do pai de Henry. Atrás dele, um atendente descarrega sua bagagem e a leva na direção de um Aston Martin reluzente.

— É um prazer, Shaan. Não é exatamente como gostaríamos de estar passando nosso fim de semana, não é?

— Não estou tão surpreso com essa série de eventos quanto gostaria, senhor — Shaan diz tranquilamente, com um sorriso indecifrável.

Ele tira um pequeno tablet do paletó e dá meia-volta em direção ao carro que os aguarda. Alex fica olhando, sem dizer uma palavra, antes de se recusar categoricamente a ficar impressionado com um homem adulto cujo trabalho é cuidar da agenda do príncipe, por mais elegante que ele seja e por mais longos e tranquilos que sejam seus passos. Ele abana a cabeça de leve e corre um pouco para alcançá-lo, entrando no banco de trás enquanto Shaan ajeita os retrovisores.

— Certo — Shaan diz. — O senhor vai ficar nos aposentos de hóspedes do Palácio de Kensington. Amanhã, vai dar entrevista ao *This Morning* às nove... agendamos uma sessão de fotos no estúdio. A tarde toda é das crianças com câncer e depois o senhor pode voltar para a terra da liberdade.

— Está bem — Alex diz. Por educação, ele não acrescenta: *poderia ser pior*.

— Agora — Shaan diz —, o senhor virá comigo para buscar o príncipe no estábulo. Um dos nossos fotógrafos estará presente para fazer registros do príncipe recebendo o senhor ao país, então tente parecer feliz por estar lá.

Claro, existem *estábulos* dos quais o príncipe precisa ser levado de *chofer*. Por um momento, ele achou que havia se enganado sobre como seria o fim de semana, mas agora parece mais o que ele havia imaginado.

— Se o senhor olhar no bolso do banco à sua frente — Shaan diz enquanto dá a ré —, tem alguns documentos que precisam ser assinados. Seus advogados já os aprovaram. — Ele passa para trás uma caneta-tinteiro preta de aparência cara.

TERMO DE CONFIDENCIALIDADE, diz o título da primeira página. Alex folheia até a última — são pelo menos quinze — e um assobio baixo escapa de seus lábios.

—Vocês... — Alex diz — fazem isso sempre?

— Protocolo padrão — Shaan responde. — A reputação da família real é valiosa demais para correr algum risco.

As chamadas "Informações Confidenciais", conforme utilizadas no presente Termo, incluem:

1. Informações que sua alteza real, o príncipe Henry, ou qualquer membro da Família Real designe ao Hóspede como "Informações Confidenciais";

2. Todas as informações relativas aos bens e patrimônios de sua alteza real, o príncipe Henry;

3. Quaisquer detalhes arquitetônicos interiores das Residências Reais, incluindo o Palácio de Buckingham, o Palácio de Kensington etc., e objetos pessoais nelas encontrados;

4. Quaisquer informações sobre ou envolvendo a vida pessoal ou particular de sua alteza real, o príncipe Henry, que não tenha sido divulgada previamente por documentos reais oficiais, discursos ou biógrafos aprovados, incluindo qualquer relação pessoal ou particular que o Hóspede possa ter com sua alteza real, o príncipe Henry;

5. Quaisquer informações encontradas nos aparelhos eletrônicos pessoais de sua alteza real, o príncipe Henry...

Isso parece... demais, como o tipo de papelada que se receberia de um milionário perverso que quer caçar uma pessoa por esporte. Ele se pergunta o que uma figura pública tão entediante e perfeitinha teria a esconder. Tomara que não seja caçar pessoas.

Mas termos de confidencialidade não são nenhuma novidade para Alex, então ele o assina e rubrica. Afinal, não divulgaria todos os detalhes monótonos de sua viagem para ninguém, exceto talvez para June e Nora.

Eles estacionam na frente do estábulo depois de quinze minutos, sua equipe de segurança logo atrás. O estábulo real é, obviamente, elaborado, bem cuidado e completamente diferente dos ranchos velhos que ele via no norte do Texas. Shaan guia o caminho até a beira do pasto, enquanto Amy e sua equipe se reagrupam dez passos atrás.

Alex apoia os cotovelos nas tábuas da cerca branca envernizada, lutando contra a sensação súbita e absurda de que está malvestido para a ocasião. Em qualquer outro dia, sua calça chino e sua camisa seriam perfeitas para uma sessão de fotos casual, mas, pela primeira vez em muito tempo, ele está se sentindo completamente fora de seu habitat. Será que seu cabelo está horrível por causa do voo?

Claro, Henry não vai estar com uma aparência muito melhor depois de um treino de polo. Ele deve estar todo suado e repugnante.

Como se ouvisse aquele pensamento, Henry vira a curva galopando no dorso de um cavalo branco impecável.

Ele não está nem um pouco suado, muito menos repugnante. Em vez disso, surge banhado dramaticamente pela luz arrebatadora e resplandecente do pôr do sol, usando uma jaqueta preta e calças de montaria enfiadas nas botas altas de couro, como um verdadeiro príncipe de contos de fadas. Ele desengancha o capacete e o tira com a mão enluvada, e o cabelo está perfeitamente desgrenhado, de maneira a parecer proposital.

— Eu vou vomitar em você — Alex diz assim que Henry se aproxima o bastante para ouvi-lo.

— Oi, Alex — Henry diz. Alex realmente se ressente pelos centímetros mais altos de Henry. — Você parece... sóbrio.

— Apenas para você, vossa alteza real — ele diz com uma reverência sarcástica. Ele fica contente em ouvir certo tom de frieza na voz de Henry, que finalmente parou de atuar.

— Muito gentil da sua parte — Henry diz. Ele passa a perna comprida por sobre o cavalo e desmonta com elegância, tirando a luva e estendendo a mão para Alex. Um cavalariço bem-vestido surge do nada para levar o cavalo embora, puxando-o pelas rédeas. Alex nunca deve ter odiado nada mais do que odeia esse momento.

— Que idiotice — Alex diz, apertando a mão de Henry. Sua pele é macia, provavelmente esfoliada e hidratada todos os dias por alguma manicure da realeza. Há um fotógrafo real logo do outro lado da cerca, então ele abre um sorriso vitorioso e diz entredentes. — Vamos acabar logo com isso.

— Preferia ser torturado — Henry diz, retribuindo o sorriso. A câmera tira algumas fotos. Seus olhos são grandes, suaves e azuis, e ele precisa desesperadamente levar um soco num deles. — Ouvi dizer que seu país é bom nisso.

Alex ergue a cabeça para trás e solta uma gargalhada elegante, alta e falsa.

—Vai se foder.

— Não tenho tempo — Henry diz. Ele solta a mão de Alex quando Shaan volta.

—Vossa alteza — Shaan cumprimenta Henry com a cabeça. Alex se concentra para não revirar os olhos. — O fotógrafo já deve ter o que precisa, então, se estiver pronto, o carro está à espera.

Henry se vira para ele e sorri de novo, os olhos impossíveis de interpretar.

—Vamos?

Há algo de vagamente familiar nos aposentos de hóspedes do Palácio de Kensington, embora Alex nunca tenha estado ali antes.

Shaan mandou um atendente levá-lo até seu quarto, onde sua bagagem esperava por ele em cima da cama de madeira entalhada e coberta com lençóis dourados. Muitos dos quartos na Casa Branca têm o mesmo ar assombrado, um peso histórico que pende feito teias de aranha, por mais impecáveis que os aposentos sejam mantidos. Ele está acostumado a dormir com fantasmas, mas não é esse o problema.

Aquele lugar o faz lembrar algo ainda mais antigo em sua memória, por volta da época em que seus pais se separaram. Eles eram o tipo de casal de advogados que mal conseguiam pedir delivery de comida chinesa sem fazer uma documentação jurídica, então Alex passou o verão antes do sétimo ano indo e voltando entre a casa da mãe e a casa nova do pai em Los Angeles até eles finalmente conseguirem firmar um acordo definitivo.

Era uma casa bonita no vale; tinha uma piscina azul cristalina e uma parede de vidro sólido nos fundos. Ele nunca conseguiu dormir bem lá. No meio da noite, saía escondido do quarto improvisado, roubando sorvete Helados do freezer do pai e tomando direto do pote, em pé e descalço na cozinha, sob a luz azul refletida da piscina.

De alguma forma, é assim que ele se sente aqui — acordado à meia-noite em um lugar estranho, obrigado a fazer isso funcionar.

Ele vai até a cozinha anexa à ala de hóspedes, onde o pé-direito é alto e os balcões são de mármore brilhante. Falaram para ele enviar uma lista para estocarem sua cozinha, mas, pelo visto, era difícil demais conseguir Helados em cima da hora — tudo que tem no freezer são sorvetes de casquinha de marcas britânicas.

— Como é aí? — diz a voz de Nora, metálica pelo celular. Na tela, ela está de cabelo preso, mexendo em uma das dezenas de plantas em sua janela.

— Esquisito — Alex diz, erguendo os óculos sobre o nariz. — Tudo parece um museu. Mas acho que não posso mostrar pra você.

— Aah — Nora diz, erguendo as sobrancelhas. — Que sigiloso. Que chique.

— Até parece — Alex diz. — Na verdade, é meio medonho. Tive que assinar um termo de confidencialidade tão gigante que tenho certeza que um alçapão vai abrir sob meus pés e vou acabar em uma masmorra de tortura a qualquer momento.

— Aposto que ele tem um filho bastardo secreto — Nora diz. — Ou é gay. Ou tem um filho bastardo secreto que é gay.

— Acho que é para o caso de eu ver o cavalariço trocar as pilhas dele — Alex diz. — Enfim, esse assunto é chato. E você? Sua vida está muito melhor do que a minha nesse momento.

— Bom — Nora diz —, o Nate Silver não para de me ligar pedindo outra coluna. Comprei umas cortinas novas. Reduzi a lista de pós-graduações para estatística ou ciência de dados.

— Me fala que as duas são na George Washington — Alex diz, pulando para se sentar em cima de um dos balcões limpíssimos, balançando os pés. — Você não pode me largar em Washington e voltar para Massachusetts.

— Ainda não decidi, mas, por incrível que pareça, não depende de você — Nora diz. — Lembra que às vezes a gente comenta que você não é o centro do mundo?

— Lembro, é esquisito. Então o plano é destronar o Nate Silver como czar dos dados de Washington?

Nora dá risada.

— Não, o que vou fazer é compilar e processar em segredo dados suficientes para saber exatamente o que vai acontecer nos próximos vinte e cinco anos. Então, vou comprar uma casa no topo de uma colina muito alta na beira da cidade, me tornar uma reclusa excêntrica e ficar sentada na varanda. Vou ver tudo se desenrolar com binóculos.

Alex começa a rir, mas para quando escuta um barulho no corredor. Passos discretos se aproximando. A princesa Beatrice mora em uma parte diferente do palácio, e Henry também. Mas tanto os seguranças da Família Real como os dele dormem neste andar, então talvez...

— Espera aí — Alex diz, cobrindo o celular.

Uma luz se acende no corredor, e a pessoa que entra a passos surdos na cozinha é ninguém menos do que o próprio príncipe Henry.

Ele está com a cara amassada e meio dormindo, os ombros curvados enquanto boceja. Ele está na frente de Alex usando não um terno, mas uma camiseta cinza e uma calça de pijama xadrez. Está com fones de ouvido, e seu cabelo está uma bagunça. Os pés estão descalços.

Ele parece surpreendentemente humano.

Ele fica paralisado quando seus olhos encontram Alex sentado no balcão. Alex o encara de volta. Na mão dele, Nora começa a dizer com a voz abafada:

— É o...

Alex encerra a ligação.

Henry tira os fones e volta a assumir uma postura ereta, mas seu rosto ainda está sonolento e confuso.

— Oi — ele diz, com a voz rouca. — Desculpa. É. Eu só ia. Cornettos.

Ele aponta vagamente na direção da geladeira, como se tivesse dito algo que fizesse algum sentido.

— Quê?

Ele vai até o freezer e tira a caixa de sorvetes, mostrando o nome *Cornettos* para Alex na embalagem.

— Os meus acabaram. Eu sabia que tinham estocado a sua geladeira.

—Você assalta a cozinha de todos os seus hóspedes? — Alex pergunta.

— Só quando não consigo dormir — Henry diz. — E nunca consigo. Não sabia que você estava acordado. — Ele olha para Alex, com expectativa, e Alex se dá conta de que ele está esperando permissão para abrir a caixa e pegar um. Alex pensa em dizer não, só pela emoção de negar algo a um príncipe, mas está meio intrigado. Ele também não consegue dormir normalmente. Faz que sim com a cabeça.

Ele espera que Henry pegue um Cornetto e saia, mas, em vez disso, o príncipe volta a erguer os olhos para Alex.

—Você treinou o que vai falar amanhã?

— Treinei — Alex diz, se eriçando imediatamente. É por isso que nada em Henry o havia intrigado antes. —Você não é o único profissional aqui.

— Eu não quis dizer... — Henry hesita. — Só quis saber se você acha que a gente deveria, tipo, ensaiar?

— Você precisa?

— Pensei que poderia ajudar. — É claro que ele pensou isso. Tudo que Henry já fez publicamente deve ter sido ensaiado em segredo em aposentos reais abafados como esse.

Alex salta do balcão, desbloqueando o celular.

— Saca só.

Ele tira uma foto: a caixa de Cornettos no balcão, a mão de Henry apoiada ao lado dela, seu anel de sinete pesado visível junto com uma parte do pijama. Ele abre o Instagram, passa um filtro.

— "Nada cura o cansaço da viagem" — Alex narra com a voz monótona enquanto digita a legenda — "melhor do que um sorvete noturno com o @PrinceHenry." Localização: Palácio de Kensington, e postado. — Ele mostra o celular para Henry enquanto as curtidas e comentários começam a brotar imediatamente. — Tem muita coisa sobre a qual vale a pena pensar demais. Mas essa não é uma delas.

Henry franze a testa.

— Talvez — ele diz, em dúvida.

— Já acabou? — Alex pergunta. — Eu estava no celular.

Henry pestaneja, depois cruza os braços diante do peito, de volta à defensiva.

— Claro. Não quero atrapalhar.

Antes de sair da cozinha, ele pausa no batente, refletindo.

— Não sabia que você usava óculos — ele diz finalmente.

Ele deixa Alex sozinho na cozinha, a caixa de Cornettos condensando no balcão.

O trajeto até o estúdio onde vai ser a entrevista é turbulento, mas felizmente rápido. Alex provavelmente deveria saber que parte do seu mal-estar é nervosismo, mas prefere pensar que a culpa é do café da manhã terrível que tomou — que tipo de país idiota come feijão sem tempero com pão de forma de café da manhã? Ele não consegue decidir se é seu sangue mexicano ou texano que se sente mais ofendido.

Henry está sentado ao seu lado, cercado por uma multidão de empregados e stylists. Um ajeita seu cabelo com um pente fino. Outro segura um caderno com tópicos. Outro ajeita sua gola. Do banco de passageiros, Shaan tira um comprimido amarelo de um frasco e o passa para Henry, que o coloca na boca prontamente e o engole de uma vez. Alex decide que não quer nem precisa saber o que é.

O comboio para em frente ao estúdio e, quando a porta automática se abre, lá está a fila de fotógrafos prometida e a barricada de adoradores da realeza. Henry se vira e olha para ele, uma leve careta em torno da boca e dos olhos.

— O príncipe vai primeiro, depois você — Shaan diz a Alex, se aproximando e tocando no fone. Alex inspira uma, duas vezes, e abre o sorriso elétrico, o charme americano.

— Vá em frente, vossa alteza real — Alex diz, piscando enquanto coloca os óculos escuros. — Seus súditos o aguardam.

Henry pigarreia e levanta, saindo para o sol matinal e acenando amavelmente para a multidão. Câmeras disparam, fotógrafos gritam. Uma menina de olhos azuis na multidão ergue um cartaz em que está escrito em letras grandes e brilhantes PEGA EU, PRÍNCIPE HENRY! por cerca de cinco segundos até um membro da equipe de segurança jogar o cartaz numa lixeira próxima.

Alex sai em seguida, erguendo-se ao lado de Henry e colocando um braço em volta dos ombros dele.

— Finge que gosta de mim! — Alex diz, sorridente. Henry olha para ele como se estivesse tentando escolher entre um milhão de opções de palavras, antes de inclinar a cabeça para o lado e dar uma gargalhada ensaiada, colocando o braço em volta de Alex também. — Agora sim.

Os apresentadores do *This Morning* são tão britânicos que chega a dar agonia: uma mulher de meia-idade chamada Dottie de vestidinho claro e um homem chamado Stu com cara de quem passa os fins de semana gritando com camundongos no jardim de casa. Alex assiste às apresentações nos bastidores enquanto um maquiador esconde uma espinha de estresse em sua testa. *Então, isso está acontecendo.* Ele tenta ignorar Henry poucos metros à sua esquerda, recebendo uma arrumada final de um stylist da realeza. É a última chance do dia que ele tem de ignorá-lo.

Pouco depois, Henry sai do camarim, seguido por Alex, que aperta a mão de Dottie primeiro, voltando seu Sorriso Político para ela, aquele que faz muitas deputadas e um número considerável de deputados quererem lhe dizer coisas que não deveriam. Ela ri baixo e dá um beijo na bochecha dele. A plateia bate palmas e mais palmas.

Henry senta no sofá do cenário ao lado dele, a postura perfeita, e Alex sorri para ele, fingindo parecer à vontade nessa companhia. É mais difícil do que deveria, porque, de repente, as luzes do palco deixam claro como Henry está bonito para as câmeras. Ele está usando um suéter azul sobre a camisa e seu cabelo parece sedoso.

Tá, tudo bem. Chega a ser irritante o quanto Henry é atraente. Isso sempre foi verdade, objetivamente falando. Não é um problema.

Ele percebe, quase um segundo tarde demais, que Dottie está fazendo uma pergunta para ele.

— O que você está achando da *boa e velha Inglaterra*, hein, Alex? — Dottie diz, visivelmente gracejando com ele. Alex força um sorriso.

— Sabe, Dottie, é maravilhoso — Alex diz. — Já estive aqui algumas vezes desde que minha mãe foi eleita, e é sempre incrível ver a história, além da seleção de cervejas. — A plateia gargalha em seguida, e Alex ri um pouco. — E, claro, é sempre bom encontrar esse cara.

Ele se vira para Henry, estendendo o punho. Henry hesita antes de bater o punho no de Alex, com o ar tenso de quem comete um ato de traição.

O motivo por que Alex quer entrar na política, mesmo sabendo que tantos filhos de presidentes anteriores fugiram correndo assim que fizeram dezoito anos, é que ele realmente se importa com o povo.

O poder é ótimo, a atenção é divertida, mas o povo... o povo é tudo. Ele tem um certo problema de se importar demais com todas as coisas, incluindo se as pessoas conseguem pagar suas despesas médicas, se casar com quem quer que amem, ou não levar um tiro na escola. Ou, nesse caso, se as crianças com câncer têm livros suficientes para ler no Royal Marsden NHS Foundation Trust.

Ele, Henry e a horda coletiva de seguranças dos dois tomaram conta do andar do hospital, atrapalhando as enfermeiras e apertando mãos. Ele está tentando — tentando para valer — não cerrar os punhos ao lado do corpo, mas Henry está abrindo seu sorriso robótico com um garotinho careca todo entubado para uma fotografia idiota, e sua vontade é gritar com todo esse maldito país.

Como ele é obrigado por contrato a estar aqui, se concentra nas crianças. A maioria não faz ideia de quem ele seja, mas Henry o apresenta alegremente como filho da presidenta, e não demora para estarem perguntando sobre a Casa Branca e se ele conhece a Ariana Grande, e ele ri e responde às perguntas. Alex tira livros das caixas pesadas que eles trouxeram, senta nas camas e lê em voz alta, seguido por um fotógrafo.

Ele só se dá conta de que perdeu Henry de vista quando o paciente para quem está lendo pega no sono, e ele reconhece o burburinho baixo da voz do príncipe do outro lado da cortina.

A poucos passos dali — nenhum fotógrafo. Apenas Henry. Hmm.

Em silêncio, ele passa por cima da cadeira encostada à parede no canto da cortina. Se ele sentar no ângulo certo e erguer a cabeça, consegue enxergar um pouco.

Henry está conversando com uma garotinha com leucemia chamada Claudette, segundo a prancha na parede. A pele negra da menina tem um tom acinzentado e ela usa um lenço laranja brilhante amarrado na cabeça, estampado com o Starbird da Aliança Rebelde.

Em vez de estar em pé e sem jeito como Alex imaginava ver, Henry está ajoelhado ao lado da garota, sorrindo e segurando sua mão.

— ... fã de Star Wars, então? — Henry diz com uma voz baixa

e afetuosa que Alex nunca tinha ouvido dele antes, enquanto aponta para o símbolo no lenço da menina.

— Eu amo! — Claudette diz efusivamente. — Quero ser que nem a princesa Leia quando crescer porque ela é muito forte, resistente e esperta. E além de tudo beija o Han Solo!

Ela cora um pouco por falar em beijo na frente do príncipe, mas é corajosa e mantém o contato visual. Alex se pega esticando mais o pescoço para ver a reação de Henry. Ele definitivamente não se lembra de Star Wars na ficha informativa.

— Quer saber — Henry diz, inclinando-se em tom conspiratório —, acho que você teve a ideia certa.

Claudette ri baixinho.

— Quem é o seu preferido?

— Hmm — Henry diz, fingindo pensar muito. — Sempre gostei do Luke. Ele é corajoso e bom, e é o jedi mais forte de todos. Acho que o Luke é prova de que não importa de onde você venha ou quem seja a sua família; você sempre pode ser incrível se for verdadeiro consigo mesmo.

— Certo, srta. Claudette — uma enfermeira diz alegremente enquanto abre a cortina. Henry levanta de um salto, e Alex quase cai da cadeira, pego no flagra. Ele limpa a garganta ao ficar de pé, se esforçando para não olhar para Henry. — Vocês dois podem ir, está na hora dos remédios dela.

— Dona Beth, o Henry falou que somos amigos agora! — Claudette praticamente choraminga. — Ele pode ficar!

— Ei, mocinha! — Beth, a enfermeira, a repreende. — Isso não é jeito de se dirigir ao príncipe. Sinto muito, vossa alteza.

— Não tem por que se desculpar — Henry diz. — Comandantes rebeldes são mais importantes do que a realeza. — Ele dá uma piscadinha e bate continência para Claudette, e ela se derrete toda.

— Estou impressionado — Alex diz enquanto eles saem juntos para o corredor. Henry ergue uma sobrancelha, e Alex acrescenta: — Não impressionado, só surpreso.

— Com o quê?

— Que você tem, sabe, sentimentos.

Henry está começando a sorrir quando três coisas acontecem em rápida sucessão.

A primeira: um grito ecoa na ponta oposta do corredor.

A segunda: há um estouro alto que assustadoramente parece um tiro.

A terceira: Cash pega Henry e Alex pelos braços e os empurra pela porta mais próxima.

— *Abaixem-se* — Cash grunhe enquanto fecha a porta atrás dos dois.

Na escuridão abrupta, Alex tropeça em um esfregão e na perna de Henry, e os dois caem juntos numa pilha ruidosa de penicos de metal. Henry cai primeiro, de cara no chão, e Alex para em cima dele.

— Ai, meu Deus — Henry diz, com a voz abafada e ecoando um pouco. Alex meio que torce para que o rosto dele esteja enfiado num penico.

— Sabe — ele diz com a cara no cabelo de Henry —, a gente tem que parar de cair desse jeito.

— Dá *licença*?

— Isso é culpa *sua*!

— *Como* isso poderia ser culpa minha? — Henry sussurra, furioso.

— Ninguém nunca tenta atirar em mim quando estou fazendo aparições presidenciais, mas no minuto que saio com a porra de um membro da realeza...

— Dá para calar a boca para não nos matarem?

— Ninguém vai matar a gente. Cash está bloqueando a porta. Além disso, não deve ser nada.

— Então pelo menos *sai de cima de mim*.

— Para de mandar em mim! Você não é meu príncipe!

— Saco — Henry murmura.

Ele empurra o chão com força e rola para o lado, derrubando Alex, que acaba entre o corpo de Henry e uma estante de produtos de limpeza com cheiro forte.

— Dá para sair daí, vossa alteza? — Alex sussurra, batendo o ombro no de Henry. — Prefiro não ficar na parte de dentro da conchinha.

— Acredite em mim, estou tentando — Henry responde. — Não tem espaço.

Do lado de fora, há vozes, passos apressados — nenhum sinal de que está liberado.

— Bom — Alex diz. — Acho que é melhor tentar ficar confortável.

Henry expira, tenso.

— Que fantástico.

Alex o sente se mexendo ao lado dele, os braços cruzados diante do peito em sua postura reservada típica enquanto continua deitado no chão com o pé dentro de um balde de esfregão.

— Que fique claro — Henry diz — que também nunca sofri um atentado antes.

— Bom, parabéns — Alex diz. — Você finalmente conseguiu.

— Sim, é exatamente como sonhei que seria. Trancado em um armário com seu cotovelo enfiado na minha caixa torácica — Henry alfineta. Ele fala como se quisesse dar um soco na cara de Alex, e Alex nunca deve ter gostado tanto dele quanto agora, então obedece a um impulso e enfia o cotovelo na barriga de Henry com força.

Henry solta um grito agudo e abafado e, quando Alex se dá conta, foi puxado de lado pela camisa e Henry está meio em cima dele, o imobilizando com a coxa. Sua cabeça lateja no ponto onde bateu contra o piso de linóleo, mas ele consegue sentir seus lábios se abrirem em um sorriso.

— Então você *sabe* brigar — Alex diz. Ele ergue os quadris, tentando se livrar de Henry, mas ele é mais alto e mais forte e está segurando Alex pela gola.

— Já acabou? — Henry diz, com a voz esganiçada. — Será que dá pra parar de colocar sua vidinha miserável em perigo?

— Ah, que gracinha, você se importa comigo — Alex diz. — Estou aprendendo todas as suas profundezas escondidas hoje, querido.

Henry expira e se afunda para longe dele.

— Não acredito que nem o perigo mortal faz você parar de ser assim.

A parte mais estranha, Alex pensa, é que o que ele disse é verdade.

Ele está tendo esses pequenos vislumbres de coisas que nunca pensou que Henry fosse. Um tanto briguento, por exemplo. Inteligente, interessado nos outros. É sinceramente desconcertante. Ele sabe exatamente o que dizer a cada senador democrata para fazê-los desatar a falar sobre projetos de lei, exatamente quando o chiclete de nicotina de Zahra está acabando, exatamente qual olhar lançar a Nora para disparar as fofocas sobre eles. Decifrar as pessoas é o que ele faz.

Ele não gosta nem um pouco que um filhote endógamo da realeza bagunce seu sistema. Mas realmente curtiu essa briga.

Ele fica deitado, esperando. Escuta os passos rápidos do outro lado da porta. Deixa os minutos passarem.

— Então, hm — ele arrisca. — Star Wars?

Sua intenção é falar de um jeito inofensivo, descontraído, mas a força do hábito vence e sai como uma ofensa.

— Sim, Alex — Henry diz, na defensiva —, acredite ou não, as crianças da coroa não passam a infância frequentando chás.

— Pensei que fosse mais treinamento de etiqueta e liga de polo infantil.

Henry faz uma pausa profundamente descontente.

— Isso... talvez faça parte também.

— Então você curte cultura pop, mas finge que não — Alex diz. — Ou você não pode falar sobre isso porque não convém para a coroa, ou *prefere* não falar porque quer que as pessoas pensem que você é culto. Qual é?

— Você está me psicanalisando? — Henry pergunta. — Acho que hóspedes da realeza não podem fazer isso.

— Estou tentando entender por que você se dedica tanto a fingir que é algo que não é, sendo que acabou de falar para aquela menininha que grandeza significa ser verdadeiro consigo mesmo.

— Não sei do que você está falando e, se eu soubesse, não seria da sua conta — Henry diz, a voz ficando tensa.

— Sério mesmo? Porque tenho quase certeza que sou obrigado por um contrato a fingir que sou seu melhor amigo, e não sei se você já pensou direito nisso, mas isso não vai parar depois desse fim de semana — Alex diz. Henry aperta ainda mais o próprio antebraço. — Se fizermos isso e nunca mais nos vermos, as pessoas vão saber que é mentira. Estamos presos um ao outro, goste você ou não, então tenho o direito de saber qual é o seu lance antes que me pegue de surpresa.

— Por que não começamos... — Henry diz, virando a cabeça para olhar para ele. Tão de perto, Alex só consegue distinguir a silhueta do nariz forte e majestoso de Henry — ... com você me contando por que me odeia tanto?

— Quer mesmo ter essa conversa?

— Talvez eu queira.

Alex cruza os braços, percebe que é um reflexo do tique de Henry, e os descruza.

— Você realmente não lembra de ter sido um babaca comigo na Olimpíada?

Alex lembra em vívidos detalhes: ele com dezoito anos, mandado ao Rio com June, Nora e a delegação da campanha aos jogos, um fim de semana de sessões fotográficas vendendo a imagem de "próxima geração da cooperação global". Alex passou a maior parte da viagem tomando caipirinhas e, em seguida, vomitando caipirinhas atrás de estádios olímpicos. Ele lembra até da bandeira britânica na jaqueta esportiva de Henry na primeira vez em que se conheceram.

Henry suspira.

— Foi a vez em que você ameaçou me jogar no Tâmisa?

— *Não* — Alex diz. — Foi a vez em que você foi um *babaca condescendente* nas finais de mergulho. Não lembra?

— Não.

Alex olha feio.

— Fui até você para me apresentar, e você me encarou como se eu fosse a coisa mais ofensiva que já tinha visto. Logo depois de apertar minha mão, você virou para Shaan e disse: "Pode se livrar dele?".

Uma pausa.

— Ah — Henry diz. Ele limpa a garganta. — Não sabia que você tinha me ouvido.

— Acho que você não entendeu que o problema — Alex diz — é você ter dito aquela babaquice.

— Faz... sentido.

— Pois é.

— Só isso? — Henry pergunta. — Só a Olimpíada?

— Assim, esse foi o começo.

Henry pausa de novo.

— Estou sentindo reticências.

— É só que... — Alex diz e, sentado no chão de um almoxarifado, esperando uma ameaça de segurança passar ao lado do príncipe da Inglaterra depois de um fim de semana que pareceu um tipo de pesadelo contínuo muito específico, se censurar dá muito trabalho. — Sei lá. Fazer o que nós fazemos é difícil pra caralho. Mas é mais difícil para mim. Sou o filho da primeira presidenta mulher dos Estados Unidos. E não sou branco como ela, nem posso passar por branco. As pessoas sempre pegam mais pesado comigo. Já você é, sabe, *você*, e nasceu no meio disso tudo, e todos veem você como a porra do Príncipe Encantado. Você é basicamente um lembrete vivo de que sempre vou ser comparado com outra pessoa, não importa o que eu faça, mesmo se eu me esforçar duas vezes mais.

Henry fica em silêncio por um bom tempo.

— Olha — Henry fala finalmente. — Não posso fazer muito em relação ao resto. Mas posso dizer que, sim, fui mesmo um babaca naquele dia. Não que isso justifique, mas meu pai tinha morrido catorze meses antes, e eu ainda era meio babaca cem por cento do tempo na época. Desculpe.

Henry contrai uma mão ao lado do corpo, e Alex fica em silêncio por um momento.

A ala de câncer. Claro, Henry escolheu uma ala de câncer — estava lá na ficha informativa. *Pai: famoso astro do cinema Arthur Fox, falecido em 2015, câncer pancreático.* O velório foi transmitido pela televisão. Ele repensa as últimas vinte e quatro horas: a insônia, os comprimidos, a leve careta tensa que Henry faz em público que Alex sempre interpreta como indiferença.

Ele entende algumas coisas sobre esse assunto. O divórcio dos seus pais não foi um período agradável, e não é por prazer que ele se mata para ter notas altas. Faz muito tempo que ele sabe que a maioria das pessoas não pensa se algum dia vão ser boas o bastante ou se estão decepcionando o mundo inteiro. Ele nunca considerou que Henry pudesse sentir as mesmas coisas.

Henry limpa a garganta de novo, e algo como pânico toma conta de Alex. Ele abre a boca e diz:

— Bom saber que você não é perfeito.

Ele quase consegue sentir Henry revirar os olhos, e fica grato por isso, o conforto familiar da rivalidade.

Eles ficam em silêncio de novo, a poeira da conversa baixando. Alex não consegue ouvir nada de trás da porta nem nenhuma sirene na rua, mas ninguém veio buscá-los ainda.

Então, do nada, Henry diz no silêncio estendido:

— *O retorno de jedi.*

Um segundo.

— Quê?

— Respondendo à sua pergunta — Henry diz. — Sim, eu gosto de Star Wars, e meu preferido é *O retorno de jedi.*

— Ah — Alex diz. — Nossa, como você está errado.

Henry solta uma bufada elegante de indignação. Cheira a menta. Alex resiste ao impulso de dar outra cotovelada nele.

— Como posso estar errado sobre meu filme preferido? É uma verdade pessoal.

— É uma verdade pessoal errada e ruim.

— Qual você prefere, então? Por favor, me mostre onde estou enganado.

— Tá, *Império*.

Henry funga.

— Mas que *sombrio*.

— Isso é o que o torna *bom* — Alex diz. — É o mais complexo tematicamente. Tem o beijo do Han e da Leia, a gente conhece o Yoda, Han está no seu ápice, tem a porra do *Lando Calrissian*, e a *melhor* reviravolta na história do cinema. O que o *Jedi* tem? A porra dos ewoks.

— Os ewoks são *icônicos*.

— Os ewoks são *idiotas*.

— Mas *Endor*.

— Mas *Hoth*. Existe um motivo para todo mundo chamar a melhor e mais corajosa parte de uma trilogia de *Império* da série.

— Eu entendo. Mas não devemos dar valor a um final feliz?

— Falou o Príncipe Encantado.

— Só dizendo, eu gosto da resolução de *Jedi*. Amarra tudo perfeitamente. E o tema geral que você leva dos filmes é esperança, amor e... tipo, sabe, tudo mais. É por isso que *Jedi* deixa a gente com uma sensação de algo maior.

Henry tosse, e Alex está virando para olhar para ele de novo quando a porta se abre e a silhueta de Cash ressurge.

— Alarme falso — ele diz, arfando. — Uns moleques idiotas trouxeram fogos de artifício para um amigo. — Ele baixa os olhos para os dois, deitados de costas e piscando contra a luz súbita e forte do corredor. — Parece aconchegante aqui.

— Pois é, estamos ficando íntimos — Alex diz. Ele estende uma mão para Cash ajudá-lo a levantar.

Fora do Palácio de Kensington, Alex tira o celular de Henry da mão dele e abre uma página para rapidamente criar um contato novo, antes que ele possa reclamar ou mandar um segurança para cima dele por violar uma propriedade real. O carro está esperando para levá-lo de volta à pista particular da realeza.

— Toma — Alex diz. — É o meu número. Se formos manter isso, vai ficar irritante continuar passando pelos assessores. Só me manda uma mensagem. Vamos dar um jeito.

Henry fica olhando para ele, a expressão vagamente perplexa, e Alex se pergunta como esse cara tem amigos.

— Certo — Henry acaba dizendo. — Obrigado.

— Mas não troco nudes — Alex diz, e Henry solta uma gargalhada.

Três

O AMERICANO QUE ME AMAVA: Henry e Alex exibem amizade

ALERTA: BROMANCE NOVO NO AR? Fotos do primeiro-filho com o príncipe Henry

FOTOS: Fim de semana de Alex em Londres

Pela primeira vez em uma semana, Alex não está irritado ao navegar por seus alertas do Google. Eles terem dado uma exclusiva à *People* — algumas frases genéricas sobre como Alex "estima" sua amizade com Henry e suas "experiências em comum" como filhos de líderes mundiais — fez muita diferença. Embora Alex ache que essa experiência em comum deve ser a vontade de jogar essa frase no oceano entre eles e vê-la afundar.

Pelo menos sua mãe não tem mais vontade de encenar a morte dele e ele parou de receber mil tweets virulentos por hora, o que já é uma vitória.

Ele desvia de uma caloura fascinada que o encara com os olhos arregalados e sai do corredor para o lado leste do campus, tomando o último gole de seu café frio. A primeira aula de hoje foi uma eletiva que ele está fazendo por um misto de fascínio mórbido e curiosidade acadêmica: Imprensa e Presidência. Alex ainda está com um cansaço infernal por tentar impedir que a imprensa *destruísse* a presidência, e essa ironia não passou despercebida por ele. A aula de hoje foi sobre os escândalos sexuais da história, e ele manda mensagem para Nora: **quais as chances de um de nós se envolver em um escândalo sexual antes do fim do segundo mandato?**

A resposta dela vem em segundos: **94% de probabilidade do seu pau virar uma personalidade recorrente no noticiário. aliás, viu isso?**

Tem um link anexado: uma postagem de blog cheia de imagens e GIFs animados dele e de Henry no *This Morning*. O toque com os punhos. Sorrisos trocados que parecem sinceros. Olhares conspiratórios. Embaixo, centenas de comentários sobre como eles são bonitos, como ficam bem juntos.

pqp, diz um dos comentários, **se peguem de uma vez, vai**.

Alex ri tanto que quase tropeça num chafariz.

Como sempre, a guarda diurna no Dirksen Building olha feio para Alex quando ele passa pelos seguranças. Ela tem certeza que foi ele quem vandalizou a placa do gabinete de um senador em particular para que ficasse MITCH MCCUZÃO, mas nunca vai ter como provar.

Cash acompanha Alex em algumas das missões de reconhecimento no Senado, então ninguém entra em pânico quando ele desaparece por algumas horas. Hoje, Cash se recosta em um banco para ouvir alguns podcasts. Ele sempre foi o mais permissivo em relação às travessuras de Alex.

Alex sabe de cor a planta do prédio desde que seu pai se elegeu ao Senado pela primeira vez. Foi onde ele aprendeu seu conhecimento enciclopédico sobre políticas e procedimentos, e onde passa mais tardes do que deveria, paquerando assistentes e descobrindo fofocas. Sua mãe finge se irritar, mas sempre pergunta o que ele está sabendo de novo, como quem não quer nada.

Como o senador Oscar Diaz está dando um discurso a favor do controle de armas na Califórnia, Alex aperta o botão do quinto andar em vez do andar do pai.

Seu senador preferido é Rafael Luna, um independente do Colorado e o mais jovem do Senado, com apenas trinta e nove anos. O pai de Alex o apadrinhou quando ele era apenas um procurador talentoso, e agora ele é o queridinho da política nacional por (A) vencer uma eleição especial e uma geral para senador com uma virada surpreendente e (B) dominar a lista de 50 Mais Bonitos da *The Hill*.

Alex passou o verão de 2018 em Denver na campanha de Luna, então eles têm sua própria relação disfuncional desenvolvida à base de Skittles de sabores tropicais comprados em postos de gasolina e noites em claro esboçando comunicados de imprensa. Às vezes ele ainda sente o fantasma da tendinite voltar, uma leve dor de estimação.

Alex encontra Luna em sua sala, usando óculos de leitura de aro de chifre que não prejudicam em nada sua aparência habitual de astro de cinema que tropeçou e acabou caindo na política. Alex sempre suspeitou que os olhos castanhos penetrantes e a barba rala perfeitamente aparada, assim como as maçãs do rosto esculpidas, conquistaram os votos que Luna poderia ter perdido por ser latino e assumidamente gay.

O álbum tocando baixo na sala é um dos preferidos dos tempos em Denver: Muddy Waters. Quando Luna ergue os olhos e vê Alex no batente, ele derruba a caneta em uma pilha bagunçada de papéis e se recosta na cadeira.

— Que porra você está fazendo aqui, moleque? — ele diz, observando-o feito um gato desconfiado.

Alex enfia a mão no bolso e tira um pacote de Skittles, e o rosto de Luna se abre em um sorriso na mesma hora.

— Bom garoto — ele diz, pegando o saquinho assim que Alex o joga no mata-borrão. Ele chuta a cadeira à frente da mesa para ele sentar.

Alex se senta, observando Luna rasgar o pacote com os dentes.

— Está trabalhando no quê?

— Você já sabe mais do que deveria sobre tudo que está nessa mesa. — E Alex realmente sabe: a mesma reforma da saúde do ano passado, a que está parada desde que eles perderam o Senado nas eleições de meio mandato. — Por que está aqui mesmo?

— Hmm. — Alex ergue uma perna sobre o braço da cadeira. — Não posso visitar um amigo querido da família sem segundas intenções?

— Sacana.

Ele aperta a mão no peito.

—Você me magoa.

—Você me cansa.

— Eu te encanto.

—Vou chamar os seguranças.

— Justo.

— Na verdade, queria falar da sua viagenzinha para a Europa — Luna diz. Ele fixa o olhar astuto em Alex. — Posso esperar um presente seu e do príncipe no Natal desse ano?

— Bom — Alex desvia do assunto —, já que estou aqui, tenho uma pergunta pra você.

Luna ri, se recostando e entrelaçando as mãos atrás da cabeça. Alex sente o rosto ficar quente por meio segundo, uma onda de adrenalina contente que significa que ele está chegando a algum lugar.

— É claro que tem.

— Queria saber se você ouviu alguma coisa sobre Connor — Alex pergunta. — Seria muito bom ter o apoio de outro senador independente. Você acha que ele está perto de fazer alguma declaração?

Ele balança o pé inocentemente sobre o braço da cadeira, como se estivesse fazendo uma pergunta inofensiva sobre o clima. Stanley Connor, o velho independente excêntrico e adorado de Delaware com uma equipe de comunicação repleta de jovens, seria de grande ajuda na disputa acirrada mais à frente, e os dois sabem disso.

Luna chupa um Skittle.

—Você está perguntando se ele está perto de declarar apoio ou se eu sei quais palitinhos mexer para fazer com que ele declare?

— Raf. Amigo. Parceiro. Você sabe que eu nunca perguntaria algo tão indecoroso.

Luna suspira, gira na cadeira.

— Nunca se sabe com ele. Questões sociais normalmente o impulsionariam para o lado de vocês, mas você sabe o que ele pensa da plataforma econômica da sua mãe. Você deve saber do histórico de votação dele melhor do que eu, moleque. Ele não se encaixa em nenhum dos lados. Talvez prefira algo radicalmente diferente em relação a impostos.

— E você sabe de alguma coisa que eu não sei?

Ele sorri.

— Sei que Richards está prometendo aos independentes uma plataforma centrista com grandes mudanças em questões não sociais. E sei que parte dessa plataforma dele talvez não se alinhe à posição de Connor em relação à saúde. Talvez seja um bom lugar para começar. Hipoteticamente, se eu fizesse parte das suas maquinações.

— E você acha que não vale a pena procurar pistas sobre candidatos republicanos além do Richards?

— Porra — Luna diz, seu sorriso se fechando. — Quais são as chances da sua mãe enfrentar um candidato que não seja a bosta do messias ungido do populismo de direita, herdeiro do legado da família Richards? Improváveis pra cacete, eu diria.

Alex sorri.

—Você me completa, Raf.

Luna revira os olhos.

—Vamos voltar para você — ele diz. — Não pense que não notei você mudando de assunto. Quero deixar claro que ganhei o bolão do gabinete sobre o tempo que levaria para você causar um incidente internacional.

— Nossa, pensei que você fosse de *confiança*. — Alex exclama, fingindo se sentir traído.

— Qual é a história?

— Não tem história — Alex diz. — Henry é... uma pessoa que eu conheço. E fizemos uma coisa idiota. Tive que consertar. Nada de mais.

—Tá, tá — Luna diz, erguendo as duas mãos. — Ele é um gato, hein?

Alex faz uma careta.

— É, assim, se você curte, tipo, príncipes de faz de conta.

— E quem não curte?

— Eu não — Alex diz.

Luna arqueia uma sobrancelha.

— Tá bom.

— Que foi?

— Só me lembrando do verão passado — ele diz. — Tenho uma lembrança muito vívida de você fazendo basicamente um boneco de vodu desse príncipe na mesa.

— Eu não.

— Ou era um alvo de dardos com o rosto dele?

Alex volta a passar a perna por cima do braço da cadeira para deixar os dois pés no chão e cruzar os braços, indignado.

— Eu fiquei com uma revista com o rosto dele na minha mesa uma vez porque eu estava na revista e, por acaso, ele era a capa.

— Você ficou encarando a revista por uma hora.

— Mentira — Alex diz. — Calúnia.

— Parecia que estava tentando botar fogo nele com a força da sua mente.

— Aonde você quer chegar?

— Acho interessante — ele diz. — Como as coisas mudam rápido.

— Qual é — Alex diz. — É... política.

— Uhum.

Alex abana a cabeça, feito um cachorro, como se fosse dispersar o assunto da sala.

— Além disso, vim aqui para conversar com você sobre apoios, não sobre meus pesadelos vergonhosos de relações públicas.

— Ah — Luna diz, com sarcasmo —, mas pensei que você tinha vindo visitar um amigo da família.

— Claro. Foi o que eu quis dizer.

— Alex, você não tem nada melhor para fazer numa sexta à tarde? Você tem vinte e um anos. Devia estar enchendo a cara, se arrumando pra uma festa ou coisa do tipo.

— Eu faço todas essas coisas — ele mente. — Mas também faço isso.

— Ah, vá. Estou tentando te dar conselhos, de um homem velho para uma versão muito mais nova de si mesmo.

— Você tem trinta e nove anos.

— Meu fígado tem noventa e três.

— Isso não é culpa minha.

— Certas noitadas em Denver discordariam.

Alex ri.

— Viu, é por isso que somos amigos.

— Alex, você precisa de outros amigos — Luna diz. — Amigos que *não estejam no Congresso*.

— Eu tenho amigos! Tenho June e Nora.

— É, sua irmã e uma menina que é um supercomputador — Luna retruca. — Você precisa de um tempo para si mesmo antes que acabe ficando esgotado, moleque. Precisa de um grupo de apoio maior.

— Para de me chamar de moleque — Alex diz.

— Sim, senhor — Luna diz. — Já acabou? Tenho trabalho de verdade me esperando.

— Tá, tá — Alex diz, se levantando da cadeira. — Ei, Maxine está na cidade?

— Waters? — Luna pergunta, inclinando a cabeça. — Cacete, você está pedindo para morrer, hein?

Em termos de famílias políticas, a família Richards é uma das mais complexas da história que Alex já tentou desvendar.

Em um dos post-its colados no seu laptop, ele escreveu: FAMÍLIA KENNEDY + FAMÍLIA BUSH + PODERES SITH E DINHEIRO BIZARRO DA MÁFIA = FAMÍLIA RICHARDS? É basicamente a síntese do que ele descobriu até agora. Jeffrey Richards, teoricamente o único favorito atual para se opor à sua mãe na eleição geral, é senador de Utah há quase vinte anos, o que significa um longo histórico de votações e legislação que a equipe da sua mãe já analisou. Alex está mais interessado nas coisas mais difíceis de descobrir. São tantas gerações de procurador-geral Richards e juiz federal Richards que eles seriam capazes de acobertar qualquer coisa.

Seu celular vibra sob uma pilha de pastas na mesa. Uma mensagem de June: **jantar? saudade de vc**. Alex ama June — de verdade, mais do que tudo no mundo —, mas está muito concentrado agora. Vai responder quando se der pausa em meia hora.

Ele volta para o vídeo de uma entrevista de Richards, olhando o rosto do homem em busca de sinais não verbais. Cabelo grisalho — natural, não é uma peruca. Dentes brancos reluzentes, como os de um tubarão. Queixo forte de tio Sam. Ótimo vendedor, considerando que ele está mentindo descaradamente sobre uma lei no vídeo. Alex toma nota.

Uma hora e meia depois, outra mensagem o tira de um mergulho profundo nas declarações fiscais suspeitas que um tio de Richards apresentou em 1986. Sua mãe mandou um emoji de pizza no grupo da família. Ele marca a página e sobe a escada.

Jantares em família são raros, mas mais simples do que tudo que acontece na Casa Branca. Sua mãe manda alguém buscar pizzas, e eles comem no salão de jogos do terceiro andar com pratos descartáveis e cerveja Shiner trazida do Texas. É sempre divertido pegar um dos seguranças corpulentos falando em código pelos microfones: "Urso-Negro pediu mais pimentas-banana".

June já está em uma espreguiçadeira tomando cerveja. Uma pontada de culpa o atinge na mesma hora quando ele se lembra da mensagem dela.

— Caralho, sou um babaca — ele diz.

— Uhum, é sim.

— Mas tecnicamente... estou jantando com você?

— Pega a minha pizza, vai — ela diz com um suspiro. Depois que o Serviço Secreto interpretou mal uma briga por azeitonas em 2017 e quase colocou a Residência em confinamento, cada um recebe sua própria pizza.

— Claro, Juju.

Ele encontra a de June, marguerita, e a sua, pepperoni com cogumelo.

— Oi, Alex — diz uma voz de algum lugar atrás da televisão enquanto ele senta para comer.

— Ei, Leo — ele responde. Seu padrasto está mexendo na fiação, provavelmente reconfigurando a parte elétrica da TV para fazer algo que se veria em um gibi do *Homem de Ferro*, como ele faz com a maioria dos eletroeletrônicos; hábitos de inventores milionários excêntricos custam a desaparecer. Alex está prestes a pedir uma explicação simplificada quando sua mãe entra feito um furacão.

— Por que vocês me deixaram concorrer à presidência? — ela diz, batendo com força demais no teclado de seu celular em golpes destacados. Ela tira os saltos no canto, jogando o celular junto deles.

— Porque todos sabemos que é melhor não tentar te impedir — a voz de Leo responde. Ele ergue a cabeça barbuda de óculos e acrescenta: — E porque o mundo cairia aos pedaços sem você, minha orquídea radiante.

A mãe de Alex revira os olhos, mas sorri. Sempre foi assim, desde que eles se conheceram em um evento de caridade quando Alex tinha catorze anos. Ela era presidenta da Câmara, e ele, um gênio com uma dezena de patentes e dinheiro para gastar com campanhas pela saúde das mulheres. Agora, ela é a presidenta, e ele vendeu as empresas para se tornar primeiro-cavalheiro em tempo integral.

Ellen abre uns cinco centímetros do zíper na parte de trás da saia, o sinal de que seu dia está oficialmente encerrado, e pega uma fatia de pizza.

— Certo — ela diz, e esfrega o rosto com a mão, tirando a cara de presidenta e voltando a assumir a de mãe. — Oi, filhotes.

— E aí — Alex e June murmuram em uníssono com a boca cheia. Ellen suspira e olha para Leo.

— A culpa é minha, não é? Falta de educação. Parecem dois gambás. É por isso que dizem que as mulheres não podem ter tudo.

— Eles são obras-primas — Leo diz.

— Uma coisa boa, uma ruim — ela diz. — Vamos lá.

É o velho sistema que ela utiliza para saber do dia deles quando está muito ocupada. Alex cresceu com uma mãe que era um misto um tanto desconcertante de organização extrema e comprometimento a linhas abertas de comunicação emocional, feito uma *coach* superprotetora. Quando ele teve sua primeira namorada, Ellen fez uma apresentação no PowerPoint.

— Hmm. — June engole um pedaço. — Coisa boa. Ah! Ai, meu Deus. Ronan Farrow postou sobre meu artigo para a *New York Magazine*, e ficamos trocando piadas pelo Twitter. Parte do meu plano a longo prazo para obrigá-lo a virar meu amigo está a caminho.

— Não aja como se isso não fizesse parte de seu plano de longuíssimo prazo de assassinar Woody Allen e fazer parecer que foi um acidente — Alex diz.

— Ele é tão frágil, só precisaria de um empurrãozinho...

— Quantas vezes preciso dizer para não discutirem seus planos de assassinato na frente de uma presidenta em exercício? — a mãe deles interrompe. — Negação plausível. Poxa.

— Enfim — June diz. — Uma coisa ruim seria... bom, o Woody Allen ainda está vivo. Sua vez, Alex.

— Coisa boa — Alex diz. — Convenci um dos professores a concordar que uma pergunta na última prova era mal formulada, então vou receber nota máxima na minha resposta, que estava certa. — Ele dá um gole da cerveja. — Coisa ruim: mãe, vi o quadro novo no corredor do segundo andar, e preciso saber por que você permitiu uma pintura do terrier do George W. Bush na nossa casa.

— É um gesto bipartidário — Ellen diz. — As pessoas acham simpático.

— Tenho que passar por ele sempre que vou pro meu quarto — Alex reclama. — Aqueles olhinhos me seguem pra todo lado.

— Vai ficar.

Alex suspira.

— Tá.

Leo é o próximo — como de costume, sua coisa ruim é de certa forma boa também — e depois é a vez de Ellen.

— Bom, meu embaixador da ONU cagou na única missão dele e falou uma babaquice sobre Israel, e agora tenho que ligar para o Netanyahu e pedir desculpas. Mas a coisa boa é que agora são duas da manhã em Tel Aviv, então posso deixar isso para amanhã e jantar com vocês dois.

Alex sorri para ela. Às vezes ele ainda fica assombrado ao ouvi-la falar sobre suas dores de cabeça presidenciais, mesmo depois de três anos. Eles começam a conversar tranquilamente, trocam pequenas farpas e piadas internas e, por mais que essas noites sejam raras, elas são gostosas.

— Então — Ellen diz, começando a comer outra fatia pela borda. — Já contei para vocês que eu dava um golpe na sinuca no bar da minha mãe?

June fica paralisada, a cerveja a meio caminho da boca.

— Você fazia o quê?

— Pois é — ela diz. Alex troca um olhar incrédulo com June. — Minha mãe montou um bar fuleiro quando eu tinha uns dezesseis anos. A Gralha Bêbada. Ela me deixava ir depois da aula e fazer a lição de casa no balcão, mandava um segurança grandalhão impedir os velhos bêbados de dar em cima de mim. Fiquei muito boa na sinuca depois de alguns meses e comecei a apostar com os frequentadores que podia ganhar deles, mas me fazia de burra. Segurava o taco do jeito errado, fingia esquecer se eu era par ou ímpar. Perdia um jogo, depois apostava o dobro ou nada e recebia duas vezes mais.

— Você só pode estar de brincadeira — Alex diz, mas ele consegue imaginar a cena com perfeição. Ela sempre foi assustadoramente boa em bilhar e melhor ainda em estratégia.

— É verdade — Leo diz. — Como você acha que ela aprendeu a conseguir o que quer de velhos brancos decrépitos? É a habilidade mais importante de um bom político.

Leo dá um beijo no queixo quadrado de Ellen quando ela passa por ele, feito uma rainha desfilando por uma multidão de admiradores. Ela deixa a fatia pela metade em um papel-toalha e seleciona um taco do suporte.

— Enfim — ela diz. — O que quero dizer é que nunca se é jovem demais para descobrir suas habilidades e usá-las para conseguir o que você quer.

— Certo — Alex comenta. Eles se encaram e trocam um olhar avaliador.

— Incluindo... — ela diz — uma vaga na campanha de reeleição presidencial.

June abaixa a fatia dela.

— Mãe, ele nem saiu da faculdade ainda.

— Hm, é, essa é a graça — Alex diz, impaciente. Ele estava esperando por essa oferta. — Nenhuma lacuna no currículo.

— Não é apenas para Alex — sua mãe diz. — É para vocês dois.

A expressão de June muda de uma careta de apreensão para uma de pavor. Alex faz sinal para June ficar em silêncio. Um cogumelo sai voando da pizza dele e atinge o lado do nariz dela.

— Conta, conta, conta.

— Andei pensando — Ellen diz —, dessa vez, vocês todos, o "Trio da Casa Branca". — Ellen faz sinal de aspas no ar, como se ela própria não tivesse aprovado o termo. — Vocês não deveriam ser apenas rostinhos bonitos. Vocês são mais do que isso. Têm habilidades. São inteligentes. São talentosos. Podemos usar vocês não apenas como representantes, mas como membros da equipe.

— Mãe... — June começa.

— Que cargos? — Alex interrompe.

Ela pausa, e volta à sua fatia de pizza.

— Alex, você é o CDF da família — ela diz, dando uma mordida. — Poderíamos te colocar para cuidar do plano de governo. Isso significaria muita pesquisa e muita escrita.

— Porra, isso sim — Alex diz. — Vou fazer uns grupos focais se apaixonarem. Estou dentro.

— Alex... — June recomeça, mas sua mãe a interrompe.

— June, estou pensando em comunicações — ela continua. — Como você é formada em jornalismo, pensei que poderia lidar com a relação diária com os veículos de mídia, gerenciando as mensagens, analisando o público...

— Mãe, eu já tenho um trabalho — ela diz.

— Ah, sim. Eu sei disso, meu bem. Mas isso pode ser em tempo integral. Contatos, ascensão de carreira, experiência prática de campo fazendo um trabalho incrível.

— Eu... — June arranca um pedaço da borda da sua pizza. — Não lembro de ter dito que queria algo assim. Eu, hm, não sei de onde você tirou essa ideia, mãe. E você sabe que, se eu trabalhar na comunicação da campanha agora, vou basicamente acabar com as minhas chances de virar uma jornalista porque, tipo, tem aquele lance de neutralidade jornalística e tal. Mal consigo fazer as pessoas me deixarem escrever uma coluna agora.

— Filhota — sua mãe diz. Ela está com a cara que faz quando diz algo que tem cinquenta por cento de chance de irritar você. — Você é muito talentosa, e sei que trabalha duro, mas, em algum momento, vai ter que ser realista.

— Como assim?

— Só quero dizer que... não sei se você está feliz — ela diz. — Talvez seja hora de experimentar alguma coisa diferente. Só isso.

— Eu não sou como vocês — June fala para ela. — Não curto essas coisas.

— Juuuuuune — Alex diz, virando a cabeça para trás para olhar para ela de ponta-cabeça. — Só pensa no assunto? Eu vou aceitar. — Ele volta para a mãe. — Você vai oferecer um cargo para a Nora também?

Ela faz que sim.

— Mike vai conversar com ela amanhã sobre um cargo em inteligência analítica. Se ela aceitar, vai começar o quanto antes. Já o senhor só vai começar depois da formatura.

— Ai, caramba, o Trio da Casa Branca indo para a batalha. Isso é incrível. — Ele olha para Leo, que abandonou seu projeto na TV e está comendo alegremente um palitinho de queijo. — Ofereceram um cargo para você também, Leo?

— Não — ele diz. — Como sempre, minhas funções como primeiro-cavalheiro são cuidar da decoração das mesas e ser bonito.

— Suas mesas estão melhorando muito, amor — Ellen diz, dando um beijinho irônico nele. — Gostei muito do jogo americano de estopa.

— Acredita que a decoradora achava que veludo combinava mais?

— Coitadinha.

— Não gosto dessa ideia — June diz para Alex enquanto sua mãe está distraída falando sobre peras decorativas. — Tem certeza que quer esse cargo?

— Vai ser ótimo, June — ele diz a ela. — Ei, se quiser ficar de olho em mim, pode aceitar a oferta também.

Ela o ignora, voltando para sua pizza com uma expressão indecifrável. No dia seguinte, três post-its da mesma cor estão no quadro branco do gabinete de Zahra. EMPREGOS NA CAMPANHA: ALEX-NORA-JUNE, diz o quadro. Os post-its embaixo dos nomes de Alex e de Nora dizem SIM. Embaixo do nome de June, com a letra inconfundível dela, NÃO.

Alex está prestando atenção em uma aula sobre plataformas políticas quando recebe a primeira mensagem.

Esse cara parece com você.

A foto anexada é uma imagem de uma tela de laptop pausada com o chefe Chirpa do *Retorno de jedi*: baixinho, autoritário, fofo, invocado.

É o Henry, aliás.

Ele revira os olhos, mas adiciona o contato novo no celular: Vossa alteza Príncipe Babaca. Emoji de cocô.

Alex sinceramente não está planejando responder, mas, uma semana depois, vê uma manchete na capa da *People* — PRÍNCIPE HENRY VIAJA

PARA O SUL NO INVERNO — com uma foto de Henry posando de maneira artística em uma praia australiana com uma sunguinha azul-marinho decente, mas ainda assim minúscula, e não consegue se conter.

você tem muitas pintas, ele manda, junto com uma foto da matéria. **é culpa da endogamia?**

A réplica de Henry vem dois dias depois com uma captura de tela de um tweet do *Daily Mail* que diz: *Alex Claremont-Diaz vai ser pai?* E a mensagem: **Mas nós tomamos tanto cuidado, amor,** o que arranca uma risada de surpresa tão grande de Alex que Zahra o bota para fora da reunião semanal com ele e June.

Henry consegue ser engraçado, afinal. Alex anota isso em sua ficha mental.

Alex descobre que Henry tende a trocar mensagens quando está preso em momentos de monotonia real, como ao ser levado de uma aparição pública a outra, ou em reuniões detalhadas sobre as posses da família ou, em uma ocasião, recebendo um bronzeamento artificial contra a própria vontade, o que foi hilário.

Alex não chegaria ao ponto de dizer que *gosta* de Henry, mas se diverte com o ritmo rápido das discussões em que eles entram. Ele sabe que costuma falar demais, sem saber moderar os próprios sentimentos, os quais costuma esconder sob dez camadas de charme, mas, no fundo, não se importa com o que Henry pensa dele, então não se esforça. Em vez disso, é tão estranho e maníaco quanto quer, e Henry responde com farpas rápidas de sarcasmo surpreendente.

Por isso, quando está entediado, estressado ou buscando um café, Alex checa se tem alguma mensagem nova. Henry com alguma observação sarcástica sobre uma frase de sua última entrevista; Henry com algum pensamento aleatório sobre a cerveja inglesa comparada à americana; uma foto do cachorro de Henry usando um cachecol da Sonserina. (**não sei QUEM você está tentando enganar, seu lufa-lufa de merda,** Alex responde, antes de Henry esclarecer que é seu cachorro, e não ele, que é da Sonserina.)

Ele aprende sobre a vida de Henry por meio de uma osmose estranha de mensagens de texto e redes sociais. É tudo meticulosamente organizado por Shaan, por quem Alex nutre uma leve obsessão, ainda mais quando Henry manda mensagens como: **Te contei que Shaan tem uma moto?** ou **Shaan está no celular com Portugal**.

Logo fica aparente que a ficha informativa de Henry não continha as coisas mais interessantes sobre ele, ou foi simplesmente inventada. A comida preferida de Henry não é tortinha de frutas, mas o falafel de uma barraquinha barata que fica a dez minutos do palácio, e, até agora, ele está passando a maior parte do seu ano sabático trabalhando em instituições de caridade pelo mundo, metade das quais pertencem ao seu melhor amigo, Pez.

Alex descobre que Henry adora mitologia clássica e pode falar por horas a fio sobre as configurações de algumas dezenas de constelações se você der corda. Alex aprende mais sobre os detalhes entediantes de como operar um veleiro do que gostaria e responde apenas: **legal**. Oito horas depois. Henry quase nunca fala palavrão, mas pelo menos não parece se importar com a boca suja pra cacete de Alex.

A irmã de Henry, Beatrice — que atende por Bea, como Alex descobre —, aparece com frequência, já que também mora no Palácio de Kensington. Pelo que ele nota, a relação deles é mais próxima entre si do que com Philip. Eles conversam sobre as dificuldades e confusões de crescer com irmãs mais velhas.

a bea também colocava vestido em vc quando era criança?

June também rouba os restos do seu curry da geladeira na calada da noite feito uma menina de rua dickensiana?

Outras participações especiais são as de Pez, um homem que representa uma figura tão intrigante e bizarra que Alex não sabe como ele foi virar melhor amigo de alguém como Henry, que pode ficar falando sobre Lord Byron até você ameaçar bloquear o número dele. Ele está sempre fazendo algo insano — BASE jumping na Malásia, comendo bananas-da-terra com alguém como o Jay-Z, vestindo uma jaqueta rosa-choque cravejada da Gucci para almoçar — ou abrindo uma nova ONG. É meio incrível.

Alex percebe que fala sobre June e Nora também, quando Henry lembra que o código do Serviço Secreto para June é Gorro Azul ou brinca sobre a memória assustadoramente fotográfica de Nora. É tão estranho, considerando como Alex sempre foi superprotetor em relação a elas, que ele só se dá conta quando a conversa pelo Twitter entre Henry e June sobre o quanto amam o filme *Orgulho e preconceito* de 2005 viraliza.

— Essa não é a cara que você faz quando recebe e-mails da Zahra — Nora diz, esticando o pescoço sobre o ombro dele. Ele dá uma cotovelada para ela sair. — Você está com esse sorriso besta toda vez que olha o celular. Com quem você tá conversando?

— Não sei do que você está falando, e literalmente ninguém.

Na tela em sua mão, a mensagem de Henry diz: **Na reunião mais chata do mundo com Philip. Não deixe os jornais publicarem mentiras sobre mim depois que eu me enforcar com a minha própria gravata.**

— Espera — ela diz, tentando pegar seu celular de novo —, você está vendo vídeos do Justin Trudeau falando em francês de novo?

— Eu não faço isso!

— Já te peguei fazendo isso duas vezes desde que o conheceu naquele jantar do ano passado, então, faz sim — ela diz. Alex mostra o dedo para ela. — Espera, ai, meu Deus, é uma fanfic sobre você? E você não *me chamou*? Eles botaram você transando com quem? Você leu aquela que te mandei com o Macron? Eu *morri*.

— Se você não parar, vou ligar pra Taylor Swift e dizer que você mudou de ideia e quer ir sim para a festa do Dia da Independência que ela vai dar.

— Essa não seria uma vingança justa.

À noite, quando Alex está sozinho à escrivaninha, ele responde: **foi uma reunião sobre quais primos vão ter que casar entre si para recuperar o rochedo casterly?**

Rá. Foi sobre finanças reais. Vou ouvir a voz de Philip dizer as palavras "retorno dos investimentos" nos meus pesadelos pelo resto da vida.

Alex revira os olhos e responde: **as angústias de controlar o dinheiro sujo do império.**

A resposta de Henry chega um minuto depois.

Na verdade, esse foi o tema da reunião — tentei recusar minha parte do dinheiro da coroa. Meu pai deixou mais do que o suficiente para cada um de nós, e prefiro cobrir minhas despesas com isso do que com os espólios de, tipo, séculos de genocídio. Philip acha que estou sendo ridículo.

Alex relê a mensagem duas vezes para ter certeza de que entendeu certo.

estou levemente impressionado.

Ele fica olhando para a tela, para sua própria mensagem, por alguns segundos, de repente com medo de ter dito uma coisa idiota. Ele sacode a cabeça, baixa o celular. Trava a tela. Muda de ideia, o pega de novo. Destrava. Vê que Henry está digitando. Baixa o celular. Desvia os olhos. Volta a olhar.

Não se nutre um amor eterno por Star Wars sem saber que "império" não é uma coisa boa.

Ele ficaria muito grato se Henry provasse que ele está enganado.

Vossa alteza Príncipe Babaca 💩

30 de out, 2019, 13h07

odeio aquela gravata

Vossa alteza Príncipe Babaca 💩
Que gravata?

a que você acabou de postar no instagram

Vossa alteza Príncipe Babaca 💩
Qual é o problema dela? Só é cinza.

exato. tenta usar estampas de vez em quando e para de franzir a testa pro celular como eu sei que vc tá fazendo agora

Vossa alteza Príncipe Babaca 💩
Estampas são consideradas "declarações".
Membros da realeza não podem fazer
declarações com as roupas.

faz isso pelo insta

Vossa alteza Príncipe Babaca 💩
Você é um pé na curva sensível e delicada do
saco que é minha vida.

valeu!

17 de nov, 2019, 11h04

Vossa alteza Príncipe Babaca 💩
Acabei de receber uma encomenda de 5 quilos
de buttons da campanha da Ellen Claremont
com sua cara neles. Essa é sua ideia de piada?

só tô tentando dar vida ao seu guarda-roupa, meu amor

Vossa alteza Príncipe Babaca 💩
Espero que esse desvio grosseiro dos fundos
da campanha tenha valido a pena para você.
Meus seguranças acharam que era uma bomba.
Shaan quase chamou os cães farejadores.

ah, definitivamente valeu a pena. ainda mais
agora. fala pro shaan que eu mandei oi e
sinto falta daquela bundinha linda dele mil bjs

Vossa alteza Príncipe Babaca 💩
Nem pensar.

Quatro

— É uma informação de domínio público. Não é problema meu que você acabou de descobrir — a mãe de Alex diz, descendo um corredor da Ala Oeste a passos largos.

— Você está me dizendo — Alex quase grita, correndo para acompanhar — que todo Dia de Ação de Graças aqueles perus idiotas ficam em uma suíte de luxo do Willard paga com o dinheiro dos contribuintes?

— Sim, Alex, eles ficam...

— *É um desperdício inadmissível de dinheiro público!*

— ... e tem dois perus de vinte quilos chamados Broa de Milho e Recheio em uma caravana na Pennsylvania Avenue nesse segundo. Não há tempo para realocar os perus.

Sem perder um segundo, Alex solta:

— Traz pra casa.

— Onde? Você está escondendo um criadouro de peru na bunda, meu filho? Onde, em nossa casa historicamente protegida, vou enfiar dois perus até amanhã?

— Coloca no meu quarto. Eu não me importo.

Ela ri com sarcasmo.

— Não.

— Qual é a diferença de botar em um quarto de hotel? Coloca os perus no meu quarto, mãe.

— Não vou botar os perus no seu quarto.

— Coloca os perus no meu quarto.

— Não.

— Coloca no meu quarto, coloca no meu quarto, coloca no meu quarto...

Naquela noite, enquanto Alex encara os olhos frios e implacáveis de um predador pré-histórico, ele se arrepende.

ELES SABEM, ele escreve para Henry. **ELES SABEM QUE OS PRIVEI DE ACOMODAÇÕES CINCO ESTRELAS PARA FICAREM EM UMA GAIOLA NO MEU QUARTO E, NO MINUTO EM QUE EU ME VIRAR, ELES VÃO SE DELEITAR COM A MINHA CARNE.**

Broa de Milho o encara com o olhar vazio de dentro de um engradado enorme perto do sofá de Alex. Uma veterinária aparece de tantas em tantas horas para ver como eles estão. Alex sempre pergunta se ela consegue notar a sede de sangue neles.

Do banheiro da suíte, Recheio emite mais um gorgolejo ameaçador.

Alex pretendia ser produtivo hoje. Realmente pretendia. Antes de descobrir sobre os gastos exorbitantes com os perus na CNN, ele estava assistindo aos destaques do debate para as primárias republicanas na noite anterior. Pretendia terminar um resumo para uma prova, depois estudar o fichamento sobre participação demográfica que ele convenceu sua mãe a emprestar para ele por causa do emprego na campanha.

Em vez disso, está em uma prisão que ele mesmo criou, obrigado a ficar de babá desses perus até a cerimônia de perdão, e só agora está descobrindo o próprio medo profundo de grandes aves. Ele pensa em procurar um sofá para dormir, mas e se esses demônios infernais quebrarem as gaiolas e se matarem durante a noite em que ele deveria estar de olho neles? URGENTE: DOIS PERUS ENCONTRADOS MORTOS NO QUARTO DO PRIMEIRO-FILHO; AÇÃO DE GRAÇAS ACABA EM TRAGÉDIA; PRIMEIRO-FILHO MATA PERU EM RITUAL SATÂNICO.

Por favor, mande fotos, é a ideia de resposta reconfortante que Henry tem.

Alex desce para a beira da cama. Ele se acostumou a trocar mensagens com Henry quase todo dia; a diferença de horário não importa, já que os dois vivem acordados em horas inapropriadas do dia ou da noite. Henry manda uma foto às sete da manhã em seu treino de polo e imediatamente recebe uma resposta de Alex às duas da madrugada, de óculos, café na mão, na cama com uma pilha de anotações. Alex não sabe por que Henry não responde às suas selfies na cama. Suas selfies na cama são sempre engraçadas.

Ele tira uma foto de Broa de Milho e clica em enviar, estremecendo quando ele bate as asas de um jeito ameaçador.

Achei fofo, Henry responde.

você fala isso porque não consegue ouvir esse gorgolejo ameaçador.

Claro, todos sabem que esse é o som mais sinistro dos animais: o gorgolejo.

— Quer saber, seu bosta — Alex diz no segundo em que a ligação é atendida —, você pode escutar com seus próprios ouvidos e então me falar como resolveria essa situação...

— Alex? — a voz arranhada e perplexa de Henry do outro lado da linha. — Você me ligou às três da madrugada para me fazer escutar um peru?

— Sim, óbvio — Alex diz. Ele olha para Broa de Milho e sente um calafrio. — Meu Deus, parece que eles conseguem ver dentro da minha *alma*. Broa de Milho conhece meus pecados, Henry. Broa de Milho sabe o que eu fiz, e está aqui para me fazer pagar.

Ele escuta um barulho no celular, e imagina Henry de pijama cinza, rolando na cama e talvez acendendo um abajur.

— Vamos ouvir o maldito gorgolejo, então.

— Certo, se prepare — ele diz, coloca no viva-voz e estende o celular com o ar grave.

Nada. Dez longos segundos de silêncio.

— Realmente angustiante — a voz de Henry diz, metálica pelo celular.

— É... tá, não é bem assim — Alex diz, inflamado. — Eles passaram a porra da noite toda gorgolejando, eu juro.

— Claro que passaram — Henry tira sarro.

— Não, calma — Alex diz. — Vou... vou fazer um gorgolejar.

Ele salta da cama e vai até a gaiola de Broa de Milho, sentindo como se estivesse tomando o controle da própria vida e também como se tivesse algo para provar, o que é uma intersecção que ele sente com frequência.

— Hm — ele diz. — Como se faz um peru gorgolejar?

— Tenta gorgolejar — Henry diz — e vê se ele gorgoleja de volta.

Alex pestaneja.

— Está falando sério?

— Nós caçamos muitos perus selvagens na primavera — Henry diz, com a voz sábia. — O segredo é entrar na mente do peru.

— Como é que eu faria uma coisa dessas?

— Então — Henry explica. — Faça o que eu disser. Você precisa estar bem perto do peru, tipo, fisicamente.

Com cuidado, ainda segurando o celular, Alex se aproxima da grade de arame.

— Certo.

— Faça contato visual com o peru. Você fez?

Alex segue a instrução de Henry, firmando os pés e dobrando os joelhos para ficar na altura de Broa de Milho, um calafrio percorrendo sua espinha quando seus olhos encontram os olhinhos pretos e redondos do assassino.

— Pronto.

— Certo, agora encare — Henry diz. — Conecte-se com o peru, ganhe a confiança do peru... fique amigo do peru...

— Tá...

— Compre uma casa de praia em Majorca para o peru...

— Ah, eu te odeio, seu filho da puta! — Alex grita enquanto Henry ri da própria piada idiota, e sua agitação indignada tira um gorgolejo alto de Broa de Milho, que, por sua vez, arranca um grito nada másculo de Alex. — *Meu Deus!* Você ouviu isso?

— Desculpa, o quê? — Henry diz. — Você me deixou surdo.

— Você é muito *cuzão* — Alex diz. — Você já caçou perus algum dia?

— Alex, não é permitido caçar perus na Grã-Bretanha.

Alex volta para a cama e enfia a cara no travesseiro.

— Tomara que o Broa de Milho me mate mesmo.

— Não, certo, escuta, foi... realmente assustador — Henry diz. — Eu entendo. Cadê a June para te ajudar, hein?

— Ela saiu só com a Nora e, quando mandei mensagem pedindo reforço, elas mandaram de volta — ele lê com a voz monótona — "hahahahahahahaha boa sorte", e depois um emoji de peru e um de cocô.

— Justo — Henry diz. Alex consegue imaginá-lo concordando solenemente com a cabeça. — Então, o que você vai fazer agora? Vai passar a noite inteira acordado com os dois?

— Não sei! Acho que sim! Não sei mais o que fazer!

— Você não poderia dormir em outro lugar? Não tem uns mil quartos nessa casa aí?

— Tá, mas, hm, e se eles fugirem? Eu já assisti a *Jurassic Park*. Você sabia que essas aves são descendentes diretos dos velociraptors? Esse é um fato científico. Velociraptors no meu quarto, Henry. E você quer que eu durma como se eles não fossem escapar de suas jaulas e dominar a ilha no minuto em que eu fechar os olhos? Tá. Mas como você é burro.

— Vou mandar eliminarem você — Henry diz. — Vai ser quando você menos espera. Nossos assassinos são treinados em discrição. Eles vão chegar no meio da noite, e fazer parecer um acidente humilhante.

— Asfixia autoerótica?

— Ataque cardíaco na privada.

— Nossa.

— Você foi avisado.

— Pensei que você me mataria de um jeito mais pessoal. Almofadas de seda na minha cara, sufocamento lento e gentil. Só eu e você. Bem sexy.

— Rá. Bom. — Henry tosse.

— Enfim — Alex diz, colocando o corpo todo na cama. — Não importa, já que um desses perus malditos vai me matar primeiro.

— Eu realmente não acho... *Ah, oi, bebê.* — Há um barulho no celular, um papel amarrotado, e um bufo que parece de cachorro. — *Quem é o mais lindão, hein?* David manda oi.

— Oi, David.

— Ele... Ai! Não é para você, sr. Wobbles! Isso é para mim! — Outro barulho, um miado distante e ofendido. — *Não*, sr. Wobbles, seu cretino!

— Que porra é sr. Wobbles?

— O gato idiota da minha irmã — Henry responde. — O bicho pesa uma tonelada e ainda está tentando roubar meus biscoitos. Ele e David são amigos.

— O que você está fazendo agora?

— O que *eu* estou fazendo? Estava tentando *dormir*.

— Certo, mas agora você está comendo biscoito Jabba.

— Biscoito *Jaffa*, meu Deus — Henry diz. — Minha vida inteira está sendo atormentada por um neandertal americano ensandecido e um par de perus, aparentemente.

— E o que mais?

Henry solta outro suspiro potente. Ele vive suspirando quando fala com Alex. É incrível que ainda reste algum ar em seus pulmões.

— E... não dá risada.

— Ah, eba — Alex diz prontamente.

— Eu estava assistindo a *Great British Bake Off*.

— Que fofo. Não tem do que se envergonhar. Que mais?

— Eu, tipo, talvez esteja... usando uma máscara facial, daquelas de descascar — ele fala rápido.

— Ai, meu Deus, eu sabia!

— Já me arrependo de ter contado.

— Sabia que você tinha um daqueles regimes escandinavos de tratamento de pele caríssimos. Você tem, tipo, creme para os olhos feito de diamantes?

— Não! — Henry resmunga, e Alex precisa apertar o dorso da mão na boca para segurar o riso. — Escuta, tenho uma aparição oficial amanhã, está bem? Não sabia que seria *julgado*.

— Eu não estou te julgando. Precisa cuidar desses poros — Alex diz. — Então você gosta de *Bake Off*, é?

— É que é tão relaxante — Henry responde. — É tudo em tons pastel, a música é tranquilinha e todos são legais uns com os outros. E dá para aprender sobre tantos tipos diferentes de bolos, Alex. Tantos. Quando o mundo parecer horrível, como quando você estiver preso em uma Grande Calamidade de Perus, você pode assistir *Bake Off* e mergulhar na terra dos bolos.

— Os programas de competição de culinária americanos não são nada parecidos. Eles ficam todos suados e, tipo, tem música dramática mortal e cortes de câmeras dramáticos — Alex diz. — *Bake Off* faz *Chopped* parecer um filme de assassinato em série.

— Acho que isso explica muito sobre nossas diferenças — Henry diz, e Alex ri um pouco.

— Sabe — Alex diz. — Você é meio que surpreendente.

Henry pausa.

— Em que sentido?

— No sentido que você não é um cuzão totalmente sem graça.

— Nossa — Henry diz com uma gargalhada. — Que honra.

— Acho que você não é superficial.

— Você me achava um loiro burro antes, não achava?

— Não exatamente, só *sem graça* — Alex diz. — Quer dizer, seu cachorro se chama David, o que é bem sem graça.

— Em homenagem ao Bowie.

— Eu... — A cabeça de Alex dá um giro para recalibrar. — Tá falando sério? Mas como assim? Por que não chamar de Bowie logo de uma vez?

— Meio óbvio demais, né? — Henry diz. — Um homem precisa de um certo elemento de mistério.

— Talvez — Alex diz. Então, como não consegue se conter a tempo, solta um bocejo gigantesco. Ele acordou às sete da manhã para correr antes da aula. Se esses perus não acabarem com ele, a exaustão vai.

— Alex — Henry diz com firmeza.

— Quê?

— Os perus não vão dar uma de *Jurassic Park* em cima de você — ele diz. — Você não é o cara do *Seinfeld*. Você é o Jeff Goldblum. Vai dormir.

Alex contém um sorriso que parece grande demais para uma frase dessas.

— Vai você.

— Eu vou — Henry diz, e Alex pensa ouvir o sorriso estranho voltar na voz de Henry e, sinceramente, toda essa noite está muito, mas muito esquisita. — Assim que sair do celular, está bem?

— Tá — Alex diz —, mas e se, tipo, eles voltarem a gorgolejar?

— Vai dormir no quarto da June, seu cabeça-dura.

— Tá — Alex diz.

— Tá — Henry concorda.

— Tá — Alex diz de novo. De repente ele se dá conta que eles nunca tinham se falado pelo celular antes e, por isso, ele nunca teve de pensar em como terminar uma ligação com Henry. Ele está perdido. Mas ainda sorri. Broa de Milho o encara como se ele não entendesse. *Também não entendo porra nenhuma, amigo.*

— Tá — Henry repete. — Então. Boa noite.

— Legal — Alex diz sem jeito. — Boa noite.

Ele desliga e fica olhando para o celular na sua mão, como se o aparelho pudesse explicar a eletricidade estática no ar à sua volta.

Ele deixa o aparelho de lado, pega o travesseiro e uma troca de roupa, e atravessa o corredor para o quarto de June, subindo na cama alta dela. Mas não consegue parar de pensar que alguma ponta ficou solta.

Ele pega o celular de novo. **te mandei fotos de perus então mereço foto dos seus bichos também.**

Um minuto e meio depois: Henry em uma cama palaciana enorme e horrível com lençóis brancos e dourados, o rosto levemente rosado e lavado há pouco tempo, com a cabeça de um beagle de um lado do travesseiro e um gato siamês obeso enroladinho em volta de uma embalagem de biscoito Jaffa do outro. Ele tem olheiras suaves embaixo dos olhos, mas seu rosto é delicado e sorridente, uma mão pousada sobre a cabeça no travesseiro enquanto a outra ergue o celular para a selfie.

É isso que preciso suportar, ele diz, antes de: **Boa noite, de verdade.**

Vossa alteza Príncipe Babaca 💩

8 de dez, 2019, 20h53

ow tá passando uma maratona do james bond
e sabia que seu pai era supergato?

Vossa alteza Príncipe Babaca 💩
POR FAVOR NÃO COMEÇA

Mesmo antes de seus pais se separarem, eles tinham o hábito de chamar Alex pelo sobrenome um do outro quando ele exibia determinadas características específicas. Eles fazem isso até hoje. Quando ele fala demais para a imprensa, sua mãe o chama para a sala dela e diz: "Se liga, Diaz". Quando a teimosia dele o faz empacar, seu pai manda: "Deixa isso para lá, Claremont".

A mãe de Alex suspira enquanto coloca sua cópia do *Post* na mesa, aberta no artigo: SENADOR OSCAR DIAZ VOLTA PARA WASHINGTON PARA PASSAR AS FESTAS COM A EX-MULHER PRESIDENTA CLAREMONT. É quase estranho como não é mais estranho. Seu pai está vindo da Califórnia para passar o Natal, e tudo bem, mas também está no *Post*.

Ela está fazendo o que sempre faz quando está prestes a conviver com o pai dele: mordendo os lábios e contraindo dois dedos da mão direita.

— Sabe — Alex diz jogado em um dos sofás do Salão Oval com um livro na mão —, alguém pode te arranjar um cigarro.

— Quieto, Diaz.

Ela mandou prepararem o Quarto Lincoln para o pai dele, e vive mudando de ideia, mandando os empregados tirarem e recolocarem a decoração. Leo, por sua vez, está imperturbável e a enche de elogios enquanto decora a casa com lantejoulas. Alex acha que ninguém além de Leo poderia continuar casado com a mãe dele. Seu pai definitivamente não.

June está no papel de mediadora perpétua. A família dele é basicamente a única situação em que Alex prefere dar um passo para trás e não se intrometer, soltando algumas provocações quando é necessário ou interessante, mas June assume uma responsabilidade pessoal para garantir que ninguém quebre outra antiguidade inestimável da Casa Branca como aconteceu no ano passado.

Seu pai finalmente chega em meio a um monte de agentes do Serviço Secreto, a barba aparada e o terno ajustado de maneira impecável. Apesar de todos os cuidados ansiosos de June, ela própria quase quebra um vaso antigo ao se jogar nos braços dele. Eles fogem imediatamente para a chocolateria no térreo, o som de Oscar elogiando o último post de June para o *The Atlantic* desaparecendo pelo corredor. Alex e a mãe trocam um olhar. A família deles às vezes é muito previsível.

No dia seguinte, Oscar lança a Alex o olhar de "me siga e não conta para a sua mãe" e o guia até o Truman Balcony.

— Um Feliz Natal do caralho, *mi hijo* — seu pai diz, sorrindo de orelha a orelha, e Alex ri e se deixa ser puxado em um abraço. Ele tem o mesmo cheiro de sempre, salgado e esfumaçado, de couro bem cuidado. Sua mãe costumava reclamar que tinha a impressão de morar em uma tabacaria.

— Feliz Natal, Pa — Alex responde.

Ele puxa uma cadeira perto do corrimão, erguendo as botas engraxadas. Oscar Diaz adora uma boa vista.

Alex observa o gramado enorme coberto de neve na frente deles, a linha reta do Monumento de Washington se erguendo para o alto, os telhados de mansarda pontiagudos do Eisenhower Building a oeste, o mesmo que Truman odiava. Seu pai tira um charuto do bolso, o apertando e acendendo no ritual cuidadoso que faz há anos. Ele dá uma baforada e o passa para ele.

— Às vezes você ri pensando em como isso deixa os racistas putos? — ele diz, apontando para a cena: dois homens mexicanos com os pés na grade onde chefes de Estado comem croissants.

— O tempo todo.

Oscar dá risada, se divertindo com a própria ousadia. Ele é viciado em adrenalina — alpinismo, mergulho em cavernas, irritar a mãe de Alex. Flertar com a morte, basicamente. É o comportamento oposto de como ele lida com o trabalho, que é metódico e preciso, ou como lida com a criação dos filhos, que é relaxado e permissivo.

É bom agora vê-lo mais do que o via nos tempos do colégio, já que Oscar passa a maior parte do ano em Washington. Durante as sessões mais movimentadas do Congresso, eles reúnem Los Bastardos — cervejas semanais na sala de Oscar depois do expediente, apenas ele, Alex e Rafael Luna, falando bosta. E é ótimo que essa proximidade obrigou seus pais a atravessarem a era de destruição mútua garantida até agora, quando eles têm um Natal em vez de dois.

Com o passar dos dias, Alex se pega lembrando, só por um segundo, de como sente falta de ter todos sob o mesmo teto.

Seu pai sempre foi o cozinheiro da família. A infância de Alex era perfumada por pimentões, cebolas e carne de ensopado fervendo em fogo baixo numa panela de ferro fundido para *caldillo*, *masa* fresca esperando na tábua. Ele lembra da mãe xingando e rindo quando abria o fogão para esquentar a pizza congelada que queria lanchar e via todas as panelas guardadas ali, ou quando pegava o pote de manteiga na geladeira e o encontrava cheio de *salsa verde* caseira. Aquela cozinha vivia cheia de risadas, comida boa, música alta, desfiles de primos e lições de casa à mesa.

Mas, depois de um tempo, passou a ser cheia de gritos, seguidos por muito silêncio, e Alex e June logo viraram adolescentes e os dois pais estavam no Congresso, Alex era presidente do corpo estudantil, cocapitão de lacrosse, rei do baile e orador da turma e, de maneira muito proposital, não tinha mais tempo de pensar na família.

Mesmo assim, seu pai está na Residência há três dias sem nenhum incidente, e um dia Alex o pega na cozinha com dois dos chefs, rindo e jogando pimentão em uma panela. É só que, sabe, às vezes ele pensa que poderia ser bom se fosse assim com mais frequência.

Zahra vai para New Orleans para ver a família no Natal, apenas por insistência da presidenta, e porque sua irmã teve um bebê e Amy ameaçou dar uma facada nela se não entregasse o macacãozinho que ela tricotou. O que significa que o jantar de Natal vai acontecer na véspera para que Zahra esteja presente. Apesar de todas as noites que passa amaldiçoando os nomes deles, Zahra é da família.

— Feliz Natal, Zá! — Alex fala animado para ela no corredor em frente à sala de jantar. Para a festa, ela está usando uma gola rulê vermelha discreta; Alex está com um suéter coberto de lantejoulas verdes cintilantes. Ele sorri e aperta um botão dentro da manga, e "Noite feliz" começa a tocar de um alto-falante perto da axila dele.

— Mal posso esperar para passar dois dias sem te ver — ela diz, mas com um afeto sincero na voz.

O jantar deste ano é pequeno, já que seus avós paternos estão viajando, por isso a mesa branca e dourada brilhante está posta para seis. A conversa é tão agradável que Alex quase esquece que nem sempre é assim.

Até o assunto chegar à eleição.

— Estava pensando — Oscar diz, cortando o filé com cuidado —, desta vez, posso fazer campanha com você.

Do outro lado da mesa, Ellen baixa o garfo para o prato.

— Você o quê?

— Sabe. — Ele encolhe os ombros, mastigando. — Botar o pé na estrada, fazer alguns discursos. Ser um porta-voz.

— Você não pode estar falando sério.

Oscar baixa o garfo e a faca sobre a toalha de mesa, um baque surdo de *puta merda*. Alex troca um olhar com June do outro lado da mesa.

— Você acha mesmo uma ideia tão ruim assim? — Oscar pergunta.

— Oscar, nós conversamos sobre isso da última vez — Ellen diz. Seu tom fica imediatamente cortante. — As pessoas não gostam de mulheres, mas gostam de mães e esposas. Gostam de *famílias*. A última coisa de que precisamos é lembrar aos eleitores que sou divorciada desfilando com meu ex-marido por aí.

Ele dá uma risadinha grave.

— Então, você vai fingir que ele é o pai deles?

— Oscar — Leo fala —, você sabe que eu nunca...

—Você não está entendendo a questão — Ellen interrompe.

— Poderia ser bom para seus índices de aprovação — ele diz. — Os meus são bastante altos, El. Mais do que os seus eram na Câmara.

— E lá vamos nós — Alex diz para Leo ao seu lado, cujo rosto permanece neutro e simpático.

— Fizemos estudos, Oscar! Está bem? — A voz de Ellen fica mais alta e aguda, as palmas das mãos plantadas na mesa. — Os dados mostram que pontuo menos com eleitores indecisos quando eles são lembrados do divórcio!

—As pessoas sabem que você é divorciada!

— Os números de Alex são altos! — ela grita, e Alex e June se crispam. — Os números de June são altos!

— Eles não são *números*!

—Vai se foder, eu sei disso — ela vocifera —, nunca disse que eles eram números!

—Você não acha que às vezes os usa como se fossem?

— Como você ousa dizer isso se não vê nenhum problema em passear com eles quando está se candidatando à reeleição? — ela diz, cortando o ar com a mão ao lado do corpo. — Talvez, se eles fossem apenas Claremont, você não teria tanta sorte. Sem dúvida seria menos confuso, afinal é o nome pelo qual eles são conhecidos mesmo!

— Ninguém vai mexer nos nossos nomes! — June intervém, a voz aguda.

— *June* — Ellen diz.

O pai deles insiste.

— Estou tentando ajudar, Ellen!

— Não preciso da sua ajuda para vencer uma eleição, Oscar! — ela diz, batendo na mesa com tanta força que os pratos chacoalham.

— Não precisei quando estava no Congresso, não precisei para virar presidenta pela primeira vez, e não preciso agora!

— Você precisa pensar de verdade no que vai enfrentar! Acha mesmo que o outro lado vai jogar limpo dessa vez? Oito anos de Obama, e agora você? Eles estão com raiva, Ellen, e Richards está com sede de sangue! Você tem que estar preparada!

— Eu vou estar! Acha que já não tenho uma equipe concentrada nessa merda toda? Eu sou a presidenta dos Estados Unidos, caralho! Não preciso que você venha aqui com esse ar de... esse ar de...

— Macho palestrinha? — Zahra sugere.

— Macho palestrinha! — Ellen grita, apontando um dedo para Oscar do outro lado da mesa, os olhos arregalados. — Sobre a corrida presidencial para mim!

Oscar joga o guardanapo na mesa.

—Você ainda é teimosa pra *caralho*!

—Vai se foder!

— Mãe! — June diz, a voz cortante.

— Meu Deus, vocês estão de brincadeira? — Alex se pega gritando sem pensar. — Não podemos ser civilizados em uma bosta de uma refeição? É Natal, cacete. Vocês não deveriam estar governando o país? Se controlem, porra.

Ele empurra a cadeira para trás e sai a passos largos da sala de jantar, sabendo que está sendo um babaca dramático e sem dar a mínima para isso. Ele bate à porta do quarto atrás de si, e o seu suéter idiota emite um som deprimente quando ele o arranca e o joga na parede.

Não é que ele não viva perdendo a paciência, é só que... ele não costuma perder a paciência com a sua família. Principalmente porque ele normalmente não *lida* com a sua família.

Ele tira uma camiseta velha de lacrosse da cômoda e, quando se vira e encontra seu reflexo no espelho, ele é um adolescente de novo, se importando demais com os pais e incapaz de fazer algo a respeito. A diferença é que, dessa vez, ele não tem nenhuma matéria avançada em que se matricular para se distrair.

Sua mão treme para pegar o celular. Seu cérebro é um veículo de dois passageiros — ou ele está sozinho e ocupado ou está pensando e com alguém.

Mas Nora está celebrando o Chanuká em Vermont e ele não quer incomodá-la, e seu melhor amigo da escola, Liam, mal fala com ele desde que ele se mudou para Washington.

Assim resta...

— O que fiz para merecer isso? — diz a voz de Henry, baixa e sonolenta. "Bate o sino" parece estar tocando ao fundo.

— Ei, hm, desculpa. Sei que está tarde, e que ainda por cima é véspera de Natal. Você deve ter, tipo, coisas de família e tal, estou me tocando só agora. Não sei por que não pensei nisso antes. Nossa, é por isso que eu não tenho amigos. Eu sou um babaca. Foi mal, cara. Eu, hm, vou só...

— Alex, meu Deus — Henry interrompe. — Está tudo bem. São três e meia aqui, todo mundo já foi para a cama. Exceto a Bea. Diz oi, Bea.

— Oi, Alex! — diz uma voz límpida e alegre do outro lado da linha. — O Henry está com o pijaminha de Natal dele com bengalinhas de doce...

— Já é o suficiente — a voz de Henry volta, e há um som abafado como se talvez um travesseiro tivesse sido jogado na direção de Bea. — O que houve?

— Desculpa — Alex fala —, sei que isso é estranho, e você está curtindo com a sua irmã e tal e, tipo, argh. Mas meio que não tenho mais ninguém pra quem ligar que esteja acordado? E sei que nós, bom, não somos muito amigos, e não conversamos sobre essas coisas, mas meu pai veio passar o Natal aqui e ele e a minha mãe viram tubarões--tigres disputando um bebê foca quando você coloca os dois no mesmo ambiente por mais de uma hora, e eles tiveram essa briga enorme, e não deveria importar, porque eles já se divorciaram e tudo, e não sei por que perdi a cabeça, mas queria que eles parassem um pouco só pra variar pra podermos ter um feriado normal, sabe?

Há uma longa pausa antes de Henry dizer:

— Espera aí. *Bea, me dá licença um minuto? Psiu. Sim, pode levar os biscoitos.* Certo, estou ouvindo.

Alex expira, pensando vagamente em que diabos ele está fazendo, mas continua.

Contar para Henry sobre o divórcio — aqueles anos estranhos e tumultuados, o dia em que ele voltou do acampamento de escoteiro e descobriu que seu pai havia se mudado, as noites de sorvete Helados — não é tão constrangedor quanto provavelmente deveria ser. Ele nunca se importou em se filtrar com Henry, no começo porque realmente não se importava com o que o príncipe pensasse dele e, agora, porque é assim que eles são. Talvez devesse ser diferente, resmungar sobre a faculdade em comparação a desabafar sobre isso. Mas não é.

Ele só percebe que está falando há uma hora quando volta a contar o que aconteceu no jantar e Henry diz:

— Parece que você fez o melhor que pôde.

Alex esquece o que ia dizer em seguida.

É só que... Bom, muita gente fala para ele que ele é ótimo. É só que quase ninguém fala que ele é o suficiente.

Antes que ele consiga pensar em uma resposta, ouve três batidas leves na porta: June.

— Ah... tá, valeu, cara, preciso ir — Alex diz em voz baixa enquanto June abre a porta devagar.

— Alex...

— Sério, hm. Obrigado — Alex diz. Ele realmente não quer explicar isso para June. — Feliz Natal. Boa noite.

Ele desliga e joga o celular de lado enquanto June senta na cama. Ela está usando um roupão rosa e seu cabelo está molhado.

— Ei — ela diz. — Tá tudo bem?

— Tudo — ele diz. — Desculpa, não sei o que deu em mim. Não queria perder a cabeça. Eu ando... sei lá. Ando meio... esquisito... ultimamente.

— Tudo bem — ela diz. Ela joga o cabelo sobre o ombro, respingando gotinhas d'água nele. — Eu estava uma pilha de nervos nos últimos seis meses de faculdade. Perdia a cabeça com todo mundo. Sabe, você não precisa fazer tudo o tempo todo.

— Certo. Estou bem — ele diz automaticamente. June lança um olhar suspeito para Alex, e ele chuta o joelho dela com o pé descalço.

— Então, como ficaram as coisas depois que fui embora? Já acabaram de lavar o sangue?

June suspira, chutando-o de volta.

— Não sei como aconteceu, mas o assunto foi para como eles eram um casal poderoso da política antes do divórcio e como aqueles tempos eram bons, a mamãe pediu desculpa, e todo mundo se encheu de uísque e nostalgia até ir para a cama. — Ela funga. — Enfim, você estava certo.

—Você não acha que exagerei?

— Não. Mas... até que concordo com o que o papai estava falando. A mamãe consegue ser... você sabe.

— Bom, foi o que a fez chegar até aqui.

—Você nunca acha que isso é um problema?

Alex dá de ombros.

— Acho que ela é uma boa mãe.

— É, pra você — June diz. Não há nenhum tom de acusação, apenas uma observação. — O carinho dela funciona dependendo do que você precisa. Ou do que pode fazer por ela.

— Mas, tipo, eu entendo o que ela está falando — Alex argumenta. — Às vezes ainda é um saco que o papai tenha decidido fazer as malas e se mudar só para concorrer à vaga na Califórnia.

— É, mas, na real, não é muito diferente do que a mamãe fez, né? É tudo política. Só estou dizendo que ele tem razão quando diz que ela nos pressiona sem fazer as outras coisas de mãe.

Alex abre a boca para responder quando o celular de June vibra no bolso dela.

— Ah. Hmm — ela diz quando o tira para olhar a tela.

— Que foi?

— Nada, hm. — Ela abre a mensagem com o polegar. — Mensagem de feliz Natal. Do Evan.

— Evan... o ex-namorado Evan, da Califórnia? Vocês ainda se falam?

June morde o lábio agora, a expressão um pouco distante enquanto digita uma resposta.

— Uhum, às vezes.

— Legal — Alex diz. — Sempre gostei dele.

— É. Eu também — June diz baixo. Ela trava o celular e o joga na cama, piscando algumas vezes para se recompor. — Enfim, o que a Nora disse quando você falou com ela?

— Hmm?

— No celular? — ela pergunta. — Pensei que fosse ela, você nunca fala com mais ninguém sobre essas coisas.

— Ah — Alex diz. Ele sente um calor inexplicável e traiçoeiro subir pela nuca. — Ah, é, não. Na verdade, isso vai parecer estranho, mas eu estava falando com o Henry?

June ergue a sobrancelha e, por instinto, Alex olha ao redor em busca de um esconderijo.

— Fala sério.

— Olha, eu sei, mas, por incrível que pareça, temos coisas em comum, além de uma bagagem emocional estranha e neuroses parecidas. Por algum motivo, achei que ele entenderia.

— Ai, meu Deus, Alex — ela diz, pulando em cima dele para dar um abraço violento —, você fez um amigo!

— Eu tenho amigos! Sai de cima de mim!

— Você fez um amigo! — Ela dá um cascudo e tanto na cabeça dele. — Estou tão orgulhosa!

— Eu vou te matar, para — ele diz, rolando para se livrar dela. Ele cai no chão. — Ele não é meu amigo. É só alguém com quem eu gosto de brigar o tempo todo e, hoje, falei com ele sobre uma coisa séria.

— Isso é amizade, Alex.

A boca de Alex abre e fecha várias vezes até ele apontar para a porta.

—Vaza, June! Vai dormir!

— Não. Me conta tudo sobre seu novo melhor amigo, que é um *príncipe*. Que chique. Quem diria? — ela diz, olhando para ele na beira da cama. — Ai, meu Deus, é que nem aquelas comédias românticas em que a menina contrata um garoto de programa para fingir ser o acompanhante dela numa festa de casamento e se apaixona por ele de verdade.

— Não é *nem um pouco* assim.

Os funcionários mal guardaram as árvores de Natal quando começa. Tem a pista de dança para montar, o cardápio para finalizar, filtro do Snapchat para aprovar. Alex passa o dia 26 inteiro enfurnado no escritório da Secretaria Social com June, revisando termos de isenção que eles fizeram para todos assinarem depois que a filha de uma mulher do *Real Housewives* caiu da escada da rotunda no ano passado — Alex continua impressionado que ela não derramou a taça de margarita.

Chegou a hora da Louca e Lendária Festa de Ano-Novo do Trio da Casa Branca.

Tecnicamente, o título é Baile de Gala da Jovem América ou, como pelo menos um apresentador de talk show já chamou, o Jantar dos Correspondentes Juvenis. Todo ano, Alex, June e Nora enchem o salão de baile do segundo andar com cerca de trezentos amigos, semiconhecidos famosos, ex-rolos, contatos políticos em potencial e outras pessoas importantes de vinte e poucos anos. Oficialmente, a festa é um evento beneficente, que gera tanto dinheiro para caridade e melhora tanto a imagem da primeira-família que até a mãe dele aprova.

— Hm, com licença — Alex diz à mesa de conferência do primeiro andar, com a mão cheia de amostras de confete (eles querem uma paleta de cores metálicas ou uma mais sóbria, de azul-marinho e dourado?), enquanto encara uma cópia da lista de convidados finalizada. June e Nora estão se empanturrando de amostras de bolo. — Quem colocou Henry aqui?

Nora responde com a boca cheia de bolo de chocolate:

— Eu não fui.

— June?

— Olha, você mesmo deveria ter convidado ele! — June diz, admitindo a culpa. — É muito bom que você esteja fazendo amigos além de nós. Quando você fica muito isolado, começa a ficar meio doido. Lembra no ano passado quando eu e a Nora ficamos fora do país por uma semana, e você quase fez uma tatuagem?

— Ainda acho que deveríamos ter deixado que ele fizesse uma tatuagem no cóccix.

— Eu não ia fazer uma tatuagem no *cóccix* — Alex diz, indignado. — Você sabia disso, não sabia?

— Você sabe que eu adoro o caos — Nora diz com a voz tranquila.

— Eu tenho amigos além de vocês — Alex diz.

— Quem, Alex? — June pergunta. — Sério, quero saber quem.

— Pessoas! — ele diz na defensiva. — Pessoas da faculdade! Liam!

— Qual é? Todo mundo sabe que faz um ano que você não fala com o Liam — June diz. — Você precisa de amigos. E eu sei que você gosta do Henry.

— Cala a boca — Alex diz. Ele passa o dedo por dentro da gola e sente a pele suada. Será que precisam mesmo ligar o aquecedor tão forte quando está nevando lá fora?

— Que interessante — Nora comenta.

— Não, não é — Alex retruca. — Tudo bem, ele pode vir. Mas, se ele não conhecer mais ninguém da festa, eu é que não vou ficar sendo babá a noite toda.

— Falei para ele trazer um acompanhante — June diz.

— Quem ele vai trazer? — Alex pergunta na hora, por reflexo. Involuntariamente. — Só curiosidade.

— Pez — June diz. Ela está lançando um olhar que ele não consegue interpretar, e Alex decide atribuir ao fato de June ser desconcertante e esquisita. Ela sempre age de maneiras misteriosas, organiza e orquestra coisas que ele nunca consegue prever até todas as peças estarem montadas.

Ele supõe que Henry de fato virá, o que confirma quando olha o Instagram no dia da festa e vê um post de Pez em que ele está com Henry em um jatinho particular. O cabelo de Pez está tingido de rosa-claro para a ocasião e, ao lado dele, Henry está sorrindo com um moletom cinza que parece macio, os pés de meia no batente da janela. Ele até que parece bem descansado, para variar.

A caminho dos EUA! #BailedeGaladaJovemAmérica, diz a legenda de Pez.

Alex sorri contra a vontade e manda uma mensagem para Henry.

atenção: vou usar um terno de veludo vinho hoje à noite. por favor, não tente roubar meu brilho. você vai fracassar e vou sentir pena de você.

Henry responde segundos depois.

Nem sonharia com isso.

A partir daí, tudo se acelera, um cabeleireiro o leva à força para a Sala de Cosmetologia, e ele pode ver as meninas ficarem com seus rostos prontos para as câmeras. Os cachos curtos de Nora estão penteados para o lado, presos por um grampo prateado que combina com as linhas geométricas marcadas do corpete do vestido preto; a roupa de June é um vestido Zac Posen longo em um tom de azul-escuro que combina perfeitamente com a paleta de cores azul-marinho e dourado que eles escolheram.

Os convidados começam a chegar por volta das oito e a bebida começa a ser servida. Alex pede um uísque puro para começar a noite. Tem música ao vivo, uma banda pop que devia um favor a June e que está fazendo um cover de "American Girl", então Alex pega June pela mão e a guia para a pista de dança.

Os primeiros a chegar são sempre o pessoal político de primeira viagem: um pequeno bando de estagiários da Casa Branca, um organizador de eventos do Center for American Progress, a filha de um senador em primeiro mandato com uma namorada de estilo punk rock que Alex faz uma nota mental de tentar conhecer depois. Em seguida, a onda de convidados politicamente estratégicos escolhidos pela assessoria de imprensa e, por fim, os elegantemente atrasados — astros do pop de pequeno a médio porte, atores de séries adolescentes, filhos de grandes celebridades.

Ele está se perguntando quando Henry vai fazer sua aparição, quando June surge ao seu lado e grita:

— Olha só quem chegou!

O olhar de Alex encontra uma explosão de cores brilhantes que se revela ser a jaqueta *bomber* de Pez, feita de seda cintilante com uma estampa floral tão colorida e elaborada que Alex quase precisa proteger os olhos. As cores ficam um pouco mais suaves, porém, quando ele volta os olhos para a direita.

É a primeira vez que Alex vê Henry pessoalmente desde o fim de semana em Londres e desde as centenas de mensagens de texto, piadas internas estranhas e ligações de madrugada que vieram depois, e a sensação é quase a de conhecer uma pessoa nova. Ele sabe muito mais sobre Henry, o entende muito melhor, e consegue compreender a raridade de um sorriso sincero naquele rosto de beleza incrível.

É uma estranha dissonância cognitiva, o Henry do presente e o Henry do passado. Deve ser por isso que ele tem uma sensação tão agitada e quente no estômago. Isso e o uísque.

Henry está usando um terno azul-escuro simples, mas optou por uma gravata cor de mostarda acobreada brilhante com um corte fino. Ele avista Alex, e seu sorriso se alarga, apertando o braço de Pez.

— Bonita gravata — Alex diz assim que Henry se aproxima o bastante para ouvi-lo em meio à multidão.

— Pensei que eu seria expulso do local se usasse algo menos vistoso — Henry diz, e sua voz é um tanto diferente de como Alex se lembrava. Como um veludo caríssimo, rico, luxuoso e fluido ao mesmo tempo.

— E quem é esse? — June pergunta ao lado de Alex, interrompendo sua linha de raciocínio.

— Ah, claro, vocês não foram apresentados oficialmente, não é? — Henry diz. — June, Alex, esse é meu melhor amigo, Percy Okonjo.

— Pode me chamar de Pez — ele diz alegremente, estendendo a

mão para Alex. Várias de suas unhas estão pintadas de azul. Quando ele volta a atenção para June, seus olhos ficam mais brilhantes e seu sorriso cresce de orelha a orelha. — Por favor, me estapeie se eu estiver passando dos limites, mas você é a mulher mais maravilhosa que já vi na minha vida e, se me permitir, gostaria de buscar para você o drinque mais extravagante deste estabelecimento.

— Hm — Alex murmura.

— Você é um charme — June diz, sorrindo.

— E você é uma deusa.

Ele os observa desaparecerem na multidão, Pez uma rajada resplandecente de cores, já girando June em uma pirueta enquanto eles seguem caminho. O sorriso de Henry ficou tímido e reservado, e Alex enfim entende a amizade dos dois. Henry não quer os holofotes, e Pez absorve naturalmente os que Henry desvia.

— Aquele homem está me implorando para apresentá-lo à sua irmã desde o casamento — Henry diz.

— *Sério?*

— Devo ter acabado de poupar uma enorme quantia de dinheiro para ele. Ele ia começar a orçar aviões publicitários para escrever alguma coisa no céu a qualquer momento.

Alex joga a cabeça para trás e gargalha, e Henry observa, ainda sorridente. June e Nora tinham razão. Apesar de tudo, ele realmente gosta desse garoto.

— Bom, vamos lá — Alex diz. — Já tomei dois uísques. Você vai ter um certo trabalho pra me alcançar.

Várias conversas se silenciam e queixos caem enquanto Alex e Henry passam. Alex tenta imaginar como deve ser a visão deles: o príncipe e o primeiro-filho, os dois maiores galãs de seus respectivos países, lado a lado a caminho do bar. É intimidante e emocionante corresponder a esse tipo de fantasia rica e intocável. É isso o que as pessoas veem, mas nenhuma delas sabe sobre a Grande Calamidade de Perus. Apenas Alex e Henry.

Ele pega a primeira rodada e a multidão os engole. Alex fica surpreso por como está contente pela presença física de Henry ao seu lado. Ele nem se importa mais em ter de erguer os olhos para falar com ele. Alex apresenta Henry a alguns estagiários da Casa Branca e ri quando eles coram e gaguejam, e o rosto de Henry assume um ar agradavelmente neutro, uma expressão que Alex via como indiferença, mas agora entende o que é: uma confusão cuidadosamente ocultada.

Vem a dança, a social, um discurso de June sobre o fundo para a imigração que eles estão apoiando com suas doações nesta noite, e Alex desvia de uma cantada agressiva de uma menina que está nos novos filmes do Homem-Aranha e entra em uma dança de conga caótica, e Henry realmente parece estar se divertindo. June os encontra a certa altura e leva Henry para conversar perto do bar. Alex os observa de longe, se perguntando o que eles podem estar falando que fez June quase cair do banquinho de tanto rir, até a multidão o engolir outra vez.

Depois de um tempo, a banda para de tocar e um DJ assume com uma playlist de músicas de hip-hop do começo dos anos 2000, todos os grandes sucessos que foram lançados quando Alex era criança e ainda tocavam nas suas festas da adolescência. É então que Henry o encontra, como um homem perdido no mar.

— Você não dança? — ele pergunta, observando Henry, que está visivelmente tentando entender o que fazer com as próprias mãos. Chega a ser fofo. Nossa. Como Alex está bêbado.

— Não, eu danço — Henry diz. — É só que as aulas de dança de salão obrigatórias da minha família não cobriam esse estilo?

— Vem, é, tipo, no quadril. Você precisa relaxar. — Ele abaixa os braços e põe as mãos no quadril de Henry, que se tensiona imediatamente sob o toque. — Esse é o exato oposto do que eu falei.

— Alex, eu não...

— Olha — Alex diz, movendo o quadril —, vê como eu faço.

Henry toma um gole enorme de champanhe e diz:

— Estou vendo.

A música passa para outro *ba-da dum-dum-dum, dum-da-dum da-da--dum...*

— *Puta que pariu* — Alex berra, cortando o que Henry ia dizer —, puta que pariu, caralho, essa é a minha música! — Ele ergue as mãos para o alto enquanto Henry fica olhando inexpressivo para ele e para as pessoas ao redor que também estão comemorando, centenas de ombros se movendo no ritmo da nostalgia gritada de "Get Low", do Lil Jon. — Você jura que nunca viu um monte de adolescentes sarrando com essa música tocando numa festinha constrangedora da escola?

Henry se segura no seu champanhe para sobreviver.

— Você definitivamente deve saber que não.

Alex estende um braço e puxa Nora de um grupo próximo, onde ela estava flertando com a tal menina do Homem-Aranha.

— Nora! *Nora!* Henry nunca viu um monte de adolescentes sarrando com essa música!

— Como assim?!

— Por favor, me diga que ninguém vai *sarrar* em mim — Henry diz.

— Ai, meu Deus, Henry — Alex grita, puxando Henry pela lapela enquanto a música continua. — Você precisa dançar. Você *precisa* dançar! Você precisa entender esse rito formativo de amadurecimento norte-americano.

Nora pega Alex, puxando-o para longe de Henry e o girando, as mãos na cintura dele, e começando a dançar com naturalidade. Alex grita e Nora gargalha e a multidão pula ao redor e Henry só fica olhando embasbacado.

— Essa música é sobre o suor escorrendo nas bolas dele?

É divertido — Nora encostada nele, suor na testa, corpos se empurrando ao seu redor. Ao seu lado, um produtor de podcast e aquele cara do *Stranger Things* estão dançando ao som de Kid 'n Play e, um pouco mais distante, Pez está se curvando para tocar nos dedos dos pés seguindo a coreografia ao pé da letra. O rosto de Henry está chocado e confuso, e é muito engraçado. Alex aceita uma dose de uma bandeja que passa e bebe em homenagem à centelha estranha em seu estômago pela maneira como Henry os observa. Alex faz beicinho e rebola e, com apreensão extrema, Henry começa a balançar um pouco a cabeça.

— Bota pra foder, *vato*! — Alex grita, e Henry ri sem perceber. Ele até balança o quadril um pouco.

— Pensei que você não ficaria de babá a noite toda — June sussurra em seu ouvido enquanto passa.

— Pensei que você estava ocupada demais para pensar em homens — Alex responde, apontando com a cabeça para Pez. Ela dá uma piscadinha para ele e desaparece.

A partir de então, é uma série de hits noite adentro, as luzes e a música estourando o mais alto possível. Confetes voando pelo ar sabe-se lá como. Eles contrataram canhões de confete? Mais bebida — Henry começa a beber direto de uma garrafa de Moët & Chandon. Alex gosta da cara que Henry faz, o aperto seguro de sua mão na garrafa, a maneira como seus lábios cobrem o gargalo. A disposição de Henry para dançar é diretamente proporcional à proximidade das mãos de Alex, e o calor animado sob a pele de Alex é diretamente proporcional à expressão da boca de Henry quando ele o observa com Nora. É uma equação que ele está longe de estar sóbrio o suficiente para começar a entender.

Eles todos se reagrupam às 23h59 para a contagem regressiva, olhos turvos e braços envolvendo uns aos outros. Nora grita "três, dois, um" bem no ouvido de Alex e joga o braço em torno dele enquanto ele grita que sim e a beija desajeitadamente, rindo. Eles fazem isso todo ano, ambos eternamente solteiros, carinhosamente bêbados e felizes em deixar todos intrigados e com inveja. A boca de Nora é quente e tem um gosto horrível de schnapps de pêssego, e ela morde o lábio dele e bagunça seu cabelo para completar.

Quando ele abre os olhos, Henry está olhando para ele, a expressão indecifrável.

Ele sente seu sorriso ficar maior, mas Henry se afasta e toma um gole generoso da garrafa de champanhe à qual está agarrado antes de desaparecer na multidão.

Alex perde a noção das coisas depois disso, porque ele está muito, muito bêbado e a música está muito, muito alta e tem muitas, muitas mãos em cima dele, levando-o pela confusão de corpos dançando e lhe passando mais bebida. Nora passa montada nas costas de um cara malhado, um jogador de futebol americano novato.

É barulhento, confuso e maravilhoso. Alex sempre adorou essas festas, a alegria brilhante de tudo, o champanhe que borbulha em sua língua e os confetes que grudam em seus sapatos. É um lembrete que, embora ele se estresse e se angustie entre quatro paredes, sempre haverá um mar de pessoas onde ele pode desaparecer, que o mundo pode ser caloroso e convidativo e encher as paredes dessa casa grande e antiga em que ele mora de algo iluminado, tão vivo e contagiante.

Mesmo assim, em algum lugar, sob o álcool e a música, ele não consegue deixar de notar que Henry sumiu.

Ele procura nos banheiros, no bufê, nos cantos sossegados do salão de festas, mas ele não está em lugar nenhum. Ele tenta perguntar para Pez, gritando o nome de Henry para ele, mas Pez apenas sorri, dá de ombros e rouba um boné de um cara que passa.

Ele fica... Preocupado não é exatamente a palavra. Incomodado. Curioso. Ele estava se divertindo em ver como tudo que ele fazia se refletia no rosto de Henry. Ele continua procurando, até tropeçar no próprio pé perto de uma das janelas grandes do corredor. Ele está levantando quando olha para o jardim do lado de fora.

Lá, embaixo de uma árvore na neve, soprando pequenas nuvens de vapor, está um vulto alto e magro de ombros largos que só pode ser Henry.

Ele sai para o pórtico sem pensar duas vezes e, no instante em que a porta se fecha atrás dele, a música é abafada e o silêncio cai, e sobram apenas ele, Henry e o jardim. Ele está com a visão turva e afunilada de uma pessoa bêbada quando fixa os olhos em um objetivo. Ele o segue escada abaixo até o gramado coberto de neve.

Henry está em silêncio, as mãos nos bolsos, contemplando o céu, e ele até pareceria sóbrio se não estivesse cambaleando de leve para a esquerda. Maldita dignidade britânica, mesmo diante do champanhe. Alex quer enfiar a cara do caçula real em um arbusto.

Alex tropeça num banco, e o barulho chama a atenção de Henry. Quando ele se vira, o luar cai sobre ele, e seu rosto parece suavizado pelas sombras, convidativo de uma maneira que Alex não consegue entender direito.

— Está fazendo o que aqui fora? — Alex pergunta, levantando e indo até o lado dele embaixo da árvore.

Henry estreita os olhos. De perto, seus olhos ficam um pouco vesgos, focados em um ponto entre ele e o nariz de Alex. Nem tanta dignidade assim.

— Procurando Órion — Henry diz.

Alex solta um riso bufado, erguendo os olhos para o céu. Nada além de nuvens de inverno.

—Você deve estar muito entediado com os plebeus para sair aqui e ficar olhando as nuvens.

— Não estou entediado — Henry murmura. — O que você está fazendo aqui fora? O menino de ouro dos Estados Unidos não tem multidões para seduzir?

— Falou a porra do Príncipe Encantado — Alex responde, sorrindo.

Henry volta o rosto para as nuvens, a expressão nada principesca.

— Longe disso.

Seus dedos encostam no dorso da mão de Alex ao lado do corpo deles, um pequeno raio de calor na noite fria. Alex observa o rosto dele de perfil, piscando para a bebedeira passar, seguindo a linha suave de seu nariz e a curva leve no centro de seu lábio inferior, tudo tocado pelo luar. Está congelando e Alex está usando apenas um paletó, mas seu peito está aquecido por dentro pela bebida e por algo inebriante em que seu cérebro tropeça, sem conseguir nomear. O jardim está silencioso exceto pelo sangue correndo em seus ouvidos.

— Mas você não respondeu a minha pergunta — Alex comenta.

Henry suspira, passando a mão na cara.

—Você não deixa nada passar, não é? — Ele inclina a cabeça para trás, batendo-a de leve contra o tronco da árvore. — Às vezes fica um pouco... demais.

Alex continua olhando para ele. Normalmente, há algo na boca de Henry que revela certa simpatia, mas, às vezes, como agora, ele fica com o canto da boca contraído, a guarda firmemente levantada.

Alex se vira e, em um movimento involuntário, se recosta na árvore também. Ele encosta no ombro de Henry e vê o canto da boca dele se contrair, algo se move levemente no rosto do príncipe. Essas coisas — grandes eventos, deixar os outros se alimentarem da energia dele — quase nunca são demais para Alex. Ele não sabe ao certo como Henry se sente, mas parte de seu cérebro, que provavelmente está encharcada de tequila, pensa que talvez ajude se Henry ficasse apenas com o que consegue dar conta, e Alex pudesse tomar conta do resto. Talvez ele possa absorver parte do que é "demais" através do ponto onde seus ombros estão encostados.

Um músculo no maxilar de Henry se mexe, e algo suave, quase um sorriso, contrai seus lábios.

— Você já se perguntou — ele diz devagar — como seria viver como uma pessoa anônima?

Alex franze a testa.

— Como assim?

— Só, sabe — Henry diz. — Se sua mãe não fosse a presidenta e você fosse só um cara normal levando uma vida normal, como seriam as coisas? O que você estaria fazendo?

— Ah — Alex diz, refletindo. Ele estende um braço à frente do corpo, faz um gesto de desprezo com o punho. — Bom, é óbvio que eu seria um modelo. Já estive na capa da *Teen Vogue* duas vezes. Essa genética transcende qualquer circunstância. — Henry revira os olhos de novo. — E você?

Henry abana a cabeça com melancolia.

— Eu seria escritor.

Alex dá uma risadinha. Ele pensa que já sabia disso sobre Henry, de alguma forma, mas ainda é um tanto surpreendente.

— Você não pode fazer isso?

— Não é exatamente uma ocupação interessante para um homem

na linhagem do trono, escrever versos sobre os tormentos da juventude — Henry diz com secura. — Além disso, a carreira tradicional da família é a militar, então é o que me resta, não?

Henry morde o lábio, espera um segundo e abre a boca de novo.

— Eu namoraria mais também, acho.

Alex não consegue conter o riso de novo.

— Claro, porque é tão difícil pegar alguém sendo príncipe.

Henry volta os olhos para Alex.

—Você ficaria surpreso.

— Como? Não te faltam opções.

Henry continua olhando para ele, mantendo o olhar fixo por alguns segundos a mais.

— As opções que eu gostaria... — ele diz, arrastando as palavras. — Não são exatamente *opções*.

Alex pisca.

— Quê?

— Estou dizendo que tem... pessoas... que me interessam — Henry diz, voltando o corpo na direção de Alex, falando com uma incisividade atrapalhada, como se quisesse dizer alguma coisa com isso. — Mas não devo correr atrás delas. Pelo menos não na minha posição.

Será que eles estão bêbados demais para se comunicar em inglês? Ele se pergunta vagamente se Henry sabe falar espanhol.

— Não faço a mínima ideia do que você está falando — Alex diz.

— Não?

— Não.

— Não mesmo?

— Não, não mesmo.

O rosto todo de Henry se franze em frustração, os olhos se voltando para o céu como se estivessem buscando a ajuda de um universo implacável.

— Meu Deus, como você é burro — ele diz, e pega o rosto de Alex com as duas mãos e o beija.

Alex fica paralisado, sentindo a pressão dos lábios de Henry e as mangas de seda de seu casaco encostadas em seu queixo. O mundo se transforma em estática, e seu cérebro está se esforçando para acompanhar, solucionando a equação de rixas adolescentes, bolos de casamento e mensagens às duas da madrugada mas sem entender a variável que o trouxe até aqui, exceto que... bom, por incrível que pareça, ele não se importa. Tipo, nem um pouco.

Em pânico, ele tenta montar uma lista de cabeça, mas para em: *Um, os lábios de Henry são macios*, e entra em curto-circuito.

Ele tenta se entregar ao beijo e é recompensado pela boca de Henry se movendo e se abrindo junto à dele, a língua de Henry tocando a sua, o que é: *uau*. Não é nada parecido com o beijo de Nora mais cedo — nada parecido com nenhum beijo que ele já deu na vida. É uma sensação tão firme e gigantesca como a terra sob seus pés, envolvendo todas as partes do seu corpo, prestes a tirar o ar de seus pulmões. Uma das mãos de Henry se enfia em seu cabelo e agarra as raízes na sua nuca, ele ouve um som escapar dos seus lábios rompendo o silêncio esbaforido, e...

De repente, Henry o solta com tanta força que ele cambaleia para trás, Henry murmura um palavrão e um pedido de desculpas, os olhos arregalados, e dá meia-volta, esmagando a neve a passos rápidos. Antes que Alex consiga dizer ou fazer qualquer coisa, o príncipe já está longe.

— Ah — Alex diz por fim, baixinho, levando uma mão aos lábios. — Caralho.

Cinco

O problema do beijo é o seguinte: Alex não consegue parar de pensar nele.

Ele tentou. Henry, Pez e os guarda-costas já tinham ido embora fazia tempo quando Alex voltou para dentro da casa. Nem mesmo o estupor embriagado ou a ressaca latente da manhã seguinte conseguem apagar a imagem de seu cérebro.

Ele tenta ouvir as reuniões da sua mãe, mas não consegue prestar atenção, e Zahra o expulsa da Ala Oeste. Ele estuda todas as leis que estão passando pelo Congresso e considera dar umas voltas para convencer alguns senadores, mas não consegue criar ânimo para isso. Nem mesmo começar um boato com Nora parece interessante.

Ele começa o último semestre, vai para a aula, senta com o secretário social para planejar seu jantar de formatura, mergulha em anotações grifadas com marca-texto e leituras complementares.

Mas, por baixo de tudo, está sempre o beijo do príncipe da Inglaterra sob uma tília no jardim, o luar em seu cabelo, e as entranhas de Alex completamente derretidas, e ele quer se jogar do alto das escadas presidenciais.

Ele não contou para ninguém, nem mesmo para Nora ou June. Não faz nem ideia do que diria se contasse. Será que tecnicamente ele pode contar para alguém, já que assinou um termo de confidencialidade? Será que foi por isso que ele teve que assinar? Será que Henry tinha isso em mente desde o começo? Isso quer dizer que Henry sente *alguma coisa* por ele? Por que Henry teria agido como um babaca entediante por tanto tempo se gostasse dele?

Henry não está dando nenhuma dica, nem ajudando em nada. Ele não respondeu nenhuma das mensagens de Alex nem atendeu nenhuma de suas ligações.

— Certo, chega — June diz em uma tarde de quarta-feira, saindo do quarto e entrando na sala do corredor compartilhado por eles. Ela está com suas roupas de treino e o cabelo amarrado. Alex enfia o celular no bolso na hora. — Não sei qual é o seu problema, mas faz umas duas horas que estou tentando escrever e não consigo enquanto ouço você andar de um lado para o outro. — Ela joga um boné de beisebol para ele. — Vou dar uma corrida, e você vem comigo.

Cash os acompanha até o Espelho d'Água, onde June chuta a parte de trás do joelho de Alex para ele começar a correr, e Alex resmunga, solta um palavrão e aperta o passo. Ele se sente como um cachorro que precisa ser levado para passear para gastar a energia. E mais ainda quando June diz:

— Você é como um cachorro que precisa ser levado para passear para gastar a energia.

— Às vezes eu te odeio — ele diz para a irmã, enfia o fone de ouvido e bota Kid Cudi para tocar no máximo.

Ele pensa, enquanto corre e corre e corre, que o mais idiota de tudo é que ele é hétero.

Tipo, ele tem quase certeza que é hétero.

Ele consegue identificar momentos em sua vida em que pensou consigo mesmo: *Viu, isso significa que não curto meninos.* Por exemplo, quando ele estava no ensino fundamental e beijou uma menina pela primeira vez, e não pensou em nenhum menino enquanto aquilo acontecia, só que o cabelo dela era macio e gostoso. Ou quando estava no segundo ano do ensino médio e um de seus amigos saiu do armário, e ele não conseguiu se imaginar fazendo o mesmo.

Ou no último ano, quando ficou bêbado e deu uns amassos com Liam na cama de solteiro dele por uma hora, e não teve nenhuma crise sexual a respeito disso — isso devia significar que ele era hétero, certo? Porque, se ele curtisse homens, teria sido assustador estar com um, mas não foi. Era só assim que melhores amigos adolescentes tarados agiam às vezes, que nem quando eles gozavam ao mesmo tempo assistindo pornô no quarto de Liam... ou naquela vez em que Liam começou a passar a mão nele, e Alex não o impediu.

Ele olha para June, a curva desconfiada dos lábios dela. Será que ela consegue ouvir seus pensamentos? Será que, de alguma forma, ela sabe? June sempre sabe das coisas. Ele aperta o passo, ao menos para parar de ver a expressão dela pelo canto dos olhos.

Na quinta volta, ele relembra sua adolescência cheia de hormônios e de pensar em meninas durante o banho, mas também se lembra de fantasias sobre as mãos de um menino em cima dele, de maxilares fortes e ombros largos. Lembra de ter que se esforçar para afastar o olhar de um colega de equipe no vestiário algumas vezes, mas, tipo, foi uma ocasião pontual. Como ele poderia saber na época se queria ser como outros caras ou se queria *ficar* com outros caras? Ou se só era um adolescente tarado?

Ele é filho de democratas. Isso não é nada de novo para ele. Portanto, ele sempre partiu do princípio de que, se não fosse hétero, ele simplesmente *saberia*, assim como sabe que adora doce de leite no sorvete ou que precisa de um calendário tediosamente organizado para conseguir fazer qualquer coisa. Ele pensava que era tão inteligente sobre sua própria identidade que não restava nenhuma dúvida sobre quem era.

Eles estão começando a oitava volta agora, e Alex começa a ver algumas falhas em sua lógica. Pessoas heterossexuais, pensa ele, provavelmente não passam tanto tempo tentando se convencer de que são heterossexuais.

Existe outro motivo por que ele nunca se deu ao trabalho de refletir sobre as coisas além do ponto básico de que se atrai por mulheres. Ele é uma figura pública desde que sua mãe se tornou a candidata favorita de 2016 e o Trio da Casa Branca virou a porta de entrada do governo para o grupo demográfico de adolescentes a jovens de vinte e poucos anos. Cada um dos três — ele, June e Nora — tem o seu papel.

Nora é a intelectual descolada, que faz piadas grosseiras no Twitter sobre os programas de ficção científica que estão bombando no momento, que sabe todo tipo de curiosidade inútil. Ela não é hétero — nunca foi —, mas, para ela, essa é uma parte incidental de quem ela é. Ela não se preocupa em tornar isso público; não é consumida pelos sentimentos como Alex.

Ele olha para June — à sua frente agora, as luzes cor de caramelo de seu rabo de cavalo balançando e refletindo o sol do meio-dia — e ele sabe o lugar dela também. A intrépida colunista do *Washington Post*, a criadora de tendências que todos querem em suas festas elegantes de queijos e vinhos.

Já Alex é o menino de ouro. O galã bonito e rebelde de bom coração. O garoto que leva a vida tranquilamente, que faz todos rirem. A mais alta taxa de aprovação de toda a primeira-família. A graça dele é exatamente que seu encanto é o mais universal possível.

Ser... seja lá o que ele está começando a desconfiar que é, com certeza não é universalmente encantador para os eleitores. Já basta ser meio mexicano.

Ele quer que sua mãe mantenha as altas taxas de aprovação dela sem ter de lidar com uma complicação dentro da própria família. Ele quer ser o deputado mais jovem eleito na história dos Estados Unidos. Ele tem absoluta certeza que homens que beijaram o príncipe da Inglaterra e gostaram não são eleitos para representar o Texas.

Mas então ele pensa em Henry e: *ah*.

Alex pensa em Henry e algo se contorce em seu peito, como um elástico que ele esticou por tempo demais.

Ele pensa na voz baixa de Henry em seu ouvido pelo celular às três da manhã e, de repente, sabe o responsável pela chama dentro dele. As mãos de Henry nele, seus polegares contra suas têmporas no jardim, as mãos de Henry em outros lugares, a boca de Henry, o que ele pode fazer com elas se Alex deixar. Os ombros largos, as pernas compridas e a cintura fina de Henry, a curva entre o maxilar e o pescoço dele, a curva entre o pescoço e o ombro dele e o tendão que se estende por toda essa distância, a maneira como Henry vira a cabeça para disparar um olhar desafiador, e seus olhos impossivelmente azuis...

Alex tropeça em um buraco no calçamento e cai no chão, raspando o joelho e deixando os fones caírem.

— Cara, que porra foi essa? — a voz de June soa mais alta que o zumbido em seus ouvidos. Ela para diante dele, as mãos apoiadas nos joelhos, a testa franzida, ofegando. — Seu cérebro está claramente em outro sistema solar. Você vai me contar o que está rolando ou não?

Ele pega a mão dela e deixa que ela o puxe para cima junto com o joelho ensanguentado.

— Está tudo bem. Estou bem.

June suspira, disparando outro olhar para ele antes de finalmente deixar para lá. Depois de Alex mancar de volta para casa, June desaparece no banho e ele estanca o sangramento com um bandeide do Capitão América que tira do armário do banheiro.

Ele precisa de uma lista. Certo: Coisas que ele sabe agora.

Um. Ele se sente atraído por Henry.

Dois. Ele quer beijar Henry de novo.

Três. Já deve fazer um tempo que ele queria beijar Henry. Provavelmente desde sempre.

Ele faz outra lista em sua cabeça. Henry. Shaan. Liam. Han Solo. Rafael Luna e aqueles colarinhos frouxos.

Depois de chegar à sua escrivaninha, ele pega o fichário que sua mãe deu para ele: ENVOLVIMENTO DEMOGRÁFICO: QUEM SÃO E COMO ATINGI-LOS. Leva o dedo até a aba LGBTQ+ e vira para a página que está procurando, um título com o estilo típico de sua mãe: O B NÃO É MUDO: CURSO INTENSIVO SOBRE OS BISSEXUAIS AMERICANOS.

— Quero começar agora — Alex diz ao entrar de repente na Sala de Tratado.

Sua mãe baixa os óculos para a ponta do nariz, observando-o por uma pilha de papéis.

— Começar o quê? A apanhar por invadir minha sala enquanto estou trabalhando?

— O emprego — ele diz. — O emprego da campanha. Não quero esperar até me formar. Já li todos os materiais que você me deu. Duas vezes. Estou com tempo. Posso começar já.

Ela estreita os olhos na direção dele.

— Que bicho te mordeu?

— Nenhum, eu só... — Um dos seus joelhos começa a balançar impacientemente. Ele se obriga a parar. — Estou pronto. Falta menos de um semestre para mim. Do que mais eu poderia precisar saber para fazer isso? Pode me colocar em campo.

É assim que Alex se encontra esbaforido em uma tarde de segunda-feira depois da aula, seguindo um funcionário que conseguiu superar até ele próprio no consumo de cafeína, em uma visita vertiginosa pelos gabinetes da campanha. Ele ganha um crachá com seu nome e sua foto, uma mesa em um cubículo compartilhado com um cara da elite de Boston chamado Hunter, cuja cara ele adoraria socar.

Alex recebe um panfleto de dados dos grupos focais mais recentes e dizem para ele começar a elaborar ideias de políticas públicas para o fim da semana seguinte, e o tal Hunter de Boston faz umas quinhentas perguntas sobre a mãe dele. Alex consegue ser tão profissional que nem dá um soco na cara dele. Simplesmente mergulha no trabalho.

Ele definitivamente não está pensando em Henry.

Não está pensando em Henry quando trabalha vinte e três horas durante a primeira semana de trabalho nem quando está ocupando o restante das horas do seu dia com as aulas, os trabalhos, as longas corridas, as doses triplas de café e os gabinetes do Senado que anda bisbilhotando. Ele não está pensando em Henry quando está no banho ou à noite, sozinho e acordado na cama.

Exceto quando está. O que é sempre.

Isso costuma funcionar. Ele não entende por que não está funcionando.

Quando está nos gabinetes de campanha, fica rondando os grandes quadros brancos movimentados da área de votação, onde Nora passa o dia todo sentada se dedicando a gráficos e planilhas. Ela não teve problemas em fazer amizade com seus colegas, visto que sua competência se converte diretamente em popularidade na cultura social da campanha, e ninguém é melhor com números do que ela.

Não é exatamente inveja o que ele sente. Ele também é popular em seu departamento, pois vive sendo encurralado perto da cafeteira em busca de segundas opiniões sobre os rascunhos e convidado para happy hours para os quais ele nunca tem tempo. Pelo menos quatro funcionários de gêneros diferentes deram em cima dele, e o Hunter de Boston não para de tentar convencê-lo a ir a seus shows de stand up. Ele sorri elegantemente com o café na mão e faz piadas sarcásticas, provando que a Iniciativa Charmosa de Alex Claremont-Diaz continua eficaz como sempre.

Mas Nora faz *amigos*, enquanto Alex fica com conhecidos que pensam que o conhecem porque leram seu perfil na revista *New York*, e pessoas perfeitamente interessantes com corpos perfeitamente interessantes que querem levá-lo para a cama. Nada disso o satisfaz — nunca o satisfez, na verdade, mas isso nunca importou tanto quanto agora que existe o contraponto claro de Henry, que o *conhece*. Henry que o viu de óculos, o tolera quando ele é mais irritante e mesmo assim o beijou como se quisesse Alex, simplesmente, e não uma ideia que tinha de Alex.

E assim vai, e Henry está lá, em sua cabeça, suas anotações de aula e seu cubículo, todo maldito dia, não importa quantas doses de expresso ele tome.

Nora seria a escolha óbvia de ajuda, se não fosse pelo fato de que ela está entupida até o pescoço em números de pesquisas. Quando ela mergulha no trabalho dessa forma, é como tentar ter uma conversa importante com um computador superveloz que ama comida mexicana e tira sarro da sua roupa.

Mas ela é a melhor amiga de Alex, e é meio que vagamente bissexual. Ela nunca sai com ninguém — sem tempo nem vontade — mas, se saísse, ela diz que seria uma distribuição igualitária entre as opções. Ela sabe tanto sobre o assunto quanto sabe sobre tudo mais.

— Oi — ela diz sentada no chão quando ele põe na mesa uma sacola de burritos e uma segunda sacola de nachos com guacamole. — Talvez você tenha de enfiar guacamole diretamente na minha boca com uma colher porque vou precisar das duas mãos durante as próximas quarenta e oito horas.

Os avós de Nora, o vice-presidente e a segunda-dama, moram no Observatório Naval, e os pais dela, nos arredores de Montpelier, mas ela mora no mesmo apartamento arejado em Columbia Heights desde que se transferiu do Instituto de Tecnologia de Massachusetts para a Universidade George Washington. É um lugar cheio de livros e plantas de que ela cuida com a ajuda de planilhas complexas de cronogramas de irrigação. Na noite de hoje, ela está sentada no chão da sala em um círculo brilhante de telas como uma espécie de sessão espírita da Colina do Capitólio.

À esquerda, seu laptop de campanha está aberto em uma página indecifrável de dados e gráficos de barras. À direita, seu computador pessoal está rodando três agregadores ao mesmo tempo. À sua frente, a TV está transmitindo a cobertura da CNN das primárias republicanas, enquanto o tablet em seu colo está passando um episódio antigo de *RuPaul's Drag Race*. Ela está segurando o iPhone, e Alex escuta o barulhinho de um e-mail sendo enviado antes de ela erguer os olhos para ele.

— O burrito é de barbacoa? — ela pergunta com esperança na voz.

— Faz um tempo que eu te conheço, então, sim, é óbvio.

— Obrigada, meu futuro marido.

Ela se inclina para tirar um burrito da sacola, rasga o papel-alumínio e enfia a comida na boca.

— Eu não vou ter um casamento de conveniência com você se você sempre me fizer passar vergonha comendo burrito desse jeito —

Alex diz, vendo-a mastigar. Um feijão-preto cai da boca dela em cima do teclado.

— Você não é do Texas? — ela fala de boca cheia. — Já te vi virar um pote de molho barbecue direto na boca. É melhor se cuidar ou vou acabar me casando com a June.

Essa pode ser uma abertura para "a conversa". *Ei, sabe como você vive brincando de namorar a June? Bom, tipo, e se eu namorasse um cara?* Não que ele queira namorar Henry. De jeito nenhum. Nunca. Mas só, tipo, hipoteticamente.

Nora desata a falar em uma tangente nerd sobre dados pelos próximos vinte minutos, contando da atualização dela sobre seja lá que porra que significa um tal de algoritmo de votação majoritária de Boyer-Moore e variáveis e como isso pode ser usado no trabalho que ela está fazendo para a campanha, seja lá qual for, ou algo do tipo. Para ser sincero, a concentração de Alex vai e vem. Ele está apenas criando coragem até ela finalmente parar de falar.

— Ei, então, é — Alex tenta enquanto ela faz uma pausa para comer burrito. — Lembra de quando a gente se pegava?

Nora engole uma mordida enorme e sorri.

— É claro que lembro, Alejandro.

Alex força uma risada.

— Então, me conhecendo como você me conhece...

— No sentido bíblico.

— Quais as chances de eu curtir meninos?

Isso faz Nora parar de repente, inclinar a cabeça para o lado e dizer:

— Setenta e oito por cento de probabilidade de tendências bissexuais latentes. Cem por cento de probabilidade de essa não ser uma pergunta hipotética.

— É. Então. — Ele tosse. — Aconteceu uma coisa esquisita. Sabe quando o Henry veio para o Ano-Novo? Ele meio que... me beijou?

— Ah, não brinca? — Nora diz, acenando compreensiva. — Legal.

Alex fica encarando.

—Você não está surpresa?

— Quer dizer. — Ela encolhe os ombros. — Ele é gay, e você é gato, né.

Ele senta tão rapidamente que quase derruba o burrito no chão.

— Peraí, peraí... o que faz você achar que ele é gay? Ele te contou?

— Não, eu só... tipo, sabe. — Ela gesticula como se tentasse descrever seu processo normal de pensamento. É incompreensível. — Eu observo padrões e dados, e eles formam conclusões lógicas, e ele é gay. Sempre foi gay.

— Eu... quê?

— Cara. Você já o conheceu? Não é tipo melhor amigo dele? Ele é gay. Tipo, fogos de artifício nas cores do arco-íris. É sério que você nunca se tocou?

Alex ergue as mãos, desamparado.

— Não?

— Alex, pensei que você era inteligente.

— Eu também! Como ele pôde... como pôde me dar um beijo sem nem me dizer que é gay antes?

— Tipo — ela arrisca —, talvez ele achasse que você já soubesse?

— Mas ele vive saindo com mulheres.

— É porque príncipes não podem ser gays — Nora diz como se fosse a coisa mais óbvia do mundo. — Por que você acha que elas são sempre fotografadas?

Alex espera a ficha cair por meio segundo e lembra que essa conversa era sobre o seu pânico em ser gay, não o de Henry.

— Tá, certo. Espera. Meu Deus. A gente pode voltar para a parte em que ele me beijou?

— Aah, sim — Nora diz. Ela lambe uma gota de guacamole que caiu na tela do celular. — Com o maior prazer. Ele beija bem? Teve língua? Você curtiu?

— Deixa pra lá — Alex diz instantaneamente. — Esquece que eu perguntei.

— Desde quando você é tão recatado? — Nora questiona. — Ano passado você me obrigou a ouvir todos os detalhes imundos de quando chupou a tal da Amber Forrester do estágio da June.

— *Não começa* — ele diz, escondendo o rosto na dobra do cotovelo.

— Então desembucha.

— Eu sinceramente espero que você morra — ele diz. — Sim, ele beija bem, e foi de língua.

— Eu sabia — ela diz. — Cavalheiro na rua, puto na cama.

— Para — ele resmunga.

— O príncipe Henry é um gato — Nora diz —, deixa ele te lamber inteiro.

— Eu vou embora.

Ela joga a cabeça para trás e dá risada e, sério, Alex precisa arranjar novos amigos.

— Mas você curtiu?

Uma pausa.

— O que, bom — ele começa. — O que você acha que significaria se eu tivesse curtido?

— Bom. Gato. Faz séculos que você está louco para brincar com aquele pau, né?

Alex quase engasga com a própria língua.

— *Quê?*

Nora olha para ele.

— Ah, merda. Você não sabia disso também? Porra. Não queria, tipo, te revelar isso. Está na hora dessa conversa?

— Eu... talvez? — ele diz. — Do que você está falando?

Ela coloca o burrito na mesa de centro e chacoalha os dedos como faz quando está prestes a digitar um código complicado. Alex de repente se sente intimidado por ter a atenção incondicional dela.

— Vamos expor algumas observações — ela diz. — Vou deixar você chegar à conclusão. Primeiro, você passou anos obcecado pelo Henry em um nível Draco Malfoy, *não me interrompe*, e, desde o casamento real, pegou o número dele e o usou não para marcar aparições públicas, mas para flertar à distância com ele todo dia o dia todo. Você vive com uma carinha apaixonada olhando pro celular e, se alguém pergunta com quem você está trocando mensagens, você age como se tivesse sido pego vendo pornô. Você sabe as horas em que ele dorme, e fica claramente de mau humor quando passa um dia sem falar com ele. Você passou a festa de Ano-Novo inteira ignorando as celebridades mais gatas que querem dar para o solteiro mais cobiçado dos Estados Unidos para literalmente ficar encarando Henry parado perto da pilha de doces. E ele te beijou, *de língua*, e você curtiu. Então, vamos ser objetivos. O que você acha que isso significa?

Alex fica olhando.

— Tipo — ele diz devagar. — Não... sei.

Nora franze a testa, claramente desistindo, volta a comer seu burrito, e dedica sua atenção ao feed de notícias no seu laptop.

— Tá.

— Não, tá, escuta — Alex diz. — Sei que, tipo, objetivamente, em alguma merda de calculadora gráfica, parece que tenho uma paixãozinha vergonhosa enorme. Mas, ai. Sei lá! Ele era meu maior inimigo até uns meses atrás, e depois a gente virou amigo, acho, e agora ele me beijou, e não sei o que nós... somos.

— Uhum — Nora diz, sem prestar atenção. — Pois é.

— E, mesmo assim — ele continua. — Em termos de, tipo, sexualidade, o que isso faz de mim?

Os olhos de Nora se erguem de volta para ele.

— Ah, tipo, pensei que já tínhamos falado de você ser bi e tal — ela diz. — Desculpa, não falamos? Eu me adiantei de novo? Foi mal. Oi, você gostaria de sair do armário para mim? Sou toda ouvidos. Fica à vontade.

— Não sei! — ele quase grita, angustiado. — Eu sou? Você acha que eu sou bi?

— Não posso te dizer, Alex! — ela diz. — Essa é a questão!

— Cacete — ele diz, baixando a cabeça nas almofadas. — Preciso que alguém me fale de uma vez. Como você soube que era?

— Sei lá, cara. Eu estava no penúltimo ano do colégio, e peguei num peito. Não foi lá muito profundo. Ninguém vai escrever um musical sobre essa experiência.

— Não ajudou muito.

— Pois é — ela diz, mastigando uma batatinha enquanto pensa. — Então, o que você vai fazer?

— Não faço ideia — Alex diz. — Ele está me ignorando completamente, então acho que ou foi horrível ou foi um erro idiota bêbado de que ele se arrepende ou...

— Alex — ela diz. — Ele gosta de você. Ele está surtando. Você vai ter que decidir o que sente em relação a ele e fazer alguma coisa. Ele não está em posição de tomar algum tipo de atitude.

Alex não faz ideia do que mais dizer sobre o assunto. Os olhos de Nora se voltam para uma das telas, onde o jornalista Anderson Cooper está fazendo a cobertura sobre os aspirantes a candidatos presidenciais do Partido Republicano.

— Alguma chance de outra pessoa além de Richards ser indicado?

Alex suspira.

— Nenhuma. De acordo com todo mundo com quem eu conversei, nenhuma.

— Quase chega a ser bonitinho ver os outros tentando — ela diz, e eles ficam em silêncio.

Alex está atrasado, de novo.

A aula de hoje é uma revisão para a primeira prova, e ele está atrasado porque perdeu a noção do tempo enquanto relia seu discurso para o evento da campanha de que vai participar na puta que pariu do Nebraska no próximo fim de semana. É quinta-feira, ele está saindo direto do trabalho para o anfiteatro, a prova é na próxima terça, e ele vai ser *reprovado* porque está perdendo a *revisão*.

A aula é Questões Éticas em Relações Internacionais. Ele realmente deveria parar de pegar matérias tão terrivelmente relevantes à vida dele.

Ele assiste à revisão fazendo anotações distraídas e confusas e volta para a Residência. Ele está puto da vida, para ser sincero. Puto com tudo: um mau humor generalizado e sem direção que o carrega escada acima rumo aos Quartos Leste e Oeste.

Ele joga a mochila no chão perto da porta do quarto e descalça os sapatos no corredor, observando-os caírem tortos sobre o tapete feio e antigo.

— Boa tarde pra você também, docinho — diz a voz de June. Quando ele ergue os olhos, ela está no quarto dela do outro lado do corredor, sentada em uma poltrona rosa-claro. — Você está com uma cara de merda.

—Valeu, cuzona.

Ele reconhece a pilha de revistas no colo dela com seu apanhado semanal de tabloides, e ele acaba de decidir que não quer saber quando ela atira uma na direção dele.

— *People* nova pra você — ela diz. — Você está na página quinze. Ah, seu melhor amigo está na trinta e um.

Ele tranquilamente aponta o dedo do meio para ela pelo ombro e entra no quarto, se jogando no sofá perto da porta junto com a revista. Já que está com ela, é melhor ler de uma vez.

A página quinze é uma foto dele que a equipe de imprensa tirou duas semanas atrás, um belo retrato de Alex ajudando o museu Smithsonian em uma exposição sobre a campanha presidencial histórica de sua mãe. Ele explica a história por trás da plaquinha CLAREMONT PARA O CONGRESSO 2004, e tem um texto breve na lateral sobre como ele é dedicado ao legado da família, blá-blá-blá.

Ele vira para a página trinta e um e quase solta um palavrão.

A manchete: QUEM É A LOIRA MISTERIOSA DO PRÍNCIPE HENRY?

Três fotos: a primeira, Henry em uma cafeteria em Londres, sorrindo enquanto toma café com uma loira genericamente bonita; a segunda, Henry, um pouco desfocado, de mãos dadas com ela saindo do café; a terceira, Henry quase escondido por um arbusto, beijando o canto da boca dela.

— Que porra é essa?

Tem um artigo curto acompanhando as fotos que dá o nome da menina, Emily qualquer coisa, uma atriz, e Alex estava universalmente puto antes, mas agora está especificamente puto, todo seu mau humor afunilado ao ponto da página em que os lábios de Henry tocam a pele de alguém que não é a dele.

Quem aquele filho da puta do Henry pensa que é? Como ele se acha no direito de ser tão frio e egoísta pra cacete a ponto de passar meses virando amigo dele, deixá-lo mostrar todas as suas fraquezas estranhas e medonhas, dar um beijo nele, fazer com que ele questionasse tudo, ignorá-lo por semanas, sair com outra pessoa e *botar na imprensa*? Todos que já tiveram um assessor de imprensa sabem que histórias só vão parar na *People* se você quer que o mundo saiba.

Ele joga a revista no chão e levanta de um salto. Aquele *filho da puta* do Henry. Ele nunca deveria ter confiado naquele merdinha mimado. Ele deveria ter escutado seus instintos.

Ele inspira, expira.

A questão é que. A questão. É. Apesar de seu ímpeto de raiva inicial, ele não sabe se acredita mesmo que Henry faria uma coisa dessas. Se ele pegar o Henry que viu em uma revista adolescente quando tinha doze anos, o Henry que foi frio com ele na Olimpíada, o Henry que foi se revelando devagar para ele ao longo de meses, e o Henry que o beijou atrás da Casa Branca, e os somar, não é a esse resultado que chega.

Alex tem um cérebro tático. Um cérebro político. Funciona rápido, e funciona em muitas, muitas direções ao mesmo tempo. E, agora, ele está resolvendo um quebra-cabeça. Ele nem sempre é bom em pensar: *E se eu fosse ele? Como seria minha vida? O que eu precisaria fazer?* Em vez disso, está pensando: *Como essas peças se encaixam?*

Ele pensa no que Nora disse: "Por que você acha que elas são sempre fotografadas?".

Pensa na postura defensiva de Henry, a maneira como ele se porta com uma distância cautelosa do mundo ao seu redor, a tensão no canto da boca dele. Então pensa: *Se houvesse um príncipe, e ele fosse gay, e beijasse um homem, e talvez tivesse significado algo para ele, esse príncipe poderia ter que criar certa distração.*

Em uma grande virada instável, Alex não está apenas com raiva agora. Também está triste.

Ele volta até perto da porta, destrava o celular e abre o aplicativo de mensagens. Ele não sabe qual impulso seguir nem como transformar isso em palavras que ele consiga dizer a alguém e fazer alguma coisa, *qualquer coisa*, acontecer.

Vagamente, abaixo de tudo, passa pela cabeça dele: essa com certeza é uma reação nada heterossexual para se ter ao ver seu amigo ou inimigo beijar outra pessoa em uma revista.

Um riso surpreso escapa de seus lábios, e ele vai até a cama e senta na beira dela, refletindo. Ele considera mandar mensagem para Nora, perguntando se pode passar lá para finalmente ter alguma grande epifania. Considera ligar para Rafael Luna, encontrá-lo para tomar cerveja e pedir para ouvir sobre suas primeiras experiências homossexuais de quando ele era um adolescente antifascista vestindo roupas esportivas. Considera descer e perguntar a Amy sobre a transição dela, a esposa dela e como ela soube que era diferente.

Mas, no momento, parece certo voltar à origem, perguntar a alguém que viu o que se passa nos olhos dele quando um menino encosta em seu corpo.

Henry está fora de questão. Então resta uma pessoa.

— Alô? — diz a voz ao celular. Faz pelo menos um ano desde a última vez em que eles se falaram, mas o sotaque texano arrastado de Liam é inconfundível e aquece o tímpano de Alex.

Ele limpa a garganta.

— Ei, Liam. É o Alex.

— Eu sei — Liam diz, seco como um deserto.

— Como, é, você está?

Uma pausa. O som de uma conversa baixa no fundo, pratos.

— Quer me falar por que está me ligando, Alex?

— Ah — ele começa e para, tenta de novo. — Pode parecer um

pouco estranho. Mas, hm. Na época da escola, a gente teve, tipo, um lance? Que eu não percebi?

Há um retinir do outro lado do celular, como um garfo sendo batido em um prato.

— Você sinceramente está me ligando agora para falar sobre isso? Estou almoçando com meu namorado.

— Ah. — Ele não sabia que Liam tinha um namorado. — Desculpa.

O som fica abafado e, quando Liam volta a falar, é com outra pessoa.

— É o Alex. É, aquele Alex. Não sei, amor. — A voz dele volta a ficar clara. — O que exatamente você está me perguntando?

— Tipo, assim, nós brincamos um pouco, mas aquilo, tipo, significou alguma coisa?

— Acho que não posso responder a essa pergunta por você — Liam diz. Se ele ainda é como Alex se lembra, deve estar passando a mão na parte de baixo do queixo, coçando a barba rala. Ele pensa vagamente que talvez a maneira como ele se lembra perfeitamente da barba rala de Liam tenha acabado de responder à sua pergunta.

— Certo — ele diz. —Você tem razão.

— Escuta, cara — Liam diz. — Não sei que tipo de crise sexual você está tendo agora, tipo, quatro anos depois de quando teria sido útil, mas, enfim. Não estou dizendo que o que nós fizemos no ensino médio torna você gay ou bi ou seja lá o que for, mas posso dizer que eu sou gay e que, embora fingisse que o que nós estávamos fazendo na época não era gay, definitivamente era. — Ele suspira. — Isso ajuda, Alex? Meu bloody mary acabou de chegar e preciso conversar com ele sobre a sua ligação.

— Hm, ajuda — Alex diz. — Acho que sim. Obrigado.

— De nada.

A voz de Liam é tão sofrida e esgotada que Alex pensa em todas aquelas vezes no ensino médio, na maneira como Liam olhava para ele, o silêncio entre eles desde então, e se sente obrigado a acrescentar:

— E, bom. Desculpa?
— Meu Deus — Liam resmunga, e desliga na cara dele.

Seis

Henry não pode fugir dele para sempre.

Resta uma parte do acordo pós-casamento real a ser cumprida: a presença de Henry em um jantar oficial ao fim de janeiro. A Inglaterra tem um primeiro-ministro relativamente novo que Ellen quer conhecer. Henry vem junto e, por cortesia, vai ficar hospedado na Residência.

Alex ajeita as lapelas do smoking e fica perto de June e Nora enquanto os convidados chegam, esperando na entrada norte. Ele sabe que está balançando o calcanhar de ansiedade mas não consegue parar. Nora sorri com sarcasmo mas não diz nada. Ela está guardando o segredo. Ele ainda não está pronto para contar para June. Contar para sua irmã seria irreversível, e ele não vai conseguir até entender exatamente o que é isso.

Henry entra pela direita.

Ele está vestindo um terno preto, harmonioso, elegante. Perfeito. Alex quer rasgar aquela roupa toda.

Seu rosto é reservado, mas fica definitivamente pálido ao ver Alex no corredor de entrada. Seus passos vacilam, como se quisesse fugir correndo. Alex está disposto a correr atrás.

Em vez disso, ele continua subindo a escada e...

— Certo, fotos — Zahra sussurra pelo ombro de Alex.

— Ah — Henry diz, feito um idiota. Alex odeia o quanto gosta daquela única vogal idiota ondulando naquele sotaque idiota. Ele nem curte sotaques britânicos. Curte o sotaque britânico do *Henry*.

— Oi — Alex murmura. Sorriso falso, aperto de mão, flashes de câmeras. — Bom ver que você não está morto nem nada.

— Er — Henry diz, aumentando a lista de sons vocálicos que ele tem a ostentar. Infelizmente, também é sexy. Depois das últimas semanas, é melhor do que o silêncio.

— Precisamos conversar — Alex diz, mas Zahra os empurra à força para uma pose amigável, e eles tiram mais fotos até Alex ser levado junto com as meninas para a Sala de Jantar de Estado enquanto Henry é levado para sessões de fotos com o primeiro-ministro.

O entretenimento da noite é um roqueiro indie britânico que parece um legume e é popular entre pessoas da faixa etária de Alex por motivos que ele não consegue entender. Henry é levado para sentar com o primeiro-ministro, e Alex fica mastigando sua comida como se fosse pessoalmente ofensiva e observa Henry do outro lado da sala, fervendo de raiva. De tempos em tempos, Henry ergue os olhos, nota o olhar de Alex, fica com as orelhas vermelhas, e volta a atenção para seu *pilaf* como se fosse o prato mais fascinante do planeta.

Como Henry ousa entrar na casa de Alex parecendo o maldito filho de James Bond que é, tomar vinho tinto com o primeiro-ministro, e agir como se não tivesse enfiado a língua na boca de Alex e o ignorado por um mês?

— Nora — ele diz, inclinando-se para perto dela quando June sai para conversar com uma atriz de *Doctor Who*. A noite está chegando ao fim, e Alex está farto de tudo isso. — Você consegue tirar Henry da mesa dele?

Ela olha de soslaio para ele.

— É algum plano diabólico de sedução? — ela pergunta. — Se for, estou dentro.

— Claro, é isso — ele diz, e levanta, indo até a parede dos fundos, onde o Serviço Secreto está posicionado.

— Amy — ele sussurra, pegando-a pelo punho. Ela faz um movimento rápido e contido, claramente combatendo um reflexo de luta pré-programado. — Preciso da sua ajuda.

— Qual é a ameaça? — ela diz imediatamente.

— Não, não, meu Deus. — Alex engole em seco. — Não é nada desse tipo. Preciso ficar sozinho com o príncipe Henry.

Ela pestaneja.

— Não sei se entendi.

— Preciso conversar com ele em particular.

— Posso acompanhar você para o lado de fora se quiser conversar com ele, mas preciso obter a aprovação da segurança dele primeiro.

— Não — Alex diz. Ele passa a mão no rosto, olhando pelo ombro para confirmar que Henry está onde ele o deixou, sendo alugado por Nora. — Preciso dele sozinho.

Uma leve expressão perpassa o rosto de Amy.

— O melhor que posso fazer é a Sala Vermelha. Mais longe que isso está fora de cogitação.

Ele olha pelo ombro de novo, para as portas altas do outro lado da Sala de Jantar de Estado. A Sala Vermelha está vazia, à espera do coquetel após o jantar.

— Quanto tempo tenho? — ele pergunta.

— Cinco min...

— Pode ser.

Ele se vira imediatamente e caminha até os chocolates decorativos, aonde Nora parece ter atraído Henry com a promessa de profiteroles. Ele se coloca entre os dois.

— Oi — ele diz. Nora sorri. O queixo de Henry cai. — Desculpe interromper. Questões. Importantes, hm. De relações internacionais. — Ele pega Henry pelo cotovelo e o puxa à força.

— Como é? — Henry tem a audácia de dizer.

— Cala a boca — Alex diz, levando-o rapidamente para longe das mesas, onde as pessoas estão ocupadas demais socializando para notar Alex arrastando um herdeiro do trono pela sala de jantar.

Eles chegam às portas, e Amy está lá. Ela hesita, a mão na maçaneta.

—Você não vai matar o príncipe, vai? — ela diz.

— Provavelmente não — Alex responde.

Ela abre a porta apenas o bastante para os dois passarem, e Alex arrasta Henry consigo para a Sala Vermelha.

— O que diabos você está fazendo? — Henry pergunta.

— Cala a boca, cala essa boca, meu Deus — Alex sussurra e, se ele já não estivesse decidido a destruir aquela cara irritante e idiota do Henry com a boca, consideraria fazer isso com o punho. Ele está focado na rajada de adrenalina que arrasta seus pés sobre o tapete antigo, a gravata de Henry enrolada em seu punho, o brilho nos olhos de Henry. Ele chega à parede mais próxima, joga Henry contra ela, e pressiona a boca contra a dele.

Henry fica chocado demais para reagir, a boca levemente aberta de uma maneira mais surpresa do que convidativa e, por um instante de pavor, Alex pensa que calculou tudo errado, mas então Henry retribui o beijo, e é *perfeito*. É tão bom quanto o outro — melhor até —, e ele não consegue entender como os dois passaram tanto tempo sem fazer isso, por que correram em círculos beligerantes por tanto tempo sem fazer nada a respeito.

— Espera — Henry diz, parando o beijo. Ele recua para olhar para Alex, o olhar desvairado, a boca vermelho-viva, e Alex poderia dar um grito se não tivesse um puta medo de que os dignitários na sala ao lado pudessem ouvir. — A gente não deveria...

— O quê?

— Assim, a gente não deveria, sei lá, ir mais devagar? — Henry diz, se crispando tanto que um olho se fecha. — Jantar primeiro ou...

Alex realmente vai matar esse príncipe.

— Acabamos de jantar.

— Certo. Quis dizer... só pensei que...

— Para de pensar.

— Sim. Com prazer.

Em um movimento frenético, Alex derruba o candelabro da mesa ao lado e empurra Henry para cima dela, ficando sentado de costas para — Alex ergue os olhos e quase solta um riso transtornado — um retrato de Alexander Hamilton. As pernas de Henry se abrem facilmente e Alex se encaixa entre elas, voltando a puxar a cabeça de Henry com mais um beijo ardente.

Agora eles estão se mexendo mesmo, amassando os ternos, o lábio de Henry entre os dentes de Alex, a moldura do retrato chacoalhando contra a parede quando a cabeça de Henry bate nela. Alex parte para o pescoço dele, ao mesmo tempo furioso e inebriado, preso no espaço entre anos de ódio declarado e algo mais que ele começou a suspeitar que sempre estivera ali. É incandescente, e ele se sente ensandecido, iluminado por dentro.

Henry responde na mesma moeda, enganchando um joelho em torno da coxa de Alex para se apoiar, e ele já não parece o monarca delicado de antes. Faz tempo que Alex vem descobrindo que Henry não é o que ele pensava, mas é diferente sentir isso de perto, essa chama silenciosa, a pessoa reprimida sob o verniz perfeito, que arrisca e afasta e deseja.

Ele baixa a mão para a coxa de Henry, sentindo a pulsação elétrica ali, o tecido macio sobre o músculo rijo. Vai subindo, subindo e subindo, e a mão de Henry desce sobre a dele, cravando as unhas.

— O tempo acabou! — surge a voz de Amy por uma fresta entre as portas.

Eles ficam paralisados e Alex se joga para trás. Os dois conseguem ouvir tudo agora, os sons de pessoas se movendo perto demais, encerrando a noite. O quadril de Henry dá um leve impulso contra o dele, involuntário e, surpreso, Alex solta um palavrão.

— Vou morrer — Henry diz, indefeso.

— Eu vou te matar — Alex diz.

— Vai mesmo — Henry concorda.

Alex dá um passo trôpego para trás.

— Todo mundo vai entrar aqui logo mais — Alex diz, abaixando e tentando não cair de cara no chão enquanto pega o candelabro e o põe de volta na mesa. Henry está em pé agora, trêmulo, a camisa para fora da calça e o cabelo bagunçado. Alex ergue a mão em pânico e começa a ajeitar o cabelo dele. — Merda, você está... *caralho*.

Henry se atrapalha para ajeitar a camisa, arregalando os olhos, e começa a cantarolar "God Save the Queen" baixinho.

— O que você está fazendo?

— Meu Deus, estou tentando — ele aponta sem elegância nenhuma para a frente da calça — *me acalmar*.

Alex se esforça para não baixar os olhos.

— Tá, então — Alex diz. — É. Vamos fazer o seguinte. Você vai ficar, tipo, a duzentos metros de mim pelo resto da noite, ou vou fazer algo de que vou me arrepender profundamente na frente de pessoas muito importantes.

— Tudo bem...

— E depois — Alex diz, e puxa Henry pela gravata de novo, perto do nó, e leva a boca a um milímetro da boca de Henry. Ele o escuta engolir em seco. — E depois você vai vir para o Quarto Leste no segundo andar às vinte e três horas, e vou fazer muitas coisas feias com você e, se me ignorar de novo, vou te proibir de botar os pés nos Estados Unidos. Deu pra entender, caralho?

Henry contém um som que tenta escapar de sua boca, e diz com a voz rouca:

— Perfeitamente.

Alex está. Bom, Alex está perdendo a cabeça.

São 22h48. Ele está andando de um lado para o outro.

Ele jogou o terno e a gravata em cima da poltrona assim que voltou para o quarto, e está com os dois primeiros botões da camisa social desabotoados. Não consegue parar de enroscar as mãos no cabelo.

Está tudo bem. Está tudo certo.

É definitivamente uma péssima ideia. Mas está tudo bem.

Ele não sabe ao certo se deveria tirar mais alguma peça. Não sabe que roupas as pessoas usam quando convidam o inimigo declarado que virou melhor amigo de mentirinha para seu quarto para transar, muito menos quando esse quarto é na Casa Branca, muito menos quando essa pessoa é um homem e, muito menos, quando esse homem é a porra do príncipe da Inglaterra.

O quarto está à meia-luz — um único abajur, no canto perto do sofá, cobrindo o azul-escuro das paredes com uma luz neutra. Ele pôs na mesa todos os documentos da campanha que estavam na cama e ajeitou a colcha. Ele olha para a lareira, os detalhes entalhados da cornija quase tão antigos quanto o próprio país, e pode não ser nenhum Palácio de Kensington, mas até que parece bom.

Meu Deus, se algum fantasma dos Pais Fundadores dos Estados Unidos estiver passeando pela Casa Branca hoje, ele deve estar sofrendo.

Ele está tentando não pensar demais no que vem a seguir. Ele pode não ter muita experiência prática, mas fez sua lição de casa. Tem diagramas. Ele dá conta.

Ele realmente quer muito dar conta. Disso ele tem certeza.

Alex fecha os olhos, se equilibra com as pontas dos dedos na superfície fria da escrivaninha, as pontas leves dos papéis ali. Sua mente volta para Henry, as linhas suaves de seu terno, a maneira como sua respiração roçou a bochecha de Alex quando o beijou. Ele sente um frio vergonhoso na barriga que pretende nunca revelar para ninguém.

Henry, o príncipe. Henry, o garoto do jardim. Henry, o garoto na sua cama.

Ele lembra a si mesmo que não sente nada por esse cara. Sério mesmo.

Há uma batida na porta. Alex olha o celular: 22h54.

Ele abre a porta.

Alex fica parado e expira devagar, o olhar pousado em Henry. Pensa que nunca se permitiu apenas *olhar*.

Henry é alto e lindo, metade realeza, metade astro de cinema, o vinho tinto ainda marcado em seus lábios. Ele deixou o paletó e a gravata para trás, e as mangas de sua camisa estão arregaçadas até os cotovelos. Parece nervoso pela tensão em seus olhos, mas sorri para Alex com um canto da boca rosada e diz:

— Desculpa, estou adiantado.

Alex morde o lábio.

— Encontrou o caminho fácil?

— Uma agente do Serviço Secreto foi muito prestativa — Henry diz. — Acho que o nome dela é Amy?

Alex dá um sorriso enorme.

— Entra aí.

O sorriso de Henry cobre todo o seu rosto, não o que ele usa para fotografias, mas um que é enrugado, sem reservas e contagiante. Ele passa os dedos atrás do cotovelo de Alex, que se deixa levar, os pés descalços encostados nos sapatos sociais de Henry. A respiração de Henry sopra sobre os lábios de Alex, seus narizes se tocando, e, quando ele finalmente o beija, está sorrindo.

Henry fecha e tranca a porta atrás deles, passando a mão atrás da nuca de Alex, aninhando seu pescoço. Há algo de diferente no beijo agora — é determinado, cuidadoso. Suave. Alex não sabe por que, nem o que fazer com isso.

Ele se contenta em puxar Henry pela cintura, pressionando seus corpos quentes. Ele retribui o beijo, mas se deixa ser beijado como Henry quer beijá-lo, o que agora é exatamente como ele imaginaria que o Príncipe Encantado beijaria: doce e intenso, como se eles estivessem sob o pôr do sol na bosta de um prado. Ele quase consegue sentir o vento em seu cabelo. Chega a ser ridículo.

Henry para e pergunta:

— Como você quer fazer isso?

Alex lembra, de repente, que eles não estão sob um pôr do sol nos prados. Ele pega Henry pela gola afrouxada, empurra de leve e diz:

— Senta no sofá.

Henry perde o fôlego e obedece. Alex fica em pé diante dele, olhando de cima para sua boca macia e delicada. Ele sente que está diante de um precipício muito alto e perigoso, sem nenhuma intenção de recuar. Henry ergue os olhos para ele, com expectativa, com desejo.

— Faz semanas que você está fugindo de mim — Alex diz, abrindo as pernas de maneira a apertar os joelhos de Henry entre os seus. Ele se abaixa e apoia uma mão no dorso do sofá, a outra passando na curva vulnerável da garganta de Henry. — Você saiu com uma menina.

— Eu sou gay — Henry diz simplesmente. Uma de suas mãos largas para no quadril de Alex, que inspira fundo, seja pelo toque ou por ouvir Henry finalmente dizer isso em voz alta. — Não é bem-visto na família real. E eu achava que talvez você me matasse por ter te beijado.

— Então por que me beijou? — Alex pergunta. Ele se abaixa até o pescoço de Henry, passando os lábios na pele sensível logo atrás da orelha dele. Pensa ouvir Henry segurando a respiração.

— Porque eu... Torci para que não. Me matasse. Eu tinha minhas... suspeitas de que você também me quisesse — Henry diz. Ele inspira fundo quando Alex morde de leve o pescoço dele. — Pelo menos eu pensava que queria, até ver você com a Nora, aí eu fiquei... com ciúmes... e estava bêbado e idiota e cansei de esperar que a resposta se revelasse.

—Você ficou com ciúmes — Alex diz. —Você me quer.

Henry se move abruptamente, puxando Alex com as duas mãos para seu colo, os olhos em chamas, e diz com uma voz baixa e mortal que Alex nunca tinha ouvido sair da boca dele antes:

— Sim, seu idiota arrogante da *porra*, eu quero você há tanto tempo que não vou permitir que me provoque por mais nenhum segundo.

Alex descobre que estar sob a autoridade real de Henry é excitante pra caralho. Enquanto é puxado em um beijo agressivo, ele pensa que nunca vai se perdoar por isso. Então, tipo, fodam-se os prados.

Henry aperta o quadril de Alex e o puxa para perto, fazendo com que Alex sente em seu colo de verdade, e o beija com força, mais do que o beijou na Sala Vermelha, mordendo sua boca. Não deveria funcionar tão perfeitamente — não faz sentido nenhum —, mas funciona. Tem algo entre eles, na maneira como queimam em temperaturas diferentes, a energia frenética de Alex e a segurança ansiosa de Henry.

Ele rebola no colo de Henry, gemendo quando encontra Henry já semiereto embaixo dele, e o palavrão de Henry em resposta é abafado pela boca de Alex. Os beijos ficam caóticos, urgentes e desajeitados, e Alex se perde nos lábios de Henry, que puxam, deslizam e se apertam contra os dele com seu licor doce. Ele enfia as mãos no cabelo de Henry, tão macio quanto ele imaginava quando passava os dedos na foto dele. Henry se derrete com o toque, envolve a cintura de Alex com os braços e o segura firme. Alex não vai a lugar nenhum.

Ele beija Henry até sentir que não consegue respirar, até sentir que vai esquecer seus nomes e títulos, até serem apenas duas pessoas entrelaçadas em um quarto escuro cometendo um erro brilhante, épico e desenfreado.

Ele consegue tirar os dois botões seguintes da camisa antes de Henry a pegar por trás e tirá-la rapidamente. Alex tenta não ficar fascinado pela agilidade simples das mãos dele, tenta não pensar no piano clássico ou em como anos de polo o treinaram para ser veloz e delicado.

— Calma — Henry diz, e Alex já está resmungando em protesto, mas Henry recua e pousa a ponta do dedo em seus lábios para silenciá-lo. — Eu quero... — Sua voz começa e para, e ele parece estar se esforçando para não se crispar de novo. Ele se recompõe, passando um dedo na bochecha de Alex antes de erguer o queixo com o ar desafiador. — Quero você na cama.

Alex fica completamente quieto e imóvel, olhando nos olhos de Henry e a pergunta presente ali: *Vamos parar com isso agora que é de verdade?*

— Ah, claro, vossa alteza — Alex diz, mexendo-se um pouco para dar uma provocada final antes de levantar.

—Você é um babaca — Henry diz, mas o segue, sorrindo.

Alex sobe na cama, deslizando para trás para se apoiar nos cotovelos perto dos travesseiros, observando enquanto Henry tira os sapatos e se recompõe. Ele parece transformado sob a luz do abajur, como um deus da devassidão, pintado de ouro com o cabelo despenteado e as pálpebras pesadas. Alex se permite contemplar os músculos tensos sob a pele dele, esguios, compridos e alongados. O ponto bem na curva da cintura sob as costelas parece impossivelmente macio, e Alex sente que vai morrer se não puder pôr as mãos naquela curva nos próximos cinco segundos.

Em um instante de clareza súbita e vívida, ele não consegue acreditar que algum dia pensou que fosse hétero.

— Para de enrolar — Alex diz, interrompendo o momento de maneira incisiva.

— Mandão — Henry diz, e obedece.

O corpo de Henry se acomoda sobre o dele com um peso quente e firme, uma das coxas deslizando por entre as pernas de Alex e suas mãos envolvendo os travesseiros, e ele sente os pontos de contato como um choque estático em seus ombros, seus quadris, o centro de seu peito.

Uma das mãos de Henry sobe por sua barriga e para ao se deparar com a velha chave prateada na corrente pousada sobre seu esterno.

— O que é isso?

Alex bufa, impaciente.

— A chave da casa da minha mãe no Texas — ele diz, voltando a passar a mão no cabelo de Henry. — Comecei a usar quando me mudei pra cá. Acho que pensei que me lembraria de onde vim, sei lá... falei ou não falei pra você parar de enrolar?

Henry ergue os olhos, sem dizer nada, Alex o puxa para baixo em outro beijo devorador, e Henry se joga sobre ele completamente, pressionando-o contra a cama. A outra mão de Alex encontra a curva da cintura de Henry, e ele engole em seco com a sensação devastadora que toma conta dele. Ele nunca foi beijado dessa forma antes, como se a sensação pudesse engoli-lo por inteiro, o corpo de Henry pressionando e cobrindo todos os centímetros do seu corpo. Ele leva a boca ao pescoço de Henry, ao ponto embaixo da orelha dele, beija e beija, e dá pequenas mordidas. Alex sabe que isso provavelmente vai deixar uma marca, o que é contra a regra número um de transas clandestinas de filhos de políticos — e provavelmente de príncipes também. Ele não se importa.

Ele sente Henry encontrar a cintura de sua calça, o botão, o zíper, o elástico de sua cueca, e depois tudo fica turvo, muito rapidamente.

Ele abre os olhos e vê Henry erguendo a mão timidamente até sua boca elegante de príncipe para *cuspir* nela.

— Puta que pariu — Alex diz, e Henry sorri com o canto da boca, e volta ao trabalho. — Caralho. — Seu corpo se move, sua boca soltando palavras. — Não acredito... Meu Deus, você é o filho da puta mais insuportável da face da Terra, sabia... cacete... como você é irritante, você é horrível... você é...

—Você nunca para de falar? — Henry diz. — Que boca suja.

Quando Alex olha de novo, encontra o olhar brilhante e deslumbrado de Henry. Ele mantém o contato visual e o ritmo ao mesmo tempo, e Alex estava errado antes, é Henry quem vai matá-lo, e não o contrário.

— Espera — Alex diz, agarrando-se ao lençol, e Henry para imediatamente. — Quer dizer, *sim*, óbvio, *ai meu Deus*, mas, tipo, se continuar fazendo isso, eu vou... — Alex prende a respiração. — É só que... não é *permitido* antes de eu te ver pelado.

Henry inclina a cabeça e sorri.

—Tudo bem.

Alex os vira de lado, tirando a calça até ficar só de cueca, e sobe em cima de Henry, observando seu rosto ficar mais ansioso, ávido.

— Oi — ele diz, quando chega à altura do olho de Henry.

— Olá — Henry responde.

—Vou tirar sua calça agora — Alex diz.

— Sim, vá em frente, fique à vontade.

Alex tira, e uma das mãos de Henry desce, puxando uma das coxas de Alex de maneira que seus corpos se encontrem, e os dois gemem. Alex pensa, atordoado, que já foram cinco anos de preliminares, e agora chega.

Ele desce os lábios para o peito de Henry, e sente sob a boca o coração dele pulsar ao se dar conta do que Alex pretende fazer. Seu próprio coração parece perder o ritmo. Ele está muito fora de si, mas isso é bom — essa é basicamente a zona de conforto dele. Ele beija o esterno de Henry, seu estômago, o trecho da pele sobre a cintura da cueca.

— Eu, hm — Alex começa. — Nunca fiz isso antes, na verdade.

— Alex — Henry diz, abaixando a cabeça para afagar o cabelo dele —, você não precisa, eu...

— Não, eu quero — Alex diz, puxando a cintura de Henry. — Só preciso que você me fale se for horrível.

Henry fica sem palavras de novo, com a cara de quem não consegue acreditar na própria sorte.

— Tá. Claro.

Alex imagina Henry descalço em uma cozinha do Palácio de Kensington e aquele pequeno fio de vulnerabilidade que ele pôde ver logo no começo, e se empolga com Henry agora, em sua cama, deitado e nu e excitado. Isso não pode estar acontecendo de verdade depois de tudo, mas, por algum milagre, está.

A julgar pela maneira como o corpo de Henry reage, pela maneira como a mão de Henry sobe em seu cabelo e aperta um punhado de seus cachos, ele imagina que até está indo bem para uma primeira tentativa. Ele ergue os olhos para a extensão do corpo de Henry e encontra um contato visual incandescente, um lábio vermelho entredentes. Henry baixa a cabeça no travesseiro e geme algo que soa como *"cílios do caralho"*. Ele talvez esteja um pouco fascinado pela maneira como o corpo de Henry arqueia no colchão, por ouvir sua voz doce e elegante declamando uma ladainha de palavrões para o teto. Alex está adorando observá-lo se acabar, se deixando ser tudo que quer ser enquanto está sozinho com Alex entre quatro paredes.

Ele fica surpreso ao ser puxado na direção da boca de Henry, que o beija avidamente. Ele já esteve com meninas que não gostavam de ser beijadas depois e meninas que não se importavam, mas Henry se deleita com aquilo, pela maneira intensa e profunda como o beija. Passa pela sua cabeça fazer um comentário sobre narcisismo, mas, em vez disso...

— Não foi horrível? — Alex diz entre um beijo e outro, pousando a cabeça no travesseiro ao lado de Henry para recuperar o fôlego.

— Definitivamente adequado — Henry responde sorrindo, e abraça Alex junto ao peito, com força, como se tentasse tocar todas as partes do seu corpo ao mesmo tempo. As mãos de Henry parecem enormes em suas costas, seu queixo afilado e áspero com a barba rala do fim de um dia longo, seus ombros tão largos que quase cobrem Alex quando ele os rola de lado e prende Alex no colchão. Não é como nada que ele já tenha sentido antes, mas é tão bom quanto, talvez melhor.

Henry o beija agressivamente de novo, emanando uma confiança rara, uma avidez desajeitada e uma concentração agressiva, não de um príncipe zeloso, mas de um menino de vinte e poucos anos sentindo prazer em fazer algo de que gosta, algo em que é bom. E ele é *bom*. Alex pensa que precisa descobrir que nobre gay obscuro ensinou tudo isso a Henry e mandar uma cesta de presentes para ele.

Henry retribui o favor com prazer, com avidez, e Alex não sabe nem se importa com os sons ou palavras que escapam de sua boca. Ele pensa que uma delas é "amor" e outra é "filho da puta". Henry é bom pra cacete, um homem de muitos talentos ocultos, Alex pensa de maneira quase histérica. Um verdadeiro prodígio. Deus Salve a Rainha.

Quando acaba, ele dá um beijo pegajoso na curva da perna de Alex, e consegue fazer isso de um jeito educado. Alex quer puxar Henry pelo cabelo, mas não consegue sentir seus músculos de tão destruído. Ele está em êxtase, morto. É como se estivesse em outro plano, apenas um par de olhos flutuando por uma névoa de dopamina.

Ele sente o colchão se mexer, e Henry sobe até os travesseiros, aninhando a cabeça na curva do pescoço de Alex. Alex emite um som vago de aprovação e abana os braços em torno da cintura de Henry, mas não consegue fazer mais do que isso. Ele tem certeza que sabia muitas palavras, em mais de uma língua, mas não consegue se lembrar de nenhuma delas.

— Hmm — Henry murmura, encostando a ponta do nariz na de Alex. — Se eu soubesse que bastava isso para fazer você calar a boca, teria feito há séculos.

Com um trabalho hercúleo, ele consegue juntar três palavras:

—Vai se foder.

Ao longe, em uma névoa que se desfaz lentamente, em um beijo estabanado, Alex não consegue deixar de se maravilhar com a percepção de que atravessou uma espécie de Rubicão, aqui, neste quarto que é quase tão antigo quanto o próprio país em que está, como George Washington cruzando o rio Delaware. Ele ri com a boca na de Henry, imaginando um retrato dramático deles dois pintados a óleo, jovens ícones de suas nações, nus e brilhando de suor à luz do abajur. Ele queria que Henry pudesse ver, se perguntando se ele acharia a imagem tão engraçada quanto.

Henry rola para o lado. O corpo de Alex quer fazer o mesmo e se aconchegar ao lado dele, mas ele fica onde está, observando a alguns centímetros seguros de distância. Ele consegue ver um músculo no queixo de Henry se flexionar.

— Ei — ele diz. Ele cutuca o braço de Henry. — Não surta.

— Não estou surtando — ele diz, enunciando as palavras.

Alex se aproxima alguns centímetros sobre os lençóis.

— Foi divertido — Alex diz. — Eu me diverti. Você se divertiu, certo?

— Com certeza — ele diz, em um tom que faz uma faísca lenta perpassar a espinha de Alex.

— Certo, legal. Então, podemos fazer isso de novo, quando quiser — Alex diz, passando o nó dos dedos pelo ombro de Henry. — E você sabe que, tipo, isso não muda nada entre nós, certo? Ainda somos... seja lá o que éramos antes, só que, sabe. Com boquetes.

Henry cobre os olhos com a mão.

— Certo.

— Então — Alex diz, mudando de assunto enquanto se espreguiça devagar —, acho que deveria te contar: sou bissexual.

— Bom saber — Henry diz. Seus olhos descem para o quadril de Alex, que está nu sobre o lençol, e ele diz tanto para ele como para si mesmo: — Sou muito, muito gay.

Alex observa o sorrisinho de Henry, a maneira como enruga o canto dos seus olhos, e se esforça muito para não dar um beijo nele.

Parte do seu cérebro fica empacando em como é estranho, e estranhamente maravilhoso, ver Henry dessa forma, aberto e nu em todos os sentidos. Henry se debruça sobre o travesseiro para perto de Alex e dá um beijo leve em sua boca, e Alex sente as pontas dos dedos tocarem seu queixo. O beijo é tão delicado que ele precisa se lembrar de novo de não se importar demais.

— Ei — Alex diz, levando a boca para perto da orelha de Henry —, pode ficar o quanto quiser, mas acho que é melhor pra nós dois se você voltar para seu quarto antes de amanhecer. A menos que queira que seus seguranças reais fechem a Residência e venham te procurar na minha alcova.

— Ah — Henry diz. Ele se afasta de Alex e rola para o outro lado, olhando para o teto de novo como um homem pedindo penitência a um deus vingativo. — Você tem razão.

— Pode ficar para mais uma rodada, se quiser — Alex oferece.

Henry tosse, passa uma mão no cabelo.

— Acho que... acho melhor voltar para o meu quarto.

Alex o observa encontrar a samba-canção ao pé da cama e começar a vesti-la, sentando-se e sacudindo os ombros.

É melhor assim, ele diz a si mesmo; ninguém vai pensar bobagem sobre o que é esse acordo. Eles não vão ficar de conchinha a noite toda nem acordar nos braços um do outro nem tomar café da manhã juntos. Experiências sexuais mutuamente satisfatórias não formam um relacionamento.

Mesmo se ele quisesse, há um milhão de motivos por que isso nunca, jamais, será possível.

Alex o acompanha até a porta, observando-o virar para ficar parado ali, com o ar constrangido.

— Bom, é... — Henry começa, baixando os olhos.

Alex revira os olhos.

— Puta que pariu, cara, você estava com o meu pau na sua boca agora há pouco, pode me dar um beijo de boa-noite.

Henry volta a erguer os olhos para ele, a boca aberta incrédula, e joga a cabeça para trás e ri — e é apenas ele, o garoto rico, insone, doce, nerd e neurótico que sempre manda foto do cachorro para Alex, e algo volta a se encaixar no lugar. Ele se abaixa, o beija intensamente e vai embora sorrindo.

—Você vai fazer o quê?

É antes do que ele esperava — apenas duas semanas desde o jantar de Estado, duas semanas desejando Henry de volta aos braços dele o quanto antes e dizendo tudo menos isso em suas mensagens. June fica olhando para Alex como se fosse jogar o celular dele no rio Potomac.

— Uma partida de polo para caridade apenas para convidados no fim de semana — Henry diz pelo celular. — É em... — Ele faz uma pausa, provavelmente para confirmar o itinerário que Shaan deve ter dado a ele. — Greenwich, Connecticut? São 10 mil dólares a entrada, mas consigo te colocar na lista.

Alex quase derruba o café perto da entrada sul. Amy olha feio para ele.

— *Puta que pariu*. Isso é ridículo, vocês estão arrecadando dinheiro pra quê, monóculos para bebês? — Ele cobre o fone com a mão. — Cadê a Zahra? Preciso liberar a minha agenda para este fim de semana. — Ele volta ao celular. — Olha, posso tentar ir, mas estou muito ocupado.

— Peraí, a Zahra disse que você vai faltar ao evento beneficente desse fim de semana porque vai a uma partida de polo em Connecticut? — pergunta June à noite, da porta do quarto, quase o fazendo derrubar outro café.

— Olha só — Alex diz —, estou tentando manter uma farsa de relações públicas geopolíticas aqui.

— Cara, as pessoas estão escrevendo fanfics sobre vocês dois...

— É, a Nora me mandou.

— ... acho que você pode dar um tempo.

— A coroa quer que eu esteja lá! — ele mente rápido. Ela não parece convencida e sai com um olhar de despedida que talvez o deixaria preocupado se ele se importasse mais com coisas que não são a boca de Henry agora.

É assim que Alex vai parar no Greenwich Polo Club em um sábado, vestindo as suas melhores roupas da J.Crew, sem fazer a menor ideia de onde foi se meter. A mulher na frente dele está usando um chapéu decorado com um pombo empalhado. Jogar lacrosse na escola não o preparou para esse tipo de evento esportivo.

Henry montado em um cavalo não é nenhuma novidade. Henry com o equipamento completo de polo — o capacete, as mangas da camisa apertando bem a protuberância de seu bíceps, a barra da calça branca justa enfiada em botas altas de couro, a joelheira de fivelas intricadas, as luvas de couro não é nada fora do habitual. Ele já viu isso antes. Categoricamente, deveria ser entediante. Não deveria provocar nele nenhum tipo de ímpeto carnal ou visceral de arrancar aquela roupa.

Mas Henry impulsiona o cavalo pelo campo com a força das coxas, sua bunda balança com potência na sela, os músculos de seus braços se alongam e se flexionam quando ele balança, com a aparência que ele tem e as roupas que está vestindo — é demais.

Alex está suando. É fevereiro em Connecticut, e Alex está suando sob o casaco.

O pior de tudo: Henry é bom. Alex não finge se importar com as regras do jogo, mas competência sempre o excitou. É fácil demais olhar para as botas de Henry enfiadas nos estribos para se apoiar e lembrar de suas panturrilhas nuas, os pés descalços plantados com a mesma firmeza no colchão. As coxas de Henry se abriam da mesma forma, mas com Alex entre elas. Suor escorrendo pela testa de Henry até sua garganta. Exatamente, hm... bom, exatamente assim.

Ele quer... Deus, depois de tanto tempo ignorando esse desejo, ele quer de novo, agora, *imediatamente*.

A partida acaba depois de um período infernal e Alex sente que vai desmaiar ou dar um berro se não colocar as mãos em Henry logo, como se o único pensamento possível no universo fosse o corpo de Henry e seu rosto corado, e todas as outras moléculas existentes não passassem de um mero inconveniente.

— Não gosto dessa cara — Amy diz quando eles chegam ao pé da arquibancada, olhando nos olhos dele. — Você parece... suado.

— Eu vou, hm — Alex diz. — Falar oi pro Henry.

A boca de Amy se fecha em uma expressão grave.

— Por favor, não diga mais.

— É, eu sei — Alex diz. — Negação plausível.

— Não sei do que você está falando.

— Claro. — Ele passa a mão no cabelo. — Pois é.

— Boa reunião com a delegação inglesa — ela diz, inexpressiva, e Alex envia uma oração vaga de agradecimento aos termos de confidencialidade dos funcionários.

Ele corre em direção aos estábulos, as pernas já vibrando com a ideia firme de que o corpo de Henry está cada vez mais perto do seu. Pernas longas e esguias, manchas de grama nas calças justas e alvas, por que esse esporte tem de ser tão completamente repulsivo se Henry fica tão bem o praticando...

— Ai, caralho...

Ele mal consegue parar antes de dar de cara com Henry em carne e osso, que deu a volta pelo estábulo.

— Ah, oi.

Eles ficam ali se encarando, quinze dias passados desde que Henry soltou palavrões para o teto do quarto de Alex e quinze dias sem saber como agir. Henry ainda está com o uniforme completo de polo, luvas e tudo, e Alex não consegue decidir se fica contente ou se quer quebrar a cabeça dele com um bastão de polo. Taco de polo? Porrete de polo? *Martelo* de polo? Esse esporte é uma piada.

Henry quebra o silêncio acrescentando:

— Eu estava te procurando, na verdade.

— É, oi, estou aqui.

—Você está aqui.

Alex olha pelo ombro.

— Tem, hm. Câmeras. À minha direita.

— Certo — Henry diz, endireitando os ombros. Seu cabelo está bagunçado e ligeiramente úmido, as bochechas ainda coradas pelo esforço. Ele vai parecer um maldito Apolo nas fotos quando forem para a imprensa. Alex sorri, sabendo que elas vão vender.

— Ei, não tem, é, uma coisa? — Alex diz. — Que você precisava. Hm. Me mostrar?

Henry olha para ele, espia para as dezenas de milionários e socialites aglomerados ao redor, e volta para ele.

— Agora?

— Foi uma viagem de quatro horas e meia de carro até aqui, e preciso voltar pra Washington em uma hora, então não sei que outra hora você poderia me mostrar.

Henry espera um segundo, os olhos se voltando para as câmeras de novo antes de assumir um sorriso encenado e uma risada, pegando Alex pelo ombro.

— Ah, sim. Claro. Por aqui.

Ele se vira e guia o caminho por trás dos estábulos, virando à direita em um batente, e Alex vai atrás. É uma sala pequena e sem janelas anexa ao estábulo, com o aroma de couro polido e madeira tingida do chão ao teto, as paredes cobertas por selas pesadas, chibatas, freios e rédeas.

— Que porra de masmorra sexual de gente branca rica é isso aqui? — Alex pensa alto enquanto Henry atravessa atrás dele. Ele tira uma cinta de couro de um gancho na parede, e Alex quase desmaia.

— Quê? — Henry diz, com naturalidade, passando por ele para fechar as portas. — Chama-se quarto de sela.

Alex tira o casaco e dá três passos rápidos na direção dele.

— Eu não ligo, na verdade — ele diz, e pega Henry pela gola idiota de sua polo idiota e beija sua boca idiota.

É um beijo bom, intenso e ardente, e Alex não consegue decidir onde pôr as mãos porque ele quer pôr em todos os lugares ao mesmo tempo.

— *Argh* — ele resmunga, exasperado, empurrando Henry para trás pelos ombros e fingindo um olhar enojado de cima para baixo. — Você está ridículo.

— Não é melhor... — Ele recua um passo e ergue um pé em um banquinho próximo, movendo-se para tirar as joelheiras.

— Quê? Não, claro que não, fica com elas — Alex diz. Henry para, naquela pose artística com as coxas abertas e um joelho para cima, o tecido esticado. — Ai, meu Deus, o que você está fazendo? Não consigo nem olhar pra você. — Henry franze a testa. — Não, meu Deus, só quis dizer que... estou tão puto com você. — Henry volta a pisar no chão com cautela. Alex quer morrer. — Só vem aqui. *Caralho*.

— Estou bem confuso.

— Eu também, porra — Alex diz, sofrendo profundamente por algum pecado que deve ter cometido em uma vida passada. — Escuta, não sei por que, mas isso tudo — ele aponta para toda a presença física de Henry — está... funcionando demais comigo, então só preciso. — Sem mais cerimônia, ele se ajoelha e começa a tirar o cinto de Henry, puxando as fivelas da calça dele.

— Ai, meu Deus — Henry diz.

— Pois é — Alex concorda, e baixa a cueca de Henry.

— Ai, meu *Deus* — Henry repete, dessa vez com mais sentimento.

Isso tudo ainda é muito novo para Alex, mas não é difícil colocar em prática o que vem se desenrolando em sua cabeça durante a última hora. Quando ele ergue os olhos, o rosto de Henry está corado e hipnotizado, os lábios entreabertos. Quase chega a doer olhar para ele — o foco do atleta, todos os adereços da aristocracia abertos diante dele. Ele está observando Alex, os olhos arregalados, escuros e turvos, e Alex está olhando de volta, cada nervo de seus corpos concentrado em um único ponto.

É rápido e sujo e Henry solta uma torrente de palavrões, o que ainda é irresistivelmente sexy, mas, dessa vez, é pontuado por um ou outro elogio, o que consegue tornar tudo ainda mais excitante. Alex não está preparado para a maneira como "Que delícia" soa nas vogais arredondadas de Buckingham de Henry, nem para a sensação do couro luxuoso acariciando sua bochecha em um gesto de aprovação, um polegar roçando o canto da sua boca.

Assim que Henry termina, ele coloca Alex no banco e raspa suas joelheiras no chão.

— Ainda estou puto com você — Alex diz, destruído, caído para a frente com a testa pousada no ombro de Henry.

— É claro que está — Henry diz vagamente.

Alex se desmente na mesma hora ao puxar Henry para um beijo intenso e demorado, e mais um, e depois eles se beijam por um tempo que ele decide não contar nem pensar a respeito.

Eles saem às escondidas e Henry toca o ombro de Alex no portão perto de onde a suv o aguarda, aperta a palma da mão na lã de seu casaco e no nó do músculo.

— Não imagino que você vá a algum lugar perto de Kensington tão cedo?

— Aquele buraco? — ele diz com uma piscadinha. — Não se eu puder evitar.

— Ei — Henry diz. Ele está sorrindo de orelha a orelha agora. — Que desrespeito à coroa. Que insubordinação. Já atirei homens em masmorras por menos.

Alex se vira, andando de costas em direção ao carro, as mãos no ar.

— Olha... Pode ser que eu goste.

Assunto: Paris?

A \<agcd@eclare45.com\> 3/3/20 19h32
para Henry

Vossa Alteza Real, Príncipe Henry de Sei Lá o Quê,

Não me faça aprender seu título de verdade.
Você vai ao evento de arrecadação de fundos para a conservação de florestas tropicais no fim de semana?

Alex
Primeiro-Filho de Sua Antiga Colônia

Re: Paris?

Henry \<hwales@kensingtonemail.com\> 4/3/20 2h14
para A

Alex, Primeiro-Filho da Inglaterra Falsificada,

Em primeiro lugar, você deveria saber que é muito inapropriado zombar intencionalmente do meu título. Eu poderia te transformar em uma almofada real por esse tipo de lesa-majestade. Felizmente para você, não creio que combinaria com a decoração da minha sala de estar.

Em segundo lugar, não, não vou comparecer ao evento em Paris; tenho um compromisso marcado. Você terá de encontrar outra pessoa para acossar no guarda-volumes.

Meus cumprimentos,
Sua Alteza Real, o Príncipe Henry de Gales

Re: Paris?

A <agcd@eclare45.com> 4/3/20 2h27
para Henry

Vossa Arrogância Real, Príncipe Henry de Ninguém Se Importa,

É incrível como você consegue ser um pau no cu real tão gigantesco.
Pelo que me lembro, você gosta muito de ser "acossado".
Todo mundo lá vai ser chato mesmo. Vai fazer o quê?

Alex
Primeiro-Filho de Odiar Eventos de Arrecadação de Fundos

Re: Paris?

Henry <hwales@kensingtonemail.com> 4/3/20 2h32
para A

Alex, Primeiro-Filho de Fugir de Responsabilidades:

Um pau no cu real é chamado formalmente de "cetro".
Fui mandado para uma cúpula na Alemanha para fingir que
entendo alguma coisa sobre energia eólica. Basicamente,
vou ouvir sermões de velhos vestidos de tirolês e posar para
fotos com moinhos de vento. Aparentemente, a monarquia decidiu
que se importa com energia sustentável — ou, pelo menos,
quer parecer que sim. Uma grande diversão.

Em relação aos convidados do evento, pensei que você *me* achava
chato?

Meus cumprimentos,
Sua Alteza Receosa

Re: Paris?

A <agcd@eclare45.com>　　　　　4/3/20 2h34
para Henry

Vossa Abominação Revoltante,

Descobri recentemente que você não é tão chato quanto pensei. Às vezes. Ainda mais quando está fazendo aquele negócio com a língua.

Alex
Primeiro-Filho de E-Mails Noturnos Questionáveis

Re: Paris?

Henry <hwales@kensingtonemail.com>　　　　　4/3/20 2h37
para A

Alex, Primeiro-Filho de E-Mails Inconvenientes Quando Estou em Reuniões Matinais:

Você está tomando liberdades comigo?

Meus cumprimentos
Vossa Beleza Real

Re: Paris?

A <agcd@eclare45.com>　　　　　　4/3/20 2h41
para Henry

Vossa Safadeza Real,

Se eu estivesse tomando liberdades com você, você saberia.
Por exemplo: passei a semana toda pensando na sua boca, e estava torcendo para te ver em Paris para poder fazer uso dela.
Também queria que você me ensinasse a escolher queijos franceses. Não é minha especialidade.

Alex
Primeiro-Filho de Queijos e Boquetes

Re: Paris?

Henry <hwales@kensingtonemail.com>　　　4/3/20 2h43
para A

Alex, Primeiro-Filho de Me Fazer Cuspir o Chá na Reunião Matinal Citada:

Te odeio. Vou tentar escapar da Alemanha.

Beijo

Sete

Henry realmente escapa da Alemanha e encontra Alex perto de uma multidão de turistas comendo crepes na Place du Tertre, com um blazer azul elegante e um sorriso malicioso. Depois de duas garrafas de vinho, eles voltam trocando as pernas para o hotel, onde Henry se ajoelha no mármore branco e ergue os olhos grandes, azuis e profundos para Alex, e Alex não sabe descrever a sensação em nenhuma língua que conheça.

Ele está tão bêbado, a boca de Henry é tão doce e é tudo tão francês pra cacete que ele esquece de mandar Henry de volta para o hotel dele. Esquece que eles não passam a noite juntos. Então, eles passam.

Ele descobre que Henry dorme de lado, a espinha protuberante em alguns pontos que na verdade são macios ao toque se ele encostar a mão, com muito cuidado para não acordá-lo porque ele está dormindo de verdade, o que é raro. De manhã, o serviço de quarto traz baguetes crocantes, tortas recheadas de damascos gordos e melados e uma cópia do *Le Monde* que Alex pede para Henry traduzir em voz alta.

Ele lembra vagamente de dizer a si mesmo que não fariam essas coisas. Está tudo um pouco turvo agora.

Quando Henry vai embora, Alex encontra um papel de carta ao lado da cama: *Fromagerie Nicole Barthélémy*. Deixar instruções de como chegar a uma queijaria parisiense para o amante clandestino — Alex precisa admitir: Henry é muito coerente com seu papel.

Mais tarde, Zahra envia a ele uma captura de tela de um artigo do BuzzFeed sobre a "melhor amizade da história" entre ele e Henry. É um conjunto de fotos: o jantar de Estado, alguns retratos dos dois sorrindo diante dos estábulos em Greenwich, um do Twitter de uma francesa com Alex recostado em uma cadeira diante de uma mesa minúscula de café enquanto Henry termina a garrafa de vinho tinto entre eles.

Embaixo, Zahra escreveu a contragosto: **Bom trabalho, seu bostinha.**

Ele imagina que é assim que eles vão continuar tocando essa história — o mundo vai continuar achando que eles são melhores amigos, e eles vão continuar representando esse papel.

Objetivamente, ele sabe que deveria se controlar. É tudo físico. Mas o Príncipe Encantado Estoico e Perfeito ri quando goza, e manda mensagem para Alex a altas horas da noite: **Você é um demônio completamente maníaco e maldoso, e vou te beijar até você não saber mais falar.** Alex está meio obcecado.

Alex decide não pensar demais. Normalmente, eles só se cruzariam algumas vezes por ano; é preciso ser criativo para mudar as agendas e jogar um charme sobre suas respectivas equipes para se encontrarem com a frequência que seus corpos exigem. Pelo menos, eles têm uma desculpa de relações públicas internacionais.

Seus aniversários, ele descobre, têm menos de três semanas de distância, o que significa que, durante a maior parte de março, Henry tem vinte e três anos e Alex, vinte e um. ("Sabia que ele era a porra de um pisciano", June comenta.) Por acaso, Alex vai cadastrar eleitores na Universidade de Nova York no fim de março e, quando manda mensagem para Henry sobre o compromisso, recebe uma mensagem rápida quinze minutos depois: **Remarquei a reunião da ONG em Nova York para este fim de semana. Vou estar na cidade pronto para chicotadas de aniversário et al.**

Os fotógrafos estão a postos quando eles se encontram na frente do Metropolitan Museum, então eles se cumprimentam com um aperto de mãos e Alex diz, sorrindo para as câmeras:

— Quero te ver sozinho, já.

Eles são mais cuidadosos nos Estados Unidos e sobem para o quarto de hotel um de cada vez — Henry pelos fundos, cercado por dois seguranças reais altos, e, depois, Alex com Cash, que sorri, sabe de tudo e não comenta nada.

Há muito champanhe, beijos e glacê de um bolinho de aniversário que, vai saber por que, Henry trouxe e foi parar na boca de Alex, no peito de Henry, no pescoço de Alex, entre os quadris de Henry. Henry segura os punhos dele no colchão e o engole inteiro, e Alex está bêbado e completamente transportado, sentindo todos os momentos de seus vinte e dois anos e nenhum dia a mais, uma espécie de juventude hedonista da história. Boquete de aniversário de um príncipe de outro país tem esse efeito em qualquer um.

Vai demorar semanas para eles se verem de novo e, depois de muitas provocações e talvez até alguma súplica, ele convence Henry a baixar o Snapchat. Henry praticamente só manda fotos inofensivas completamente vestido, mas são provocantes o suficiente para Alex suar durante a aula: uma foto no espelho, calças brancas de polo manchadas de lama, um terno elegante. Em um sábado, a transmissão ao vivo do Senado em seu celular é interrompida por Henry em um veleiro, sorrindo para a câmera com o sol brilhando em seus ombros nus, e o coração de Alex fica estranho pra cacete, a ponto de ele precisar enfiar a cabeça nas mãos por um minuto inteiro.

(Mas, tipo. Está de boa. Não é nada de mais.)

Em meio a isso tudo, eles conversam sobre o trabalho de Alex na campanha, os projetos beneficentes de Henry, as aparições públicas dos dois. Conversam sobre como Pez está se declarando completamente apaixonado por June e passa metade do tempo com Henry falando sobre ela ou implorando para ele perguntar a Alex se ela gosta de flores (sim), pássaros exóticos (para olhar, não para ter) ou joias no formato do rosto dela (não).

São muitos os dias em que Henry gosta de receber mensagens dele e responde rápido, com um humor rápido e sagaz, ávido pela companhia de Alex e pela confusão de pensamentos na cabeça dele. Mas, às vezes, Henry é tomado por um humor sombrio, um sarcasmo ácido, estranho e duro. Ele se retrai por horas ou dias, e Alex começa a entender isso como períodos de tristeza, pequenas crises de depressão ou momentos em que tudo é um pouco "demais". Henry odeia esses dias. Alex queria poder ajudar, mas não se incomoda em particular. Ele se sente igualmente atraído pelos humores nebulosos de Henry, a maneira como ele volta deles, e os milhões de nuances nesse ínterim.

Ele também aprendeu que o comportamento plácido de Henry se desfaz com a provocação certa. Ele gosta de comentar coisas que vão fazer Henry desatar a falar, como:

— Escuta — Henry diz, acalorado, pelo celular em uma noite de quinta. — Não dou a mínima para o que *Joanne* tem a dizer, Remus John Lupin é claramente gay, e me recuso a ouvir o contrário.

— Certo — Alex. — Só para constar, concordo com você, mas me conte mais.

Ele começa um discurso interminável, e Alex escuta, entretido e um tanto fascinado, enquanto Henry desenvolve seu argumento:

— Eu só acho, como príncipe desse maldito país, que, quando se trata dos marcos culturais positivos da Grã-Bretanha, seria bom se pudéssemos não botar para baixo nossas pessoas mais marginalizadas. As pessoas higienizam o Freddie Mercury, o Elton John e o Bowie, que estava transando com o Jagger de um lado para o outro da Oakley Street nos anos setenta, aliás.

Essa é outra coisa que Henry faz — lançar essas análises do que lê, assiste ou escuta que lembram Alex de que ele não só tem um diploma de literatura inglesa mas também um grande interesse pela história gay do país de sua família. Alex sempre *conheceu* a história gay americana — afinal, a política de seus pais foi parte dela —, mas foi só quando se descobriu que começou a se envolver nela como Henry.

Ele está começando a entender o que palpitou em seu peito na primeira vez em que leu sobre Stonewall, por que se emocionou com a decisão do Supremo de legalizar o casamento entre pessoas do mesmo gênero em 2015. Ele começa a correr atrás do atraso em seu tempo livre: Walt Whitman, as leis de Illinois de 1961 que descriminalizaram a atividade homossexual, as revoltas deflagradas pelo assassinato do ativista Harvey Milk, *Paris is Burning*. Ele afixou uma foto sobre a mesa no trabalho, um homem num protesto nos anos 1980 com uma jaqueta que diz SE EU MORRER DE AIDS — NÃO ME ENTERREM — SÓ LARGUEM MEU CORPO NA ESCADARIA DO MINISTÉRIO DA SAÚDE.

O olhar de June se fixa na foto um dia quando ela passa no gabinete para almoçar com ele, lançando a Alex o mesmo olhar estranho da manhã seguinte à que Henry entrou escondido no quarto dele. Mas ela não comenta nada e, enquanto come seu sushi, discursa sobre seu novo projeto de reunir todos os seus diários em uma autobiografia. Alex se pergunta se alguma dessas coisas entraria no livro. Talvez, se ele contar para ela logo. Ele precisa contar para ela logo.

É estranho que esse lance com Henry possa fazer com que ele entenda essa enorme parte de si próprio, mas faz. Quando ele mergulha em pensamentos sobre as mãos de Henry, seus dedos fortes e elegantes, se pergunta como nunca se deu conta antes. Quando volta a encontrar Henry em um baile de gala em Berlim, sente aquela atração gravitacional, o segue até o banco traseiro de uma limusine, e amarra os punhos do príncipe na cabeceira da cama do hotel com sua própria gravata, ele se conhece melhor.

Ao aparecer na reunião semanal dois dias depois, Zahra pega seu queixo com uma mão e vira a cabeça dele, espiando de perto a lateral do seu pescoço.

— Isso é um *chupão*?

Alex fica paralisado.

— Eu... hm, não?

— Você acha que sou burra, Alex? — Zahra pergunta. — Quem está deixando chupões no seu pescoço, e por que o chupão não veio junto com um termo de confidencialidade?

— Ai, meu Deus — ele diz, porque, sério, a última pessoa que Zahra precisa ter medo de vazar detalhes sórdidos é Henry. — Se eu precisasse de um termo de confidencialidade, você saberia. Relaxa.

Zahra não gosta de ser mandada relaxar.

— Olha pra mim — ela diz. — Eu te conheço desde o tempo em

que você escondia cuecas sujas na gaveta. Acha que não sei quando está mentindo pra mim? — Ela crava a unha pontuda e pintada em seu peito. — Seja lá quem tenha feito isso, é melhor que seja alguém da lista aprovada de meninas que você pode encontrar em público durante o ciclo de eleições, que vou mandar para você por e-mail de novo assim que sair, caso tenha perdido.

— Meu Deus, tudo bem.

— E, só para lembrar — ela continua —, prefiro cortar meu peito fora a deixar você cometer alguma burrada que faça sua mãe, a primeira mulher eleita à presidência, ser a primeira a perder a reeleição desde a porra do George W. Bush. Você me entendeu? Vou te trancar no quarto por um ano se necessário, e você vai poder fazer suas provas finais por sinais de fumaça. Vou grampear seu pau dentro da perna se for o único jeito de fazer você parar de sair trepando por aí.

Ela volta às anotações com um profissionalismo sereno, como se não tivesse acabado de ameaçá-lo de morte. Atrás dela, ele consegue ver June em seu lugar à mesa, com uma cara de quem claramente também sabe que ele está mentindo.

—Você tem um sobrenome?

Alex nunca cumprimenta Henry quando liga para ele.

— Quê? — A resposta monossilábica perplexa e alongada de sempre.

— Um sobrenome — Alex repete. É fim de tarde e está caindo uma tempestade fora da Residência, e ele está deitado de costas no meio do Solário, revisando anteprojetos de lei para o trabalho. — Aquilo que eu tenho dois. Você usa o do seu pai? Henry Fox? Eu curto, hein. Ou o da realeza vale mais? E você usa o da sua mãe?

Ele escuta um barulho pelo celular e se pergunta se Henry está na cama. Faz semanas que eles não conseguem se ver, então sua mente é rápida em fornecer a imagem.

— O sobrenome oficial da família é Mountchristen-Windsor —

Henry diz. — Com hífen, que nem o seu. Então, meu nome completo é... Henry George Edward James Fox-Mountchristen-Windsor.

Alex ergue a cabeça, pasmo.

— Ai... meu Deus.

— Juro.

— E eu pensando que Alexander Gabriel Claremont-Diaz era ruim.

— É em homenagem a alguém?

— Alexander em homenagem ao Alexander Hamilton, um dos fundadores dos Estados Unidos, e Gabriel ao santo padroeiro dos diplomatas.

— Meio óbvio demais.

— Pois é, não me deram muita escolha. Minha irmã ficou com Catalina June em homenagem à cidade e à cantora June Carter Cash, mas eu fiquei com todas as profecias concretizadas.

— Eu fiquei com os dois reis gays — Henry aponta. — Isso sim é profecia.

Alex ri e chuta os arquivos da campanha para longe. Ele não vai voltar para eles hoje.

— Três sobrenomes é muita maldade.

Henry suspira.

— Na escola, nós todos éramos chamados de Gales. Mas o Philip agora é tenente Windsor na Força Aérea.

— Henry Gales, então? Não é tão mal.

— Não, não é. Foi por isso que você me ligou?

— Talvez — Alex diz. — Pode chamar de curiosidade histórica. — Embora o verdadeiro motivo seja mais próximo da voz levemente arrastada de Henry e do meio segundo de hesitação antes de ele falar que ficou em sua cabeça a semana toda. — Por falar em curiosidade histórica, aqui vai uma: estou sentado no cômodo em que Nancy Reagan estava quando descobriu que Ronald Reagan tinha levado um tiro.

— Cristo amado.

— E também é onde o velho Tricky Dick falou para a família que iria renunciar.

— Desculpa, mas quem ou o que é *Tricky Dick*?

— *Nixon!* Escuta, você está desfazendo tudo pelo qual os velhos fundadores deste país lutaram e deflorando o queridinho da república. Precisa pelo menos saber história americana *básica*.

— Não acho que deflorar seja a palavra — Henry retruca. — Isso seria com noivas virgens, sabe. Esse definitivamente não é o seu caso.

— Uhum, e tenho certeza que você aprendeu todos os seus talentos nos livros.

— Bom, foi na universidade que aprendi. Não necessariamente lendo.

Alex assente e deixa o ritmo da brincadeira passar. Ele olha para o outro lado da sala — as janelas que antes não passavam de cortinas finas em um quarto para a família de Taft dormir em noites quentes, o canto agora empilhado com a coleção de gibis antigos de Leo onde Eisenhower jogava cartas. As coisas por baixo da superfície. Sempre foi isso que Alex buscou.

— Ei — ele diz. — Sua voz está esquisita. Tá tudo bem?

Henry segura a respiração e pigarreia.

— Tudo.

Alex não diz nada, deixando o silêncio se estender em uma linha fina entre eles antes de o quebrar.

— Sabe, todo esse nosso acordo... você pode me contar coisas. Vivo te contando coisas. Coisas de política, de faculdade e de família doida. Eu sei que, tipo, não sou um exemplo de comunicação humana normal, mas. Sabe.

Outra pausa.

— Não sou... historicamente, não sou bom em ter esse tipo de conversa — Henry diz.

— Bom, historicamente, eu não era bom em boquetes, mas todos precisamos aprender e crescer, queridinho.

— Não *era*?

— Ei — Alex bufa. — Você está tentando dizer que eu ainda não sou bom?

— Não, não, nem sonharia em dizer isso — Henry diz, e Alex consegue escutar o sorrisinho em sua voz. — Foi só o primeiro que foi... Quero dizer. Foi entusiasmado, pelo menos.

— Não me lembro de você reclamar.

— Tá bom, é que fazia séculos que eu vinha fantasiando sobre aquilo.

— Viu, já é alguma coisa — Alex argumenta. — Você acabou de me contar isso. Pode me contar outras coisas.

— Não é a mesma coisa.

Ele vira de lado, reflete e, de propósito, diz:

— Baby.

Virou um lance: *baby*. Ele sabe que virou um lance. Ele deixou escapar e saiu algumas vezes sem querer e, toda vez, Henry fica definitivamente derretido e Alex finge não notar, mas ele não vê mal em jogar sujo agora.

Há um silvo baixo de expiração do outro lado da linha, como o ar escapando por uma fresta na janela.

— É, ah. Não é o melhor momento — ele diz. — Como você disse? Coisas de família doida.

Alex suga o lábio, morde a bochecha. Aí está.

Ele se perguntava quando Henry finalmente começaria a falar sobre a família real. Ele faz referências oblíquas a Philip ser rígido como um relógio atômico, ou à desaprovação da avó, e menciona Bea com a mesma frequência que Alex menciona June, mas Alex sabe que isso não é tudo. No entanto, não sabe dizer quando começou a perceber isso, assim como não sabe quando começou a notar os humores de Henry.

— Ah — ele diz. — Entendo.

— Imagino que você não acompanhe nenhum tabloide britânico, né?

— Não se eu puder evitar.

Henry responde com um riso amargo.

— Bom, o *Daily Mail* sempre teve uma certa propensão a divulgar nossa roupa suja. Eles, assim, deram um apelido para a minha irmã alguns anos atrás. "A Princesa do Pó."

Um tinido de reconhecimento.

— Por causa da...

— Isso, da cocaína, Alex.

— Tá, acho que já ouvi esse termo.

Henry suspira.

— Bom, alguém conseguiu passar pela segurança e pichar "Princesa do Pó" na lateral do carro dela.

— Que merda — Alex diz. — E ela está mal com isso?

— Bea? — Henry ri, um pouco mais sincero dessa vez. — Não, ela normalmente não dá a mínima para essas coisas. Ela está ótima. Mais abalada por terem passado pelos seguranças. A vovó mandou demitir toda uma equipe da segurança real. Mas... sei lá.

Ele para de falar, e Alex consegue entender.

— Mas você se preocupa. Porque quer protegê-la mesmo sendo o irmão mais novo.

— Eu... isso.

— Sei como é. No verão passado, quase esmurrei um cara no Lollapalooza porque ele tentou pegar na bunda da June.

— Mas não esmurrou?

— June já tinha jogado um milk-shake na cara dele — Alex explica. Ele encolhe um pouco os ombros, sabendo que Henry não consegue vê-lo. — E Amy deu um choque de *taser* nele. O cheiro de milk-shake de morango queimado em um machinho universitário suado é uma delícia.

Henry solta uma gargalhada.

— Elas nunca precisam de nós, né?

— Não — Alex concorda. — Então você está chateado porque os boatos não são verdadeiros.

— Bom... na verdade, são sim — Henry diz.

Ah, Alex pensa.

— Ah — ele diz, sem saber de que outra forma responder depois de procurar em seu estoque mental de frases diplomáticas e achar todas frias e insuportáveis.

Henry continua, um pouco hesitante.

— Sabe, tudo que a Bea sempre quis na vida foi tocar música — ele começa. — Acho que meus pais tocaram Joni Mitchell demais para ela quando era pequena. Ela queria aulas de violão; vovó queria violino, porque era mais adequado. Deixaram Bea aprender os dois, mas ela foi para a universidade estudar violino clássico. Enfim, no último ano da faculdade, nosso pai morreu. Aconteceu tão... rápido. Ele simplesmente se foi.

Alex fecha os olhos.

— Que merda.

— Pois é — Henry diz, a voz dura. — Todos ficamos um pouco doidos. Philip simplesmente tinha que ser o homem da família, eu virei um babaca, e minha mãe se recusava a sair dos aposentos dela. Bea simplesmente parou de ver sentido nas coisas. Eu estava começando a universidade quando ela se formou, e Philip estava servindo no Afeganistão, e ela saía toda noite com os hipsters ricos de Londres, ia escondida tocar violão em shows secretos e cheirar montanhas de cocaína. Os jornais adoravam.

— Meu Deus — Alex exclama. — Sinto muito.

— Tudo bem — Henry diz, a voz mais firme, como se estivesse erguendo o queixo daquele jeito teimoso que ele faz às vezes. Alex queria poder ver. — Seja como for, a especulação, as fotos de paparazzi e o maldito apelido passaram a ser demais, então Philip voltou para casa por uma semana e ele e a vovó literalmente a enfiaram num carro e a mandaram para uma clínica de reabilitação, que chamaram de *retiro de bem-estar* para a imprensa.

— Espera... desculpa — Alex diz antes de conseguir se conter. — Só. Onde estava sua mãe?

— Minha mãe não se envolveu muito desde que meu pai morreu

— Henry diz com um suspiro, mas logo se contém. — Desculpa. Isso não é justo. É só que... o luto foi absoluto para ela. Foi paralisante. *Ainda é*. Ela era tão cheia de vida antes. Sei lá. Ela ainda escuta e se esforça, e quer que sejamos felizes. Mas não sei se ela ainda tem forças para ajudar alguém a ser feliz.

— Isso é... péssimo.

Uma pausa, pesada.

— Enfim, Bea foi — Henry continua —, contra a vontade, e não achou que tinha problema nenhum, embora desse para ver as costelas dela e ela tivesse passado meses sem falar comigo, sendo que éramos inseparáveis quando pequenos. Ela mesma se deu alta depois de seis horas. Lembro que me ligou de uma balada nessa noite e eu perdi a cabeça. Eu tinha, o quê, dezoito anos? Dirigi até lá e ela estava sentada na escada dos fundos, totalmente fora de si. Sentei perto dela, chorei e falei que ela não tinha o direito de se matar só porque nosso pai tinha morrido e que eu era gay e não fazia a menor ideia do que fazer, e foi assim que saí do armário para ela.

"No dia seguinte, ela voltou, e desde então está sóbria, e não contamos para ninguém sobre aquela noite. Até agora, pelo menos. E não sei direito por que falei tudo isso, só, nunca contei essa história para ninguém. Quero dizer, Pez esteve presente durante quase o tempo todo, então, e eu... não sei."

Ele pigarreia.

— Enfim, acho que nunca falei tantas palavras de uma só vez em toda a minha vida, então fique à vontade para me sacrificar agora.

— Não, não — Alex diz, tropeçando na própria língua com a pressa. — Que bom que você me contou. Está se sentindo melhor agora que falou?

Henry fica em silêncio, e Alex quer muito ver as sombras de expressões perpassando o rosto dele, ser capaz de tocar nelas com as pontas dos dedos. Alex escuta Henry engolir em seco do outro lado da linha antes de dizer:

— Acho que sim. Obrigado. Por ouvir.

— Claro, sem problema — Alex diz. — Quer dizer, é bom ter vezes em que nem tudo gira em torno de mim, por mais entediante e exaustivo que possa ser.

Ele ouve um resmungo e contém um sorriso quando Henry diz:

—Você é um cuzão.

— Sim, sim — Alex diz, e aproveita a oportunidade para fazer uma pergunta que quer fazer há meses. — Então, hm. Mais alguém da sua família sabe? Sobre você?

— Bea é a única da família para quem eu contei, embora eu tenha certeza que o resto desconfie. Eu sempre fui um pouco diferente, nunca fui muito machão. Acho que meu pai sabia e nunca se importou. Mas a vovó sentou comigo no dia em que terminei o ensino médio e deixou perfeitamente claro que eu não deveria deixar que ninguém soubesse sobre quaisquer desejos desviantes que eu pudesse estar começando a nutrir que refletissem mal sobre a coroa, e que havia meios apropriados para manter as aparências se necessário. Então.

O estômago de Alex se revira. Ele imagina Henry, um adolescente devastado pelo luto tendo de ouvir que precisava se esconder.

— Mas que merda. Sério?

— As maravilhas da monarquia — Henry diz com a voz imponente.

— Meu Deus. — Alex passa a mão no rosto. — Tive que fingir umas merdas pela minha mãe, mas ninguém nunca me falou diretamente pra mentir sobre quem eu sou.

— Não acho que ela veja como mentira. Ela vê como fazer o que deve ser feito.

— Que bosta.

Henry suspira.

— Não restam muitas opções, né?

Há uma pausa longa, e Alex está pensando em Henry em seu palácio, Henry e os anos atrás dele, como chegou até aqui. Ele morde o lábio.

— Ei — Alex diz. — Me conta do seu pai.

Outra pausa.

— Como é?

— Assim, se você não... se você quiser. Só estava pensando que não sei muito sobre ele exceto que ele era o James Bond. Como ele era?

Alex anda pelo Solário e escuta Henry contar histórias sobre um homem com o mesmo cabelo cor de areia e o mesmo nariz forte e reto de Henry, alguém que Alex conheceu pelas sombras que perpassam a maneira como Henry fala, se move e ri. Ele ouve sobre Henry saindo às escondidas do palácio e viajando para o interior, aprendendo a velejar, sendo colocado em cadeiras de diretores. O homem de que Henry se lembra é ao mesmo tempo sobre-humano e tão de carne e osso que parte o coração, um homem que abrangeu toda a infância de Henry e encantou o mundo, mas também era simplesmente um homem.

A maneira como Henry fala sobre ele é uma proeza física, flutuando nos cantos pelo carinho, mas cedendo no meio sob o peso. Ele conta a Alex com a voz baixa sobre como seus pais se conheceram — a princesa Catherine, determinada a ser a primeira princesa com um doutorado, estudando Shakespeare aos vinte e poucos anos. Que ela foi ver *Henrique V* na Royal Shakespeare Company e Arthur estava estrelando, que ela conseguiu entrar nos bastidores e deu um perdido nos seguranças para desaparecer em Londres com ele e dançar a noite toda. Que a rainha proibiu, mas ela se casou com ele mesmo assim.

Ele conta a Alex sobre como foi crescer em Kensington, como Bea cantava e Philip se grudava à avó, mas eles eram felizes, vestidos de caxemira e meias até os joelhos e levados por países estrangeiros em helicópteros e carros brilhantes. Um telescópio de latão do seu pai no aniversário de sete anos. Como se deu conta aos quatro anos de que todas as pessoas no país sabiam o nome dele, e como ele disse à mãe que achava que não queria isso, e ela se ajoelhou e disse a ele que não deixaria que nenhum mal, jamais, encostasse nele.

Alex começa a falar também. Henry já ouve quase tudo sobre a vida atual de Alex, mas falar sobre a infância deles sempre foi uma linha de demarcação invisível. Ele conta sobre o Condado de Travis, sobre fazer cartazes de campanha em cartolina para o conselho estudantil do quinto ano, sobre as viagens de família a Surfside, sobre correr de cara nas ondas. Fala sobre a grande janela saliente na casa onde cresceu, e Henry não diz que ele é louco por todas as coisas que ele costumava escrever e esconder embaixo dela.

Começa a escurecer lá fora, uma noite opaca e úmida em volta da Residência, e Alex desce para o quarto e vai para a cama. Ele escuta sobre a série de meninos dos tempos de universidade de Henry, todos apaixonados pela ideia de transar com um príncipe, quase todos imediatamente afastados pela papelada e pelo sigilo e, ocasionalmente, os humores sombrios de Henry sobre a mesma papelada e o mesmo sigilo.

— Mas, claro, é... — Henry diz. — Ninguém desde que... bom, desde que eu e você...

— Não — Alex diz, mais rápido do que imagina —, eu também não. Mais ninguém.

Ele ouve palavras saírem de sua boca, palavras que não acredita que está dizendo em voz alta. Sobre Liam, sobre aquelas noites, mas também sobre roubar comprimidos do frasco de ritalina de Liam quando suas notas estavam caindo e ficar acordado por dois, três dias seguidos. Sobre June, o conhecimento tácito de que ela só mora ali para ficar de olho nele, a sensação silenciosa de culpa que ele carrega quando não consegue se afastar. Sobre o quanto as mentiras que as pessoas contam sobre sua mãe machucam, o medo de ela perder.

Eles conversam por tanto tempo que Alex precisa conectar o carregador para a bateria do celular não acabar. Ele vira de lado e escuta, passa o dorso da mão no travesseiro e imagina Henry deitado de frente para ele, dois parênteses cercando seis mil quilômetros. Ele olha para as cutículas roídas e imagina Henry ali sob seus dedos, falando a poucos centímetros de distância. Imagina como o rosto dele ficaria no escuro cinza-azulado. Talvez tivesse uma barba rala no queixo, à espera do barbear matinal, ou talvez suas olheiras se apagassem sob a luz fraca.

Misteriosamente, essa é a mesma pessoa para quem Alex tinha tanta certeza que não dava a mínima, que ainda consegue convencer o mundo de que é um Príncipe Encantado tranquilo e sem problemas. Levou meses para chegar aqui: a compreensão plena de como ele estava enganado.

— Estou com saudades — Alex diz antes de conseguir se conter.

Ele se arrepende imediatamente, mas Henry responde:

— Eu também.

— Ei, espera.

Alex rola a cadeira para fora de seu cubículo. A mulher da limpeza do turno da noite para, segurando a alça da cafeteira.

— Sei que parece nojento, mas pode deixar aí? Eu ia terminar isso.

Ela lança um olhar desconfiado mas deixa os vestígios queimados e pegajosos de café onde estão e sai com seu carrinho.

Ele baixa os olhos para sua caneca de CLAREMONT PARA PRESIDENTA e franze a testa para o leite de amêndoa que se acumulou no meio. Por que este gabinete não tem leite normal? É por isso que o povo do Texas odeia as elites de Washington. Destruindo a bendita indústria de laticínios.

Em sua mesa, há três pilhas de papéis. Ele fica olhando para eles, na esperança de que, se os repetir de cor vezes o suficiente, vai encontrar um jeito de sentir que fez o bastante.

Um. O Arquivo das Armas. Um índice detalhado de todas as armas absurdas que os norte-americanos podem possuir e as regulamentações de cada estado, que ele precisa analisar para uma pesquisa sobre uma nova série de políticas federais relativas a fuzis de assalto. A pasta está com uma mancha gigante de molho de pizza de tanto que o faz comer por estresse.

Dois. O Arquivo de Parceria Transpacífica, em que ele sabe que precisa trabalhar, mas no qual mal encostou porque é tão entediante que o deixa zonzo.

Três. O Arquivo do Texas.

Não era para ele ter esse arquivo. Não foi o chefe de gabinete de políticas públicas nem ninguém da campanha quem o deu para ele. Não é sequer sobre política pública. É mais um fichário do que um arquivo. Ele pensa que deveria chamá-lo de: o Fichário do Texas.

O Fichário do Texas é o seu bebê. Ele o guarda com zelo, enfiando-o na bolsa a tiracolo para levar para casa quando sai do gabinete e o escondendo do Hunter de Boston. Contém um mapa dos condados do Texas com análises demográficas complexas dos eleitores, ao lado das populações de filhos de imigrantes sem documentos, eleitores não registrados que são residentes legais, padrões de votação ao longo dos últimos vinte anos. Ele o encheu de planilhas de dados, registros de votação, projeções que pediu para Nora calcular.

Em 2016, quando sua mãe ganhou a eleição geral por muito pouco, o gosto mais amargo foi perder o Texas. Ela foi a primeira presidente desde Nixon a conquistar a presidência mas perder em seu próprio estado de residência. Não foi exatamente uma surpresa, considerando que as pesquisas já vinham indicando o voto do Texas na chapa republicana, mas todos torciam em segredo para que a Cometa de Lometa ganhasse no fim. Não aconteceu.

Alex sempre volta aos números de 2016 e 2018, zona eleitoral por zona eleitoral, e não consegue abandonar a sensação incômoda de esperança. Existe algo ali, algo mudando, ele tem certeza disso.

Não que ele seja ingrato pelo cargo no gabinete de políticas públicas, é só que… não é o que ele esperava. É frustrante e lento. Alex deveria se manter concentrado, dar um tempo, mas, em vez disso, sempre volta para o fichário.

Ele pega um lápis do estojo de Harvard do Hunter de Boston e começa a esboçar linhas no mapa do Texas pela milionésima vez, reorganizando os distritos que homens velhos brancos traçaram anos atrás para forçar os votos na direção deles.

Alex tem essa centelha de fazer o máximo que pode e, quando passa horas por dia sentado em um cubículo se preocupando com minúcias, não sabe se está realmente dando o melhor de si. Mas, se ele conseguir encontrar um jeito de fazer o voto do Texas refletir a alma daquele estado... ele está longe de ter a qualificação para desmantelar sozinho as cortinas de ferro da manipulação de votos texana, mas e se ele...

Uma vibração incessante o traz de volta ao presente, e ele tira o celular do fundo da bolsa.

— Cadê você? — a voz de June pergunta do outro lado da linha.

Merda. Ele olha a hora: 9h44. Ele tinha marcado de encontrar June para jantar mais de uma hora atrás.

— Merda, June, foi mal — ele diz, pulando da cadeira e enfiando as coisas na bolsa. — Estava concentrado no trabalho... Eu, eu me esqueci completamente.

— Eu te mandei um milhão de mensagens — ela diz. Ela fala como se estivesse planejando o velório dele.

— Meu celular estava no silencioso — ele diz, desesperado, correndo para o elevador. — Me desculpa de verdade. Sou um babaca completo. Estou saindo agora.

— Não se preocupa — ela diz. — Pedi o meu pra viagem. Te vejo em casa.

— Juju.

— Preciso que você *não* me chame assim agora.

— June...

Ela desliga.

Quando ele volta para a Residência, ela está sentada na cama, comendo macarrão de um pote de plástico, com *Parks & Recreation* passando no tablet. Ela faz questão de ignorá-lo quando ele chega à porta.

Ele pensa em quando eles eram crianças — por volta de oito e onze anos. Ele se lembra de parar ao lado dela diante do espelho do banheiro, olhando para as semelhanças entre seus rostos: as mesmas pontas arredondadas do nariz, as mesmas sobrancelhas grossas e rebeldes, o mesmo queixo quadrado herdado da mãe. Ele se lembra de estudar a expressão dela no reflexo enquanto escovavam os dentes, a manhã do primeiro dia de aula, o pai deles fizera tranças no cabelo de June porque sua mãe estava em Washington.

Ele reconhece a mesma expressão no rosto dela agora: decepção cuidadosamente disfarçada.

— Desculpa — ele tenta de novo. — Juro que me sinto um lixo total e absoluto. Por favor, não fica brava comigo.

June continua mastigando, o olhar fixo na fala de Leslie Knope.

— Podemos almoçar amanhã — Alex diz, desesperado. — Eu pago.

— O problema não é a porra da comida, Alex.

Alex suspira.

— Então o que você quer que eu faça?

— Quero que você não aja como a mamãe — June diz, finalmente erguendo os olhos para ele. Ela fecha o pote de comida e levanta da cama, andando pelo quarto.

— Certo — Alex diz, erguendo as duas mãos —, é isso o que está rolando agora?

— Eu... — Ela respira fundo. — Não. Eu não deveria ter dito isso.

— Não, você obviamente quis dizer isso — Alex diz. Ele põe a bolsa no chão e entra no quarto. — Por que você não fala de uma vez o que está pensando?

Ela vira para encará-lo, os braços cruzados, a coluna apoiada contra a cômoda.

— Você realmente não enxerga? Você nunca dorme, está sempre mergulhando em alguma coisa, deixa a mamãe te usar para tudo que ela quer, os tabloides vivem atrás de você...

— June, eu sempre fui assim — ele a interrompe com a voz suave. — Eu vou ser um político. Você sempre soube disso. Vou começar assim que me formar, em um mês. É assim que vai ser minha vida, tá? Essa é a minha escolha.

— Bom, talvez seja a escolha errada — June diz, mordendo o lábio.

Ele recua.

— De onde é que isso está vindo?

— Alex — ela diz —, você sabe.

Ele não sabe aonde ela quer chegar.

—Você sempre me apoiou até agora.

Ela ergue o braço de maneira tão enfática que chacoalha um vaso de cacto em cima da cômoda e diz:

— Porque até agora você não estava *trepando com o príncipe da Inglaterra*!

Isso consegue fazer Alex calar a boca. Ele caminha até a área de estar na frente da lareira, se afundando em uma poltrona. June o observa, as bochechas num vermelho vivo.

— Nora te contou.

— Quê? — ela diz. — Não. Ela nunca faria isso. Mas que é uma bosta que você tenha contado pra ela, e não pra mim, isso é. — Ela cruza os braços de novo. — Desculpa, estava tentando esperar que você mesmo me contasse, mas, meu Deus, Alex. Quantas vezes eu tinha de fingir que acreditava que você estava se oferecendo para fazer aquelas aparições internacionais de que vivia tentando fugir? E, tipo, você esqueceu que eu moro do outro lado do corredor desde que a gente era criança?

Alex baixa os olhos, encara o tapete dos anos 50 perfeitamente escolhido por June.

— Então você está brava comigo por causa do Henry?

June solta um barulho sufocado e, quando ele volta a erguer os olhos, ela está revirando a gaveta de cima da cômoda.

— Ai, meu Deus, como você consegue ser tão inteligente e tão burro ao mesmo tempo? — ela diz, tirando uma revista de baixo das calcinhas e sutiãs. Alex está prestes a dizer que não está a fim de ler os tabloides quando ela joga a revista para ele.

Uma edição antiga da *J14*, aberta em uma página do centro. A foto de Henry, aos treze anos de idade.

Ele ergue os olhos.

—Você sabia?

— É claro que eu sabia! — ela diz, se afundando dramaticamente na poltrona diante dele. —Você vivia deixando marcas dos seus dedinhos gordurosos nela! Por que sempre parte do princípio de que nunca vai ser pego? — Ela solta um suspiro sôfrego. — Eu nunca... entendi de verdade o que ele era pra você, até que *entendi*. Eu achava que era só uma paixonite ou coisa assim, ou que eu poderia te ajudar a fazer um amigo, mas, Alex. Nós conhecemos tanta gente. Tipo, milhares e milhares de pessoas, e muitas delas são idiotas, e muitas são incríveis e especiais, mas quase nunca conheci alguém que combinasse com você. Sabia? — Ela se debruça e toca o joelho dele, as unhas cor-de-rosa em sua chino azul-marinho. — Você tem tanta coisa aí dentro que é impossível combinar. Mas ele combina, seu idiota.

Alex a encara, tentando processar o que ela disse.

— Estou com a impressão que você está projetando suas fantasias românticas em mim — é o que ele decide dizer, e ela tira a mão da sua perna na mesma hora e volta a olhar feio para ele.

— Você sabia que não foi o Evan que terminou comigo? — ela diz. — Eu terminei com ele. Eu ia para a Califórnia com ele, morar no mesmo fuso horário que o papai, conseguir uma porra de um emprego no *Sacramento Bee* ou coisa assim. Mas desisti de tudo pra vir pra cá, porque era a coisa certa a fazer. Fiz o que o nosso pai fez... fui aonde eu era mais necessária, porque era minha responsabilidade.

— E você se arrepende?

— Não — ela diz. — Não sei. Acho que não. Mas eu... fico pensando como seria. Nosso pai fica pensando como seria às vezes. Alex, para de ficar pensando. Você não precisa ser como os nossos pais. Pode ficar com Henry, e descobrir o resto depois. — Agora ela está olhando nos seus olhos, com firmeza. — Às vezes você se pressiona demais sem motivo. Vai acabar se esgotando desse jeito.

Alex se recosta, passando o polegar na costura do braço da poltrona.

— Então, o quê? — ele pergunta. — Quer que eu largue a política e vire uma princesa? Isso não é muito feminista da sua parte.

— Não é assim que feminismo funciona — ela diz, revirando os olhos. — E não foi isso o que eu quis dizer. Quis dizer que... sei lá. Você já considerou que talvez exista mais do que um único caminho para usarmos aquilo que temos? Ou chegar aonde você quer chegar para fazer mais diferença no mundo?

— Não sei se estou entendendo.

— Bom. — Ela baixa os olhos para as próprias unhas. — É como o lance todo do *Sacramento Bee*... nunca teria dado certo. Era um sonho que eu tinha antes da mamãe virar presidenta. O tipo de jornalismo que eu queria fazer é basicamente o tipo de jornalismo que uma primeira-filha não tem o direito de fazer. Mas o mundo é melhor com ela ocupando esse lugar, então estou procurando um novo sonho que seja melhor também. — Seus grandes olhos castanhos da família Diaz se erguem para ele. — Então, não sei. Talvez haja mais do que um sonho para você, ou mais de uma maneira de realizá-lo.

Ela encolhe um ombro, virando a cabeça para olhar para ele com franqueza. June é quase sempre um mistério, uma grande bola de emoções e motivações complexas, mas seu coração é honesto e verdadeiro. Ela é basicamente a ideia santificada que Alex tem de uma pessoa sulista em seu melhor: sempre generosa, afetuosa e sincera, trabalhadora e confiável, uma luz na escuridão. Ela quer o melhor para ele, pura e simplesmente, de um jeito nada egoísta ou calculista. Ele percebe que faz um tempo que ela está tentando começar essa conversa.

Ele baixa os olhos para a revista, sente o canto de sua boca se erguer. Ele não acredita que June a guardou por todos esses anos.

— Ele parece tão diferente — ele diz depois de um longo minuto, admirando o filhote de Henry na página e sua segurança tranquila e infantil. — Quero dizer, tipo, óbvio. Mas a maneira como ele se porta. — Seus dedos passam pela página no mesmo lugar em que passavam quando ele era novo, sobre o cabelo dourado pelo sol, com a diferença de que agora ele conhece a textura exata. É a primeira vez que ele vê essa versão de Henry desde que descobriu onde ela foi parar. — Me irrita às vezes pensar em tudo que ele passou. Ele é uma boa pessoa. Ele se importa, se esforça. Ele nunca mereceu nada daquilo.

June se inclina para a frente, olhando para a foto também.

—Você já falou isso para ele?

— Nós não... — Alex tosse. — Não sei. Não falamos dessas coisas?

June inspira fundo e faz um barulho de pum enorme com a boca, quebrando o clima sério, e Alex fica tão grato por isso que se derrete no chão em um ataque de riso histérico.

— Argh! Homens! — ela resmunga. — Nenhum vocabulário emocional. Não acredito que nossos ancestrais sobreviveram a séculos de guerras, pragas e genocídios só para acabar com um imprestável como você. — Ela joga uma almofada nele, e Alex ri e grita quando ela cai na sua cara. — Você deveria tentar falar essas coisas pra ele.

— Para de tentar bancar a Jane Austen com a minha vida! — ele grita em resposta.

— Escuta, não é culpa minha que ele é um jovem príncipe misterioso e retraído e você é um rebelde charmoso que chamou a atenção dele, tá?

Ele ri e tenta rastejar para longe, enquanto ela o puxa pelo tornozelo e bate outra almofada na cabeça dele. Ele ainda se sente culpado por dar um bolo nela, mas acha que fizeram as pazes agora. Ele vai melhorar. Eles disputam um lugar na cama de dossel enorme dela, e ela o obriga a contar como é dormir em segredo com um príncipe de verdade. E assim June sabe; ela sabe sobre ele, o abraça e não se importa. Ele não tinha se dado conta de como estava apavorado que ela soubesse até o medo passar.

Ela volta a colocar *Parks & Recreation* no tablet e pede para a cozinha trazer sorvete, e Alex pensa no que ela disse: "Você não precisa ser como os nossos pais" — ela nunca tinha mencionado o pai deles no mesmo contexto que a mãe dessa forma. Ele sempre soube que parte dela guardava rancor da mãe pela posição que eles ocupam no mundo, por não terem uma vida normal, por se afastar dos dois. Mas ele nunca se tocou que ela tinha a mesma sensação de perda que ele guarda no fundo pelo pai, que é algo com que ela já lidou e superou. Que a história com a mãe é algo pelo qual ela ainda está passando.

Ele pensa que ela está errada em relação a ele, em boa parte — ele não acredita necessariamente que precise escolher entre a política e esse lance com Henry ainda, ou que está avançando rápido demais na carreira. Mas... tem o Fichário do Texas, e saber de outros estados e milhões de outras pessoas que precisam de alguém que lute por elas, e a sensação no fundo do seu ser de que existe muita força dentro dele que poderia ser aperfeiçoada para lutar por algo mais produtivo.

Tem a faculdade de direito.

Toda vez que ele olha para o Fichário do Texas, ele sabe que seria um belo argumento para ele fazer o maldito vestibular de direito como seus dois pais querem em vez de deixarem que ele entre de cabeça na política. Ele sempre, sempre se recusou. Ele não espera pelas coisas. Não perde tempo dessa forma, não faz o que mandam.

Ele nunca parou para pensar muito nas opções além de um caminho de triunfo à frente dele. Talvez ele devesse.

— Agora é um bom momento para comentar que o melhor amigo gato e riquíssimo do Henry está apaixonado por você? — Alex diz a June. — Ele é basicamente um filantropo bilionário genial e meio doidinho. Pensei que seria seu tipo.

— Por favor, cala a boca — ela diz, e pega o sorvete de volta.

Depois de June, o círculo de pessoas que sabem chega a sete.

Antes de Henry, a maioria de seus envolvimentos românticos como primeiro-filho eram incidentes casuais que envolviam Cash ou Amy confiscando celulares antes do ato e apontando para a linha pontilhada do termo de confidencialidade na saída — Amy com um profissionalismo mecânico, Cash com o ar de um diretor de cruzeiro. Era inevitável que eles ficassem sabendo.

E tem o Shaan, o único dos funcionários da realeza que sabe que Henry é gay, tirando seu terapeuta. No fundo, Shaan não se importa com as preferências sexuais de Henry desde que elas não lhe arranjem problemas. Ele é um profissional consumado de terno Tom Ford perfeitamente ajustado, que não se deixa perturbar por nada, cujo afeto por seu protegido é expresso na maneira como ele cuida de uma planta favorita. Shaan sabe pelo mesmo motivo que Amy e Cash: absoluta necessidade.

Também tem Nora, que ainda faz uma cara presunçosa toda vez que o assunto vem à tona. E Bea, que descobriu quando apareceu em uma de suas sessões de FaceTime tarde da noite, deixando Henry gaguejando palavras britânicas com uma expressão catatônica por um dia e meio.

Pez parece saber do segredo desde o começo. Alex imagina que ele tenha exigido uma explicação quando Henry literalmente os fez fugir do país na calada da noite depois de enfiar a língua na boca de Alex no jardim Kennedy.

É Pez quem atende quando Alex liga para Henry pelo FaceTime às quatro da madrugada no horário de Washington, pensando que encontraria Henry no seu chá matinal. Henry está passando o feriado em uma das casas da família no interior enquanto Alex se sufoca sob as últimas semanas da faculdade. Ele não reflete sobre por que sua enxaqueca exige imagens relaxantes de Henry em um ambiente aconchegante e pitoresco, tomando chá ao pé de uma colina verde e viçosa. Apenas aperta os botões do celular.

— Alexander, querido — Pez diz ao atender. — Que simpático você dar um alô para sua tia Pezza nesta maravilhosa manhã de domingo. — Ele está sorrindo, sentado no que parece o banco de passageiro de um carro de luxo, vestindo um chapéu de sol grande e caricato e uma pashmina listrada.

— Oi, Pez — Alex diz, sorrindo em resposta. — Onde vocês estão?

— Saímos para dar uma volta, admirar a paisagem de Carmarthenshire — Pez responde. Ele vira o celular na direção do motorista. — Diz bom-dia para a sua amante, Henry.

— Bom dia, amante — Henry diz, tirando os olhos da estrada para piscar para a câmera. Ele parece renovado e relaxado, as mangas de linho cinza-claro arregaçadas, e Alex se sente mais calmo em saber que, em algum lugar de Gales, Henry conseguiu uma boa noite de sono. —

O que fez você ficar acordado até as quatro da manhã dessa vez?

— Minha porra de prova final de economia — Alex diz, virando para o lado para olhar para a tela. — Meu cérebro não está funcionando mais.

—Você não pode arranjar um daqueles pontos do Serviço Secreto com Nora do outro lado?

— Posso fazer a prova por você — Pez intervém, virando a câmera de volta para ele. — Eu manjo tudo de dinheiro.

— Sim, sim, Pez, sabemos que você não tem limites — diz a voz de Henry fora da câmera. — Não precisa jogar na cara.

Alex ri baixo. Pelo ângulo em que Pez está segurando o celular, ele consegue ver Gales passando pela janela do carro, a paisagem íngreme e escarpada.

— Ei, Henry, fala de novo o nome da casa em que você está ficando.

Pez volta a câmera para o sorrisinho de Henry.

— Llwynywermod.

— De novo.

— *Llwynywermod*.

Alex grunhe.

— Jesus.

— Estava torcendo para vocês dois começarem a falar sacanagem — Pez diz. — Por favor, continuem.

— Não acho que você conseguiria acompanhar nosso ritmo, Pez — Alex diz.

— Ah, é mesmo? — A imagem volta para Pez. — E se eu colocar meu pa...

— Pez — surge a voz de Henry, e uma mão com um anel de sinete no mindinho cobre a boca de Pez. — Eu imploro. Alex, que parte de "ele não tem limites" você achou que valeria a pena testar? Sinceramente, você vai acabar matando todos nós.

— É esse o objetivo — Alex diz, com um sorriso. — Então, o que vocês vão fazer hoje?

Pez lambe a palma da mão de Henry para se libertar e continua a falar.

— Rolar pelados nas colinas, assustar ovelhas, voltar para casa para o de sempre: chá, biscoitos, nos prender nas algemas do amor para nos lamentar sobre os irmãos Claremont-Diaz, o que tragicamente virou unilateral desde que Henry ficou com você. Antes eram várias garrafas de conhaque, sofrimento compartilhado e "Quando eles vão nos notar"...

— *Não conta isso para ele!*

— ... e agora só fico perguntando para o Henry: "Qual é o seu segredo?". E ele diz: "Eu ofendo Alex o tempo todo e parece funcionar".

—Vou dar meia-volta com esse carro.

— Isso não vai funcionar com a June — Alex diz.

— Deixe-me pegar uma caneta...

Ele descobre que os dois estão passando a viagem trabalhando em projetos de filantropia. Faz meses que Henry está contando a Alex sobre os planos deles de se internacionalizarem, e agora estão discutindo três programas para refugiados na Europa Ocidental, clínicas para HIV em Nairóbi, abrigos para jovens LGBT em diversos países. É ambicioso, mas como Henry ainda está decidido a cobrir todas as suas despesas com a herança do pai, suas contas reais estão intocadas. Ele está determinado a usá-las apenas para isso.

Alex se deita abraçado ao celular e ao travesseiro quando o sol nasce em Washington. Ele sempre quis ser uma pessoa com um legado neste mundo. Sem dúvida alguma, Henry é isso. É um pouco inebriante. Mas tudo bem. Ele só está zonzo de sono.

No fim, as provas finais passam com muito menos alarde do que Alex imaginava. É uma semana de estudos e apresentações, com a quantidade habitual de noites em claro, e logo acaba.

Toda a faculdade foi assim. Ele não chegou a ter as experiências que os outros tiveram, sempre isolado pela fama ou cercado por seguranças. Ele não foi carimbado na testa no seu aniversário de vinte e um anos no The Tombs, nunca pulou na Dalhgren Fountain. Às vezes é como se mal tivesse frequentado a Universidade Georgetown, apenas atravessado uma série de palestras que, por acaso, aconteciam na mesma área geográfica.

De todo modo, ele se forma, e todo o auditório o aplaude de pé, o que é estranho, mas até que é legal. Uma dezena de colegas quer tirar fotos com ele depois. Todos sabem seu nome. Ele nunca falou com nenhum deles antes. Ele sorri para os iPhones dos pais deles e se pergunta se deveria ter tentado se enturmar mais.

Alex Claremont-Diaz se forma summa cum laude na Universidade de Georgetown com um bacharelado em administração pública, dizem seus alertas do Google quando ele olha o celular no banco de trás da limusine antes mesmo de tirar o capelo e a beca.

Há uma festa enorme no jardim da Casa Branca, e Nora está lá de vestido, blazer e um sorriso maroto, dando um beijo na bochecha de Alex.

— O caçula do Trio da Casa Branca finalmente se forma — ela diz, sorrindo. — E nem precisou subornar nenhum professor com favores políticos ou sexuais para fazer isso.

— Acho que alguns deles finalmente vão poder parar de ter pesadelos comigo — Alex diz.

— Vocês têm uma relação estranha com a faculdade — June diz, chorando um pouquinho.

Há um misto de agentes políticos importantes e amigos da família presentes — incluindo Rafael Luna, que se encaixa em ambas as categorias. Alex o avista com o rosto cansado e bonito perto do ceviche, em uma conversa animada com o avô de Nora, o vice. Seu pai veio da Califórnia, recém-bronzeado por causa de uma trilha que acabou de fazer através do parque Yosemite, sorrindo com orgulho. Zahra dá um cartão para ele que diz "Parabéns por não fazer mais do que sua obrigação" e quase o empurra na tigela de ponche quando ele tenta abraçá-la.

Depois de uma hora, seu celular vibra no bolso, e June faz uma cara meio feia quando ele desvia a atenção no meio da frase para ver.

Ele está prestes a ignorar, mas, ao seu redor, vários iPhones e Blackberries estão sendo tirados do bolso com agitação.

É o Hunter de Boston: **Jacinto acabou de convocar uma coletiva, boatos de que vai retirar a candidatura para as primárias, ou seja, é oficialmente Claremont vs. Richards 2020.**

— Caralho — Alex diz, virando o celular para mostrar a mensagem para June.

— Já era a festa — ela diz, e tem razão. Em questão de segundos, metade das mesas estão vazias à medida que os funcionários da campanha e congressistas deixam suas cadeiras para se agrupar em torno dos celulares.

— Isso é um pouco dramático — Nora comenta, tirando uma azeitona com os dentes da ponta de um palito. — Todos sabíamos que ele acabaria dando a indicação para Richards. Devem ter colocado o Jacinto em uma sala sem janelas e apertado o pau dele com uma prensa até ele ceder.

Alex não escuta o que Nora diz em seguida porque uma movimentação perto das portas do Salão das Palmeiras no canto do jardim chama sua atenção. É o seu pai, puxando Luna pelo braço. Eles desaparecem por uma porta lateral, na direção do gabinete da governanta.

Ele deixa seu champanhe com as meninas e traça um caminho sinuoso em direção ao Salão das Palmeiras, fingindo olhar o celular. Depois de refletir se a bronca que vai levar da equipe da lavanderia vale a pena, ele se esconde no meio dos arbustos.

A terceira vidraça inferior na parede sul do gabinete da governanta está frouxa. Fica ligeiramente saltada, de modo que sua vedação à prova de balas e de som não está totalmente intacta. Existem três vidraças assim na Residência. Ele as descobriu durante seus primeiros seis meses na Casa Branca, antes de June se formar e de Nora ser transferida, quando ele estava sozinho, sem nada melhor para fazer do que esses pequenos projetos investigativos pelo terreno.

Ele nunca contou a ninguém sobre as vidraças frouxas; sempre desconfiou que poderiam vir a ser úteis algum dia.

Alex se agacha e vai se aproximando da janela, seus mocassins se enchendo de terra, na esperança de ter acertado o destino deles, até finalmente encontrar a vidraça que está procurando. Ele se debruça, tenta aproximar a orelha o máximo possível. Apesar do som do vento farfalhando os arbustos ao seu redor, ele consegue ouvir duas vozes baixas e tensas.

— ... caramba, Oscar — diz uma voz, em espanhol. Luna. — Você contou para ela? Ela sabe que você está me pedindo para fazer isso?

— Ela é cuidadosa demais — diz a voz do seu pai. Ele também está falando em espanhol, uma precaução que os dois tomam às vezes quando estão com medo de serem ouvidos. — Às vezes é melhor que ela não saiba.

Há o som de uma expiração silvada, pés se agitando.

— Não vou agir pelas costas dela para fazer algo que nem quero.

—Você quer me dizer que, depois do que Richards fez com você, não tem vontade nenhuma de jogar essa merda toda no ventilador?

— Jesus, Oscar, claro que tenho — Luna diz. — Mas eu e você sabemos que não é tão simples assim, porra. Nunca é.

— Escuta, Raf. Sei que você guardou os arquivos sobre tudo. Você nem precisa fazer uma declaração. Você poderia vazar para a imprensa. Quantos outros jovens você não acha que foram...

— Não começa.

— ... e quantos mais não vão ser...

—Você não acha que ela pode vencer por conta própria, acha? — Luna o interrompe. —Você ainda não confia nela, mesmo depois de tudo.

—A questão não é essa. Dessa vez é diferente.

— Por que você não me deixa em paz e não mistura algo que aconteceu vinte anos atrás, porra, com seus sentimentos mal resolvidos pela sua ex e se concentra em vencer essa maldita eleição, Oscar? Eu não...

Luna se interrompe por causa do barulho da maçaneta, alguém entrando nos gabinetes.

Oscar fala em um inglês rápido, dando a desculpa de estar discutindo um projeto de lei, depois diz a Luna em espanhol:

— Só considera.

Há sons abafados de Oscar e Luna saindo do gabinete, e Alex senta na terra vegetal, se perguntando do que é que ele não ficou sabendo.

Começa com um evento beneficente, um terno de seda e um cheque de respeito, uma bela festa de gala. Começa, como sempre, com uma mensagem: **Evento beneficente em Los Angeles no fim de semana. Pez diz que vai comprar quimonos bordados combinando para todos nós. Coloco você + 2 na lista?**

Ele almoça com seu pai, que muda descaradamente de assunto toda vez que Alex comenta sobre Luna e, depois, vai para o baile de gala, onde é apresentado a Bea pela primeira vez. Ela é muito mais baixa do que Henry, mais até do que June, com a língua afiada de Henry mas o cabelo castanho e o rosto triangular da mãe. Ela está usando uma jaqueta de couro sobre o vestido de gala e tem uma leve postura, que ele vê em sua própria mãe, de ex-fumante inveterada. Ela abre um sorriso grande e travesso para Alex, e ele se identifica com ela imediatamente: outra jovem rebelde.

São muitas taças de champanhe, apertos de mão e um discurso de Pez, encantador como sempre, e, assim que acaba, suas equipes de segurança se reúnem na saída e eles vão embora.

Como prometido, Pez deixou seis quimonos de seda combinando à espera na limusine, cada um com um bordado diferente nas costas com uma brincadeira de um nome de filme. O de Alex é um verde-água claro e diz PUTO DAMERON. O verde-limão de Henry diz PRINCESO PROMETIDO.

Eles vão parar em algum lugar de West Hollywood, em um caraoquê reluzente que, por algum motivo, Pez conhece, com tantas luzes de néon que parece natural, embora Cash e o restante da equipe de segurança tenham passado a última hora e meia verificando o local e alertando para as pessoas não tirarem fotos. A pessoa que trabalha no bar usa um batom rosa e tem a barba rala visível apesar do reboco de maquiagem, e eles logo pedem cinco doses e uma soda com limão.

— Ai, caramba — Henry diz, olhando seu copo vazio. — O que tinha nisso? Vodca?

— Isso — Nora confirma, ao que Pez e Bea desatam a rir.

— Que foi? — Alex diz.

— Ah, eu não tomo vodca desde a universidade — Henry diz. — Costuma me deixar, é... Bom...

— Extravagante? — Pez propõe. — Desinibido? *Tarado?*

— Divertido? — Bea sugere.

— Como *é?* Eu sou muito divertido o tempo todo! Eu sou uma *graça!*

— Oi, com licença, pode mandar outra rodada, por favor? — Alex pede para o bar.

Bea grita, Henry ri e aponta o dedo para ele, e tudo fica turvo e quente como Alex adora. Todos sentam trôpegos em uma mesa redonda, as luzes estão baixas, e ele e Henry estão mantendo uma distância segura, mas Alex não consegue deixar de olhar para os raios de efeitos especiais refletidos nas maçãs do rosto dele, cobrindo seu rosto com tons de azul e verde. Ele é de outro mundo — meio bêbado e sorridente usando um terno de dois mil dólares e um quimono, e Alex não consegue tirar os olhos dele. Então pede uma cerveja.

Depois que as coisas começam a fluir, é impossível saber como Bea é a primeira a ser convencida a subir ao palco, mas ela tira uma coroa de plástico do baú de adereços e arrasa em uma versão de "Call Me" do Blondie. Eles todos assobiam e gritam e o público do bar finalmente se dá conta de que tem dois membros da família real, um filantropo milionário e o Trio da Casa Branca ao redor de uma mesa ensebada usando um arco-íris de seda vívida. Surgem três rodadas de doses — uma de uma despedida de solteira bêbada, uma de um grupo de lésbicas mal-encaradas no balcão, e uma de uma mesa de drag queens. Eles fazem um brinde, e Alex se sente mais bem recebido do que nunca, mais até do que nos comícios de vitória de sua família.

Pez levanta e se lança em "So Emotional" de Whitney Houston com um falsete surpreendentemente impecável que deixa todo o bar em pé em questão de segundos, gritando em aprovação enquanto ele atinge notas gloriosas. Alex olha com um fascínio embriagado para Henry, que ri e encolhe os ombros.

— Falei que ele não tem limites — ele grita mais alto que o barulho.

June está assistindo a toda a apresentação com as mãos no rosto, boquiaberta, e se aproxima de Nora e grita, embriagada:

— Ah, *não*... ele é... tão... gostoso...

— Eu sei, gata — Nora grita em resposta.

— Eu quero... enfiar os dedos na boca dele... — ela grunhe, com a voz horrorizada.

Nora ri e concorda com a cabeça e diz:

— Posso ajudar?

Bea, que já tomou cinco sodas com limão diferentes até agora, passa para Alex uma dose que foi entregue para ela enquanto Pez puxa June para o palco, e Alex vira o copo. O calor faz seu sorriso e suas pernas se abrirem um pouco mais, e seu celular está em sua mão antes que ele se dê conta de que o tirou do bolso. Ele manda uma mensagem para Henry embaixo da mesa: **quer fazer uma coisa idiota?**

Ele observa Henry tirar o celular do bolso, sorrir e arquear a sobrancelha para ele.

Mais idiota do que isto?

A boca de Henry se abre em uma expressão nada lisonjeira de excitação embriagada e espanto, feito um peixe sexy, com a resposta de Alex alguns segundos depois. Alex sorri e se recosta no banco, envolvendo os lábios úmidos no gargalo da cerveja. Henry faz uma cara de quem está vendo sua vida inteira passar diante de seus olhos, e diz, com a voz um pouco mais aguda:

— Certo, bom, só vou... dar um pulo no banheiro.

Ele sai enquanto o resto do grupo ainda está concentrado na apresentação de Pez e June. Alex conta até dez antes de passar por Nora e ir atrás dele. Ele troca um olhar com Cash, que está recostado em uma parede e entrou na brincadeira usando um boá de penas rosa-choque. Ele revira os olhos mas desencosta para vigiar a porta.

Alex encontra Henry encostado na pia, os braços cruzados.

— Comentei nos últimos tempos que você é um demônio?

— Sim, sim — Alex diz, confirmando se a barra está limpa antes de puxar Henry pelo cinto para dentro de uma baia. — Depois você me repete isso.

—Você... sabe que isso ainda não vai me convencer a cantar, né? — Henry engasga enquanto Alex beija seu pescoço.

—Você realmente acha que é uma boa ideia me desafiar, querido?

É assim que, meia hora e mais duas rodadas depois, Henry está diante de uma multidão aos gritos, trucidando "Don't Stop Me Now" do Queen enquanto Nora faz backing vocal e Bea lança rosas douradas com glitter aos seus pés. O quimono dele está pendurado em um dos ombros de maneira que só dá para ler no bordado atrás princeso metido. Alex não sabe de onde surgiram as rosas, mas acha que perguntar não vai levá-lo a lugar nenhum. Ele também não conseguiria ouvir a resposta porque está gritando do alto dos seus pulmões por dois minutos seguidos.

— *I wanna make a supersonic woman of youuu!* — Henry grita, pulando violentamente de lado, pegando Nora pelos dois braços. — *Don't stop me! Don't stop me! Don't stop me!*

— *Hey, hey, hey!* — o bar todo grita em resposta. Pez está praticamente em cima da mesa agora, batendo no dorso do banco com uma mão e ajudando June a subir numa cadeira com a outra.

— *Don't stop me! Don't stop me!*

Alex coloca as mãos em forma de concha em volta da boca.

— *Ooh, ooh, ooh!*

Em uma cacofonia de gritos, chutes no ar, rebolados e luzes piscando, a canção entra no solo de guitarra, e não tem mais nenhuma pessoa sentada no bar, muito menos quando o príncipe da Inglaterra está deslizando de joelhos no palco, tocando uma guitarra imaginária apaixonada e ainda assim erótica.

Nora arranjou uma garrafa de champanhe e começa a molhar Henry com ela, e Alex perde a cabeça de tanto rir, sobe em cima da cadeira e assobia. Bea está absolutamente fora de si, lágrimas escorrendo pelo rosto, e Pez subiu na mesa de verdade agora, June dançando ao seu lado, com uma mancha fúcsia brilhante de batom no cabelo platinado dele.

Alex sente um puxão em seu braço — Bea, puxando-o para perto do palco. Ela pega a mão dele e o rodopia, e ele coloca uma das rosas dela entre os dentes, e eles assistem a Henry e sorriem um para o outro em meio ao barulho. Alex sente em algum lugar, sob as cinquenta camadas de bebida, algo cristalino irradiando dela, um conhecimento em comum de como essa versão de Henry é rara e maravilhosa.

Henry está gritando no microfone de novo, levantando aos tropeços, o terno e o quimono grudados no corpo pelo champanhe e pelo suor em um caos confusamente sexy. Ele ergue os olhos, turvos e ardorosos, e os fixa em Alex na beira do palco, com um sorriso largo e desarranjado.

— *I wanna make a supersonic man outta youuuuu!*

No fim, todos o aplaudem de pé, e Bea o segura com a mão firme e um sorriso endiabrado, bagunçando seu cabelo pegajoso pelo champanhe. Ela o guia para a mesa até o lado de Alex, ele a puxa para o lado dele, e os seis tombam juntos em um emaranhado de gargalhadas roucas e sapatos caros.

Ele olha para todo o grupo. Pez, seu sorriso largo e sua alegria cintilante, a maneira como seu cabelo loiro-branco contrasta com a pele escura e lisa. A curva da cintura e do quadril de Bea e seu sorrisão punk rock enquanto ela chupa a casca de um limão. As pernas compridas de Nora, uma das quais está erguida na mesa e cruzada sobre uma das pernas de Bea, sua coxa desnuda onde o vestido subiu. E Henry, corado, ingênuo e esguio, elegante e escancarado, o rosto sempre voltado para Alex, a boca rindo sem reservas, com desejo.

Ele vira para June e fala com a voz enrolada:

— Bissexualidade é realmente uma tapeçaria rica e complexa.

Ela gargalha e enfia um guardanapo na boca dele.

Alex não sabe dizer muito do que acontece na hora seguinte — o fundo da limusine, Nora e Henry disputando um lugar em seu colo, um drive-thru da lanchonete In-N-Out e June gritando perto da sua orelha:

— Animal Style, você me ouviu pedir o Animal Style? Porra, Pez, para de rir.

Tem o hotel, três suítes reservadas no nome deles na cobertura, andar de cavalinho pelo lobby nas costas impossivelmente largas de Cash.

June fica fazendo psiu para eles enquanto eles vão tropeçando para os quartos com as mãos cheias de sacos engordurados de hambúrguer, mas ela faz mais barulho do que todos, então não adianta nada. Bea, sempre a única sóbria do grupo, pega uma das suítes ao acaso e coloca June e Nora na cama gigante e Pez na banheira vazia.

— Imagino que vocês dois consigam se virar sozinhos? — ela pergunta a Alex e Henry no corredor, um brilho de malandragem nos olhos enquanto entrega a terceira chave para eles. — Pretendo vestir um roupão e investigar essa história de mergulhar batata frita no milkshake que Nora me contou.

— Sim, Beatrice, vamos nos comportar de maneira condizente com a coroa — Henry diz. Está meio vesgo.

— Besta — ela diz, e dá um beijo rápido na bochecha dos dois antes de desaparecer pelo outro corredor.

Henry está rindo com o rosto enfiado nos cachos da nuca de Alex, que tenta abrir a porta, e eles tropeçam juntos de cara na parede e depois em direção à cama, deixando um rastro de roupas no chão. Henry cheira a perfume caro, champanhe e um cheiro que nunca sai dele, limpo como grama, e seu peito envolve as costas de Alex quando ele se ergue atrás dele na beira da cama, colocando as mãos em seu quadril.

— *Supersonic man out of youuuu* — Alex murmura baixo, esticando a cabeça para trás no ouvido de Henry, que ri e chuta seu joelho.

É um tombo desajeitado de lado na cama, os dois passando as mãos sedentas um no outro, a calça de Henry ainda pendurada em um tornozelo, mas isso não importa porque os olhos de Henry estão se fechando e eles estão finalmente se beijando de novo.

Suas mãos começam a descer por instinto, a doce memória muscular do corpo de Henry contra o seu, até Henry baixar a mão para detê-lo.

— Espera, espera — Henry diz. — Acabei de perceber. Tudo aquilo mais cedo, e você ainda não gozou essa noite, né? — Ele baixa a cabeça de novo no travesseiro, olha para ele com os olhos estreitados. — Bom. Isso eu não vou aceitar.

— Ahh, é? — Alex diz. Ele aproveita o momento para beijar o pescoço de Henry, a concavidade de sua clavícula, o nó de seu pomo de adão. — O que você vai fazer a respeito?

Henry enfia a mão no cabelo dele e puxa de leve.

— Vou ser obrigado a dar a você o melhor orgasmo da sua vida. O que posso fazer para que seja bom para você? Falar sobre a reforma tributária dos Estados Unidos durante o ato? Você tem pontos de discussão?

Alex ergue os olhos, e Henry está sorrindo para ele.

— Eu te odeio.

— Talvez umas preliminares leves de lacrosse? — Ele está rindo agora, os braços subindo em torno dos ombros para apertá-lo junto ao peito. — O *captain, my captain*.

— Você é péssimo — Alex diz, e anula seu argumento se inclinando para dar mais um beijo nele, leve, depois intenso, longo, lento e acalorado. Ele sente o corpo de Henry se mexendo sob o dele, se abrindo.

— Espera — Henry diz, parando sem fôlego. — Para um pouco. — Alex abre os olhos e, quando olha para Henry, a expressão em seu rosto é uma mais conhecida: nervoso, inseguro. — Eu, na verdade. Assim. Tenho uma ideia.

Ele desliza a mão sobre o peito de Henry até seu queixo, roçando um dedo na bochecha dele.

— Ei — ele diz, sério agora. — Sou todo ouvidos. De verdade.

Henry morde o lábio, visivelmente procurando as palavras certas e parecendo chegar a uma decisão.

—Vem aqui — ele diz, avançando para beijar Alex, envolvendo o corpo todo dele dessa vez, descendo as mãos para pegar na bunda dele enquanto o beija. Alex sente um som escapar de sua garganta, e está se deixando levar cegamente por Henry, beijando-o com intensidade sobre o colchão, seguindo a onda contínua do corpo de Henry.

Ele sente as coxas de Henry — aquelas benditas coxas de cavalgada e de polo — subindo em volta dele, a pele quente e macia ao redor de sua cintura, os calcanhares encostados em suas costas. Quando Alex se afasta para olhar para ele, a intenção no rosto de Henry é mais clara do que tudo que ele já viu ali.

—Tem certeza?

— Sei que nós nunca — Henry diz baixo. — Mas, é. Eu já, antes, então, posso te mostrar.

—Assim, eu conheço a mecânica — Alex diz, sorrindo um pouco, e vê o canto da boca de Henry se erguer para refletir o dele. — Mas você quer?

— Quero — ele diz. Ele ergue o quadril, e os dois soltam gemidos involuntários e intensos. — Quero. Com certeza.

O kit de barbear de Henry está na mesa de cabeceira, e ele estende o braço e tateia cegamente dentro dele até encontrar o que procura — uma camisinha e um frasquinho de lubrificante.

Alex quase ri ao ver aquilo. Lubrificante de bolso. Ele já teve algumas transas experimentais na vida, mas nunca passou pela sua cabeça que poderia existir algo assim, muito menos que Henry pudesse viajar com um ao lado do seu fio dental.

— Isso é novidade.

— É, bom — Henry diz, e pega uma das mãos de Alex na sua e a leva até sua boca, beijando a ponta de seus dedos. — Todos precisamos aprender e crescer, né?

Alex revira os olhos, pronto para retrucar, mas Henry enfia dois dedos na sua boca, fazendo com que ele se cale. É incrível e desconcertante a maneira como a confiança de Henry vem em ondas dessa forma, como ele se esforça tanto para conseguir pedir o que deseja e então o toma no instante em que a permissão lhe é dada, como no bar, quando o empurrãozinho certo o fez dançar e gritar como se estivesse esperando que alguém falasse que lhe era permitido.

Eles não estão tão bêbados quanto antes, mas ainda há álcool suficiente em seus corpos, e não parece tão intimidador quanto pareceria em outra ocasião, a primeira vez, nem quando seus dedos começam a encontrar o caminho. A cabeça de Henry cai para trás nos travesseiros, e ele fecha os olhos e deixa Alex tomar conta.

Nenhuma transa com Henry é igual à outra. Às vezes ele se move sem embaraço, tomado pela adrenalina, e às vezes é tenso e rígido e quer que Alex o relaxe e o desmonte. Às vezes nada o faz gozar tão rápido quanto ser contrariado, mas, às vezes, os dois querem que ele use toda a autoridade em seu sangue, sem deixar que Alex chegue lá antes de receber permissão, antes de implorar.

É imprevisível, inebriante e divertido, porque Alex nunca encontrou um desafio que não amasse, e ele... bom, Henry é um desafio, dos pés à cabeça, do começo ao fim.

Hoje, Henry está bobo, quente e entregue, o corpo fácil e disposto a dar o que Alex procura, rindo e incrédulo com sua própria receptividade ao toque. Alex se abaixa para beijá-lo, e Henry murmura no canto de sua boca:

— Quando estiver pronto, amor.

Alex respira fundo, segura. Ele está pronto. Acha que está.

A mão de Alex sobe para acariciar seu queixo, a linha suada de seu couro cabeludo, e Alex se posiciona entre suas pernas, deixa Henry entrelaçar os dedos de sua mão direita na esquerda de Alex.

Ele está observando o rosto de Henry — não consegue se imaginar olhando para nada além do rosto de Henry agora — e sua expressão fica tão suave e sua boca tão feliz e surpresa que a voz de Alex fala sem sua permissão, um "baby" rouco. Henry responde com a cabeça, um gesto tão pequeno que alguém que não conhecesse todos os seus tiques poderia não notar, mas Alex sabe exatamente o que significa, então ele se abaixa e chupa o lóbulo da orelha de Henry e o chama de *baby* de novo, e Henry diz "Sim" e "Por favor", e puxa seu cabelo pela raiz.

Alex mordisca a garganta de Henry, aperta seu quadril e se afunda na felicidade ofuscante de estar impossivelmente perto dele, de poder estar dentro de seu corpo. É estranho, mas ainda o espanta que tudo isso pareça ser tão incrível e extraordinariamente *bom* para Henry como é para ele. O rosto de Henry deveria ser proibido, a maneira como está voltado para ele, vermelho e entregue. Alex sente seus próprios lábios se abrindo em um sorriso contente, deslumbrado e orgulhoso.

No fim, ele volta ao seu corpo em partes — os joelhos, ainda cravados no colchão e tremendo; o estômago, molhado e grudento; as mãos, enroladas no cabelo de Henry, acariciando-o gentilmente.

Ele sente que saiu de si e voltou para se encontrar ligeiramente rearranjado. Quando volta o rosto para olhar para Henry, a sensação volta a seu peito: um aperto em resposta à curva do lábio superior de Henry sobre os dentes brancos.

— Meu Deus — Alex diz por fim e, quando olha de novo para Henry, ele está com um olho estreitado, um sorriso malicioso.

— Você descreveria isso como *supersônico*? — ele pergunta, e Alex grunhe e bate no peito dele, e os dois se dissolvem em gargalhadas desordenadas.

Eles se separam, se beijam e discutem sobre quem tem de dormir na parte molhada até apagarem por volta das quatro da madrugada. Henry vira Alex de lado e se aproxima por trás até quase cobri-lo completamente, seus ombros envolvendo os de Alex, uma das coxas pressionadas sobre as coxas de Alex, seus braços sobre os braços de Alex e suas mãos sobre as mãos de Alex, sem faltar um lugar intocado. Faz anos que ele não dorme tão bem.

O despertador toca três horas depois para os voos de volta para casa.

Eles tomam banho juntos. O humor de Henry fica sombrio e ácido no café da manhã diante da dura realidade de voltar para Londres tão cedo, e Alex o beija em silêncio, promete ligar e deseja que houvesse mais o que ele pudesse fazer.

Ele observa Henry se lavar e barbear, passar pomada no cabelo, passar o perfume Burberry para o dia, e se pega desejando poder assistir isso para sempre. Ele gosta de desmontar Henry, mas há algo incrivelmente íntimo em sentar na cama que eles desfizeram na noite anterior, sendo o único a observá-lo criar o príncipe Henry de Gales para o mundo.

Sob a ressaca latejante, ele desconfia que todos esses sentimentos são o motivo por que ele evitou Henry por tanto tempo.

Além disso, ele sente que pode vomitar. Mas uma coisa não tem nada a ver com a outra.

Eles encontram os outros no corredor, Henry com cara de ressaca mas ainda elegante, e Alex fazendo o seu melhor. Bea parece descansada e renovada, e muito presunçosa por isso. June, Nora e Pez saem desgrenhados de sua suíte com cara de gatos que comeram os canários, mas é impossível saber quem é um gato e quem é um canário entre os três. Tem uma mancha de batom atrás do pescoço de Nora. Alex prefere não perguntar.

Cash ri baixo quando os encontra nos elevadores, uma bandeja de seis cafés equilibrada em uma mão. Cuidar de ressaca não é parte da descrição de seu cargo, mas ele é uma mãe coruja.

— Então esse é o bando agora, hein?

E, em meio a tudo, Alex de repente se dá conta: ele tem amigos.

Oito

Assunto: Você é um feiticeiro das trevas

 Henry <hwales@kensingtonemail.com>   8/6/20 15h23
para A

Alex,

Não consigo pensar em nenhum outro jeito de começar esse e-mail a não ser dizer, e espero que perdoe meu linguajar e total falta de prudência: você é lindo pra caralho.

Passei a semana inteira inútil, sendo levado de um lado para o outro para aparições públicas e reuniões, e duvido que tenha feito qualquer contribuição significativa. Como um homem consegue fazer qualquer coisa sabendo que Alex Claremont-Diaz está à solta? Eu me distraio.

É tudo inútil porque, quando não estou pensando em seu rosto, estou pensando na sua bunda, suas mãos ou sua língua afiada. Desconfio que foi esta última que me colocou nesse dilema. Ninguém nunca teve a audácia de ser insolente com um príncipe, exceto você. No momento em que você me chamou de babaca pela primeira vez, meu destino estava selado. Ó, pais da minha linhagem!

Ó, reis do meu passado! Tirem essa coroa de mim, enterrem-me em seu solo ancestral. Se ao menos soubessem que todo trabalho que tiveram seria desfeito por um herdeiro gay que gosta quando um garoto americano com covinha no queixo é mau com ele...

Na verdade, lembra aqueles reis gays que eu mencionei? Acho que Jaime I, que se apaixonou loucamente por um cavalheiro gatíssimo e excepcionalmente bobo em uma competição de justa e o transformou na hora em cavaleiro da câmara do rei (um título que realmente existe), teria misericórdia do meu sofrimento em particular. Diabos me levem, mas sinto saudades.

Beijo,
Henry

Re: Você é um feiticeiro das trevas

A <agcd@eclare45.com>   8/6/20 17h02
para Henry

H,

Você está querendo dizer que você é o Jaime I e eu não passo de um atleta gostoso e burro? Sou mais do que uma estrutura óssea fantástica e uma bundinha dura, Henry!!!!

Não peça desculpas por me achar bonito. Porque, assim, você me colocaria na posição de pedir desculpas por dizer que você acabou comigo em Los Angeles e que vou morrer se aquilo não acontecer de novo em breve. Que tal essa falta de prudência, hein? Tem certeza que quer jogar esse jogo comigo?

Escuta: vou voar para Londres agora, te arrancar de qualquer reunião inútil em que você esteja e te fazer admitir o quanto adora quando te chamo de "baby". Vou te estraçalhar com os dentes, querido.

Beijos,
A

Re: Você é um feiticeiro das trevas

Henry <hwales@kensingtonemail.com>   8/6/20 19h21
para A

Alex,

Sabe, quando se estuda literatura inglesa em Oxford, como eu fiz, as pessoas sempre querem saber qual é o seu autor inglês preferido.

A assessoria de imprensa compilou uma lista de respostas aceitáveis. Eles queriam um realista, então sugeri George Eliot — não, porque Eliot na verdade era Mary Anne Evans sob um pseudônimo, não um escritor forte e másculo. Eles queriam um dos inventores do romance inglês, então sugeri Daniel Defoe — não, porque ele era um dissidente da Igreja Anglicana. Em certo momento, lancei Jonathan Swift só para ver o infarto coletivo deles com a ideia de um satirista político irlandês.

No fim, eles escolheram Dickens, o que é muito engraçado. Queriam algo pouco afeminado, mas, sinceramente, o que é mais gay do que uma mulher que definha em uma mansão em ruínas enquanto usa seu vestido de casamento todos os dias, só pelo drama?

A verdade afeminada: minha autora inglesa preferida é Jane Austen.

> Então, para pegar emprestada uma passagem de *Razão e sensibilidade*: "Não lhe falta nada além de paciência — ou dê a isso um nome mais interessante, digamos, esperança". Para parafrasear: espero que, em breve, você faça mais bom uso do seu dinheiro americano do que de sua boca suja.
>
> Seu (sexualmente frustrado),
> Henry

Alex tem a impressão de que alguém já o alertou sobre servidores de e-mail particulares, mas ele não se lembra muito dos detalhes. Não parece importante.

No começo, como a maioria das coisas que exigem algum esforço, ele não via muito sentido em trocar e-mails com Henry.

Mas, quando Richards diz a Sean Hannity que a mãe dele não fez nada como presidenta, Alex grita na dobra do cotovelo e volta para: **A sua voz é como açúcar escorrendo de um saco furado**. Quando o Hunter de Boston faz um comentário sobre a equipe de remo de Harvard pela quinta vez do dia: **Sua bunda naquela calça é um crime**. Quando ele está cansado de desconhecidos encostando nele: **Volte para mim quando tiver acabado de voar pelo firmamento, sua plêiade perdida**.

Agora ele entende.

Seu pai não estava enganado sobre o fato de que as coisas ficariam feias com Richards liderando a chapa. Feias em um nível nascido em Utah, cristão, cheio de mensagens indiretas e sorrisos cheios de dentes brancos. Textões de direita chamando ele e June de arrogantes, que querem dar a entender que: "os mexicanos roubaram os cargos da primeira-família também".

Alex não pode se permitir ter medo de perder. Ele bebe café, faz seu trabalho sobre o plano de governo na campanha, bebe mais café, lê e-mails de Henry e bebe ainda mais café.

A primeira Parada LGBT de Washington desde seu "despertar bissexual" acontece quando Alex está em Nevada e ele passa o dia olhando o Twitter e se remoendo de inveja — confetes caindo sobre o National Mall, o convidado especial Rafael Luna com um lenço de arco-íris na cabeça. Ele volta para o hotel e afoga as mágoas no minibar.

O ponto mais alto em todo o caos é que sua pressão sobre um dos líderes da campanha (e sua própria mãe) finalmente dá frutos: eles vão fazer um comício gigantesco no Minute Maid Park em Houston. As pesquisas estão mudando em direções que eles nunca viram antes. A principal manchete do *Politico* da semana: SERÁ 2020 O ANO EM QUE O TEXAS SE TORNARÁ UM ESTADO DECISIVO?

— Sim, vou lembrar a todos que o comício de Houston foi ideia sua — sua mãe diz, mal prestando atenção, enquanto revisa o discurso no avião para o Texas.

— Você deveria dizer "garra" em vez de "força" aí — June diz, lendo o discurso por sobre o ombro dela. — Texanos gostam de garra.

— Dá para vocês dois sentarem em outro lugar? — ela diz, mas toma nota.

Alex sabe que muitos na campanha estão céticos, mesmo quando veem os números. Por isso, quando param o carro na frente do Minute Maid e a fila dá duas voltas no quarteirão, ele se sente mais do que satisfeito. Ele fica presunçoso. Sua mãe sobe para fazer seu discurso para milhares de pessoas, e Alex pensa "Isso aí, Texas. Prove que aqueles filhos da puta estão errados".

Ele ainda está pensando nisso quando passa o crachá na porta do gabinete da campanha na segunda-feira seguinte. Já está cansado de ficar sentado à mesa analisando um grupo focal após o outro, mas está pronto para voltar à luta.

O fato de chegar a seu cubículo e encontrar o Hunter de Boston segurando o Fichário do Texas o traz de volta à realidade.

— Ah, você deixou isso na sua mesa — ele diz como se não fosse nada. — Pensei que fosse um projeto novo em que tinham nos colocado.

— Por acaso eu vou pro seu lado do cubículo e desligo sua estação do Dropkick Murphys no Spotify, por mais que eu queira? — Alex pergunta. — Não, Hunter, eu não faço isso.

— Bom, você meio que rouba muitos lápis meus...

Alex tira o fichário da mão dele antes que ele possa terminar.

— É particular.

— O que é? — Hunter de Boston pergunta quando Alex enfia o fichário de volta na bolsa. Ele não consegue acreditar que deixou na mesa. — Todos esses dados, linhas distritais... o que você está fazendo com isso tudo?

— Nada.

— Isso tem a ver com o comício em Houston em que você estava insistindo?

— Houston foi uma ideia boa — ele diz, instantaneamente na defensiva.

— Cara... você não acha de verdade que o Texas possa votar nos democratas, acha? É um dos estados mais retrógrados do país.

— Você é de Boston, Hunter. Quer mesmo conversar sobre todos os lugares onde existe intolerância?

— Escuta, cara, só estou dizendo.

— Quer saber? — Alex diz. — Você acha que vocês estão livres de intolerância institucional porque vêm de um estado democrata. Nem todo supremacista branco é um viciado em metanfetamina de uma cidadezinha de merda no Mississippi; tem um monte deles nas universidades Duke e da Pensilvânia vivendo às custas do papai.

O Hunter de Boston faz cara de assustado, mas não se convence.

— Nada disso muda o fato de que os estados republicanos são republicanos desde sempre — ele diz, rindo, como se fosse motivo para piada. — E nenhuma dessas populações parece se importar muito em votar no que é bom para elas.

— Talvez essas populações ficassem mais motivadas para votar se fizéssemos um esforço verdadeiro de campanha voltado para elas e mostrássemos que nos importamos e que nossa plataforma é feita para ajudá-las, não para deixá-las para trás. — Alex diz, acalorado. — Imagine se alguém que diz que quer o seu bem-estar sequer fosse ao seu estado para tentar falar com você, cara. Ou se você fosse um criminoso ou... malditas leis de identificação eleitoral, pessoas que não têm acesso às zonas eleitorais, que não conseguem sair da porra do trabalho delas para chegar à urna?

— Tá, quero dizer, seria ótimo se pudéssemos magicamente mobilizar todos os eleitores marginalizados nos estados republicanos, mas as campanhas políticas têm uma quantidade limitada de tempo e de recursos, e precisamos priorizar com base nas projeções — o Hunter de Boston diz, como se Alex, o primeiro-filho dos Estados Unidos, não soubesse como as campanhas funcionam. — Simplesmente não tem a mesma quantidade de gente preconceituosa nos estados democratas. Se não querem ser deixadas para trás, talvez as pessoas nos estados republicanos devessem fazer alguma coisa para impedir isso.

Essa é a gota d'água para Alex.

—Você esqueceu que está trabalhando na campanha de uma mulher criada na porra do Texas? — ele diz, e sua voz oficialmente subiu ao ponto em que os funcionários dos cubículos vizinhos estão encarando, mas ele não se importa. — Por que não falamos sobre o fato de que tem uma divisão da Ku Klux Klan em todos os estados? Você acha que não existem racistas e homofóbicos em Vermont? Cara, eu entendo que você esteja trabalhando aqui, mas você não é especial. Não pode sentar aqui e fingir que isso não é problema seu. Ninguém pode.

Ele pega sua bolsa e seu fichário e sai batendo a porta.

Assim que sai do prédio, ele tira o celular do bolso por impulso, abre o Google. Tem provas neste mês. Ele sabe que tem.

vestibular pra faculdades de direito região de washington dc, ele digita.

3 gênios e Alex

23 de junho, 2020, 12h34

> junípero

JUJU
Não é meu nome, não é o nome de ninguém, para

> vocalista da banda de k-pop bts
> kim nam-june

JUJU
Eu vou bloquear seu número

Vossa alteza Príncipe Babaca 💩
Alex, por favor me diga que o Pez não te doutrinou com K-pop.

> bom, vc deixou a nora te viciar em drag race né

demônio do caos real oficial
[latrice royale eat it.gif]

JUJU
O que você quer Alex????

> cadê meu discurso para milwaukee? eu sei que vc pegou

Vossa alteza Príncipe Babaca 💩
Vocês precisam mesmo ter essa
conversa no grupo?

JUJU
Parte dele precisava ser reescrita!!! Devolvi
com meus comentários no bolso de fora da sua
bolsa

                    davis vai te matar se vc continuar
                    fazendo isso

JUJU
Davis viu como minhas alterações nos pontos
de discussão deram certo no programa do
Seth Meyers da semana passada, então ele
aprendeu a lição

                    pq tem uma pedra aqui tb

JUJU
É um cristal de quartzo transparente para
claridade e boas vibrações, não enche.
Precisamos de toda a ajuda possível.

                    para de botar FEITIÇOS nas minhas COISAS

demônio do caos real oficial
QUEIMEM A BRUXA

ei o que achamos desse look pro lance de
eleitores universitários amanhã

[imagem enviada]

demônio do caos real oficial
estou indo de poeta lésbica deprimida que encontrou uma instrutora gata de ioga em um bar clandestino que a fez entrar pra meditação e pra cerâmica, e agora está começando uma vida nova como uma executiva poderosa vendendo sua própria linha de fruteiras artesanais

...

Vossa alteza Príncipe Babaca 💩
Ahazou, viado.

alskdjfadslfjad
NORA VC QUEBROU ELE

demônio do caos real oficial
kkkkkkkkk

O convite vem por correio aéreo diretamente do Palácio de Buckingham. Bordas douradas, caligrafia esguia: O PRESIDENTE E O COMITÊ ADMINISTRATIVO DOS CAMPEONATOS PEDEM O PRAZER DA COMPANHIA DE ALEXANDER CLAREMONT-DIAZ NO CAMAROTE REAL NO DIA 6 DE JULHO DE 2020.

Alex tira uma foto e manda mensagem para Henry:

1. mas que porra é essa? não tem nenhum pobre no seu país?
2. já estive no camarote real

Henry responde: **Você é um delinquente e uma praga**, e depois: **Por favor, vem?**

E lá está Alex, passando seu dia de folga da campanha em Wimbledon, só para ter seu corpo perto de Henry outra vez.

— Então, como avisei — Henry diz enquanto eles se aproximam das portas do Camarote Real —, Philip vai estar aqui. E outros nobres aleatórios com quem você talvez tenha de conversar. Gente com nomes como Basil.

— Acho que já provei que sou capaz de lidar com a realeza.

Henry parece desconfiado.

—Você é corajoso. Queria ser mais como você.

Dessa vez, o sol brilha forte sobre Londres quando eles saem, iluminando as arquibancadas em volta deles, que já estão quase cheias de espectadores. Ele nota David Beckham em um terno bem ajustado — de novo, como ele havia se convencido de que era hétero? — antes de David Beckham se virar e Alex ver que era com Bea que ele estava conversando, o rosto radiante quando os vê.

— Ei, Alex! Henry! — ela diz mais alto que o burburinho do camarote. Ela está linda, usando um vestido de seda verde-limão de cintura baixa e um par de óculos escuros redondos enormes da Gucci decorados com abelhas douradas.

— Você está maravilhosa — Alex diz, recebendo um beijo na bochecha.

— Ah, obrigada, querido — Bea diz. Ela dá o braço para Alex e Henry e os leva escada abaixo. — Sua irmã me ajudou a escolher o vestido, na verdade. É McQueen. Ela é genial, sabia?

— Já ouvi falar.

— É aqui — Bea diz quando chegam à primeira fileira. — Esses são os seus lugares.

Henry olha as almofadas verdes e luxuosas dos assentos cobertas pelo folheto grosso e brilhante com a programação de *WIMBLEDON 2020*, bem na frente do camarote.

— Na frente e no centro? — ele diz, um tom de nervosismo na voz. — Sério mesmo?

— Sim, Henry, caso você tenha esquecido, você é da realeza e este é o Camarote Real. — Ela aponta para os fotógrafos lá embaixo, que já estão tirando fotos deles, antes de se aproximar dos dois e cochichar: — Não se preocupem, não acho que consigam notar a cara de safados de vocês dois lá de baixo.

— Haha, Bea — Henry diz com a voz monótona e as orelhas rosadas e, apesar da apreensão, ele senta entre Alex e Bea, mantendo os cotovelos cuidadosamente junto ao corpo, fora do espaço de Alex.

Metade do dia já passou quando Philip e Martha chegam, o príncipe mais velho com a mesma beleza genérica de sempre. Alex se pergunta como a rica genética conspirou para deixar Bea e Henry tão interessantes de se olhar, com sorrisos marotos e maçãs do rosto marcadas, mas jogou tão sujo com Philip. Ele parece uma foto de banco de imagens.

— Bom dia — Philip diz enquanto assume o lugar reservado ao lado de Bea. Seus olhos passam por Alex duas vezes, e ele consegue sentir que Philip não acredita que o primeiro-filho teve permissão para entrar. Talvez seja estranho Alex estar aqui. Ele não se importa. Martha também está olhando estranho para ele, mas talvez ela simplesmente guarde rancor por causa do bolo de casamento.

— Boa tarde, Pip — Bea cumprimenta educadamente. — Martha.

Ao seu lado, Henry empertiga a coluna.

— Henry — Philip diz. A mão de Henry está tensa na programação em seu colo. — É bom te ver, garoto. Andou bastante ocupado, não é? Ano sabático e tudo mais?

Há uma implicação sob seu tom. *Por onde exatamente você andou? O que exatamente esteve fazendo?* Um músculo se flexiona no queixo de Henry.

— Sim — Henry diz. — Muito trabalho com Percy. Está uma loucura.

— Certo, a Fundação Okonjo, não é? — ele diz. — Pena que ele não pôde vir hoje. Acho que vamos ter que nos bastar com nosso amigo americano, então?

Com isso, ele volta um sorriso seco para Alex.

— Pois é — Alex diz, alto demais, e abre um sorriso largo.

— Embora eu ache que Percy ficaria um tanto deslocado no camarote, não ficaria?

— *Philip* — Bea diz.

— Ah, não seja dramática, Bea — Philip diz com desdém. — Só quis dizer que ele é um tipo peculiar, não é? Aqueles vestidos que ele usa? Um pouco demais para Wimbledon.

O rosto de Henry é calmo e simpático, mas um de seus joelhos se mexeu para pressionar o de Alex.

— Aquelas roupas se chamam *dashikis*, Philip, e ele usou uma vez.

— Certo — Philip diz. — Você sabe que não julgo. Apenas penso, sabe, lembra quando éramos mais novos e você passava mais tempo com meus amigos da faculdade? Ou o filho de lady Agatha, aquele que vive caçando codornas? Você poderia considerar ter mais amigos da mesma... estirpe.

A boca de Henry se mantém firme, mas ele não diz nada.

— Nem todos podemos ser melhores amigos do Conde de Monpezat feito você, Philip — Bea murmura.

— Em todo caso — Philip continua, ignorando a irmã —, é improvável que você encontre uma esposa se não andar pelos círculos certos, não acha? — Ele ri um pouco e volta a assistir à partida.

— Se me derem licença — Henry diz. Ele joga a programação no assento e desaparece.

Dez minutos depois, Alex o encontra no salão do clube perto de um vaso gigante de flores fúcsia medonhas. Seus olhos se fixam em Alex no instante em que o vê, o lábio no mesmo tom de vermelho furioso que a bandeira britânica em seu bolso.

— Olá, Alex — ele diz, com a voz plácida.

Alex entende o tom.

— Oi.

— Alguém já lhe mostrou o clube?

— Não.

— Então vamos lá.

Henry toca dois dedos na parte de trás de seu cotovelo, e Alex obedece imediatamente.

Descendo por um lance de escadas, passando por uma porta lateral escondida e outro corredor oculto, há uma salinha cheia de cadeiras e roupas de mesa e uma raquete de tênis velha e abandonada. Assim que a porta se fecha atrás deles, Henry joga Alex contra ela.

Ele chega bem perto de Alex, mas não o beija. Para a milímetros de distância, as mãos no quadril de Alex e a boca entreaberta em um sorriso enviesado.

— Sabe o que eu quero? — ele diz, a voz tão baixa e quente que arde pelo peito de Alex, até seu coração.

— O quê?

— Eu quero — ele diz — fazer exatamente o oposto do que deveria estar fazendo agora.

Alex ergue o queixo, um sorriso desafiador.

— Então me diga o que fazer, querido.

E Henry, lambendo o canto da própria boca, puxa com força para soltar o cinto de Alex e diz:

— Me come.

— Bom — Alex geme —, já que estamos em Wimbledon.

Henry dá uma risada rouca e se abaixa para beijá-lo, a boca aberta e ansiosa. Ele está se movendo rápido, sabendo que eles não têm muito tempo, seguindo rapidamente o comando de Alex quando ele geme e puxa seus ombros para mudar de posição. Ele coloca as costas de Henry contra o peito, as palmas de Henry apoiadas na porta.

— Só para entender — Alex diz —, estou prestes a transar com você neste almoxarifado por raiva da sua família. Tipo, é isso que está pegando?

Henry, que aparentemente vinha carregando o seu lubrificante de bolso esse tempo todo no paletó, diz:

— Exato — e o passa para Alex.

— Legal, adoro fazer coisas por raiva — ele diz, sem nenhum sarcasmo, e abre as pernas de Henry com o pé.

Deveria ser... deveria ser engraçado. Deveria ser sexy, idiota, ridículo, obsceno, mais uma aventura sexual selvagem para colocar na lista. E é, mas... também não deveria dar a impressão de que é a última vez, como se Alex pudesse morrer se parasse em algum momento. Há um riso em sua boca, mas nunca sai de seus lábios, porque ele sabe que o que está fazendo é ajudar Henry a passar por um momento difícil. Rebeldia.

Você é corajoso. Queria ser mais como você.

Depois, ele beija a boca de Henry com força, enfia os dedos no fundo do cabelo dele, tira seu ar. Henry sorri esbaforido contra o pescoço dele, parecendo extremamente satisfeito consigo mesmo, e diz:

— Acho que já tive o bastante de tênis por hoje, e você?

Eles saem às escondidas atrás de uma multidão, cercados por seguranças reais e guarda-chuvas e, de volta a Kensington, Henry leva Alex para seus aposentos.

O seu "apartamento" é um labirinto gigantesco de vinte e dois cômodos no lado noroeste do palácio, mais próximo do Laranjal. Ele o divide com Bea, mas não tem quase nada dos dois nos pés-direitos altos e nos móveis pesados e estofados. O que tem é mais de Bea do que Henry: uma jaqueta de couro pendurada no encosto de uma chaise, o sr. Wobbles se lambendo em um canto, uma pintura a óleo holandesa do século XVII em um patamar literalmente chamada *Mulher em seu toalete* que só Bea poderia ter escolhido da coleção real.

O quarto de Henry é mais cavernoso, opulento e insuportavelmente bege do que Alex poderia imaginar, com uma cama barroca dourada e janelas que dão para os jardins. Ele observa Henry tirar o terno e imagina ter de morar ali, se perguntando se Henry simplesmente não pode escolher a decoração dos seus aposentos ou se nunca quis pedir algo diferente. Todas as noites em que Henry não consegue dormir, apenas vagando por esses aposentos infinitos e impessoais, como um pássaro preso em um museu.

O único cômodo que realmente tem um ar tanto de Henry como de Bea é uma salinha no segundo andar convertida em um estúdio de música. As cores são mais ricas ali: tapetes turcos vermelho-escuros e violeta tecidos à mão, um sofá cor de tabaco. Pequenos pufes e mesas de quinquilharias brotam do chão como cogumelos, e as paredes são cobertas por guitarras Stratocaster e Flying V, violinos, uma variedade de harpas, um violoncelo robusto apoiado no canto.

No centro da sala fica o piano de cauda, e Henry senta diante dele e toca algumas notas, brincando com a melodia de algo que lembra uma música antiga do The Killers. David, o beagle, cochila tranquilamente perto dos pedais.

— Toca alguma coisa que eu não conheça — Alex diz.

Na escola, no Texas, ele era o mais culto da turma de esportistas porque era um nerd de livros, um viciado em política, o único atleta da escola que debatia as maiores complexidades do caso de Dred Scott em História Avançada dos Estados Unidos. Ele escuta Nina Simone e Otis Redding, gosta de uísque caro. Mas Henry tem um compêndio inteiramente diferente de conhecimento.

Por isso, ele apenas escuta, assente e sorri enquanto Henry explica que *esse* é o som de Brahms e *esse* é o som de Wagner e que eles estavam em lados opostos do movimento romântico.

— Consegue notar a diferença aqui? — Suas mãos se movimentam de maneira ágil, quase sem esforço, mesmo enquanto ele desata a contar sobre a Guerra dos Românticos e que a filha de Liszt largou o marido para ficar com Wagner, *quel scandale*.

Ele passa para uma sonata de Alexander Scriabin, piscando para Alex por causa do primeiro nome do compositor. O andante — o terceiro movimento — é seu preferido, ele explica, porque leu, faz um tempo, que foi escrito para evocar a imagem de um castelo em ruínas, o que achou sombriamente engraçado na época. Ele fica em silêncio, concentrado, perdido na música por longos minutos. Então, sem aviso, muda outra vez, acordes turbulentos retornando a algo conhecido — Elton John. Henry fecha os olhos, tocando de cabeça. É "Your Song". *Ah*.

O coração de Alex não se derrama em seu peito, e ele não precisa apertar a beira do sofá para se acalmar. Porque isso é o que ele faria se estivesse neste palácio prestes a se apaixonar por Henry, e não apenas para continuar com esse lance em que eles viajam pelo mundo para pôr as mãos um no outro e nunca conversar sobre isso. Não é por isso que ele está aqui. Não é.

Eles se beijam preguiçosamente pelo que parecem horas no sofá —

Alex quer transar no piano, mas é uma relíquia inestimável e tal — e sobem cambaleantes para o quarto de Henry, a cama palaciana. Henry deixa Alex acabar com ele com uma paciência e uma precisão minuciosas, geme o nome de Deus tantas vezes que o quarto parece consagrado.

Ele leva Henry além de seus limites, derretido e deslumbrado sobre os lençóis luxuosos. Alex passa quase uma hora tirando tremores dele, fascinado pelas expressões elaboradas de espanto e agonia prazerosa que surgem em seu rosto, roçando as pontas dos dedos em seu maxilar, seus tornozelos, a parte de trás de seus joelhos, os ossinhos no dorso de suas mãos, a curva de seu lábio inferior. Ele toca e toca até levar Henry a mais um limite apenas com a ponta dos dedos, apenas com a respiração dentro de suas coxas, a promessa da boca de Alex onde ele havia encostado os dedos antes.

Henry diz as mesmas duas palavras da sala secreta em Wimbledon, dessa vez seguidas por: "Por favor, eu preciso". Ele ainda não consegue acreditar que Henry possa falar desse jeito, que ele seja o único que possa ouvir.

Então obedece.

Quando eles voltam à terra, Henry praticamente desmaia no peito de Alex sem dizer uma palavra, fraco e esgotado, e Alex ri baixinho, faz carinho no cabelo suado dele e escuta os roncos baixos que vêm quase em seguida.

Mas ele demora horas para pegar no sono.

Henry fica babando nele. David sobe na cama e deita perto dos seus pés. Em poucas horas, Alex vai ter que estar no avião para voltar às preparações do Comitê Nacional do Partido Democrata, mas ele não consegue dormir. É o fuso horário. Só o fuso horário.

Ele se lembra, como se a mil quilômetros de distância, de dizer a Henry para não pensar demais nisso.

— Como seu presidente — Jeffrey Richards diz em uma das telas planas no gabinete da campanha —, uma das minhas muitas prioridades será incentivar os jovens a se envolver mais no governo. Para mantermos nosso controle do Senado e recuperarmos a Câmara, precisamos que a próxima geração aja e entre para a luta.

O Comitê Republicano da Universidade Vanderbilt aplaude na transmissão ao vivo, e Alex finge vomitar em cima de seu mais novo rascunho de anteprojeto de lei.

— Por que não sobe aqui, Brittany? — Uma estudante loira bonitinha se junta a Richards no pódio, e ele coloca um braço em volta dela. — Brittany foi a principal organizadora com que trabalhamos para esse evento, e ela fez um trabalho incrível para nos trazer um público tão espetacular!

Mais aplausos. Um funcionário de meio escalão atira uma bola de papel na tela.

— São jovens como Brittany que nos dão esperanças para o futuro de nosso partido. É por isso que tenho o prazer de anunciar que, como presidente, vou lançar o programa Congresso da Juventude Richards. Outros políticos não querem que as pessoas, especialmente jovens com discernimento como vocês, cheguem perto de nossos gabinetes e vejam como tudo é feito...

quero ver sua avó e esse demônio filho da puta que está concorrendo contra a minha mãe lutarem numa gaiola, Alex manda para Henry ao voltar para o cubículo.

São os últimos dias antes do Comitê Nacional Democrata, e faz uma semana que a cafeteira não para cheia. As caixas de entrada do gabinete de políticas públicas estão transbordando desde que eles liberaram a plataforma oficial dois dias atrás, e Hunter de Boston está disparando e-mails como se sua vida dependesse disso. Ele não falou mais nada sobre o surto de Alex do mês passado, mas começou a usar fones de ouvido para poupá-lo de suas escolhas musicais.

Ele digita outra mensagem, desta vez para Luna: **pode por favor ir ao programa do anderson cooper ou sei lá e explicar aquele parágrafo sobre lei tributária que você escreveu secretamente para a plataforma pras pessoas pararem de perguntar? sem tempo, irmão.**

Ele passou a semana toda mandando mensagens para Luna, desde que a campanha de Richards vazou que eles nomearam um senador independente para um futuro cargo. O velho miserável do Stanley Connor recusou terminantemente todos os últimos pedidos de apoio — no fim, Luna contou a Alex em segredo que eles tiveram sorte de Connor não ter tentado concorrer contra eles nas primárias. Não é nada oficial, mas todos sabem que é Connor quem vai entrar para a chapa de Richards. Mas, se Luna sabe quando o anúncio vai acontecer, ele não está dizendo.

É uma semana e tanto. As pesquisas não estão indo tão bem, Paul Ryan está sendo um hipócrita em relação à Segunda Emenda, e tem uma matéria da *Salon* rolando: SERÁ QUE ELLEN CLAREMONT TERIA SIDO ELEITA SE NÃO FOSSE CONSIDERADA BONITA? Alex tem certeza que apenas as sessões de meditação matinal impedem a sua mãe de estrangular um assistente a qualquer momento.

Já ele sente falta da cama de Henry, do corpo de Henry, de Henry e de um lugar a milhares de quilômetros da linha de montagem da campanha. Aquela noite em Wimbledon uma semana atrás parece saída de um sonho agora, ainda mais atormentadora porque Henry está passando alguns dias em Nova York para tratar da papelada para um abrigo para jovens LGBT no Brooklyn. O dia não tem horas suficientes para Alex encontrar uma justificativa para ir até lá e, por mais que o mundo adore a amizade pública entre eles, suas desculpas plausíveis para serem vistos juntos estão se esgotando.

Esta vez não é nada parecida com sua primeira viagem esbaforida para o Comitê Nacional Democrata em 2016. O pai deles tinha sido o representante que anunciou os votos da Califórnia. Alex e June apresentaram a mãe antes do discurso de agradecimento dela, e as mãos de June estavam tremendo, mas as dele estavam firmes. A multidão vibrava, e o coração de Alex vibrava em resposta.

Neste ano, eles estão todos exaustos e de cabelo em pé por tentar governar o país e uma campanha ao mesmo tempo e uma noite de Comitê já é demais. Na segunda noite da convenção, eles sobem no Air Force One — seria o Marine One, mas nem todos caberiam em um helicóptero.

— Você fez uma análise do custo-benefício disso? — Zahra está falando no celular durante a decolagem. — Porque você sabe que estou certa, e esses patrimônios podem ser transferidos a qualquer momento se você discordar. Sim. É, eu sei. Tudo bem. Foi o que pensei. — Uma longa pausa, depois, muito baixo: — Também te amo.

— Hm — Alex diz quando ela desliga. — Algo que queira compartilhar com a turma?

Zahra nem tira os olhos do celular.

— Sim, era meu namorado e, não, você não pode fazer mais perguntas sobre ele.

June fecha o caderno com um interesse repentino.

— Como você pode ter um namorado sem que a gente saiba?

— Vejo você com mais frequência do que vejo cuecas limpas — Alex diz.

— Você não está trocando de cueca com frequência, meu bem — sua mãe intervém do outro lado da cabine.

— Às vezes eu não uso — Alex diz com indiferença. — Esse por acaso não é um namorado inventado, é? Ele — ele faz aspas no ar — "mora longe daqui"?

— Você está realmente decidido a ser jogado de uma escotilha de emergência, hein? — ela diz. — É um relacionamento à distância. Nada além disso. Chega de perguntas.

Cash também intervém, insistindo que ele merece saber já que é o guru do amor da equipe, e há um debate sobre informações apropriadas para compartilhar com seus colegas de trabalho, o que é engraçado considerando o quanto Cash já sabe sobre a vida pessoal de Alex. Eles estão rodeando Nova York quando June para de falar de repente, voltando a se concentrar em Zahra, que ficou em silêncio.

— Zahra?

Alex se vira e vê Zahra completamente imóvel, algo tão diferente de sua agitação habitual que todos também ficam paralisados. Ela está olhando fixamente para o celular, boquiaberta.

— Zahra — sua mãe repete, muito séria. — O que aconteceu?

Ela finalmente ergue os olhos, a mão firme no celular.

— O *Post* acabou de revelar o nome do senador independente que vai entrar para o gabinete de Richards — ela diz. — Não é Stanley Connor. É Rafael Luna.

— *Não* — June repete. Ela está segurando os saltos na mão, os olhos brilhantes sobre a luz morna perto do elevador do hotel onde eles combinaram o encontro. Sua trança está se desfazendo em fios rebeldes. — Você já tem sorte de eu aceitar falar com você, então é isso ou nada.

O repórter do *Post* hesita, os dedos vacilando no gravador. Desde que eles pousaram em Nova York, ele vinha atormentando June em seu celular pessoal para conseguir umas aspas dela a respeito da convenção, e agora está insistindo para ouvir algo sobre Luna. June não costuma ser uma pessoa nervosa, mas foi um dia longo, e parece faltar pouco para ela cravar um daqueles saltos no olho do homem.

— E você? — ele pergunta a Alex.

— Se ela não vai falar, eu muito menos — Alex diz. — Ela é muito mais boazinha do que eu.

June estala os dedos na frente dos óculos de hipster, os olhos em chamas.

— Você não vai falar com ele — June diz. — Essas são as minhas aspas: minha mãe, a presidenta, ainda pretende vencer essa eleição. Estamos aqui para apoiá-la e incentivar o partido a se manter unido por ela.

— Mas quanto ao senador Luna…

— Obrigada. Vote Claremont — June diz, tensa, cobrindo a boca de Alex. Ela o puxa para dentro do elevador que chegou, dando uma cotovelada nele quando ele lambe a palma da mão dela.

— Aquele maldito traidor do caralho — Alex diz quando eles chegam ao andar. — Filho da puta duas caras! Eu… eu ajudei a eleger aquele cuzão. Pedi votos para ele por vinte e sete horas seguidas. Fui ao casamento da irmã dele. Decorei o maldito pedido dele na lanchonete!

— Caralho, Alex, eu sei — June diz, enfiando o cartão-chave na abertura.

— Como aquele bostinha com cara de Vampire Weekend tinha seu número pessoal, aliás?

June atira os sapatos na cama, que quicam e caem no chão em direções diferentes.

— Porque transei com ele no ano passado, Alex, o que você acha? Você não é o único que toma decisões sexuais idiotas quando está estressado. — Ela se joga na cama e começa a tirar os brincos. — Só não entendo qual é o objetivo. Tipo, qual é a intenção do Luna aqui? Ele é algum tipo de espião enviado do futuro para me causar uma úlcera de estresse?

Está tarde — eles chegaram a Nova York depois das nove, se jogando em reuniões de gestão de crise durante horas. Alex ainda está elétrico, mas, quando June ergue o rosto, ele consegue ver que parte do brilho em seus olhos começa a parecer lágrimas de frustração, e se acalma um pouco.

— Se eu tivesse que chutar, Luna acha que vamos perder — ele diz baixo — e acha que pode ajudar a forçar Richards para a esquerda se entrar para a chapa dele. Tipo, apagando o fogo de dentro da casa.

June olha para ele, cansada, examinando seu rosto. Ela pode ser a mais velha, mas política é a área de Alex, não a dela. Ele teria escolhido essa vida se tivessem lhe dado a opção; ela não.

— Acho que... eu preciso dormir. Por, tipo, um ano. Pelo menos. Me acorda depois da eleição.

— Tá, Juju — Alex diz. Ele beija o topo da cabeça dela. — Pode deixar.

— Obrigada, irmãozinho.

— Não me chame assim.

— Mini-irmãozinho minusculozinho.

—Vai se foder.

—Vai pra cama.

Cash está esperando por ele no corredor, tendo trocado o terno por roupas comuns.

— Conseguindo segurar as pontas? — ele pergunta a Alex.

—Assim, meio que preciso.

Cash dá um tapinha no ombro dele com sua mão gigantesca.

—Tem um bar lá embaixo.

Alex considera.

—Tá, tudo bem.

Felizmente, o hotel Beekman está calmo a essa hora, e o bar está à meia-luz, com tons quentes e matizados de dourado nas paredes e couro verde-escuro nas banquetas de encosto alto. Alex pede um uísque puro.

Ele olha o celular, engolindo em seco a frustração junto com o uísque. Três horas atrás, ele mandou uma mensagem sucinta para Luna: **mas que porra é essa?** Uma hora atrás, recebeu em resposta: **Não espero que você entenda.**

Ele quer ligar para Henry. Ele acha que faz sentido — eles sempre foram pontos fixos no mundo um do outro, pequenos polos magnéticos. Algumas leis de física fariam bem agora.

Deus, como o uísque o deixa piegas. Ele pede outro.

Ele está considerando mandar mensagem para Henry, embora ele provavelmente esteja do outro lado do Atlântico, quando uma voz envolve seu ouvido, quente e suave. Ele tem certeza que não está imaginando coisas.

— Quero uma gim-tônica, por favor — ele diz, e lá está Henry em carne e osso, sentado ao lado dele no balcão, com o ar um pouco desgrenhado, camisa cinza-claro e jeans. Alex pensa por um segundo insano que seu cérebro conjurou algum tipo de miragem sexual induzida pelo estresse, quando Henry diz, baixando a voz: — Que imagem trágica essa de você bebendo sozinho.

Definitivamente o verdadeiro Henry, então.

—Você está... O que você tá fazendo aqui?

— Sabe, como representante de um dos países mais poderosos do mundo, consigo me manter a par da política internacional.

Alex ergue uma sobrancelha.

Henry inclina a cabeça, acanhado.

— Mandei Pez para casa sem mim porque fiquei preocupado.

— Aí está — Alex diz com uma piscadinha. Ele pega o copo para esconder o que imagina ser um pequeno sorriso triste; o gelo estala contra seus dentes. — Não diga o nome daquele filho da puta.

— Saúde — Henry diz quando o barman volta com seu drinque.

Henry dá o primeiro gole, sugando o suco de limão do polegar, e, porra, ele está lindo. Suas bochechas e seus lábios estão corados, o brilho do calor do verão do Brooklyn a que seu sangue inglês não está acostumado. Parece algo macio e felpudo em que Alex quer se afundar, e ele se dá conta de que o nó de ansiedade em seu peito finalmente relaxou.

É raro alguém além de June se esforçar para saber como ele está. Isso, em grande parte, é culpa dele, uma barricada de charme, monólogos intermitentes e independência teimosa. Henry olha para ele como se não se deixasse enganar por nada disso.

— Toma logo esse drinque, Gales — Alex diz. — Tenho uma cama gigante lá em cima chamando meu nome. — Ele muda de posição no banco, deixando um de seus joelhos roçar os de Henry embaixo do balcão, abrindo as pernas dele.

Henry estreita os olhos para ele.

— Mandão.

Eles ficam sentados até Henry terminar a bebida, Alex ouvindo o murmúrio relaxante de Henry falando sobre marcas diferentes de gim, grato por ele parecer contente em guiar a conversa sozinho dessa vez. Ele fecha os olhos, deseja que os desastres do dia passem, e tenta esquecer. Ele se lembra das palavras de Henry no jardim meses atrás: "Você já se perguntou como seria viver como uma pessoa anônima?".

Se ele tivesse outra vida, teria vinte e dois anos e estaria um pouco bêbado, guiando um cara para seu quarto de hotel pela fivela do cinto. Ele estaria puxando um lábio entre os dentes, tateando com a mão atrás do corpo para ligar o abajur e pensando: "Eu gosto dessa pessoa".

Eles se separam e, quando Alex abre os olhos, Henry o observa.

—Tem certeza que não quer conversar?

Alex resmunga.

A questão é que, sim, ele quer, e Henry também sabe disso.

— É que... — Alex começa. Ele anda para trás, as mãos nos quadris. — Era pra eu ser ele daqui a vinte anos, entende? Eu tinha quinze quando o conheci, e fiquei... deslumbrado. Ele era tudo que eu queria ser. Ele se importava com as pessoas, e em fazer o trabalho porque era a coisa certa a fazer, porque estávamos melhorando a vida dos outros.

Sob a luz fraca da única lâmpada, Alex se vira e senta na beira da cama.

— Nunca tive tanta certeza de que queria entrar pra política como quando fui pra Denver. Eu vi aquele jovem gay que se parecia comigo, dormindo à mesa porque queria que os alunos de escolas públicas do estado dele tivessem merenda gratuita, e pensei, tipo, eu posso fazer isso. Sinceramente não sei se sou bom ou inteligente o suficiente para ser como algum dos meus pais. Mas *aquilo* eu podia ser. — Ele baixa a cabeça, nunca se ouviu dizer essa última parte em voz alta antes. — E agora estou sentado aqui pensando naquele filho da puta vendido, então talvez seja tudo mentira, e eu realmente não passe de um moleque ingênuo que acredita em merdas mágicas que não acontecem no mundo de verdade.

Henry se aproxima e para na frente de Alex, com a coxa encostada na parte de dentro do joelho dele, e baixa a mão para acalmar sua inquietação nervosa.

— A escolha de outra pessoa não muda quem você é.

— Parece que muda — Alex diz a ele. — Eu queria acreditar que tem pessoas boas fazendo esse trabalho porque querem fazer o bem. Fazendo as coisas certas na maior parte do tempo e a maioria das coisas pelos motivos certos. Eu queria ser o tipo de pessoa que acredita nisso.

A mão de Henry se move, subindo pelos ombros de Alex, pela curva de sua garganta, por baixo de seu queixo e, quando Alex finalmente olha para cima, os olhos de Henry são firmes e suaves.

—Você ainda é. Porque você ainda se importa pra caramba. — Ele se abaixa e dá um beijo no cabelo de Alex. — E você é bom. A maioria das coisas é horrível na maior parte do tempo, mas você é bom.

Alex respira fundo. Henry tem um jeito de ouvir o fluxo errático de consciência que sai da boca dele e responder com a verdade mais clara e cristalina que Alex não conseguia enxergar. Se a cabeça do primeiro-filho é uma tempestade, Henry é o ponto onde o trovão atinge a terra.

Alex deixa Henry empurrá-lo de costas na cama e beijá-lo até sua mente se esvaziar, deixa Henry despi-lo com cuidado. Ele se pressiona contra Henry e sente os músculos tensos de seus ombros começarem a relaxar, como Henry fala das velas de seus barcos sendo desenroladas.

Henry beija sua boca de novo e de novo e diz baixo:
—Você é bom.

As batidas na porta começam cedo demais para o gosto de Alex. Elas são tão cortantes que ele sabe que Zahra está do outro lado antes mesmo de ela falar, e se pergunta por que ela não ligou até pegar o celular e o encontrar sem bateria. Merda. Isso explica o despertador não ter tocado.

— Alex Claremont-Diaz, são quase sete horas — Zahra grita do outro lado da porta. — Você tem uma reunião de estratégia em quinze minutos e eu tenho a chave, então não dou a mínima se estiver pelado, se você não abrir a porta em trinta segundos, eu vou entrar.

Ao esfregar os olhos, ele se dá conta de que, sim, está extremamente pelado. Um olhar rápido sobre o corpo pressionado contra suas costas: Henry, completamente pelado também.

— Ah, puta que pariu — Alex exclama, sentando tão rápido que se enrosca na coberta e cai de lado da cama.

— *Blurgh* — Henry geme.

— Puta merda — diz Alex, cujo vocabulário agora se resume a palavrões, pelo visto. Ele se solta das cobertas enquanto procura sua calça chino. — Cacete do caralho.

— Quê — Henry diz devagar para o teto.

— Consigo ouvir você aí dentro, Alex, juro por Deus...

Há outro barulho na porta, como se Zahra a tivesse chutado, e

Henry pula da cama também. Ele é uma visão e tanto, com uma expressão de pânico desnorteado e mais nada no corpo. Ele olha de soslaio para a cortina, como se considerasse se esconder atrás dela.

— Jesus do inferno — Alex continua enquanto se atrapalha para vestir a calça. Ele pega uma camisa e uma cueca ao acaso do chão, as joga para Henry e aponta na direção do armário. — Entra ali.

— Interessante — ele observa.

— Sim, depois podemos falar da simbologia irônica por trás disso. Vai — Alex diz, e Henry obedece e, quando a porta se abre, lá está Zahra com sua garrafa térmica e uma expressão no rosto que diz que ela não fez um mestrado para virar babá de um homem adulto que, por acaso, é parente da presidenta.

— Hm, bom dia — ele diz.

Os olhos de Zahra perpassam o quarto — os lençóis no chão, os dois travesseiros amassados, os dois celulares na mesa de cabeceira.

— Quem é ela? — ela questiona, andando até o banheiro e abrindo a porta como se fosse encontrar uma atriz iniciante de Hollywood na banheira. — Você deixou que ela trouxesse um *celular* para cá?

— Ninguém, meu Deus — Alex diz, mas sua voz se afina no meio da frase. Zahra arqueia uma sobrancelha. — Que foi? Fiquei meio bêbado ontem à noite, só isso. Tranquilo.

— Sim, é muito, muito tranquilo que você vá passar o dia de hoje de ressaca — Zahra diz, o encarando.

— Estou bem — ele diz. — Está tudo bem.

De repente, há uma série de baques na porta do armário e Henry, com a cueca de Alex no meio das coxas, literalmente tomba para fora do armário.

É, Alex pensa quase histérico, *tá aí um trocadilho visual perfeito*.

— É... — Henry diz no chão. Ele termina de vestir a samba-canção de Alex. Pisca. — Olá.

O silêncio se estende.

— Eu... — Zahra começa. — Será que quero que você explique pra mim que porra está acontecendo? Literalmente como ele veio parar aqui, física ou geograficamente, e por quê... não, chega. Não me responde. Não me fala nada. — Ela desenrosca a tampa da garrafa térmica e toma um gole de café. — Ai, meu Deus, fui eu que fiz isso? Nunca pensei... quando organizei... ai, meu Deus.

Henry levantou do chão e vestiu uma camisa, e suas orelhas estão vermelho-vivas.

— Acho que, talvez, se ajudar. Foi. É. Bastante inevitável. Ao menos para mim. Então, você não deveria se culpar.

Alex olha para ele, tentando pensar em algo para acrescentar, quando Zahra crava uma unha em seu ombro.

— Bom, espero que tenha sido divertido, porque, se alguém um dia descobrir isso, estamos todos fodidos — Zahra diz. Ela aponta para Henry. — Você também. Posso supor que não preciso pedir para assinar um termo de confidencialidade?

— Já assinei um para ele — Alex diz, enquanto as orelhas de Henry passam de vermelhas a um tom preocupante de roxo. Seis horas atrás, ele estava pegando no sono afundado no peito de Henry e, agora, está aqui seminu, conversando sobre burocracia. Ele odeia a porra da burocracia. — Acho que cobre isso.

— Ah, maravilha — Zahra diz. — Que bom que vocês pensaram nisso direito. Ótimo. Há quanto tempo isso está acontecendo?

— Desde, é... O Ano-Novo — Alex responde.

— *Ano-Novo?* — Zahra repete, os olhos arregalados. — Isso está acontecendo há *sete meses*? É por isso que você... Meu Deus, achei que você estivesse começando a se interessar por relações internacionais ou coisa do tipo.

— Assim, tecnicamente...

— Se você terminar essa frase, vou acabar passando a noite na cadeia.

Alex se crispa.

— Por favor, não conta pra minha mãe.

— *Sério?* — ela sussurra, furiosa. — Você está literalmente enfiando o pau no *líder de um país estrangeiro*, que é um *homem*, no *maior evento político antes da eleição*, em um hotel cheio de *repórteres*, em uma cidade cheia de *câmeras*, em uma disputa tão acirrada que pode virar com uma merda dessas, concretizando um dos meus *maiores pesadelos de estresse*, e está me pedindo para *não* contar para a presidenta?

— Hm. Sim? Eu não, é, saí do armário pra ela. Ainda.

Zahra pestaneja, pressiona os lábios um no outro, e solta um barulho como se estivesse sendo estrangulada.

— Escuta — ela diz. — Não temos tempo para lidar com isso agora, e sua mãe tem coisas demais na cabeça dela para lidar com a porra da crise sexual do filho de vinte e poucos anos na OTAN, então... não vou contar para ela. Mas, depois que a convenção acabar, você vai ter que contar.

— Certo — Alex diz com um suspiro.

— Faria alguma diferença se eu mandasse vocês não se verem mais?

Alex olha para Henry, com a cara desgrenhada e nauseada e apavorada no canto da cama.

— Não.

— Puta que pariu do céu — ela diz, esfregando a palma da mão na testa. — Toda vez que eu te vejo, eu perco um ano de vida. Eu vou descer, e é melhor que você esteja vestido lá embaixo em cinco minutos para podermos tentar salvar essa maldita campanha. E *você* — ela parte para cima de Henry —, você precisa voltar para a porra da Inglaterra agora e, se alguém te vir saindo, eu mesma vou acabar com a sua raça. Não pense que tenho medo da coroa.

— Entendido — ele diz com a voz fraca.

Zahra dispara um último olhar contra ele, dá meia-volta, e sai a passos largos do quarto, batendo a porta atrás de si.

Nove

— Certo — ele diz.

Sua mãe está sentada do outro lado da mesa, as mãos cruzadas, olhando para ele com expectativa. As palmas das mãos dele começaram a suar. A sala é pequena, uma das menores na Ala Oeste. Alex sabe que poderia ter pedido para almoçar com ela ou coisa assim, mas, bom, ele meio que entrou em pânico.

É melhor acabar logo com isso.

— Eu andei, hm — ele começa. — Descobrindo algumas coisas sobre mim recentemente. E... Queria que você soubesse, porque você é minha mãe e quero que você faça parte da minha vida, e não quero esconder coisas de você. E também é, hm, relevante para a campanha, de um ponto de vista de imagem.

— Certo — Ellen diz, com a voz neutra.

— Certo — ele repete. — Então. Bom. Descobri que não sou hétero. Na verdade, sou bissexual.

A expressão dela se alivia, e ela ri, descruzando as mãos.

— Ah, é isso, meu bem? Meu Deus, estava com medo que fosse algo pior! — Ela estende o braço sobre a mesa, cobrindo a mão com a dele. — Que ótimo, filho. Fico muito feliz que tenha me contado.

Alex sorri em resposta, a bolha de ansiedade em seu peito diminuindo um pouco, mas há mais uma bomba a ser lançada.

— Hm. Tem mais uma coisa. Eu meio que... conheci uma pessoa.

Ela inclina a cabeça.

— Conheceu? Bom, fico feliz por você, espero que tenha dado toda a papelada para ele...

— É, bom — ele a interrompe. — É o Henry.

Um segundo. Ela franze a testa, suas sobrancelhas se unindo.

— Henry...?

— Isso, Henry.

— Henry, o... príncipe?

— Isso.

— Da Inglaterra?

— Isso.

— Então, não é outro Henry?

— Não, mãe. Príncipe Henry. De Gales.

— Pensei que você o odiasse? — ela diz. — Ou... agora vocês são amigos?

— As duas coisas foram verdades em momentos diferentes. Mas, bom, agora nós, tipo, somos um lance. Temos. Um lance. Há, tipo, uns sete meses? Acho?

— En... entendi.

Ela olha fixamente para ele por um longo minuto. Ele se ajeita desconfortavelmente na cadeira.

De repente, ela está com o celular na mão e levanta, empurrando a cadeira com o pé por baixo da mesa.

— Certo, vou esvaziar minha agenda para essa tarde — ela diz. — Preciso, hm, de tempo para preparar alguns materiais. Você vai estar livre daqui a uma hora? Podemos nos reencontrar aqui. Vou pedir comida. Traga seu passaporte e todos os recibos e documentos pertinentes que tiver, amor.

Ela não espera para ouvir se ele vai estar livre, apenas volta a sair da sala e desaparece no corredor. A porta mal acabou de se fechar quando uma notificação aparece no celular dele. CONVITE DE CALENDÁRIO DE MÃE: 14H. PRIMEIRO ANDAR DA ALA OESTE, REUNIÃO DE ÉTICA INTERNACIONAL & IDENTIDADE SEXUAL.

Uma hora depois, há várias embalagens de comida chinesa e um

PowerPoint na tela. O primeiro slide diz: EXPERIÊNCIAS SEXUAIS COM MONARCAS ESTRANGEIROS: UMA ZONA CINZENTA. Alex se pergunta se ainda dá tempo de pular do terraço.

— Certo — ela diz quando ele senta, praticamente com o mesmo tom que ele usou com ela antes. — Antes de começarmos... quero deixar claro que te amo e te apoio sempre. Mas isto é, para ser muito franca, um desastre do ponto de vista logístico e ético, então precisamos garantir que temos tudo alinhado. Está bem?

O slide seguinte é intitulado: EXPLORAR A SUA SEXUALIDADE: SAUDÁVEL, MAS PRECISA SER COM O PRÍNCIPE DA INGLATERRA? Ela pede desculpas por não ter tido tempo para pensar em títulos melhores. Alex deseja fortemente o doce alívio da morte.

O que vem depois é: FINANCIAMENTO FEDERAL, CUSTOS DE VIAGENS, ENCONTROS SEXUAIS E VOCÊ.

Ela está mais preocupada em garantir que ele não usou nenhum jato particular financiado pelo governo federal para ver Henry para fins exclusivamente pessoais — ele não usou — e em fazê-lo preencher várias papeladas para se safarem. Parece frio e errado, ticar itens sobre o relacionamento deles, ainda mais porque metade se referia sobre coisas que ele nem discutiu com Henry ainda.

É agonizante, mas uma hora acaba, e ele não morreu, o que já é alguma coisa. A mãe dele pega o último formulário e o coloca em um envelope com o restante. Ela o deixa de lado e tira os óculos de leitura, colocando-o de lado também.

— Então — ela diz. — A questão é a seguinte. Sei que coloco muita pressão em você, filho. Mas faço isso porque confio em você. Você é um tonto, mas confio no seu bom senso. Prometi anos atrás que nunca te mandaria ser algo que não é. Então não vou ser a presidenta nem a mulher que vai te proibir de sair com esse menino.

Ela toma fôlego de novo, esperando que Alex mostre que entendeu.

— Mas — ela continua — isso é importante pra caralho. Não é só um coleguinha de faculdade ou um estagiário. Você precisa pensar muito bem porque está colocando você mesmo e sua carreira e, acima de tudo, essa campanha e toda essa administração em risco. Sei que você é jovem, mas essa é uma decisão para a vida toda. Mesmo que não continue com ele para sempre, se as pessoas descobrirem, isso vai te perseguir para sempre. Por isso, você precisa pensar se o que sente por ele é para sempre. E, se não for, precisa cair fora.

Ela coloca as mãos na mesa diante dela, e o silêncio paira no ar entre eles. Alex sente seu coração subir pela garganta.

Para sempre. Parece uma expressão impossível de tão enorme, que ele precisa de mais uns dez anos para entender.

— Além disso — ela diz. — Desculpa fazer isso, meu bem. Mas você está fora da campanha.

Alex volta à realidade de repente, um frio na barriga.

— Espera, não...

— Isso não está aberto a discussão, Alex — ela diz, e parece chateada, mas ele conhece bem demais a firmeza na expressão dela. — Não posso colocar isso em risco. Você está muito perto do sol. Vamos falar para a imprensa que você está se concentrando em outras opções de carreira. Vou pedir para esvaziarem sua mesa durante o fim de semana.

Ela estende a mão, e Alex baixa os olhos para a mão dela, as linhas fundas na palma, até a ficha cair.

Ele coloca a mão no bolso, tira o crachá da campanha. O primeiro artefato de toda a sua carreira, uma carreira que ele conseguiu estragar em questão de meses. E o entrega para ela.

— Ah, uma última coisa — ela diz, o tom subitamente profissional de novo, revirando o fundo dos arquivos. — Sei que as escolas públicas do Texas não têm bosta nenhuma de educação sexual, e que não falamos sobre isso quando tivemos nossa primeira conversa sobre sexo, o que é culpa minha por presumir que você era hétero, então só queria que você soubesse que também precisa usar camisinhas mesmo se estiver tendo relações ana...

— *Certo, valeu, mãe!* — Alex meio que grita, quase derrubando a cadeira tamanha a pressa para sair.

— Espera, filho — ela grita atrás dele —, pedi para uma ONG trazer todos esses panfletos, leva um! Eles mandaram um mensageiro de bicicleta e tudo!

Assunto: Uma multidão de tolos e patifes

A <agcd@eclare45.com>   10/8/20 1h04
para Henry

H,

Você já leu alguma das cartas de Alexander Hamilton a John Laurens?

O que estou dizendo? É óbvio que não. Você provavelmente seria deserdado por simpatizar com revolucionários.

Bom, desde que me expulsaram da campanha, não me resta literalmente nada além de assistir aos noticiários da TV a cabo (corroendo meus neurônios com afinco dia após dia), reler Harry Potter e rever minhas coisas antigas da faculdade. Só olhar os trabalhos, pensando: Excelente, ótimo, fico tão feliz de ter virado a noite escrevendo isso para tirar um 9,8 na aula e ser sumariamente demitido do meu primeiro emprego e exilado no meu quarto! Parabéns, Alex!

É assim que você se sente no palácio o tempo todo? É uma bosta, cara.

Então, enfim, estava revendo minhas coisas de faculdade, e encontrei uma análise que fiz sobre a correspondência de guerra de Hamilton, e escuta: acho que talvez Hamilton fosse bi. As cartas dele para o Laurens são quase tão românticas quanto as cartas dele para a esposa. Metade delas é assinada com "Seu" ou "Com carinho, seu", e a última antes de Laurens morrer é assinada "Seu para sempre". Não entendo por que ninguém fala sobre a possibilidade de um dos Pais Fundadores dos Estados Unidos não ser hétero (exceto pela biografia de Chernow, que é ótima, aliás, ver bibliografia anexa). Assim, eu sei por quê, mas mesmo assim.

Enfim, encontrei esse trecho de uma carta que ele escreveu para Laurens, e me fez pensar em você. E em mim, acho:

A verdade é que sou um homem honesto e desafortunado, que falo meus sentimentos a todos e com ênfase. Digo isso a você porque você sabe e não me acusará de vaidade. Odeio o Congresso — odeio o Exército — odeio o mundo — me odeio. São todos uma multidão de tolos e patifes; quase à exceção de você...

Pensar sobre história me fez questionar como vou entrar para ela algum dia, acho. E você também. Meio que queria que as pessoas ainda escrevessem desse jeito.

História, hein? Aposto que poderíamos fazer história.

Com carinho, seu, enlouquecendo lentamente,
Alex, Primeiro-Filho do Sacrilégio contra os Pais Fundadores

Re: Uma multidão de tolos e patifes

Henry <hwales@kensingtonemail.com>   10/8/20 4h18
para A

Alex, Primeiro-Filho de Leituras Históricas Masturbatórias:

A frase "ver bibliografia anexa" é a coisa mais sexy que você já me escreveu.

Toda vez que você menciona sua decadência lenta dentro da Casa Branca, não consigo deixar de pensar que é culpa minha, e me sinto um bosta por isso. Me desculpa. Eu não deveria ter aparecido em um evento como aquele. Me deixei levar, não pensei direito. Eu sei o quanto aquele trabalho era importante para você.

Quero apenas... sabe. Te dar a opção. Se quiser menos de mim, e mais daquilo — do trabalho, de coisas descomplicadas —, eu entenderia. De verdade.

Em todo caso... Acredite ou não, já li um bocado sobre Hamilton, por diversos motivos. Primeiro, ele era um escritor brilhante. Segundo, eu sabia que você foi batizado em homenagem a ele (vocês dois compartilham uma quantidade espantosa de características, aliás: uma determinação apaixonada, nunca saber quando calar a boca etc.). E, terceiro, uma garota bem safada já tentou impugnar minha virtude contra um retrato dele e, nos salões da memória, algumas coisas exigem contexto.

Você está pretendendo fingir ser um soldado revolucionário na cama? Devo lhe informar que quaisquer vestígios do sangue de rei George III que eu tenho se solidificariam em minhas veias e me tornariam inútil para você.

Ou está sugerindo que prefere trocar cartas apaixonadas à luz de velas?

Devo lhe dizer que, quando estamos separados, seu corpo me vem em sonhos? Que, quando durmo, vejo você, a curva da sua cintura, a sarda sobre seu quadril, e, quando acordo pela manhã, acredito que estivemos juntos, que o toque fantasma de sua mão na minha nuca é recente e não imaginado? Que consigo sentir sua pele contra a minha, e isso faz todos os ossos em meu corpo te desejarem? Que, por alguns momentos, consigo segurar a respiração e estar lá de volta com você, em um sonho, em mil quartos, em lugar nenhum?

Acho que talvez Hamilton tenha dito isso melhor em uma carta para Eliza:

Você ocupa meus pensamentos demais para me permitir pensar em qualquer outra coisa — você distrai minha mente não apenas o dia todo; mas invade meu sono. Encontro você em todos os sonhos — e, quando acordo, não consigo fechar os olhos de novo, de tanto que reflito sobre sua doçura.

Se decidir escolher a opção mencionada no início deste e-mail, espero que não tenha lido o resto dessa bobagem toda.

Meus cumprimentos,
Súbita e Azaradamente Romântico príncipe Henry, o Parvo Completo

Re: Uma multidão de tolos e patifes

A <agcd@eclare45.com>   10/8/20 5h36
para Henry

H,
Por favor, não seja besta. Nada disso nunca será descomplicado.

Enfim, você deveria ser escritor. Você é escritor.

Mesmo depois de tudo, continuo com a sensação constante de que quero saber mais sobre você. Parece loucura? Fico aqui sentado e me pergunto: quem é essa pessoa que sabe coisas sobre Hamilton e escreve dessa forma? De onde surgiu uma pessoa assim? Como pude ter me enganado tanto?

É estranho porque sempre sei coisas sobre as pessoas, pressentimentos que costumam me levar em uma direção mais ou menos certa. Acho que eu tinha sim um pressentimento sobre você, só não tinha o que precisava na minha cabeça para entender aquilo.

Mas meio que continuei correndo atrás mesmo assim, como se estivesse vagando cegamente em determinada direção e torcendo para dar certo. Talvez isso faça de você minha Estrela do Norte?

Quero te ver de novo em breve. Continuo lendo aquele parágrafo sem parar. Você sabe qual. Quero você aqui comigo. Quero seu corpo e quero o resto de você também. E quero sair dessa casa. Assistir a June e Nora na TV fazendo aparições sem mim é torturante.

Temos uma tradição anual na casa de lago do meu pai no Texas. Um fim de semana prolongado fora do radar. Tem um lago com um píer, e meu pai sempre cozinha algo incrível pra cacete. Quer vir? Meio que não consigo parar de pensar em você todo lindo e bronzeado no meio do mato. Não é nesse fim de semana, só no próximo. Se Shaan puder conversar com a Zahra ou alguém de te mandar para Austin, podemos te buscar lá. Diz que sim?

Seu,
Alex

P.S. Allen Ginsberg para Peter Orlovsky — 1958:
Embora eu deseje o contato solar real entre nós, você me faz falta como um lar. Brilhe carinho em resposta, e pense em mim.

Re: Uma multidão de tolos e patifes

Henry <hwales@kensingtonemail.com>   10/8/20 20h22
para A

Alex,
Se sou o norte, estremeço só de pensar aonde estamos indo.

Estou refletindo a respeito de identidade e sua pergunta sobre de onde surgiu uma pessoa como eu, e o melhor que consigo explicar é com uma história:

Era uma vez um jovem príncipe que nasceu em um castelo. Sua mãe era uma princesa intelectual e seu pai, o cavaleiro mais belo e temido em todo o reino. Quando ele era menino, as pessoas lhe davam tudo com que ele poderia sonhar. As roupas de seda mais bonitas, as frutas mais maduras do laranjal. Às vezes, ele era tão feliz que sentia que nunca se cansaria de ser um príncipe.

Ele veio de uma longa linhagem de príncipes, mas nunca antes havia existido um como ele: nascido com o coração fora do corpo. Quando ele era pequeno, a família dele sorria e ria e dizia que ele mudaria com a idade. Mas, conforme crescia, seu coração continuou onde estava, vermelho, visível e vivo. Ele não se importava muito, mas, a cada dia, aumentava o medo da família de que o povo do reino em breve notaria e daria as costas para o príncipe.

Sua avó, a rainha, vivia em uma torre alta, onde falava apenas de outros príncipes, passados e presentes, que nasceram saudáveis.

Então, o pai do príncipe, o cavaleiro, foi abatido em batalha. A lança rompeu sua armadura e seu corpo e o deixou sangrando na terra. E, então, quando a rainha enviou roupas novas, uma armadura para o príncipe guardar seu coração em segurança, a mãe do príncipe não a impediu. Porque agora ela tinha medo: medo de que o coração de seu filho também fosse trespassado.

Então o príncipe a vestiu e, por muitos anos, acreditou ser a coisa certa a fazer.

Até conhecer o plebeu mais devastadoramente lindo de uma aldeia da região que dizia coisas absolutamente abomináveis para ele que o fizeram se sentir vivo pela primeira vez em anos e se revelou o tipo mais maníaco de feiticeiro, capaz de conjurar coisas como ouro e doses de vodca e tortas de damasco do nada, e toda a sua vida se desfez em uma fumaça púrpura deslumbrante, e o reino disse: "Não acredito que estejamos todos tão surpresos".

Eu topo a casa do lago. Devo admitir que fico contente em você sair da Casa Branca. Fico com medo que você acabe botando fogo aí. Isso significa que vou conhecer seu pai?

Estou com saudades.

Beijo,
Henry

P.S. Isso é vergonhoso e piegas e, sinceramente, torço para que esqueça assim que tiver lido.
P.P.S. De Henry James a Hendrik C. Andersen, 1899:
Que os esplêndidos Estados Unidos, porém, não lhe sejam brutos. Sinto em você uma confiança, querido rapaz — que me é uma alegria mostrar. Meus desejos e esperanças e simpatias mais calorosos e mais firmes vão com você. Então tenha ânimo e me conte, à medida que ela toma forma, sua (inevitavelmente, imagino, mais ou menos estranha) história americana. Que, em todo caso, tutta quella gente seja boa com você.

— *Não* — Nora diz, se debruçando no banco de passageiro. — Tem um sistema e você tem que respeitá-lo.

— Não acredito em sistemas quando estou de férias — June diz, o corpo dobrado em cima de Alex, tentando tirar a mão de Nora do caminho.

— É matemática — Nora diz.

— Matemática não tem autoridade aqui — June diz a ela.

— Matemática está em toda parte, June.

— Sai de cima de mim — Alex diz, tirando June de cima de seu ombro.

— Você deveria estar me apoiando aqui! — June grita, puxando seu cabelo e recebendo uma careta muito feia em resposta.

— Deixo você olhar um dos meus peitos — Nora diz a ele. — O peito bom.

— Os dois são bons — June diz, distraída de repente.

— Eu já vi os dois. Estou praticamente conseguindo ver os dois agora — Alex diz, apontando para o que Nora está vestindo: um macacão surrado e curto e o tipo menos pudico de sutiã.

— Hashtag mamilos de férias — ela diz. — Por favooooor.

Alex suspira.

— Desculpa, Juju, mas a Nora dedicou mais tempo à playlist dela, então ela fica com o cabo auxiliar.

Tem uma combinação de sons de meninas no banco de trás, repulsa e triunfo, e Nora conecta seu celular, jurando que desenvolveu algum tipo de algoritmo infalível para a playlist de viagem perfeita. Os primeiros trompetes de "Loco in Acapulco" do Four Tops começam a tocar, e Alex finalmente sai do posto de gasolina.

O jipe é um carro restaurado, um projeto que seu pai empreendeu quando Alex tinha uns dez anos. O carro fica na Califórnia agora, mas ele o leva até o Texas uma vez ao ano para o fim de semana, e o deixa em Austin para que Alex e June possam usá-lo. Alex aprendeu a dirigir neste jipe, durante um verão no vale, e o acelerador parece novo sob seu pé agora, entrando em formação com duas SUVs pretas de segurança e se dirigindo para a interestadual. É raro ele conseguir dirigir sozinho para qualquer lugar hoje em dia.

O céu está aberto e azul violáceo por quilômetros, o sol baixo e intenso no começo da manhã, e Alex está de óculos escuros, com os braços nus e as janelas e o capô abertos. Ele aumenta o volume e sente que poderia jogar ao vento que bate em seu cabelo qualquer coisa, e ela simplesmente sairia voando como se nunca tivesse existido, como se nada importasse além das batidas em seu peito.

Mas tudo continua ali, sob a névoa de dopamina: perder o trabalho na campanha, os dias intranquilos andando de um lado para o outro pelo quarto, *O que sente por ele é para sempre?*

Ele ergue o queixo para sentir o ar quente e úmido de sua terra natal, e encontra seu olhar no retrovisor. Ele parece bronzeado, leve e jovem, um menino texano, o mesmo garoto que era quando se mudou para Washington. Bom, chega de grandes reflexões por hoje.

Do lado de fora do hangar, há meia dúzia de seguranças reais e Henry de camisa de *chambray* de manga curta, bermuda e óculos de sol elegantes, uma bolsa da Burberry sobre um ombro — um maldito sonho de verão. A playlist de Nora começa a tocar "Here You Come Again" da Dolly Parton quando Alex pula para fora do jipe.

— Sim, oi, oi, é bom ver vocês também! — Henry diz em algum lugar detrás de um abraço sufocante de June e Nora. Alex morde o lábio e vê Henry apertar as cinturas dela em resposta, e então Alex está com ele, inspirando o cheiro límpido dele, rindo na curva de seu pescoço.

— Oi, amor — ele escuta Henry dizer, baixo, em particular, junto ao cabelo sobre sua orelha, e o fôlego de Alex se perde e ele não consegue fazer nada além de rir.

"*Drums, please!*", grita o estéreo do jipe, a batida de "Summertime" começa a tocar, e Alex grita em aprovação. Depois que a equipe de segurança de Henry entra em formação com os carros do Serviço Secreto, eles partem.

Henry está com um sorriso largo ao lado dele enquanto cruzam a 45, balançando a cabeça contente com a música, e Alex não consegue deixar de olhar de soslaio para ele, sentindo-se bobo que Henry — Henry, o príncipe — esteja ali, no Texas, indo para casa com ele. June tira quatro garrafas de coca-cola mexicana do cooler embaixo do banco e vai passando para todos, e Henry toma o primeiro gole e praticamente se derrete. Alex estende o braço e pega a mão livre de Henry na sua, entrelaçando seus dedos no painel entre eles.

Demora uma hora e meia para chegar de Austin ao lago LBJ e, quando eles começam a seguir o caminho em direção à água, Henry pergunta:

— Por que chama lago LBJ?

— Nora? — Alex diz.

— Lago LBJ — Nora diz —, ou lago Lyndon B. Johnson, é um dos seis reservatórios formados pelos diques do rio Colorado conhecidos como lagos dos Planaltos do Texas. Passaram a existir quando LBJ colocou em prática a Lei de Eletrificação Rural quando era presidente. E LBJ tinha uma casa na região.

— É verdade — Alex diz.

— Aliás, curiosidade: LBJ era obcecado pelo próprio pau — Nora acrescenta. — Ele o chamava de Jumbo e vivia botando ele para fora. Tipo, na frente de colegas, repórteres, qualquer pessoa.

— Também é verdade.

— Política americana — Henry diz. — Sempre fascinante.

— Quer acrescentar alguma coisa, Henrique VIII? — Alex diz.

— Enfim — Henry diz, sorrindo —, desde quando vocês vêm para cá?

— Nosso pai comprou a casa quando ele e minha mãe se separaram, eu tinha uns doze anos — Alex diz. — Ele queria ter uma casa perto de nós depois que se mudou. A gente passava muito tempo aqui nas férias de verão.

— Ah, Alex, lembra quando você ficou bêbado pela primeira vez aqui? — June diz.

— Daiquiris de morango o dia todo.

— Você vomitou tanto — ela lembra com carinho.

Eles viram na entrada cercada por árvores frondosas e sobem para a casa no alto da colina, o mesmo exterior vibrante e antigo, com arcos suaves, cactos altos e aloés. Sua mãe nunca curtiu muito a vibe *hacienda* de decoração, então seu pai não mediu esforços quando comprou a casa do lago: portas altas verde-água, vigas de madeira pesada e toques de azulejos espanhóis vermelhos e cor-de-rosa. Um grande pórtico cerca a casa toda e uma escada desce a colina até a doca, e todas as janelas que dão para a água estão escancaradas, as cortinas sopradas para fora pela brisa morna.

Suas equipes recuam para verificar o perímetro — eles alugaram a casa vizinha para aumentar a privacidade e alocar a presença obrigatória de seguranças. Henry carrega o cooler de June no ombro sem dificuldade e Alex se esforça para não se derreter com isso.

Há o grito alto de Oscar Diaz chegando molhado, aparentemente recém-saído de um mergulho. Ele está usando seu par velho de sandálias *huaraches* e uma bermuda de natação com estampa de papagaios, os dois braços abertos sob o sol, e June é sumariamente envolvida neles.

— cj! — ele diz enquanto a gira no ar e a senta no parapeito de estuque. Nora é a próxima, e depois um abraço esmagador em Alex.

Henry dá um passo à frente, e Oscar o olha de cima a baixo, a bolsa da Burberry, o cooler no ombro, o sorriso elegante, a mão estendida. Seu pai tinha ficado confuso, mas acabou aceitando quando Alex perguntou se poderia levar um amigo e mencionou casualmente que o amigo seria o príncipe de Gales. Ele não sabe exatamente como vai ser isso.

— Oi — Henry diz. — É um prazer conhecer o senhor. Meu nome é Henry.

Oscar bate na mão de Henry.

— Espero que esteja pronto para botar para foder.

Oscar pode ser o cozinheiro da família, mas a mãe de Alex era a responsável pela churrasqueira. Nem sempre fazia sentido em Pemberton Heights — seu pai mexicano dentro da casa fazendo um bolo de *tres leches* com esmero enquanto sua mãe loira ficava no jardim virando hambúrgueres —, mas funcionava. Alex se incumbiu de aprender o melhor com cada um, e agora é o único ali que consegue lidar com as tiras de costeletas enquanto Oscar cuida do resto.

A cozinha da casa do lago dá para a água, sempre cheirando a frutas cítricas, sal e ervas, e seu pai a mantém estocada com tomates gordos e abacates maduros quando eles vêm visitar. Ele está na frente das janelas grandes e abertas, três tiras de costeletas espalhadas na assadeira do balcão à frente dele. Seu pai está à frente da pia, debulhando espigas de milho e cantarolando junto com um disco antigo do Chente.

Açúcar mascavo. Páprica defumada. Cebola em pó. Chile em pó. Alho em pó. Pimenta-caiena. Sal. Pimenta-do-reino. Mais açúcar mascavo. Alex mede cada um com as mãos e os joga na tigela.

Perto da doca, June e Nora estão concentradas no que parece um torneio de cavaleiros improvisado, se atacando sobre o dorso de animais infláveis com espaguetes de piscina. Henry está alegre e descamisado, tentando ser o juiz, em cima da doca com um pé sobre uma pilha de estacas e acenando uma garrafa de cerveja Shiner feito um maníaco.

Alex sorri consigo mesmo, observando-os. Henry e suas meninas.

— Então, quer conversar? — diz a voz de seu pai, em espanhol, em algum lugar à sua esquerda.

Alex tem um sobressalto. Seu pai veio para o balcão perto dele, misturando uma grande tigela de *cotija* e *crema* e temperos para *elotes*.

— Hm. — Será que já está tão na cara assim?

— Sobre Raf.

Alex suspira, relaxando os ombros, e volta a atenção para o tempero.

— Ah. O filho da puta — ele diz. Eles apenas abordaram o tópico por cima com mensagens de texto cheias de palavrões desde que saiu a notícia. Os dois se sentem traídos. — Você faz ideia do que ele estava pensando?

— Não tenho nada de bom para dizer sobre ele também. E não tenho nenhuma explicação. Mas... — Ele pausa, pensativo, ainda mexendo. Alex consegue sentir que ele está avaliando vários pensamentos ao mesmo tempo, como sempre faz. — Não sei. Depois de todo esse tempo, quero acreditar que existe um motivo para ele ficar no mesmo ambiente que Jeffrey Richards. Só não consigo imaginar qual.

Alex pensa na conversa que escutou no gabinete da governanta, se perguntando se seu pai um dia vai colocá-lo a par do quadro geral. Ele não sabe como questionar sem revelar que literalmente se escondeu num arbusto para bisbilhotar os dois. A relação de seu pai com Luna sempre foi assim: conversa de adultos.

Alex esteve no primeiro evento de arrecadação de fundos para a campanha de Oscar no Senado quando eles conheceram Luna, Alex tinha apenas catorze anos e já tentava aprender. Luna apareceu com uma bandeira do orgulho LGBT à vista no bolso da lapela; Alex nunca esqueceu disso.

— Por que você o escolheu? — Alex pergunta. — Eu lembro daquela campanha. Conhecemos muitas pessoas que teriam virado ótimos políticos. Por que não escolher alguém mais fácil de eleger?

—Você quer saber por que apostei no cara gay?

Alex se concentra para manter o rosto neutro.

— Eu não colocaria nesses termos — ele diz —, mas sim.

— Raf já te contou que os pais dele o botaram para fora de casa quando ele tinha dezesseis anos?

Alex se crispa.

— Eu sabia que ele tinha passado por um período difícil antes da faculdade, mas nunca soube detalhes.

— Pois é, eles não receberam bem a notícia. Ele sofreu por alguns anos, mas ficou mais forte. A noite em que o conhecemos foi a primeira vez em que ele voltou para a Califórnia desde que foi expulso, mas ele estava decidido a ir para apoiar um irmão da Cidade do México. Foi como quando Zahra apareceu no gabinete da sua mãe em Austin e disse que queria provar que aqueles canalhas estavam errados. Você reconhece um lutador quando vê um.

— Sim — Alex diz.

Há outra pausa de Chente cantando ao fundo enquanto seu pai mexe, antes de ele voltar a falar.

— Sabe... — ele diz. — Naquele verão, te mandei para trabalhar na campanha dele porque você era o melhor homem que eu tinha. Eu sabia que daria conta, mas também achei que você podia aprender muito com ele. Vocês têm muito em comum.

Alex não diz nada por um longo momento.

— Preciso ser sincero — seu pai diz e, quando Alex ergue os olhos, ele está olhando pela janela. — Pensei que o príncipe seria mais mimadinho.

Alex ri, voltando a olhar para Henry, a curva de suas costas sob o sol da tarde.

— Ele é mais durão do que parece.

— Nada mau para um europeu — seu pai diz. — Melhor do que metade dos idiotas que a June já levou para casa. — A mão de Alex paralisa, e ele volta a cabeça para o pai, que ainda está mexendo com sua colher de pau pesada, o rosto imparcial. — Metade das meninas que você trouxe também. Mas não melhor do que Nora. Ela sempre vai ser minha preferida. — Alex o encara, até seu pai finalmente erguer os olhos. — Que foi? Você não é tão sutil quanto imagina.

— Eu... não sei — Alex balbucia. — Pensei que você precisaria, tipo, de um momento católico sobre isso ou coisa assim.

Seu pai bate em seu bíceps com a colher de pau, deixando uma mancha de *crema* e queijo nele.

— Dá um voto de confiança pro seu velho aqui, poxa. Que tal um pouco de respeito pelo santo padroeiro dos banheiros de gênero neutro da Califórnia? Seu bosta.

— Tá, tá, desculpa! — Alex diz, rindo. — Só sei que é diferente quando é um filho seu.

Seu pai ri também, passando a mão no cavanhaque.

— Não é. Pelo menos não para mim. Estou do seu lado.

Alex sorri de novo.

— Eu sei.

— Sua mãe sabe?
— Sim, contei para ela algumas semanas atrás.
— Como ela reagiu?
— Assim, ela não liga que eu seja bi. Ela meio que surtou por ser ele. Rolou um PowerPoint.
— É a cara dela.
— Ela me demitiu. E, hm. Falou que eu precisava pensar se o que sinto por ele vale a pena o risco.
— E vale?
Alex resmunga.
— Por favor, pelo amor de Deus, não me pergunta. Estou de férias. Quero ficar bêbado e comer churrasco em paz.
Seu pai ri, melancólico.
— Sabe, em muitos sentidos, me envolver com sua mãe foi uma ideia ruim. Acho que nós dois sabíamos que não seria para sempre. Nós dois somos orgulhosos pra caralho. Mas, Deus, aquela mulher. Sua mãe é, sem dúvida, o amor da minha vida. Nunca vou amar ninguém daquele jeito. Era incontrolável. E tive você e June, as melhores coisas que já aconteceram a um velho babaca como eu. Esse tipo de amor é raro, mesmo que seja um desastre completo. — Ele suga os dentes, refletindo. — Às vezes você só tem que se jogar e torcer para não cair de um penhasco.
Alex fecha os olhos.
— Já acabamos com os monólogos paternos do dia?
— Você é um bosta — ele diz, batendo um pano de prato na cabeça do filho. — Vai colocar as costelas no forno. Quero comer isso ainda hoje. — Ele grita atrás de Alex: — É melhor vocês dois dormirem nos beliches esta noite! Santa Maria está de olho!
Eles comem à noite, grandes pilhas de *elotes*, *tamales* de porco com salsa verde, uma tigela de argila com *frijoles charros*, costelinhas. Henry cria coragem e enche o prato com um pouco de cada e fica olhando para tudo como se os segredos fossem se revelar para ele, e Alex se dá conta que ele nunca comeu churrasco com as mãos antes.

Alex dá o exemplo e observa com um sorriso mal disfarçado enquanto Henry pega uma costela com cuidado na ponta dos dedos, e considera como se aproximar, comemorando quando Henry mergulha de cabeça e arranca um naco de carne com os dentes. Ele mastiga com orgulho, uma mancha gigante de molho barbecue no lábio superior e na ponta do nariz.

Seu pai tem um violão velho na sala de estar, e June o traz para o pórtico do lado de fora para os dois tocarem. Nora, com uma das camisas largas de Alex sobre o biquíni, entra e sai descalça, mantendo todos os copos cheios com um jarro de sangria transbordando de pêssegos brancos e amoras.

Eles sentam ao redor da fogueira e tocam músicas antigas do Johnny Cash, Selena, Fleetwood Mac. Alex fica escutando as cigarras, a água e a voz rouca e caipira do pai e, quando Oscar vai para a cama, o soprano de June. Ele se sente envolvido e quente, girando devagar sob a lua.

Ele e Henry vão para um balanço na beira do pórtico, e ele se enrola ao lado do corpo de Henry, enfia a cabeça na gola da camisa dele. Henry coloca um braço em torno dele, toca a ponta do queixo de Alex com os dedos com cheiro de fumaça.

June dedilha "Annie's Song", *you fill up my senses like a night in a forest*, e a brisa continua avançando rumo aos galhos mais altos das árvores, e a água continua subindo rumo às anteparas, e Henry se abaixa para beijar Alex, que está. Bom, Alex está tão apaixonado que poderia morrer.

Alex cai da cama na manhã seguinte com uma leve ressaca e uma das sungas de Henry enroscada no cotovelo. Tecnicamente, eles dormiram em camas separadas. Só não começaram a noite ali.

Na pia da cozinha, ele toma um copo d'água e olha pela janela, o sol ofuscante e forte sobre o lago, e há uma pedrinha incandescente de certeza no fundo de seu peito.

É este lugar — a separação absoluta de Washington, os velhos cheiros familiares de cedro *e chile de árbol* seco, a sanidade nisso tudo. As raízes. Ele poderia sair e enfiar os dedos na terra macia e entender tudo sobre si.

E ele entende, de verdade. Ele ama Henry, e isso não é nenhuma novidade. Faz anos que está se apaixonando por Henry, provavelmente desde que o viu impresso nas páginas da *J14*, quase com certeza desde que Henry prendeu Alex no chão de um almoxarifado hospitalar e disse para ele calar a boca. Tanto tempo. Tanto.

Ele sorri enquanto pega uma frigideira, porque sabe que esse é exatamente o tipo de risco insano a que ele não consegue resistir.

Quando Henry entra cambaleando na cozinha de pijama, tem todo um cardápio de café da manhã sobre a mesa verde e comprida, e Alex está diante do fogão, virando a décima segunda panqueca.

— Isso é um avental?

Alex aponta com a mão livre para a peça com estampa de bolinhas que ele colocou sobre a samba-canção, como se estivesse exibindo um de seus ternos de alfaiataria.

— Bom dia, querido.

— Desculpa — Henry diz. — Estava procurando outra pessoa. Bonito, petulante, baixinho, não é simpático antes das dez da manhã. Você o viu?

—Vai se foder, um e setenta e cinco é a altura média.

Henry atravessa a cozinha com uma risada e chega por trás dele para dar um beijo na sua bochecha.

— Amor, nós dois sabemos que você está arredondando para cima.

Quando Henry está enchendo uma caneca de café, Alex estende o braço para trás e coloca a mão no cabelo de Henry antes que ele consiga se mover, puxando-o em um beijo na boca dessa vez. Ele bufa um pouco surpreso mas retribui o beijo com intensidade.

Alex se esquece, por um momento, das panquecas e de tudo mais, não porque queira fazer coisas absolutamente obscenas com Henry — talvez ainda de avental —, mas porque o ama, e não é doido saber que é isso que torna as obscenidades tão incríveis?

— Não sabia que tinha um brunch colonial — diz a voz de Nora de repente, e Henry tem um sobressalto tão rápido para trás que quase enfia a bunda na tigela de massa. Ela pega a caneca de café que ele esqueceu, abrindo um sorriso maroto para os dois.

— Não parece muito higiênico — June diz com um bocejo enquanto senta em uma cadeira à mesa.

— Desculpa — Henry diz, acanhado.

— Não precisa ter vergonha — Nora diz.

— Eu não tenho — Alex diz.

— O que eu tenho é ressaca — June diz enquanto pega a jarra de mimosas. — Alex, você fez tudo isso?

Alex encolhe os ombros, e June estreita os olhos para ele, turvos mas astutos.

À tarde, ao som do motor do barco, Henry conversa com o pai de Alex sobre os veleiros projetados no horizonte, entrando em uma discussão complexa sobre motores de popa que Alex nem tenta acompanhar. Ele se recosta na proa e observa, e é tão fácil imaginar: um futuro Henry que vem à casa do lago com ele todo verão, que aprende a fazer *elotes*, amarra cunhos de escota cuidadosos e se encaixa perfeitamente em sua família esquisita.

Eles vão nadar, discutem política um por cima do outro, tocam mais violão. Henry tira uma foto com June e Nora de biquíni, uma de cada lado. Nora está segurando o queixo dele em uma mão e lambendo o lado de seu rosto, enquanto June está com os dedos emaranhados em seu cabelo e a cabeça na curva de seu pescoço, com um sorriso angelical para a câmera. Ele manda a foto para Pez e recebe respostas angustiadas em caps lock e emojis de choro, e eles quase se mijam de tanto rir.

É bom. É muito, muito bom.

Alex não consegue dormir à noite, bêbado de cerveja Shiner e a barriga explodindo de marshmallows queimados na fogueira, e fica olhando para as espirais nos painéis de madeira da cama de cima do beliche, se lembrando de crescer ali. Lembra de quando era um garoto, sardento e destemido, quando o mundo parecia alegre e sem fim mas tudo ainda fazia muito sentido. Ele deixava as roupas amontoadas no píer e mergulhava de cabeça no lago. Tudo estava em seu devido lugar.

Ele usa a chave de sua casa da infância em volta do pescoço, mas não sabe a última vez em que realmente pensou no menino que a enfiava na fechadura.

Talvez perder o emprego não tenha sido a pior coisa que poderia ter lhe acontecido.

Ele pensa sobre raízes, sobre sua língua materna e paterna. O que ele queria quando era criança, o que quer agora e como essas coisas se interligam. Talvez esse ponto, o encontro dos dois, seja aqui, na insistência leve da água em volta das suas pernas, nas letras rústicas gravadas com um canivete velho. No palpitar constante do pulso de outra pessoa junto ao seu.

— Henry? — ele sussurra. — Está acordado?

Henry suspira.

— Sempre.

Eles atravessam a grama aos sussurros depois de passarem por um dos seguranças reais de Henry que cochila no pórtico, e descem para o píer, empurrando os ombros um do outro. O riso de Henry é alto e cristalino, seus ombros cor-de-rosa queimados de sol no escuro, e Alex sente que poderia nadar por todo o lago sem parar para respirar ao olhar para ele. Ele tira a camiseta à beira do píer e começa a tirar a cueca e, quando Henry ergue uma sobrancelha para ele, Alex ri e pula.

—Você é uma ameaça — Henry diz quando Alex volta à superfície. Mas ele hesita apenas um momento antes de tirar a roupa.

Ele para pelado à beira do píer, olhando para a cabeça e os ombros de Alex boiando. As linhas de seu corpo são longas e lânguidas sob o luar, apenas pele, pele e pele sob a luz suave e azul, e ele é tão lindo que Alex pensa que esse momento, as sombras suaves, as coxas pálidas e o sorriso de viés, é o retrato de Henry que deveria entrar para a história. Há vagalumes piscando em volta da sua cabeça, pousando em seu cabelo. Uma coroa.

Seu mergulho é tão gracioso que chega a dar raiva.

— Você consegue fazer alguma coisa sem fazer charme? — Alex diz, espirrando água nele assim que emerge.

— Olha quem fala — Henry diz, e ele está com um sorriso largo como fica quando está bebendo em um desafio, como se nada no mundo o alegrasse mais do que as provocações de Alex.

— Não sei do que você está falando — Alex diz, nadando até ele.

Eles se perseguem ao redor do píer, correm pelos baixios do lago sob o luar, cotovelos e joelhos à mostra. Alex finalmente consegue apanhar Henry pela cintura, e o segura, passa a boca molhada sobre o pulso latejante da garganta de Henry. Ele quer continuar enroscado nas pernas dele para sempre. Quer comparar as sardas novas no nariz de Henry com as estrelas sobre eles e pedir para ele lhe mostrar as constelações.

— Ei — ele diz, a boca a milímetros da boca de Henry, observando uma gota d'água escorrer por aquele nariz perfeito e desaparecer em sua boca.

— Oi — Henry responde, e Alex pensa: "Caramba, como eu amo esse menino". Isso se repete na cabeça dele, e vai ficando mais difícil olhar para os sorrisos tranquilos dele e não dizer em voz alta.

Ele bate um pouco as pernas para os girar em um círculo lento.

—Você fica bonito aqui.

O sorriso de Henry fica torto e um pouco tímido, mergulhando para roçar contra o queixo de Alex.

— É?

— É — Alex diz. Ele torce o cabelo molhado de Henry nos dedos. — Que bom que você veio — Alex se ouve dizer. — Tudo anda tão intenso ultimamente. Eu... precisava muito disso.

Os dedos de Henry cutucam suas costelas, uma repreensão leve.

—Você vive com coisa demais na cabeça.

Seu instinto sempre foi retrucar "Não, eu não" ou "Eu gosto de ser assim", mas ele se refreia e diz:

— Eu sei — e percebe que é a verdade. — Sabe o que eu estou pensando agora?

— O quê?

— Estou pensando em, depois da posse, tipo, no ano que vem, vir pra cá com você de novo, só nós dois. E podemos ficar sentados sob a lua e não nos estressar com nada.

— Ah — Henry diz. — Parece bom, mas improvável.

— Ah, vai, pensa a respeito, baby. Ano que vem. Minha mãe vai ser presidenta de novo, e não vamos ter que nos preocupar em ganhar mais nenhuma eleição. Vou poder respirar finalmente. Vai ser incrível. Vou cozinhar *migas* de manhã e vamos nadar o dia todo e nunca usar roupas e transar no píer, e não vai importar se os vizinhos virem.

— Bom. Vai importar, você sabe. Sempre vai importar.

Ele recua e encontra o rosto de Henry indecifrável.

— Você sabe o que eu quis dizer.

Henry está olhando para ele, e Alex não consegue abandonar a sensação de que Henry o está vendo pela primeira vez. Ele se dá conta de que essa deve ser a única vez em que trouxe o amor a uma conversa com Henry de propósito, e isso deve estar estampado em sua testa.

Algo muda por trás dos olhos de Henry.

— Aonde você está querendo chegar com isso tudo?

Alex tenta encontrar um jeito de colocar em palavras tudo que precisa dizer a Henry.

— June diz que eu me pressiono demais sem motivo — ele diz. — Sei lá. Sabe como sempre dizem para levar um dia de cada vez? Acho que levo uns dez anos no futuro. Quando eu estava no ensino médio, as coisas se resumiam a: bom, meus pais se odeiam, e minha irmã vai embora pra universidade, e às vezes eu olho para outros caras no chuveiro, mas, se eu pensar mais pra frente, essas coisas não vão me alcançar. Ou se pegar essa matéria, ou esse estágio, ou esse trabalho. Eu pensava que, se imaginasse a pessoa que queria ser e usasse toda a ansiedade maluca no meu cérebro e a concentrasse nesse ponto, eu poderia reprogramar essa ansiedade. Usar para energizar outra coisa. É como se eu nunca tivesse aprendido a simplesmente estar onde estou. — Alex toma fôlego. — E estou aqui. Com você. E estou pensando que talvez eu devesse começar a levar um dia de cada vez. E só... sentir o que eu sinto.

Henry não fala nada.

— Querido. — A água ondula devagar ao redor dele enquanto Alex ergue os braços para segurar o rosto de Henry com as duas mãos, traçando as maçãs do rosto dele com os polegares.

As cigarras, o vento e o lago ainda devem estar fazendo barulho em algum lugar, mas tudo se afundou em silêncio. Alex não consegue ouvir nada além dos batimentos de seu coração em seus ouvidos.

— Henry, eu...

De repente, Henry se mexe, mergulhando sob a superfície para longe do alcance de seus braços antes que ele possa dizer mais alguma coisa.

Ele volta a emergir perto píer, o cabelo colado na testa, e Alex se vira e o encara, esbaforido pela perda. Henry cospe a água do lago e manda uma onda na direção dele, e Alex força um riso.

— Meu Deus — Henry diz, batendo em um inseto que pousou nele —, o que são essas criaturas infernais?

— Pernilongos — Alex responde.

— Eles são horríveis — Henry diz com a voz imponente. — Vou acabar pegando uma praga exótica.

— Me... desculpa?

— Só quero dizer, sabe, Philip é o herdeiro e eu sou o reserva, e se aquele imbecil nervosinho tiver um ataque cardíaco aos trinta e cinco e eu tiver malária, o que vai acontecer?

Alex ri de leve outra vez, mas tem uma sensação nítida de que algo foi tirado de suas mãos antes mesmo que ele pudesse segurar. O tom de Henry ficou leve, curto, superficial. Sua voz de imprensa.

— De todo modo, estou exausto — Henry diz agora. E Alex observa, indefeso, enquanto ele se vira e começa a sair da água e subir na doca, voltando a colocar a bermuda nas pernas trêmulas. — Se for tudo bem por você, acho que vou deitar.

Alex não sabe o que dizer, então observa Henry caminhar a linha comprida da doca, desaparecendo na escuridão.

Uma sensação vazia e ecoante começa atrás de seus molares e desce por sua garganta, para dentro de seu peito, para o fundo de seu estômago. Algo está errado, e ele sabe disso, mas tem medo demais de insistir ou perguntar. Esse, ele percebe de repente, é o perigo de permitir que o amor entre nesta história — a noção de que, se algo desse errado, ele não sabe como iria suportar.

Pela primeira vez desde que Henry o agarrou e o beijou com tanta certeza no jardim, o pensamento entra na cabeça de Alex: e se essa decisão nunca coube a ele? E se ele ficou tão envolvido em tudo que Henry é — nas palavras que ele escreve, na dor sincera em seu peito — que esqueceu de levar em conta de que *esse* é simplesmente quem ele é, o tempo todo, com todos os outros?

E se ele fez aquilo que jurou que nunca faria, aquilo que ele odeia, e se apaixonou por um príncipe porque era uma fantasia?

Quando ele volta para o quarto, Henry já está no beliche, em silêncio, de costas para ele.

Pela manhã, Henry foi embora.

Alex acorda e encontra a cama dele vazia e feita, o travesseiro arrumado com capricho sob o lençol. Ele quase arranca a porta das dobradiças e corre para o pátio, encontrando-o vazio também. O quintal está vazio, o píer está vazio. É como se ele nunca nem tivesse estado ali.

Ele encontra o bilhete na cozinha:

Alex,
Precisei ir embora mais cedo por uma questão de família. Saí com os seguranças.
Não quis te acordar.
Obrigado por tudo.
Beijo

É a última mensagem que Henry deixa para ele.

Dez

Alex manda cinco mensagens para Henry no primeiro dia. Duas no segundo. Nenhuma no terceiro. Ele passou tanto tempo de sua vida falando e falando e falando sem parar que sabe reconhecer os sinais de quando alguém não quer mais saber dele.

Ele começa a se obrigar a olhar o celular de duas em duas horas em vez de toda hora, se obriga a se esforçar até os minutos passarem. Em alguns momentos, acaba se concentrando em leituras obsessivas da cobertura da imprensa sobre a campanha e percebe que passou horas sem olhar, e toda vez é dominado por uma esperança soluçante e desesperada de que vai encontrar alguma coisa. Nunca tem nada.

Ele se achava imprudente antes, mas agora ele entende: impedir a entrada do amor era a única coisa que o impedia de se entregar completamente a isso e, agora, já era, ele é um idiota, apaixonado, um puta de um desastre. Não tem nenhum trabalho para distraí-lo. A armadilha de "Coisas que Apenas Pessoas Apaixonadas Dizem e Fazem" foi disparada.

Então, em vez disso:

Uma terça à noite, escondido no terraço da Residência, andando tão furiosamente de um lado para o outro que a pele de seus calcanhares se abre e o sangue escorre dentro de seus mocassins.

Sua caneca de CLAREMONT PARA PRESIDENTA, devolvida em uma caixa cuidadosamente embrulhada da sua mesa no gabinete de campanha, um lembrete concreto do que isso já lhe custou, estilhaçada na pia do banheiro.

O cheiro de Earl Grey vindo das cozinhas e sua garganta se fechando de dor.

Mais de dois sonhos diferentes sobre o cabelo dourado enrolado em seus dedos.

Um e-mail de três linhas, um trecho de uma carta de arquivo, Hamilton para Laurens: *Você não deveria ter tirado proveito das minhas sensibilidades para roubar meu carinho sem meu consentimento*, rascunhado e deletado.

No quinto dia, Rafael Luna faz sua quinta passagem de campanha como representante, a imagem de duas minorias pelo preço de uma da campanha de Richards. Alex chega a um impasse emocional momentâneo: destruir algo ou se autodestruir. Ele acaba arrebentando o celular na calçada em frente ao Capitólio. A tela é substituída ao fim do dia. Não faz nenhuma mensagem de Henry aparecer milagrosamente.

Na manhã do sétimo dia, ele está revirando o fundo do guarda-roupa quando se depara com um amontoado de seda verde-água — o quimono besta que Pez tinha feito para ele. Ele não o usou desde Los Angeles.

Ele está prestes a enfiá-lo de volta no canto quando apalpa algo no bolso. Encontra um papelzinho dobrado. Está ali desde aquela noite no hotel, a noite em que algo dentro de Alex se rearranjou. A letra cursiva de Henry.

Querido Tisbe,
Queria que não houvesse uma parede.
Amor, Píramo

Ele tira o celular do bolso tão rápido que quase o deixa cair no chão e o quebra outra vez. A pesquisa diz que Píramo e Tisbe eram amantes em um mito grego, filhos de famílias rivais, proibidos de ficar juntos. O único jeito de se falarem era através de uma pequena fresta na parede entre eles.

Então, oficialmente, passa dos limites.

Ele tem certeza de que não vai se lembrar do que faz em seguida, é simplesmente um intervalo de estática no espaço-tempo que o levou do ponto A ao B. Ele manda mensagem para Cash: **o que você vai fazer pelas próximas 24 horas?** Depois, tira o cartão de crédito para emergências da carteira e compra duas passagens de avião, primeira classe, sem escalas. Embarque em duas horas. Aeroporto Internacional Washington Dulles para Aeroporto de Londres-Heathrow.

Zahra quase se recusa a arranjar um carro depois que Alex "tem a pachorra" de ligar para ela da pista de pouso de Dulles. Está caindo um temporal quando eles pousam em Londres por volta das nove da noite, e ele e Cash ficam encharcados assim que saem do carro na frente dos portões dos fundos de Kensington.

Obviamente, alguém avisou Shaan, porque ele está parado na porta que dá para os apartamentos de Henry, vestindo um caban cinza impecável, seco e imóvel sob um guarda-chuva preto.

— Sr. Claremont-Diaz — ele diz. — Que surpresa agradável.

Alex não tem tempo para isso.

— Sai da frente, Shaan.

— A sra. Bankston ligou para nos avisar que você estava a caminho — ele diz. — Como deve ter notado pela facilidade com que conseguiu atravessar os portões. Pensamos que seria melhor deixar que você criasse um escarcéu em um lugar mais reservado.

— Sai da frente.

Shaan sorri, com cara de quem está adorando ver dois americanos indefesos se encharcando lentamente.

— O senhor sabe que está bem tarde, e posso muito bem mandar a segurança removê-los daqui. Nenhum membro da família real convidou o senhor para o palácio.

— Foda-se — Alex responde. — Preciso ver o Henry.

— Sinto muito, mas não posso fazer isso. O príncipe não deseja ser perturbado.

— Cacete... Henry! — Ele passa por Shaan e começa a gritar em direção às janelas do quarto de Henry, onde uma luz está acesa. Gotas gordas de chuva caem dentro de seus olhos. — Henry, seu filho da puta!

— Alex... — diz a voz nervosa de Cash atrás dele.

— Henry, seu bosta, desce aqui agora!

— O senhor está fazendo um escândalo — Shaan diz com a voz tranquila.

— Ah, é? — Alex diz, ainda berrando. — Que tal eu continuar gritando até vermos que jornal aparece primeiro! — Ele se vira para a janela e começa a balançar os braços também. — Henry! Vossa alteza real de merda!

Shaan leva o dedo ao ponto em seu ouvido.

— Equipe Bravo, temos uma situa...

— Pelo amor de Deus, Alex, o que você está fazendo?

Alex fica paralisado, a boca aberta antes de outro grito, e Henry surge atrás de Shaan no batente, descalço e vestindo um moletom velho. O coração de Alex parece que vai sair pela bunda. Henry parece indiferente.

Ele baixa os braços.

— Fala para ele me deixar entrar.

Henry suspira, apertando a ponte do nariz.

— Tudo bem. Ele pode entrar.

— *Obrigado* — ele diz, lançando um olhar incisivo para Shaan, que não parece dar a mínima se ele morrer de hipotermia. Ele entra no palácio, tirando os sapatos encharcados enquanto Cash e Shaan desaparecem atrás da porta.

Henry, que guiou o caminho pela entrada, não parou em nenhum momento para falar com ele, e tudo que Alex pode fazer é segui-lo pela escadaria grandiosa em direção aos seus aposentos.

— Muito bonito — Alex grita atrás dele, pingando da maneira mais agressiva possível ao longo do caminho. Ele torce para estragar algum tapete. — Me ignora por uma semana, me faz ficar parado na chuva feito uma porra de um John Cusack latino, e agora nem falar comigo você fala. Estou me divertindo pra caralho aqui. Agora entendo por que vocês tiveram de se casar com seus primos.

— Prefiro não fazer isso onde possamos ser ouvidos — Henry diz, virando à esquerda no patamar.

Alex sobe a passos duros atrás dele, seguindo-o para o quarto.

— Fazer o quê? — ele diz enquanto Henry fecha a porta atrás deles. — O que você vai fazer, Henry?

Henry se vira para encará-lo finalmente e, agora que os olhos de Alex não estão mais cheios d'água da chuva, ele consegue ver que a pele sob os olhos dele está fina e roxa, um rosa forte em torno dos cílios. Há uma tensão nos ombros dele que Alex não via há meses, pelo menos não para ele.

—Vou deixar você dizer o que precisa dizer — Henry diz categórico — para você poder ir embora.

Alex fica encarando.

— Como assim? Depois vamos terminar?

Henry não responde.

Algo sobe na garganta de Alex — raiva, confusão, mágoa, bile. Ele sente uma vontade imperdoável de chorar.

— Sério mesmo? — ele diz, desesperado e indignado. Ele ainda está pingando. — Mas que porra está acontecendo? Uma semana atrás era um monte de e-mails sobre como você sentia minha falta e queria conhecer a porra do meu pai e agora acabou? Você achou que poderia simplesmente me ignorar? Não consigo controlar isso como você consegue, Henry.

Henry anda até a lareira de entalhes elaborados do outro lado do quarto e se recosta na cornija.

—Você acha que eu não me importo como você?

— É o que parece.

— Sinceramente não tenho tempo para explicar como você está errado...

— Jesus, dá pra parar de ser um cuzão idiota filho da puta por vinte segundos?

— Que bom que você voou até aqui pra me insultar...

— *Eu te amo, cacete!* — Alex quase berra, finalmente, irreversivelmente. Henry fica paralisado contra a cornija. Alex o observa engolir em seco, observa o músculo que se contrai em seu maxilar, e sente que está prestes a escapar da própria pele. — Porra, juro. Você não facilita. Mas estou apaixonado por você.

Um pequeno estalo corta o silêncio: Henry tirou seu anel de sinete e o colocou sobre a cornija. Ele segura a mão desnuda junto ao peito, apertando a palma, a luz bruxuleante do fogo tingindo seu rosto de sombras dramáticas.

—Você faz alguma ideia do que isso significa?

— É claro que faço...

— Alex, por favor — Henry diz e, quando seus olhares se encontram, ele parece angustiado, miserável. — Não começa. Esse é todo o motivo, cacete. Não posso fazer isso, e você sabe por que não posso fazer isso, então *por favor* não me obrigue a dizer.

Alex engole em seco.

—Você não vai nem tentar ser feliz?

— Pelo amor de Deus — Henry diz. — Passei toda a minha vida idiota tentando ser feliz. Meu direito de nascença é um país, não a felicidade.

Alex arranca o bilhete encharcado do bolso, "Queria que não houvesse uma parede", o joga na direção de Henry com fúria, e o vê pegar do chão.

— Então o que isso quer dizer, se você não quer o que a gente tem?

Henry encara as próprias palavras de meses antes.

—Alex, Tisbe e Píramo *morrem* no final.

— Ai, meu Deus — Alex grunhe. — Então, me fala, você nunca achou que o que a gente tem é verdadeiro?

Henry explode.

— Você é realmente um idiota completo para acreditar nisso — Henry sussurra, furioso, o bilhete amassado no punho. — Quando, algum dia, desde o primeiro instante em que toquei em você, fingi não estar apaixonado por você? Você é tão egocêntrico que pensa que essa bosta gira em torno de você e se eu te amo ou não, e não sobre o fato de que sou o herdeiro da porra do trono. Você pelo menos tem a opção de não querer uma vida pública algum dia, mas eu vou viver e morrer nesses palácios e nessa família, então não ouse vir aqui e questionar se te amo porque é exatamente isso que pode muito bem destruir tudo.

Alex não fala nada, não se move, não respira, seus pés cravados no lugar. Henry não está olhando para ele, mas encara um ponto em algum lugar da lareira, puxando os próprios cabelos com exasperação.

— Isso nunca deveria ser um problema — ele continua, com a voz rouca. — Pensei que eu poderia ter alguma parte de você, e simplesmente nunca dizer, e você nunca precisaria saber e, um dia, você se cansaria de mim e me largaria porque eu sou... — Ele para de repente, e uma mão trêmula se move desamparada no ar na frente dele para mostrar tudo que ele é. — Nunca pensei que me depararia com uma escolha que não posso fazer, porque nunca... nunca imaginei que você fosse retribuir meu amor.

— Bom — Alex diz. — Eu te amo. E você pode escolher.

— Você sabe muito bem que não.

— Você pode tentar — Alex retruca, sentindo como se essa deveria ser a merda da verdade mais simples da face da Terra. — O que você *quer*?

— Eu quero você...

— Então fica comigo, caralho.

— ... mas não quero isso.

Alex quer pegar Henry e chacoalhá-lo, quer gritar na cara dele, quer quebrar todas as antiguidades inestimáveis no quarto.

— O que isso quer dizer, cacete?

— Eu não quero! — Henry praticamente berra. Seus olhos estão brilhando, úmidos e furiosos e assustados. — Você não enxerga? Não sou como você. Não tenho o direito de ser irresponsável. Não tenho uma família que vai me apoiar. Não vou jogar na cara de todo mundo quem eu sou e sonhar com uma carreira na porra da política para ser ainda mais julgado e dissecado por todo o maldito mundo. Posso te amar e te querer e ainda assim não querer essa vida. Eu tenho esse direito, tá, e isso não me torna uma farsa; me torna um homem com um mínimo de senso de autopreservação, ao contrário de você, e você não tem o direito de vir aqui e me chamar de covarde por causa disso.

Alex respira fundo.

— Eu nunca disse que você era covarde.

— Eu. — Henry pestaneja. — Enfim. Mesmo assim.

— Você acha que eu quero a sua vida? Acha que quero a vida da Martha? Essa gaiola dourada do caralho? Mal poder falar em público, ou ter uma maldita opinião...

— Então o que estamos fazendo aqui? Por que a gente está brigando, então, se as vidas que precisamos levar são tão incompatíveis?

— Porque você também não quer isso! — Alex insiste. — Você não quer nada dessa porra. Você odeia isso tudo.

— Não venha me dizer o que eu quero — Henry diz. — Você não faz ideia de como eu me sinto.

— Olha, eu posso até não ser a porra de um príncipe — Alex diz, atravessa o tapete horrível, entra no espaço de Henry —, mas sei como é ter a vida toda determinada pela família em que você nasceu, está bem? A vida que queremos... não é tão diferente. Não nos aspectos que realmente importam. Você quer pegar o que recebeu e transformar o mundo num lugar melhor do que encontrou. Eu também. Nós podemos... podemos encontrar um jeito de fazer isso juntos.

Henry fica olhando para ele em silêncio, e Alex consegue ver as peças mudando de lugar na cabeça dele.

— Não acho que eu possa.

Alex vira as costas, recuando como se tivesse levado um tapa.

— Certo — ele diz finalmente. — Quer saber? Foda-se. Eu vou embora.

— Ótimo.

— Eu vou embora — ele diz, e se vira de volta e se aproxima — assim que você me mandar ir embora.

—Alex.

Ele está cara a cara com Henry agora. Se é para ter seu coração partido, ele vai obrigar Henry a ter a coragem de fazer isso do jeito certo.

— Termina comigo. Eu vou voltar para o avião. E é isso. E você pode seguir com a sua vida na sua torre e ser infeliz para sempre, escrever um livro cheio de poemas tristes pra caralho sobre isso ou sei lá. Tanto faz. Só fala.

—Vai se foder — Henry diz, a voz embargada, e ele pega Alex pelo colarinho, e Alex sabe que vai amar esse idiota teimoso para sempre.

— Me fala — ele diz, a sombra de um sorriso nos lábios — para ir embora.

Ele sente que está sendo empurrado para trás contra uma parede antes de se dar conta, e a boca de Henry está na sua, desesperada e febril. O gosto tênue de sangue brota em sua língua, e ele sorri enquanto abre a boca, a pressiona contra a de Henry, puxa o cabelo dele com as duas mãos. Henry geme e Alex sente um arrepio na espinha.

Eles se apalpam junto à parede até Henry erguê-lo do chão, e puxá-lo para trás, em direção à cama. Alex bate de costas contra o colchão, e Henry para em pé diante dele por alguns segundos, encarando. Alex daria tudo para saber que merda está se passando naquela cabecinha dele.

Ele percebe, de repente, que Henry está chorando.

Ele engole em seco.

Este é o problema: ele não sabe. Ele não sabe se isto é algum tipo de consumação ou se é a última vez. Ele acha que não conseguiria fazer nada se soubesse que é a última. Mas não quer voltar para casa sem isso.

—Vem aqui.

Ele transa com Henry fundo e devagar e, se essa for a última vez, que seja tremendo, ofegante e épica, as bocas e os rostos molhados. Alex é um clichê sobre um lençol cor de mármore, e ele se odeia, mas está muito apaixonado. Seu amor é idiota e insuportável, e Henry também o ama e, ao menos por uma noite, isso importa, mesmo se os dois tiverem que fingir esquecer pela manhã.

Henry goza com o rosto na palma aberta da mão de Alex, o lábio inferior em seu punho, e Alex tenta decorar cada detalhe, até a maneira como seus cílios se abrem contra as bochechas e o rubor que se espalha até suas orelhas. Ele diz a seu cérebro acelerado: "Não esqueça nada desta vez. Ele é importante demais".

Está completamente escuro lá fora quando o corpo de Henry finalmente se acalma, e cai um silêncio impossível sobre o quarto, o fogo apagado. Alex vira para o lado e passa dois dedos no peito, bem perto de onde fica a chave na corrente. Seu coração está batendo normalmente sob a sua pele. Ele não sabe como.

É um silêncio longo antes de Henry se mexer ao seu lado na cama, colocando um lençol sobre eles. Alex tenta encontrar algo para dizer, mas não acha nada.

Alex acorda sozinho.

Leva um momento para tudo se reorientar em volta do ponto fixo em seu peito onde a noite de ontem acabou. A cabeceira elaborada cor de ouro, o edredom bordado e pesado, o lençol de sarja por baixo, que é a única coisa no quarto que Henry realmente escolheu. Ele passa a mão no lençol, sobre o lado de Henry da cama. É frio ao toque.

O Palácio de Kensington é cinza e sombrio pela manhã. O relógio sobre a cornija da lareira mostra que não são nem sete horas ainda, e uma chuva forte bate contra a enorme janela, revelada pelas cortinas entreabertas.

O quarto de Henry nunca teve muito a cara dele, mas, no silêncio matinal, se revela em pedaços. Uma pilha de cadernos em cima da mesa, o de cima com uma mancha de tinta de uma caneta que estourou em sua bolsa num avião. Um cardigã largo, gasto e remendado nos cotovelos, pendurado sobre uma poltrona antiga perto da janela. A coleira de David pendurada na maçaneta.

Ao lado, tem um exemplar do *Le Monde* na mesa de cabeceira, embaixo de um volume gigante com encadernação de couro das obras completas de Wilde. Ele reconhece a data: Paris. A primeira vez em que eles acordaram um ao lado do outro.

Ele fecha bem os olhos, sentindo pela primeira vez na vida que deveria parar de ser tão enxerido. Está na hora, ele percebe, de aceitar apenas o que Henry pode lhe dar.

Os lençóis têm o cheiro de Henry. Coisas que Alex sabe:

Um. Henry não está aqui.

Dois. Henry nunca disse sim para nenhum tipo de última noite futura.

Três. Esta pode muito bem ser a última noite em que ele vai conseguir sentir o cheiro de Henry em alguma coisa.

Mas: quatro. Perto do relógio sobre a cornija, ainda repousa o anel de Henry.

A maçaneta gira, e Alex abre os olhos e encontra Henry, segurando duas canecas com um sorriso fraco e indecifrável. Ele está de moletom de novo, umedecido pela névoa da manhã.

— Seu cabelo pela manhã é realmente uma maravilha a ser contemplada — é como ele quebra o silêncio. Ele se aproxima e se ajoelha na ponta do colchão, oferecendo uma caneca a Alex. É café com canela e um cubo de açúcar. Ele não quer sentir nada sobre Henry saber como ele gosta de seu café, não quando está prestes a levar um pé na bunda, mas sente.

No entanto, quando Henry olha para ele de novo, o observa tomar o primeiro bendito gole de café, o sorriso volta com tudo. Ele abaixa a mão e segura um dos pés de Alex por cima do edredom.

— Oi — Alex diz com cautela, estreitando os olhos por sobre o café. — Você parece... menos irritado.

Henry dá um riso bufado.

— Olha quem fala. Não fui eu quem invadiu o palácio num acesso de fúria para me chamar de "cuzão idiota filho da puta".

— Em minha defesa — Alex diz —, você foi um cuzão idiota filho da puta.

Henry para um segundo, toma um gole de seu chá, e o coloca na mesa de cabeceira.

— Eu fui — ele concorda, se inclina para a frente e encosta a boca na de Alex, com uma caneca na mão. Ele tem gosto de pasta de dente e Earl Grey e talvez, no fim das contas, Alex não vá levar um pé na bunda.

— Ei — ele diz quando Henry recua. — Onde você estava?

Henry não responde, apenas tira os tênis molhados e senta entre as pernas abertas de Alex. Ele coloca as mãos em suas coxas com carinho, e, quando ergue os olhos para Alex, estão azul-claros e focados.

— Eu precisava correr um pouco — ele diz. — Para esvaziar a cabeça, pensar no que... vem por aí. Feito um Darcy melancólico em Pemberley. E encontrei o Philip. Eu não tinha comentado, mas ele e a Martha estão passando a semana aqui enquanto fazem reformas no Anmer Hall. Ele tinha acordado cedo para alguma aparição e estava comendo torrada. Torrada pura. Já viu alguém comer torrada sem nada em cima? É angustiante, sério.

Alex morde o lábio.

— Aonde você quer chegar, baby?

— Nós conversamos um pouco. Ele não parecia saber sobre a sua... visita... de ontem à noite, felizmente. Mas ficou falando sobre Martha, e terras, e os herdeiros hipotéticos que eles precisam começar a tentar ter, por mais que Philip odeie crianças, e de repente foi como se... tudo que você falou ontem à noite voltasse para a minha cabeça. Eu pensei: Deus, é isso, não é? Só seguir o plano. E não é que ele seja infeliz. Ele está bem. Está tudo profundamente bem. Uma vida inteira bem. — Ele está puxando um fio solto no edredom, mas volta a erguer os olhos, olhando para o fundo dos olhos de Alex, e diz: — Isso não é suficiente para mim.

Há uma palpitação desesperada no peito de Alex.

— Não?

Ele ergue os olhos e passa um polegar na maçã do rosto de Alex.

— Eu não... sou tão bom em falar dessas coisas como você, mas... Sempre pensei, desde que me descobri e, mesmo antes, quando sentia que eu era diferente... e, depois de todos esses últimos anos, todas as maluquices que a minha cabeça faz... sempre pensei em mim como um problema que merecia ser escondido. Nunca confiei muito em mim mesmo, ou no que eu queria. Antes de você, eu deixava que tudo acontecesse comigo. Eu sinceramente nunca pensei que merecia escolher. — Sua mão se move, os dedos passando por um cacho atrás da orelha de Alex. — Mas você me trata como se eu merecesse.

Há um nó duro na garganta de Alex, mas ele se esforça para falar. Ele estende o braço e deixa a caneca ao lado da de Henry na mesa de cabeceira.

—Você merece — ele diz.

— Acho que estou começando a acreditar nisso de verdade — Henry diz. — E não sei quanto tempo levaria se eu não tivesse você para acreditar por mim.

— E não tem nada de errado em você — Alex diz. — Quero dizer, tirando o fato de que às vezes você é um cuzão idiota filho da puta.

Henry ri de novo, com lágrimas e rugas no canto dos olhos, e Alex sente o coração saltar pela garganta, subir para o teto ornamentado, se dilatar para encher o quarto inteiro, até o anel dourado cintilante sobre a lareira.

— Desculpa por isso — Henry diz. — Eu... não estava preparado para ouvir. Naquela noite, no lago... foi a primeira vez em que me permiti pensar que você poderia dizer. Entrei em pânico, mas foi imbecil e injusto e não vou fazer isso de novo.

— Acho bom — Alex diz. — Então, você está me dizendo que... topa?

— Estou dizendo — Henry começa, e o franzir de suas sobrancelhas é tenso, mas sua boca continua falando — que estou apavorado, e que minha vida toda está uma loucura completa, mas tentar te abandonar nessa última semana quase me matou. Quando acordei hoje de manhã e olhei pra você... soube que não vou conseguir viver com pouco. Não sei se vou poder contar para o mundo, mas... eu quero. Um dia. Se houver um legado para mim nesta terra maldita, quero que seja verdadeiro. Para poder dar a você tudo de mim, em todos os sentidos que você me quiser, e para poder te oferecer a chance de uma vida. Se você puder esperar, quero que me ajude a tentar.

Alex olha para ele, contemplando todo o conjunto, os séculos de sangue real sentados sob um candelabro antigo de Kensington, ergue a mão para tocar em seu rosto, olha para seus dedos e lembra de segurar a Bíblia na posse de sua mãe com a mesma mão.

A ficha cai, com tudo: o peso desse momento. Como nenhum deles nunca vai conseguir desfazer isso.

— Certo — ele diz. — Eu topo fazer história.

Henry revira os olhos e sela o momento com um beijo sorridente. Eles voltam a cair nos travesseiros juntos, o cabelo e o moletom úmido de Henry e o corpo nu de Alex enroscados na roupa de cama luxuosa.

Quando Alex era pequeno, antes de todos saberem seu nome, ele sonhava com o amor como se fosse um conto de fadas, como se fosse entrar em sua vida nas costas de um dragão. Quando ficou mais velho, aprendeu que o amor era algo estranho que podia desmoronar por mais que você o desejasse, uma escolha que você faz mesmo assim. Ele nunca imaginou que descobriria que estava certo nos dois momentos.

As mãos de Henry em seu corpo são calmas e suaves, e eles se beijam por horas ou dias, aproveitando esse momento o máximo possível. Eles fazem pausas para terminar o chá e o café morno, e Henry manda trazerem bolinhos e geleia de cassis. Eles passam a manhã na cama, assistindo a Mel e Sue rirem de bolinhos no laptop de Henry, ouvindo a chuva diminuir até virar uma garoa.

Em algum momento, Alex pega a calça jeans do pé da cama e tira o celular do bolso. Ele tem três ligações perdidas de Zahra, uma mensagem de voz inquietante da mãe, quarenta e sete mensagens não lidas no grupo com June e Nora.

ALEX, ZÁ FALOU QUE VOCÊ TÁ EM LONDRES???????

Alex meu deus do céu

Juro por deus que se você fizer uma loucura e for pego, eu vou te matar

Mas você foi atrás dele!!! Isso é tão Jane Austen

Vou te dar um soco na cara quando você voltar. Não acredito que você não me contou

Como foi??? Você está com o Henry agora?????

VOU TE SOCAR

Ele descobre que, das quarenta e sete mensagens, quarenta e seis são de June e a quadragésima sétima é Nora perguntando se algum deles sabe onde ela deixou seu All Star branco de cano alto. Alex responde: **seu tênis tá embaixo da minha cama e henry tá mandando um oi.**

A mensagem mal foi entregue antes de o celular tocar com uma ligação de June, que exige ser colocada no viva-voz e ficar a par de tudo. Depois, em vez de enfrentar a fúria de Zahra, ele convence Henry a ligar para Shaan.

— Você acha que poderia, tipo, ligar para a sra. Bankston e dizer para ela que Alex está a salvo e comigo?

— Sim, senhor — Shaan diz. — E devo preparar um carro para a partida dele?

— É — Henry diz, e ergue os olhos para Alex e faz com a boca: "Fica?". Alex faz que sim. — Amanhã?

Há uma longa pausa do outro lado da linha antes de Shaan dizer:

— Vou avisá-la — com uma voz de quem preferia fazer literalmente qualquer outra coisa.

Alex ri quando Henry desliga, mas volta para o seu celular, a mensagem de voz da sua mãe esperando. Henry vê seu polegar pairando sobre o botão e cutuca suas costelas.

— Acho que vamos ter que enfrentar as consequências em algum momento — ele diz.

Alex suspira.

— Acho que não te contei, mas ela... Então, quando ela me demitiu, ela me falou que, se eu não tivesse mil por cento de certeza sobre você, eu precisava terminar.

Henry aninha o nariz atrás da orelha de Alex.

— Mil por cento?

— É, não deixe isso subir à cabeça.

Henry o acotovela de novo, e Alex ri, pega sua cabeça e dá um beijo agressivo na bochecha dele, esmagando a cara no travesseiro. Quando Alex finalmente solta, Henry está com o rosto vermelho, bagunçado e definitivamente contente.

— Mas eu estava pensando nisso — Henry diz. — Ficar comigo pode arruinar sua carreira. Congresso aos trinta anos, não era o plano?

— Fala sério. Olha esse rostinho. As pessoas amam esse rostinho. Vou dar um jeito. — Henry parece profundamente cético, e Alex suspira de novo. — Não sei. Não sei nem exatamente como, tipo, ser um legislador funcionaria se eu estiver com o príncipe de outro país. Então, sabe. Tem muita coisa para pensar. Mas pessoas muito piores com problemas muito maiores do que eu vivem sendo eleitas.

Henry está olhando para ele daquele jeito penetrante que ele usa às vezes, que faz Alex se sentir como um inseto preso com uma tachinha sob um vidro.

—Você realmente não tem medo do que pode acontecer?

— Não, quer dizer, claro que tenho — ele diz. — Definitivamente vamos guardar segredo até depois da eleição. E sei que vai ser confuso. Mas, se conseguirmos nos adiantar na narrativa, esperar o momento certo e fazer tudo nos nossos próprios termos, acho que vai ficar tudo bem.

— Há quanto tempo você está pensando nisso?

— Conscientemente? Desde, tipo, o Comitê Nacional Democrata. Inconscientemente, em negação total? Tempo pra caralho. Pelo menos desde que você me beijou.

Henry olha para ele do travesseiro.

— Isso é... meio inacreditável.

— E você?

— E eu? — Henry diz. — Meu Deus, Alex. Todo esse maldito tempo.

— Todo esse tempo?

— Desde a Olimpíada.

— A Olimpíada? — Alex tira o travesseiro de baixo dele. — Mas esse foi, foi tipo...

— Sim, Alex, foi o dia em que nos conhecemos, você não deixa escapar nada, não é? — Henry diz, esticando o braço para pegar o travesseiro de volta. — "E você", ele pergunta, como se não soubesse...

— Cala a boca — Alex diz, sorrindo feito um idiota. Ele para de disputar o travesseiro com Henry e, em vez disso, senta em cima dele e o beija contra o colchão. Ele puxa os lençóis por cima deles e os dois desaparecem na pilha, uma bagunça aos risos de bocas e mãos, até Henry rolar em cima do celular e sua bunda apertar o botão da caixa de mensagens.

— Diaz, seu romântico incorrigível maluco do caralho — diz a voz da presidenta dos Estados Unidos, abafada na cama. — Acho bom que seja para sempre. Se cuida.

Sair às escondidas do palácio sem segurança às duas da madrugada foi, por incrível que pareça, ideia do Henry. Ele pegou moletons e bonés para os dois — o uniforme incógnito dos internacionalmente famosos — e Bea organizou uma saída barulhenta do lado oposto do palácio enquanto eles corriam pelos jardins. Agora, eles estão na calçada deserta e molhada em South Kensington, cercados por prédios altos de tijolos vermelhos e uma placa de...

— Para, está brincando comigo? — Alex diz. — *Prince Consort Road*? É literalmente a rua do Príncipe Consorte? Ai, meu Deus, tira uma foto de mim com a placa.

— Ainda não chegamos! — Henry diz por sobre o ombro. Ele volta a puxar o braço de Alex para que ele continue correndo. — Vem logo, preguiçoso.

Eles atravessam a rua e entram em uma alcova entre dois pilares, onde Henry tira do moletom um chaveiro com dezenas de chaves.

— Uma coisa boa de ser príncipe: as pessoas te dão a chave de qualquer coisa se você pedir com jeitinho.

Alex fica embasbacado, observando Henry apalpar na beira de uma parede aparentemente normal.

— Todo esse tempo, pensei que *eu* era o Ferris Bueller da relação.

— Como assim, você achou que eu era a Sloane? — Henry diz, abrindo uma fresta no painel e empurrando Alex para dentro de uma praça ampla e escura.

Os pisos são de ladrilhos brancos inclinados que ecoam os sons de seus passos enquanto eles correm. Tijolos vitorianos robustos se assomam rumo ao céu da noite, cercando o pátio, e Alex pensa: "Ah". O Victoria and Albert Museum. Henry tem uma chave para o V&A.

Há um segurança velho e robusto esperando nas portas.

— Não sei como lhe agradecer, Gavin — Henry diz, e Alex nota o maço grosso de notas que Henry passa no aperto de mão.

— Noite da Renascença hoje, é? — Gavin diz.

— Se fizer a gentileza — Henry diz.

Eles voltam a andar pelos salões de arte chinesa e esculturas francesas. Henry se move sem dificuldade de um cômodo a outro, passando por uma escultura de pedra preta de um Buda sentado e um nu em bronze de João Batista, sem um único passo em falso.

— Você faz isso sempre?

Henry ri.

— Ah, é meio que meu segredo. Quando eu era pequeno, minha mãe e meu pai nos traziam de manhãzinha, antes de abrir. Eles queriam que tivéssemos uma noção das artes, acho, mas principalmente de história. — Ele vai mais devagar e aponta para uma obra enorme, um tigre de madeira atacando um homem vestido de soldado europeu, a placa dizendo "TIGRE DE TIPU". — Minha mãe nos trouxe para olhar esta e sussurrou para mim: "Está vendo como o tigre está comendo o soldado? É porque meu tataratataratataravô *roubou* isso da Índia. Acho que a gente deveria devolver, mas sua vó não deixa".

Alex observa o rosto de Henry levemente de perfil, o sinal de dor que se move sob sua pele, mas ele a deixa de lado rapidamente e volta a pegar a mão de Alex. Eles voltam a correr.

— Agora, eu gosto de vir à noite — ele diz. — Alguns dos chefes da segurança me conhecem. Às vezes acho que continuo vindo porque, por mais lugares aonde eu vá ou pessoas que eu conheça ou livros que eu leia, este lugar é a prova de que nunca vou aprender tudo. É como Westminster: você pode olhar todos os entalhes individuais ou vitrais e saber que existe uma fortuna de histórias ali, que tudo foi colocado em um lugar específico por um motivo. Tudo tem um significado, uma intenção. Tem obras aqui... *A grande cama de Ware*, é mencionada em *Noite de Reis, Epicoene, Don Juan*, e está aqui. Tudo é uma história, nunca terminada. Não é incrível? E os arquivos, meu Deus, eu poderia passar horas nos arquivos, eles... *mmph*.

Ele é interrompido no meio da frase porque Alex o parou no meio do corredor e o puxou para trás em um beijo.

— Olá — Henry diz quando eles se separam. — Por que isso?

— Só, tipo. — Alex encolhe os ombros. — Te amo muito.

O corredor os leva até um átrio cavernoso, salões se abrindo em todas as direções. Apenas algumas das luzes de teto foram deixadas acesas, e Alex consegue ver um candelabro enorme no alto da rotunda, fios e bolhas de vidro em tons de azul e verde e amarelo. Atrás, há um coro alto de ferro elaborado sobre o patamar amplo e esplêndido acima.

— É aqui — Henry diz, puxando Alex pela mão para a esquerda, onde a luz se derrama por um arco imenso. — Liguei antes para pedir para o Gavin deixar uma luz acesa. É minha sala favorita.

Alex já ajudou pessoalmente em exposições no Smithsonian e dorme em um quarto que já foi ocupado pelo sogro de Ulysses S. Grant, mas ainda assim perde o fôlego quando Henry o puxa através dos pilares de mármore.

À meia-luz, a sala ganha vida. O teto abobadado parece se estender para sempre no céu escuro de Londres e, embaixo dele, a sala é disposta como uma praça de Florença, colunas altas, altares e arcos imponentes. Bacias fundas de fontes fixadas no chão entre as estátuas sobre pedestais pesados, e efígies atrás de batentes pretos com a Ressurreição entalhada nas telas. Dominando toda a parede dos fundos, há um coro alto gótico colossal entalhado em mármore e adornado com estátuas ornamentadas de santos, pretas e douradas e imponentes, sagradas.

Quando Henry volta a falar, sua voz é baixa, como se ele estivesse tentando não quebrar o feitiço.

— Aqui, à noite, é como andar por uma *piazza* de verdade — Henry diz. — Mas não tem mais ninguém para encostar em você, ficar te encarando ou tentar tirar uma foto sua. Dá para simplesmente ser.

Alex olha para Henry e encontra sua expressão cautelosa, insegura, e percebe que é o mesmo de quando Alex levou Henry para a casa no lago — o lugar mais sagrado que ele tem.

Ele aperta a mão de Henry e diz:

— Me conta tudo.

Henry conta, levando-o de uma peça a outra. Há uma escultura em tamanho real de Zéfiro, o deus grego do vento oeste trazido à vida por Francavilla, uma coroa em sua cabeça e um pé em uma nuvem. Narciso de joelhos, fascinado pelo próprio reflexo no lago, que antes se acreditava ser o *Cupido* perdido de Michelangelo mas, na verdade, foi esculpido por Cioli — "Está vendo aqui, onde tiveram que restaurar os nós dos dedos dele com estuque?" —, Plutão raptando Proserpina para o submundo, e Jasão com seu velocipe de ouro.

Eles voltam até a primeira estátua, *Sansão e o filisteu*, aquela que tirou o fôlego de Alex quando eles entraram. Ele nunca viu nada igual: os músculos lisos, os entalhes da carne, a vida que exala dela, tudo esculpido por Giambologna em mármore. Ele tem certeza que, se pudesse tocar, a pele estaria quente.

— É um pouco irônico, sabe — Henry diz, olhando para ela. — Eu, o herdeiro gay amaldiçoado, aqui no museu da Vitória, considerando o quanto ela amava aquelas leis contra sodomia. — Ele sorri. — Na verdade... lembra que eu te contei do rei gay, Jaime I?

— Aquele do namorado burro gostosão?

— Esse mesmo. Bom, seu grande favorito era um homem chamado Jorge Villiers. "O homem de corpo mais belo em toda a Inglaterra", diziam. Jaime ficou completamente embasbacado. Todo mundo sabia. Um poeta francês, De Viau, escreveu um poema sobre isso. — Ele limpa a garganta e começa a declamar: — "Um homem fode o monsieur Le Grand, outro fode o conde de Tonnerre, e é bem sabido que o rei da Inglaterra fode o duque de Buckingham." — Alex deve ter ficado encarando, porque ele acrescenta: — Bom, em francês rima. Enfim. Você sabia que a tradução do rei Jaime da Bíblia em inglês existe porque a Igreja Anglicana ficou tão indignada com Jaime por expor sua relação com Villiers que ele encomendou a tradução para agradá-los?

— Você tá me tirando.

— Ele entrou na frente do Conselho Privado e disse: "Cristo teve João, e eu tenho George".

— Jesus.

— Exatamente. — Henry continua com os olhos erguidos para a estátua, mas Alex não consegue tirar os olhos dele e do sorriso maroto em seu rosto, perdido em seus próprios pensamentos. — E o filho de Jaime, Carlos I, é o motivo por que temos esse lindo Sansão. É o único Giambologna que saiu de Florença. Foi um presente do rei da Espanha para Carlos, e Carlos deu essa obra-prima enorme e absolutamente inestimável de escultura para Villiers. Alguns séculos depois, aqui está ela. Uma das obras mais belas que possuímos, e nem precisamos roubá-la. Só precisávamos de Villiers e suas safadezas com os monarcas gays. Para mim, se houvesse um registro de marcos gays nacionais na Grã-Bretanha, Sansão estaria nele.

Henry está radiante como um pai orgulhoso, como se Sansão fosse seu, e Alex é tomado por uma certa onda de orgulho.

Ele pega o celular no bolso e tira uma foto, Henry todo leve, amarrotado e sorridente ao lado de uma das obras de arte mais primorosas do mundo.

— O que você está fazendo?

— Estou tirando uma foto de um marco gay nacional — Alex responde. — Junto com uma estátua.

Henry ri com indulgência, e Alex corta o espaço entre eles, tira o boné de beisebol de Henry e fica na ponta dos pés para beijar o topo da testa dele.

— É engraçado — Henry diz. — Sempre pensei nisso como a coisa mais imperdoável em mim, mas você age como se fosse uma das melhores.

— Ah, sim — Alex diz. — A lista de principais motivos para te amar é o cérebro, depois o pau, depois o status iminente como ícone gay revolucionário.

— Você é literalmente o pior pesadelo da rainha Vitória.

— E é por isso que você me ama.

— Meu Deus, você está certo. Todo esse tempo, eu só estava atrás do menino que mais enfureceria meus antepassados homofóbicos.

— Ah, e não podemos esquecer que eles também eram racistas.

— Definitivamente não — Henry concorda com seriedade. — Da próxima vez, podemos visitar algumas das obras de Jorge III e ver se elas explodem em chamas.

Do outro lado do coro alto de mármore no fundo da sala, há uma segunda câmara mais profunda, cheia de relíquias de igreja. Depois de vitrais e estátuas de santos, bem no fundo da sala, há todo um altar de capela. A placa explica que sua localização original era a abside do convento de Santa Clara em Florença no século XV, e é deslumbrante, instalada no fundo de uma alcova de maneira a criar uma capela de verdade, com estátuas de santa Clara e são Francisco de Assis.

— Quando eu era mais novo — Henry diz —, tinha uma ideia

muito elaborada de trazer alguém que eu amasse aqui e ficar dentro da capela, que ele amaria tanto quanto eu, e nós dançaríamos juntinhos na frente da Santa Mãe. Só uma... fantasia adolescente boba.

Henry hesita antes de finalmente tirar o celular do bolso. Ele aperta alguns botões e estende uma mão para Alex, e "Your Song" começa a tocar baixo no alto-falante minúsculo.

Alex solta um riso.

— Você não vai perguntar se sei dançar valsa?

— Nada de valsa — Henry diz. — Nunca gostei.

Alex pega a mão dele, e Henry se volta para a capela como um postulante nervoso, as bochechas descarnadas sob a luz fraca, antes de puxar Alex.

Quando eles se beijam, Alex consegue ouvir um provérbio meio esquecido do catecismo, misturado entre as traduções da bíblia: "Come, hijo mío, de la miel, porque es buena, e o favo de mel, que é doce ao teu paladar". Ele se pergunta o que santa Clara pensaria deles, um Davi e Jônatas perdidos, dançando lentamente sem sair do lugar.

Ele leva a mão de Henry à boca e beija o pequeno nó de seu dedo, a pele sobre a veia azul ali, as linhas de sangue, os pulsos, o sangue antigo perpetuado dentro dessas paredes, e pensa: "Em nome do Pai, do Filho e do Espírito Santo, amém".

Henry freta um avião particular para ele voltar para casa, e Alex está com pavor da bronca que vai levar assim que chegar aos Estados Unidos, mas está tentando não pensar nisso. Na pista de decolagem, o vento bate forte em seu cabelo sobre a testa e Henry pega algo dentro do paletó.

— Escuta — ele diz, tirando o punho fechado do bolso. Ele pega uma das mãos de Alex e a vira para colocar um objeto pequeno e pesado em sua mão. — Quero que saiba que tenho certeza. Mil por cento.

Ele tira a mão e ali, no centro da palma calejada de Alex, está o anel de sinete.

— Como assim? — Os olhos de Alex se erguem para olhar o rosto de Henry e o encontra sorrindo suavemente. — Eu não posso...

— Fica com ele — Henry diz. — Estou cansado de usar.

É uma pista de decolagem particular, mas mesmo assim é arriscado, então ele dá um abraço em Henry e sussurra com força.

— Eu te amo pra caralho.

Depois que o avião toma altitude, ele tira a corrente do pescoço e coloca o anel junto da chave da casa antiga. Eles tilintam baixo um contra o outro quando ele os coloca sob a camisa — duas casas lado a lado.

Onze

Assunto: Coisas da terra natal

A <agcd@eclare45.com> 2/9/20 17h12
para Henry

H,
Cheguei em casa faz umas três horas. Já tô com saudades. Que saco.

Ei, já te falei recentemente como você é corajoso? Ainda me lembro do que você disse para aquela garotinha no hospital sobre Luke Skywalker: "Ele é prova de que não importa de onde você venha ou quem seja a sua família". Querido, você também é prova disso.

(Aliás, neste relacionamento, eu definitivamente sou o Han e você definitivamente é a Leia. Não tente discordar porque você vai estar errado.)

Também andei pensando no Texas, o que acho que faço muito quando estou estressado com coisas da eleição. Tem tantos lugares que ainda não te mostrei. A gente nem foi para Austin ainda! Quero te levar pro Franklin Barbecue. Precisa esperar horas na fila, mas faz parte da experiência. Quero muito ver um membro da família real esperar na fila por horas para comer pedaços de vaca.

Pensou mais sobre o que você falou antes de eu vir embora? Sobre se assumir para a sua família? Obviamente, você não é obrigado. É só que você parecia meio esperançoso quando falou disso.
Vou estar aqui, ainda de quarentena na Casa Branca (pelo menos minha mãe não me matou por causa de Londres), torcendo por você.

Te amo.
Mil beijos,
Alex

P.S. Vita Sackville-West para Virginia Woolf — 1927:
Para mim é gritante: sinto ainda mais saudades de você do que poderia imaginar; e estava preparada para sentir muitas.

Re: Coisas da terra natal

Henry <hwales@kensingtonemail.com>   3/9/20 2h49
para A

Alex,
É, de fato, um saco. Só me resta fazer uma mala e desaparecer para sempre. Talvez eu possa morar no seu quarto como um recluso.

Você poderia mandar levar comida para mim, e eu ficaria escondido em um canto escuro quando você atendesse a porta. Vai ser tudo intensamente *Jane Eyre*.

O *The Mail* escreveria especulações malucas sobre aonde fui, se me matei ou desapareci em Saint Kilda, mas apenas você e eu saberíamos que estou deitado em sua cama, lendo livros e me alimentando de profiteroles e fazendo amor com você sem parar até nós dois expirarmos em uma névoa de calda de chocolate.
É assim que quero morrer.

Receio, porém, que eu esteja preso aqui. Vovó vive perguntando para minha mãe quando vou me alistar, e se eu sei que Philip já havia servido um ano quando tinha a minha idade. Preciso pensar no que vou fazer, porque sem dúvida estou chegando ao fim do que parece um período aceitável para um ano sabático. Por favor, se lembre de mim em seus — é assim que os políticos americanos dizem? — pensamentos e orações.

Austin parece fantástico. Talvez daqui a alguns meses, depois que as coisas se acalmarem um pouco? Eu poderia tirar um feriado prolongado. Podemos visitar a casa da sua mãe? Seu quarto? Você ainda guarda seus troféus de lacrosse? Me diga que ainda tem pôsteres na parede. Me deixe adivinhar: Han Solo, Barack Obama e... Ruth Bader Ginsburg.

(Vou concordar com sua avaliação de que você é o Han da minha Leia no sentido de que, sem dúvida, você não passa de um pretensioso, idiota, relaxado e nojento que nos levaria diretamente para um campo de asteroides. Eu gosto de homens gentis.)

Pensei mais sobre me assumir para a minha família, o que é parte do motivo por que estou ficando aqui agora. Bea se ofereceu para estar lá quando eu contar para Philip se quiser, então acho que vou contar. De novo, pensamentos e orações.
Te amo terrivelmente, e quero você aqui de volta em breve. Preciso da sua ajuda para escolher uma cama nova para o meu quarto; decidi que quero me livrar daquela monstruosidade dourada.

Seu,
Henry

P.S. De Radclyffe Hall para Evguenia Souline, 1934:
Querida — me pergunto se você tem ideia do quanto estou contando com sua vinda à Inglaterra, o quanto ela significa para mim — significa o mundo,

e deveras meu corpo será todo, todo seu, assim como o seu será todo, todo meu, amada (...) E nada vai importar além de nós duas, nós duas ansiando amores finalmente reunidas.

Re: Coisas da terra natal

A <agcd@eclare45.com>   3/9/20 6h20
para Henry

Henry,

Merda. Você acha que vai se alistar? Não pesquisei nada sobre isso ainda. Vou pedir para a Zahra mandar alguém do nosso pessoal montar um fichário sobre isso. O que isso quer dizer? Você vai ficar longe por muito tempo? Vai ser perigoso??? Ou é só, tipo, usar o uniforme e ficar sentado diante de uma mesa? Como não conversamos sobre isso quando eu estava aí?????

Desculpa. Estou entrando em pânico. Não sei como fui esquecer que essa era uma possibilidade se aproximando no horizonte. Vou te apoiar no que decidir fazer, só, tipo, me avisa se eu precisar começar a praticar ficar olhando melancólico pela janela, esperando meu amor voltar da guerra.

Me deixa louco às vezes o fato de que você não tenha mais poder de voz sobre a sua vida. Quando penso em você feliz, te imagino em seu próprio apartamento em algum lugar fora do palácio com uma mesa onde possa escrever antologias da história gay. E estou lá, acabando com seu xampu, fazendo você ir ao mercado comigo e acordando no mesmo bendito fuso horário que você toda manhã.

Quando a eleição terminar, podemos pensar no que vamos fazer depois. Eu adoraria estar no mesmo lugar que você por um tempo, mas sei que você precisa fazer o que precisa fazer. Saiba apenas que acredito em você.

Quanto a contar para o Philip, parece um ótimo plano. Se tudo mais der errado, só faça o que eu fiz e aja como um grande babaca até a maior parte da sua família descobrir por conta própria.

Te amo. Manda oi para a Bea.
A

P.S. Eleanor Roosevelt para Lorena Hickock — 1933:
Sinto muito a sua falta, querida. O momento mais feliz do dia é quando escrevo para você. Você está passando por um momento mais tempestuoso do que eu mas creio que sinto tanto a sua falta quanto (...) Por favor, deixe a maior parte de seu coração em Washington enquanto eu estiver por aqui pois a maior parte do meu está aí com você!

Re: Coisas da terra natal

Henry <hwales@kensingtonemail.com>   4/9/20 19h58
para A

Alex,
Você já viu algo correr tão terrível, terrivelmente, inacreditavelmente errado que quis ser carregado em um canhão e disparado no vácuo implacável do espaço sideral?

Às vezes me pergunto por que existo, ou por que qualquer coisa existe. Deveria ter simplesmente feito uma mala como eu disse.

Eu poderia estar em sua cama, definhando até padecer, gordo e dominado sexualmente, morto na flor da idade. *Aqui jaz o príncipe*

Henrique de Gales. Morreu como viveu: fugindo de planos e chupando pau.
Contei para o Philip. Não sobre você, exatamente — sobre mim.

Estávamos falando sobre o alistamento, Philip, Shaan e eu, e falei para Philip que preferia não seguir o caminho tradicional e que não achava que seria útil para ninguém no Exército. Ele perguntou por que eu estava tão decidido a desrespeitar as tradições dos homens da família, e sinceramente acho que dei uma desviada (rá) do assunto, porque abri a boca e disse: "Porque não sou como o resto dos homens desta família, começando pelo fato de que sou muito profundamente gay, Philip".

Depois que Shaan conseguiu arrancá-lo do choque, Philip me deu um belo de um sermão que incluía coisas como "confuso ou equivocado" e "garantir a perpetuidade da linhagem" e "respeitar o legado". Para ser sincero, não me lembro de grande parte.

Basicamente, entendi que ele não ficou surpreso em descobrir que não sou o herdeiro heterossexual que deveria ser, mas sim que eu não pretendo continuar fingindo ser o herdeiro heterossexual como deveria continuar.

Então, sim, sei que conversamos e que achávamos que me assumir para a minha família seria um bom primeiro passo. Não posso dizer que isso seja um sinal encorajador sobre nossas chances de nos assumir publicamente. Não sei. Para ser franco, comi uma quantidade enorme de Jaffa Cakes para afogar as mágoas.

Às vezes me imagino mudando para Nova York, para dirigir o abrigo para jovens de Pez. Simplesmente ir embora. Não voltar. Talvez botar fogo em alguma coisa no caminho. Seria bom.

Olhe só: você sabe que me dei conta que nunca te falei o que pensei de verdade quando nos conhecemos?

Sabe, para mim, memórias são difíceis. Muitas vezes, elas doem. Uma coisa curiosa sobre o luto é a maneira como ele pega toda a sua vida, todos os anos fundamentais que tornaram você quem você é, e os torna tão dolorosos de lembrar por causa da ausência ali, que de repente eles se tornam inacessíveis. Você precisa inventar todo um sistema novo.

Comecei a pensar em mim e em todas as minhas memórias dignas de serem lembradas como os quartos escuros e empoeirados do Palácio de Buckingham. Peguei a noite em que Bea saiu da reabilitação e em que implorei para ela levar aquilo a sério, e a coloquei em um quarto com peônias rosa no papel de parede e uma harpa dourada no centro do piso. Peguei minha primeira vez, com um dos amigos de faculdade do meu irmão quando eu tinha dezessete anos, e encontrei o menor e mais espremido almoxarifado que consegui, e enfiei lá dentro. Peguei a última noite do meu pai, a maneira como seu rosto ficou flácido, o cheiro de suas mãos, a febre, a espera e a espera e a espera terrível e o momento em que foi ainda pior não esperar mais, e encontrei o maior cômodo, um salão de baile, amplo e escuro, as janelas fechadas e cobertas. Tranquei as portas.

Mas a primeira vez em que te vi. No Rio. Eu a levei para os jardins. Eu a coloquei contra as folhas de um carvalho dourado e a declamei para o Waterloo Vase. Não cabia em nenhum outro cômodo.

Você estava conversando com Nora e June, feliz e animado e cheio de vida, uma pessoa vivendo em dimensões que eu não tinha como acessar, e tão bonito. Seu cabelo era mais comprido na época. Você nem era um filho de presidente na época, mas não tinha medo. Tinha uma flor de ipê-amarelo no bolso.

Eu pensei: esse é o ser mais incrível que já vi, e seria melhor mantê-lo a uma distância segura de mim. E depois: se alguém como ele me amasse, eu entraria em chamas.

Então fui um tolo insensato, e me apaixonei por você mesmo assim. Quando você me ligou em horas verdadeiramente espantosas na calada da noite, eu te amei. Quando você me beijou em banheiros públicos repugnantes, se lamentou em bares de hotel e me fez feliz de maneiras que eu nunca tinha pensado que uma pessoa destruída e fechada como eu poderia ser feliz, eu te amei.

E então, inexplicavelmente, você teve a audácia de me amar de volta. Dá para acreditar?

Às vezes, ainda agora, eu não acredito.

Sinto muito que as coisas não tenham corrido melhor com o Philip. Queria poder mandar esperança.

Seu,
Henry

P.S. De Michelangelo para Tommaso Cavalieri, 1533:
Sei bem que, a essa altura, seria tão fácil esquecer seu nome quanto a comida que me alimenta; não, seria mais fácil esquecer a comida, que nutre apenas meu corpo pobremente, do que esquecer seu nome, que nutre meu corpo e minha alma, preenchendo ambos com tanta doçura que não sinto nem o cansaço nem o medo da morte enquanto minha memória preserva você em minha mente. Pense, se os olhos também pudessem desfrutar de uma porção, em que condições eu me encontraria.

Re: Coisas da terra natal

A <agcd@eclare45.com>   4/9/20 20h31
para Henry

Henry,
Porra.

Sinto muito. Não sei mais o que dizer. Sinto muito. June e Nora mandam beijos. Não tantos quanto eu.
Óbvio.

Por favor, não se preocupe comigo. Vamos encontrar um jeito. Talvez apenas leve tempo. Andei treinando minha paciência. Uma das muitas coisas que aprendi com você.

Deus, o que posso escrever para melhorar isso?

Olha: não consigo decidir se seus e-mails me fazem sentir mais ou menos falta de você. Às vezes me sinto como uma pedra estranha no meio do oceano mais belo e cristalino quando leio as coisas que você me escreve. Você ama de uma maneira tão maior que você mesmo, maior que tudo. Não consigo acreditar na sorte que tenho de poder fazer parte disso — ser aquele que recebe, e recebe tanto, é mais do que sorte e parece destino. O Deus católico me fez a pessoa para quem você escreve essas coisas. Vou rezar cinco ave-marias. Muchas gracias, santa Maria.

Não consigo me igualar a você em prosa, mas o que *posso* fazer é escrever uma lista.

UMA LISTA INCOMPLETA: COISAS QUE AMO EM SUA ALTEZA REAL, O PRÍNCIPE DE GALES

1. O som da sua risada quando te irrito.
2. O seu cheiro por baixo do perfume caro, como lençóis limpos mas também grama fresca (que bruxaria é essa?).
3. Aquela coisa que você faz quando ergue o queixo para tentar parecer durão.
4. O que suas mãos fazem quando tocam piano.
5. Todas as coisas que agora entendo sobre mim graças a você.
6. Como você acha que *O retorno de jedi* é o melhor filme de Star Wars (errado) porque, no fundo, você não passa de um grande romântico vergonhoso e bobo que só quer o felizes para sempre.
7. Sua habilidade de recitar Keats.
8. Sua habilidade de recitar o monólogo "Don't let it drag you down" da Bernadette do *Priscilla, a rainha do deserto*.
9. Como você se esforça.
10. Como você sempre se esforçou.
11. Como você é determinado a continuar se esforçando.
12. Que, quando seus ombros cobrem os meus, nada mais importa nesse mundo besta.
13. A bendita edição do *Le Monde* que você levou para Londres e guardou e mantém na sua mesa de cabeceira (sim, eu vi).
14. O seu rosto assim que você acorda.
15. A proporção entre seu ombro e sua cintura.
16. Seu coração enorme, generoso, ridículo e indestrutível.
17. Seu pau igualmente enorme.
18. A cara que você acabou de fazer quando leu esta última.
19. O seu rosto assim que você acorda (sei que já falei essa, mas é que realmente amo muito).
20. O fato de que você me amou esse tempo todo.

Continuo pensando nessa última desde que você me contou, e em como agi como um idiota. É tão difícil sair da minha própria cabeça às vezes, mas agora fico lembrando o que te falei naquela noite no meu quarto quando tudo começou, e como o ignorei quando você se ofereceu para me deixar ir depois do Comitê Nacional Democrata, como eu costumava fingir que isso não era nada de mais às vezes. Eu nem sabia o que você estava oferecendo fazer consigo mesmo. Meu Deus, quero sair na porrada com todo mundo que já te machucou algum dia, mas eu fiz isso também, não fiz? Todo aquele tempo. Me desculpa.

Por favor continue sendo lindo, forte e inacreditável. Saudades saudades saudades te amo. Vou te ligar assim que enviar isso, mas sei que você gosta de ter essas coisas por escrito.

Alex

P.S. Richard Wagner para Eliza Wille, sobre Luís II — 1864
(Lembra quando você tocou Wagner para mim? Ele é um babaca, mas isso é lindo.)
É verdade que tenho meu jovem rei que verdadeiramente me adora. Você não tem como imaginar as nossas relações. Lembro-me de um dos sonhos da minha juventude. Uma vez sonhei que Shakespeare estava vivo: que eu realmente o via e falava com ele: nunca posso esquecer a impressão que esse sonho me causou. Depois desejei ver Beethoven, embora ele já estivesse morto. Algo da mesma espécie deve passar pela mente desse homem adorável quando está comigo. Ele diz que mal consegue crer que realmente me possui. Ninguém consegue ler sem espanto, sem encanto, as cartas que ele me escreve.

Doze

Tem um anel de diamante no dedo de Zahra quando ela aparece com sua garrafa térmica de café e uma pilha grossa de arquivos. Eles estão no quarto de June, devorando o café da manhã antes de Zahra e June saírem para um comício em Pittsburgh, e June deixa cair seu waffle no lençol.

— Ai, meu Deus, Zá, o que é isso? Você ficou *noiva*?

Zahra abaixa os olhos para o anel e encolhe os ombros.

— Tive folga no fim de semana.

June fica olhando embasbacada.

— Quando você vai nos contar quem é seu namorado? — Alex pergunta. — E também, como?

— Na-na-ni-na-não — ela diz. — Você não tem o direito de me falar bosta nenhuma sobre relacionamentos secretos no meio da campanha, princesa.

— Faz sentido — Alex concorda.

Ela muda de assunto enquanto June limpa o xarope da cama com a calça do pijama.

— Temos muito chão para percorrer hoje, então se concentrem, pequenos Claremont.

Ela preparou agendas detalhadas para cada um deles, duas colunas de tópicos, e mergulha de cabeça. Eles já estão discutindo a campanha de registro de eleitores da quinta-feira em Cedar Rapids (a que ela fez questão de não convidar Alex) quando o celular dela apita com uma notificação. Ela o pega, descendo a tela sem muito interesse.

— Então preciso de vocês dois vestidos e prontos... às... — Ela está olhando a tela com mais atenção, menos distraída. — Às, hm... — O rosto dela é dominado por uma expressão de horror. — Ah, PUTA QUE ME PARIU.

— Quê...? — Alex começa, mas seu próprio celular vibra em seu colo, e ele abaixa os olhos para encontrar uma notificação da CNN: IMAGENS DE VIGILÂNCIA VAZADAS MOSTRAM O PRÍNCIPE HENRY NO HOTEL DO COMITÊ DEMOCRATA.

— Ah, merda — Alex diz.

June lê por cima de seu ombro: sabe-se lá como, uma "fonte anônima" conseguiu imagens da câmera de segurança do saguão do Beekman naquela noite do Comitê Nacional Democrata.

Não é... explicitamente comprometedora, mas mostra muito claramente os dois saindo juntos do bar, lado a lado, seguidos por Cash, e corta para imagens do elevador, o braço de Henry em torno da cintura de Alex enquanto eles conversam com Cash. Termina com os três saindo juntos no último andar.

Zahra ergue o olhar praticamente assassino.

— Pode me explicar por que esse dia de nossas vidas não para de me atormentar?

— Não sei — Alex diz, angustiado. — Não acredito que foi isso que... assim, já fizemos coisas mais arriscadas do que isso...

— Isso é para que eu me sinta *melhor*?

— Só quero dizer que, tipo, quem está vazando a porra das fitas do elevador? Quem estava procurando isso? Não tinha nenhuma Solange lá...

Um toque do celular de June o interrompe, e ela solta um palavrão quando olha.

— Jesus, aquele repórter do *Post* acabou de me enviar mensagem pedindo um comentário sobre a especulação acerca de seu relacionamento com Henry e se... se isso tem a ver com você sair da campanha depois do comitê. — Ela alterna o olhar arregalado entre Alex e Zahra. — Isso é muito ruim, né?

— Bom é que não é — Zahra diz. Ela está com a cara enfiada no celular, digitando furiosamente o que devem ser e-mails muito contundentes para a assessoria de imprensa. — O que precisamos é de uma porra de uma distração. Temos que... que mandar você num encontro ou coisa assim.

— E se nós... — June arrisca.

— Ou, merda, mandar o *príncipe* num encontro — Zahra diz. — Mandar vocês *dois* em encontros.

— Eu posso... — interrompe June.

— Pra quem eu ligo, cacete? Que menina vai querer entrar nessa merda para fingir um encontro com você a essa altura? — Zahra enfia o dorso das duas mãos nos olhos. — Jesus, me arranja um disfarce gay.

— Eu tenho uma ideia! — June quase grita. Quando os dois olham para ela, ela está mordendo o lábio, olhando para Alex. — Mas não sei se vocês vão gostar.

Ela vira o celular para mostrar a tela. É uma foto que ele reconhece como uma das que eles tiraram para Pez no Texas, June e Henry deitados juntos na doca. Ela recortou Nora para que ficassem apenas os dois, Henry com um sorriso largo e zombeteiro sob os óculos escuros e June dando um beijo na bochecha dele.

— Eu também estava naquele andar — ela diz. — Não temos que, tipo, confirmar ou negar nada. Mas podemos insinuar alguma coisa. Só para desviar a atenção.

Alex engole em seco.

Ele sempre soube que June faria de tudo por ele, mas isso? Ele nunca pediria para ela fazer isso.

Mas a questão é que... pode funcionar. A amizade deles nas redes sociais é bem documentada, ainda que metade sejam GIFs do Colin Firth. Fora de contexto, a foto parece mostrar um belo casal heterossexual lindo tirando férias, como qualquer outro. Ele olha para Zahra.

— Não é uma má ideia — Zahra diz. — Teríamos de convencer Henry. Você pode fazer isso?

Alex solta o ar. Ele definitivamente não quer fazer isso, mas também não sabe ao certo se tem escolha.

— Hm. Sim, eu. Sim, eu acho que sim.

— É exatamente o tipo de coisa que falamos que não queríamos fazer — Alex diz pelo celular.

— Eu sei — Henry diz do outro lado da linha. Sua voz está trêmula. Philip está esperando na outra linha. — Mas.

— Sim — Alex diz. — Mas.

June posta a foto do Texas, que imediatamente dispara e se torna sua nova postagem mais curtida.

Em poucas horas, está em toda parte. O BuzzFeed monta um guia detalhado da relação de Henry e June, a partir daquela maldita foto deles dançando no casamento real. Eles desenterram fotos da noite em Los Angeles, analisam interações no Twitter. "Exatamente quando você pensou que June Claremont-Diaz não conseguiria ser mais perfeita", diz um artigo, "será que ela teve seu próprio Príncipe Encantado esse tempo todo?". Outro especula: "Terá sido Alex, o melhor amigo de sua alteza real, quem os apresentou?".

June está aliviada, apenas por ter conseguido encontrar uma maneira de protegê-lo, embora isso signifique que o mundo esteja vasculhando a vida *dela* em busca de respostas e provas, o que faz Alex querer matar todo mundo. Ele também quer pegar as pessoas pelos ombros, chacoalhá-las e dizer que Henry é *dele*, seus idiotas, ainda que todo o motivo disso fosse para fazer as pessoas acreditarem no oposto. Ele não deveria se sentir tão ofendido em seu âmago. Mas o fato de que todos parecem enamorados, quando a única diferença entre a mentira e a verdade que explodiria a Fox News é o gênero envolvido... bom, dói pra cacete.

Henry fica quieto. Ele diz o suficiente para Alex deduzir que Philip está apoplético e sua majestade está irritada, mas contente que Henry tenha finalmente arranjado uma namorada. Alex se sente péssimo por isso. As ordens sufocantes, fingir ser algo que ele não é — Alex sempre tentou ser um refúgio de tudo isso para Henry. Nunca quis que isso partisse dele também.

É ruim. É ruim de dar cãibras no estômago, paredes se fechando, nenhum plano B se isso der errado. Ele estava em Londres menos de duas semanas atrás, beijando Henry na frente de um Giambologna. Agora, isto.

Tem outra carta na manga deles que vai vender. O único relacionamento em sua vida que pode conseguir mais milhagem do que tudo isso. Nora vem até ele na Residência usando um batom vermelho vivo, pressiona os dedos frios e pacientes em suas têmporas e diz:

— Me leva pra sair.

Eles escolhem uma região universitária cheia de pessoas que vão tirar fotos escondidas com o celular e postar em tudo quanto é parte. Nora coloca a mão em seu bolso de trás, e ele tenta se concentrar no conforto da presença física dela ao seu lado, o frisado familiar dos cachos dela em sua bochecha.

Por meio segundo, ele permite que uma pequena parte de si pense em como as coisas seriam muito mais fáceis se essa fosse a verdade: voltar à harmonia tranquila e confortável com sua melhor amiga, seus dedos deixando manchas de gordura na cintura dela na frente da Jumbo Slice, rindo das piadas grosseiras que ela faz. Se ele pudesse amá-la como as pessoas queriam que amasse e fosse recíproco, e as coisas acabariam por aí.

Mas ela não ama, e ele não pode, e seu coração está em um avião sobre o Atlântico agora, vindo para Washington para selar o acordo com um almoço bem fotografado com June no dia seguinte. Zahra manda um e-mail cheio de postagens no Twitter sobre ele e Nora naquela noite quando ele está na cama, e ele se sente mal.

Henry pousa no meio da noite e nem recebe permissão de chegar perto da Residência, sendo levado para um hotel do outro lado da cidade. Ele parece exausto quando liga de manhã, e Alex segura o telefone junto ao corpo e promete que vai tentar encontrar um jeito de vê-lo antes de ele pegar o avião de volta.

— Por favor — Henry diz, a voz fraca.

Sua mãe, o resto da administração, e metade da imprensa nesse momento estão passando o dia concentrados em lidar com a notícia de um teste de mísseis na Coreia do Norte; ninguém nota quando June o deixa entrar em sua suv junto com ela de manhã. June segura seus ombros e faz piadas sem graça e, quando eles param a um quarteirão do café, ela abre um sorriso de desculpas para ele.

— Vou dizer para ele que você está aqui — ela diz. — Talvez, pelo menos, isso torne as coisas mais fáceis para ele.

— Obrigado — ele diz. Antes de ela abrir a porta para sair, ele a segura pelo punho e diz: — Sério. Obrigado.

Ela aperta a mão dele, sai do carro com Amy, e ele fica sozinho em um beco minúsculo e isolado com o segundo carro da segurança reserva e um nó em seu estômago.

Leva uma hora para June mandar mensagem para ele: **Tudo pronto**, seguido por, **Levando ele para você.**

Eles planejaram antes de sair: Amy traz June e Henry de volta para o beco e eles o fazem trocar de carros como um prisioneiro político. Alex se inclina para os dois agentes sentados em silêncio nos bancos da frente. Ele não sabe se eles já entenderam do que isso se trata e, sinceramente, não dá a mínima.

— Ei, podem me dar um minuto?

Eles trocam um olhar mas saem e, um minuto depois, aparece outro carro ao lado dele e a porta se abre, e lá está ele. Henry, parecendo tenso e descontente.

Por instinto, Alex o puxa pelo ombro, a porta se fechando atrás dele. Ele o segura ali e, de perto, consegue ver o tom cinza-claro na pele de Henry, a maneira como ele não consegue olhar em seus olhos. Ele nunca o viu tão mal, pior do que um acesso violento de fúria ou à beira de lágrimas. Ele parece oco, vazio.

— Ei — Alex diz. O olhar de Henry ainda está desfocado, e Alex vai para o meio do banco e entra em seu campo de visão. — Ei. Olha para mim. Ei. Estou bem aqui.

As mãos de Henry estão tremendo, sua respiração está superficial, e Alex conhece os sinais, o zumbido baixo de um ataque de pânico iminente. Ele estende o braço e envolve as mãos em um dos punhos de Henry, sentindo o pulso acelerado sob os polegares.

Henry finalmente olha em seus olhos.

— Eu odeio isso — ele diz. — *Odeio* isso.

— Eu sei — Alex diz.

— Era... tolerável antes, de certa forma — Henry diz. — Quando nunca havia... nunca havia a possibilidade de outra coisa. Mas, Deus, isso é... isso é baixo. É uma maldita farsa. E June e Nora, o quê, vão ficar sendo *usadas*? Vovó queria que eu trouxesse meus próprios fotógrafos para isso. Você acredita? — Ele inspira, e o ar para em sua garganta e estremece violentamente ao sair. — Alex. Eu não quero fazer isso.

— Eu sei — Alex diz para ele de novo, erguendo a mão para acariciar a testa de Henry com o polegar. — Eu sei. Eu também odeio.

— Não é justo, porra! — ele continua, a voz quase embargada. — Os filhos da puta dos meus ancestrais faziam coisas muito piores do que isso e ninguém dava a mínima!

— Baby — Alex diz, movendo a mão para o queixo de Henry para trazê-lo de volta à terra. — Eu sei. Sinto muito, baby. Mas não vai ser assim para sempre, tá? Eu prometo.

Henry fecha os olhos e expira pelo nariz.

— Eu quero acreditar em você. Quero mesmo. Mas tenho muito medo de nunca poder.

Alex quer ir à guerra por esse homem, quer acabar com tudo e todos que já o magoaram, mas, para variar, ele está tentando ser o equilibrado da relação. Então ele massageia o lado do pescoço de Henry devagar até seus olhos voltarem a se abrir, e sorri com carinho, encostando a testa na dele.

— Ei — ele diz. — Não vou deixar isso acontecer. Escuta, juro que saio na porrada com a sua avó se precisar, está bem? E, tipo, ela é velha. Eu sei que dela eu dou conta.

— Eu não ficaria tão confiante — Henry diz com uma risada curta. — Ela é cheia de surpresas sombrias.

Alex ri, dando um tapinha em seu ombro.

— Sério — ele diz. Henry está olhando para ele, lindo e vivo e triste e, ainda assim, a pessoa por quem Alex está disposto a arruinar sua vida. — Eu odeio muito isso. Eu sei. Mas vamos fazer isso juntos. E vamos fazer isso funcionar. Você e eu e a história, lembra? A gente vai lutar pra cacete. Porque você merece, tá? Eu nunca vou amar ninguém no mundo como te amo. Então, juro que um dia vamos poder simplesmente *ser* e fodam-se os outros.

Ele puxa Henry pela nuca e o beija com força, o joelho de Henry batendo no painel central enquanto suas mãos sobem para o rosto de Alex. Embora as janelas sejam fumês, esse é o mais próximo que eles já chegaram de se beijar em público, e Alex sabe que é arriscado, mas tudo em que ele consegue pensar é um combo das cartas de outras pessoas que eles mandaram um para o outro em silêncio. Palavras que entraram para a história. "Encontro você em todos os sonhos... Deixe a maior parte de seu coração em Washington... Sinto sua falta como de um lar... Nós duas ansiando amores... Meu jovem rei."

"Um dia", ele diz a si mesmo. "Um dia, nós também."

A ansiedade é como o zumbido de asinhas em seu ouvido no silêncio, como uma vespa petulante. Ela toma conta dele quando ele tenta dormir e o mantém acordado, o segue pelas caminhadas para cima e para baixo pelos andares da Residência. Está ficando mais difícil ignorar a sensação de que ele está sendo vigiado.

A pior parte é que não parece ter fim. Eles definitivamente vão ter de continuar assim até a eleição acabar e, mesmo assim, há sempre a possibilidade iminente de a rainha simplesmente proibir. Sua veia idealista não vai permitir que aceite isso, mas isso não quer dizer que não seja possível.

Ele continua acordando em Washington, e Henry continua acordando em Londres, e o mundo todo continua acordando para falar que os dois estão apaixonados por outras pessoas. Fotos da mão de Nora na dele. Especulações se June vai receber um anúncio oficial da corte real. E os dois, Henry e Alex, como o pior exemplo do mundo do *Banquete*: partidos ao meio e enviados sangrando para vidas separadas.

Até esse pensamento o deprime porque Henry é o único motivo

por que ele virou uma pessoa que cita Platão. Henry e seus clássicos. Henry em seu palácio, apaixonado, triste, calado.

Por mais que os dois se esforcem, é impossível não sentir como se isso não os estivesse destroçando. Toda essa farsa arranca dias que eram sagrados — a noite em Los Angeles, o fim de semana no lago, a chance perdida no Rio — e grava em cima algo mais palatável. A narrativa: dois jovens cheios de vida que amam duas jovens lindas e definitivamente não um ao outro.

Ele não quer que Henry saiba. Já é difícil demais para Henry, olhado com desconfiança por toda a família, Philip que sabe e não tem sido gentil. Ele tenta parecer calmo e inteiro pelo celular quando eles se falam, mas ele não acha que soe convincente.

Quando ele era mais novo e a ansiedade chegava a esse ponto, quando os riscos em sua vida eram muito, muito mais baixos, esse seria o ponto de autodestruição. Se ele estivesse na Califórnia, pegaria o jipe às escondidas e dirigiria rápido demais pela 101, as janelas abertas, N.W.A. no volume máximo, a um passo da morte. No Texas, roubaria uma garrafa de Maker's do armário de bebidas e ficaria bêbado com metade do time de lacrosse e talvez depois entrasse pela janela de Liam e torceria para esquecer pela manhã.

O primeiro debate é em questão de semanas. Ele nem precisa se esforçar para se manter ocupado, então sente raiva, se estressa e sai para corridas longas e punitivas até sentir a satisfação das bolhas. Ele quer botar fogo em si mesmo, mas não pode deixar que ninguém o veja queimar.

Ele está devolvendo uma caixa de arquivos emprestados para o gabinete do pai no Dirksen Building depois do expediente quando ouve o som baixo de Muddy Waters no andar de cima, e se dá conta. Existe uma pessoa em quem ele pode botar fogo.

Ele encontra Rafael Luna debruçado na janela aberta de seu gabinete, fumando um cigarro. Há dois maços vazios de Marlboro do lado de um isqueiro e de um cinzeiro transbordando no parapeito. Quando ele se vira com a batida da porta, tosse uma nuvem espantada de fumaça.

— Essas merdas ainda vão te matar — Alex diz. Ele disse a mesma coisa umas quinhentas vezes naquele verão em Denver, mas agora quer completar com: *Tomara que matem*.

— Moleque...

— Não me chame assim.

Luna se vira, apagando o cigarro no cinzeiro, e Alex consegue ver um músculo se tensionando em seu queixo. Por mais bonito que ele sempre seja, está um lixo.

—Você não deveria estar aqui.

— Não brinca — Alex diz. — Só queria ver se você teria coragem de falar comigo.

—Você sabe que está falando com um senador dos Estados Unidos — ele diz placidamente.

— É, cara fodão — Alex diz. Ele está partindo para cima de Luna agora, chutando uma cadeira no caminho. — Trabalho fodão. Ei, que tal você me contar como está servindo as pessoas que votaram em você sendo o bunda-mole vendido do Richards?

— Por que é que você veio aqui, hein, Alex? — Luna pergunta, impassível. —Vai brigar comigo?

— Eu quero saber o motivo.

Ele cerra o maxilar de novo.

—Você não tem como entender.Você é...

— Juro por Deus que, se você disser que eu sou jovem demais, vou perder a cabeça.

— Ainda não perdeu? — Luna pergunta com a voz branda, e a expressão que perpassa o rosto de Alex deve ser assassina porque ele ergue a mão imediatamente. — Certo, não é hora pra brincadeira. Escuta, eu sei. Sei que parece uma bosta, mas tem... peças em movimento que você nem tem como imaginar.Você sabe que sempre vou ser grato à sua família pelo que vocês fizeram por mim, mas...

— Cago um quilo pra sua gratidão. Eu confiei em você — ele diz.

— Não me trata feito uma criança.Você sabe muito bem do que eu sou capaz, do que eu vi. Se você me falasse, eu fazia.

Ele está tão perto que está quase inalando a fumaça do cigarro fedido de Luna e, quando olha no rosto dele, há uma centelha de reconhecimento em seus olhos vermelhos e enegrecidos e nas maçãs do rosto descarnadas. Ele o lembra de como Henry estava no banco de trás do carro do Serviço Secreto.

— Richards está te chantageando? — ele pergunta. — Ele está te obrigando a fazer isso?

Luna hesita.

— Estou fazendo isso porque precisa ser feito, Alex. Foi uma escolha minha. De mais ninguém.

— Então me fala o porquê.

Luna respira fundo e diz:

— *Não*.

Alex se imagina dando um soco na cara de Luna e recua dois passos, ficando fora do alcance.

— Você lembra aquela noite em Denver — ele diz, comedido, a voz embargada —, quando pedimos pizza e você me mostrou fotos de todos os jovens que defendeu no tribunal? E nós bebemos aquela garrafa de uísque chique do prefeito de Boulder? Eu lembro de ficar deitado no chão do seu gabinete, naquele carpete feio pra porra, bêbado pra caralho, pensando: "Meu Deus, tomara que eu consiga ser igual a ele". Porque você era corajoso. Porque você lutava pelas coisas. E eu não conseguia parar de pensar em como você tinha coragem de levantar toda manhã e fazer o que fazia com todos sabendo o que sabem sobre você.

Por um breve momento, Alex pensa que conseguiu comover Luna, pela maneira como ele fecha os olhos e se firma contra o parapeito. Mas, quando ele volta a encará-lo, seu olhar é duro.

— As pessoas não sabem nada sobre mim. Não sabem nem a metade. E você muito menos — ele diz. — Meu Deus, Alex, por favor, não seja como eu. Encontre algum outro modelo de merda.

Alex finalmente chega a seu limite, ergue o queixo e vocifera:

— Eu já sou como você.

Isso paira no ar entre eles, tão físico quanto a cadeira chutada. Luna pestaneja.

— O que você está dizendo?

— Você sabe o que estou dizendo. Acho que sempre soube, antes mesmo de mim.

— Você não... — ele diz, balbuciando, tentando ganhar tempo. —Você não é como eu.

Alex encara seu olhar.

— Perto o suficiente. E você sabe o que quero dizer.

— Certo, beleza, moleque — Luna finalmente estoura —, quer que eu seja a porra da sua inspiração? Meu conselho é o seguinte: não conte para ninguém. Encontre uma boa menina e se case com ela. Você tem mais sorte do que eu: pode fazer isso, e nem seria uma mentira.

E o que sai da boca de Alex vem tão rápido que ele não consegue impedir, apenas desviar do inglês no último segundo caso alguém escute:

— *Sería una mentira, porque no sería él.*

Ele sabe imediatamente que Raf entendeu, porque ele dá um passo duro para trás, voltando a encostar no parapeito.

— Você não pode me contar essas merdas, Alex! — ele diz, enfiando a mão dentro do paletó até encontrar e tirar outro maço de cigarros. Ele tira um e se atrapalha com o isqueiro. — O que você tem na cabeça? Estou na porra da campanha adversária! Não posso escutar isso! Como você pode achar que pode virar um político desse jeito?

— Quem foi que decidiu que a política precisa ser sobre mentir, se esconder e ser algo que você não é?

— Sempre foi assim, Alex!

— Desde quando você acredita nisso? — Alex grita. —Você, eu, minha família, as pessoas que estão com a gente... era para sermos os honestos! Eu não tenho absolutamente nenhum interesse em ser um político com uma fachada perfeita e dois filhos e meio. Nós não decidimos que isso era sobre ajudar as pessoas? Sobre a luta? Que parte disso é tão irreconciliável com deixar as pessoas verem quem eu realmente sou? Quem é você, Raf?

— Alex, por favor. Por favor. Jesus Cristo. Você precisa sair. Não posso fazer isso. Você não pode me contar isso. Você precisa tomar mais cuidado.

— Meu Deus — Alex diz, a voz amarga, as mãos no quadril. — Sabe, é pior do que confiança. Eu acreditava em você.

— Eu sei — Luna diz. Ele nem está mais olhando para Alex. — Preferia que não tivesse acreditado. Agora, preciso que você saia.

— Raf...

— Alex. Sai.

Ele sai, batendo a porta atrás de si.

De volta à Residência, ele tenta ligar para Henry. Ele não atende, mas manda mensagem: **Desculpa. Reunião com Philip. Te amo.**

Ele enfia a mão embaixo da cama e tateia no escuro até encontrar: uma garrafa de Maker's. O estoque de emergência.

— *Salud* — ele murmura baixo, e abre a tampa.

Assunto: metáforas ruins sobre mapas

A <agcd@eclare45.com>   25/9/20 3h21

para Henry

henry,

eu tomei uísque. aguenta firme.

tem uma coisa que você faz. essa coisa. ela me deixa maluco. penso nisso o tempo todo.

tem um canto da sua boca, e um lugar em que acontece. tenso e preocupado como se você tivesse medo de estar esquecendo alguma coisa. eu odiava. achava que era seu tiquezinho de desaprovação.

mas beijei sua boca, aquele canto, esse lugar em que acontece, um monte de vezes. eu decorei. a topografia sobre o mapa de você, um mundo que ainda estou traçando. eu conheço. coloquei junto com a chave. aqui: centímetros por quilômetros. eu consigo multiplicar, ler sua latitude e longitude. recitar suas coordenadas como la rosaria.

essa coisa, sua boca, seu lugar. é o que você faz quando está tentando não se entregar. não no sentido que você faz o tempo todo, aquelas garras vazias e sedentas atrás de você. estou falando da verdade sobre você. a forma estranha e perfeita do seu coração. aquele fora de seu peito.

no mapa de você, meus dedos sempre conseguem encontrar as colinas verdes, gales. águas frias e uma praia de calcário branco. a parte antiga de você esculpida em um círculo de oração, sacrossanto. sua espinha é um cume que eu morreria escalando.

se eu pudesse abrir você na minha mesa, eu encontraria o canto da sua boca onde ela fica tensa com os dedos, e o alisaria e te deixaria marcado pelos nomes de santos como todos os mapas antigos. agora entendo a nomenclatura — os nomes de santos são para milagres.

entregue-se às vezes, amor. você é tanta coisa.

seu pra cacete,
alex

p.s. wilfred owen para siegfried sassoon — 1917:
E você consertou minha Vida — por mais curta que seja. Você não me iluminou: eu sempre fui um cometa maluco; mas você me consertou. Girei um satélite em torno de você por um mês, mas devo escapar em breve, uma estrela sombria na órbita onde você arde.

Re: metáforas ruins sobre mapas

Henry <hwales@kensingtonemail.com>   25/9/20 6h07
para A

De Jean Cocteau para Jean Marais, 1939:
Obrigado do fundo do meu coração por ter me salvado. Eu estava me afogando e você se jogou na água sem hesitar, sem olhar para trás.

O som do celular de Alex vibrando na mesa de cabeceira o acorda assustado de um sono profundo. Ele quase cai da cama, se atrapalhando para atender.

— Alô?

— *O que você fez?* — a voz de Zahra quase grita. Pelos estalos de saltos no fundo e palavrões murmurados, ela está correndo para algum lugar.

— Hm — Alex diz. Ele esfrega os olhos, tentando fazer seu cérebro se reconectar. O que ele fez? — Dá pra ser mais específica?

— Olha a porra do noticiário, seu safado de bosta... como você pôde ser idiota a ponto de ser fotografado? Juro por Deus...

Alex nem escuta a última parte do que ela diz, porque seu estômago acabou de cair até a porra da Sala do Mapa, dois andares abaixo.

— Merda.

As mãos tremendo, ele coloca Zahra no viva-voz, abre o Google e digita seu próprio nome.

NOTÍCIAS DE ÚLTIMA HORA: Fotos revelam relacionamento romântico entre o príncipe Henry e Alex Claremont-Diaz

AIMEUDEUS: primeiro-filho e príncipe Henry estão se pegando!!!

SALA ORAL: LEIA OS E-MAILS PICANTES DO PRIMEIRO-FILHO PARA O PRÍNCIPE HENRY

Família real se recusa a comentar matérias sobre o relacionamento do príncipe Henry com o primeiro-filho

25 GIFs que descrevem perfeitamente nossa reação quando ficamos sabendo sobre príncipe Henry e o primeiro-filho

DON'T LET THE FIRST SON GO DOWN ON ME

Uma bolha de gargalhada histérica brota na garganta de Alex.

A porta do seu quarto se escancara, e Zahra acende a luz, uma expressão ferrenha de fúria mal escondendo o puro pavor em seu rosto. O cérebro de Alex dispara para o botão de pânico atrás de sua cabeceira e ele se pergunta se o Serviço Secreto vai conseguir encontrá-lo antes de ele sangrar até a morte.

— Estamos em bloqueio de comunicações — ela diz e, em vez de dar um soco nele, tira o celular da sua mão e o enfia no bolso da frente da blusa, que foi abotoada errado por conta da pressa. Ela nem pestaneja com seu estado de seminudez, apenas joga um monte de jornais sobre ele.

RAINHA HENRY!, proclamam vinte cópias do *Daily Mail* em letras garrafais. DETALHES SOBRE O CASO GAY DO PRÍNCIPE COM O PRIMEIRO-FILHO DOS ESTADOS UNIDOS!

A capa está estampada com uma foto estourada do que é inegavelmente ele e Henry se beijando no banco de trás do carro atrás do café, aparentemente tirada com uma lente de longo alcance através do para-brisa. Vidros fumês, mas ele esqueceu da porra do *para-brisa*.

Duas fotos menores estão ao pé da página: uma os mostra no elevador do Beekman e a outra tem os dois lado a lado em Wimbledon, ele sussurrando algo no ouvido de Henry, que está com um sorriso suave e reservado.

Puta que pariu do inferno. Ele está fodido. Henry está fodido. E, Deus do céu, a campanha da sua mãe está fodida, sua carreira política está fodida, seus ouvidos estão zumbindo, e ele vai vomitar.

— Merda — Alex diz de novo. — Preciso do meu celular. Tenho que ligar para o Henry…

— Não, você não tem que ligar merda nenhuma — Zahra diz. — Ainda não sabemos como os e-mails vazaram, então é silêncio total até encontrarmos a origem do vazamento.

— Os... quê? O Henry está bem? — Meu Deus, Henry. Tudo em que ele consegue pensar são os olhos grandes e azuis de Henry apavorados, sua respiração rasa e rápida, trancado em seu quarto no Palácio de Kensington e desesperadamente sozinho. Seu maxilar se cerra, algo queimando no fundo de sua garganta.

— A presidenta está agora com todos os membros da agência britânica de comunicações que conseguimos tirar da cama às três da manhã — Zahra diz, ignorando a sua pergunta. O celular dela está vibrando sem parar em sua mão. — Estamos prestes a iniciar a quinta investigação a hackers dessa administração. Pelo amor de Deus, coloca uma roupa.

Zahra desaparece no closet de Alex, e ele abre o jornal na matéria, o coração acelerado. Tem ainda mais fotos dentro. Ele passa os olhos sobre a cópia, mas são coisas demais para processar.

Na segunda página, ele os vê: trechos impressos e comentados de seus e-mails. Um está intitulado: PRÍNCIPE HENRY: POETA SECRETO? Começa com uma frase que ele já leu mil vezes a esta altura.

Devo lhe dizer que, quando estamos separados, seu corpo me vem em sonhos...

— Merda! — ele diz pela terceira vez, atirando o jornal no chão. Isso era *dele*. É abominável ver isso ali. — Como é que conseguiram isso, porra?

— Pois é — Zahra diz. — Você conseguiu. — Ela atira uma camisa branca e uma calça jeans para ele, e ele pula da cama. Zahra o ajuda, estendendo um braço para ele se equilibrar enquanto ele veste a calça e, apesar de tudo, ele é dominado por uma gratidão tremenda por ela.

— Escuta, preciso falar com Henry o quanto antes. Não consigo nem imaginar... Deus, eu preciso falar com ele.

— Calça os sapatos, estamos com pressa — Zahra diz a ele. — A prioridade agora é controle de danos, não sentimentos.

Ele pega um par de tênis, e os dois saem enquanto ele ainda está se calçando, correndo para a Ala Oeste. Seu cérebro está se esforçando para acompanhar, considerando cinco mil consequências possíveis, se imaginando daqui a dez anos fora do Congresso, taxas de aprovação despencando, o nome de Henry arrancado da linha de sucessão, sua mãe perdendo a reeleição por conta da reprovação contra ele em um estado decisivo. Ele está tão ferrado, e nem consegue decidir com quem está mais furioso, consigo mesmo, com o *Mail*, com a monarquia ou com todo o país idiota.

Ele quase tromba nas costas de Zahra quando ela para de repente na frente de uma porta.

Ele a abre, e a sala inteira fica em silêncio.

Sua mãe o encara da cabeceira da mesa e diz categórica:

— Fora.

A princípio, ele pensa que ela está falando com ele, mas Ellen volta os olhos para as pessoas ao redor da mesa com ela.

— Não fui clara? Todos vocês, fora, já — ela diz. — Preciso falar com meu filho.

Treze

— Senta — sua mãe diz, e Alex sente o frio do pavor em sua barriga. Ele não faz ideia do que esperar: conhecer sua mãe como a pessoa que o criou não é o mesmo que conseguir adivinhar as atitudes dela como líder mundial.

Ele senta, e o silêncio cai sobre os dois, as mãos de sua mãe entrelaçadas em uma postura reflexiva contra os lábios. Ela parece exausta.

— Você está bem? — ela diz finalmente. Quando ele ergue os olhos surpreso, não há raiva nos olhos dela.

A presidenta, que está à beira de um escândalo capaz de destruir sua carreira, controla as respirações de maneira equilibrada, e espera o filho responder.

Ah.

Ele se toca com uma clareza súbita que não parou para considerar seus próprios sentimentos. Simplesmente não houve tempo. Quando procura uma emoção para citar, descobre que não consegue escolher uma, e algo estremece dentro dele e se fecha por completo.

Não é todo dia que ele deseja uma posição diferente na vida, mas, agora, é tudo que ele quer. Ele quer ter esta conversa em uma vida diferente, apenas sua mãe sentada à frente dele à mesa de jantar, perguntando o que ele sente pelo namorado bonito e respeitável, se está tudo bem com ele enquanto descobre a própria identidade. Não dessa forma, em uma sala de reunião da Ala Oeste, seus e-mails safados espalhados sobre a mesa entre eles.

— Eu... — ele começa. Para seu pavor, ele escuta um tremor em sua voz, engole em seco rapidamente. — Não sei. Não é assim que eu queria contar pras pessoas. Pensei que teríamos uma chance de fazer isso do jeito certo.

Algo se suaviza e uma decisão se forma no rosto dela, e ele desconfia que respondeu mais do que ela perguntou.

Ela abaixa o braço e cobre uma de suas mãos com a dela.

— Escuta aqui — ela diz. O maxilar firme, inflexível. É a cara séria que ele a viu usar para enfrentar o Congresso, intimidar autocratas. O aperto da mão dela na sua é forte e obstinado. Ele se pergunta, quase histericamente, se essa foi a sensação de entrar para a guerra sob o comando de Washington. — Eu sou sua mãe. Era sua mãe antes de virar presidenta, e vou continuar sendo sua mãe muito tempo depois, até o dia em que me colocarem embaixo da terra e me mandarem para o outro mundo. Você é meu filho. Então, se isso for sério para você, eu vou apoiar sua jogada.

Alex fica em silêncio.

Mas e os debates, ele pensa. *Mas e a eleição geral*.

O olhar dela é firme. Ele sabe que é melhor não dizer essas coisas. Ela vai dar um jeito.

— Então — ela diz. — Você sente que é para sempre?

E não há mais espaço para se angustiar, nada mais a dizer além daquilo que ele sabe desde o começo.

— Sim — ele diz —, eu sinto.

Ellen Claremont suspira devagar, e abre um pequeno sorriso secreto, aquele de viés e pouco lisonjeiro que ela nunca usa em público, aquele que ele lembra de ver quando ainda era uma criança na altura dos joelhos dela em uma pequena cozinha no Condado de Travis.

— Então, foda-se.

The Washington Post

Com o surgimento de detalhes sobre o caso entre Alex Claremont-Diaz com o príncipe Henry, a Casa Branca fica em silêncio

27 de setembro de 2020

"Pensar sobre a história me fez me questionar como vou entrar para ela algum dia", o primeiro-filho Alex Claremont-Diaz escreve em um dos muitos e-mails para o príncipe Henry publicados pelo *Daily Mail* na manhã de hoje. "E você também."

Parece que a resposta a essa pergunta pode ter vindo antes do esperado com a divulgação repentina do relacionamento romântico entre o primeiro-filho com o príncipe Henry, um caso com grandes repercussões para duas das nações mais poderosas do mundo, menos de dois meses antes de os Estados Unidos votarem sobre o segundo mandato da presidenta Claremont.

Enquanto os especialistas em segurança do FBI e a administração Claremont se esforçam para encontrar as fontes que forneceram as provas do caso para o tabloide britânico, a normalmente tão notória primeira-família se reservou, sem nenhuma declaração oficial do primeiro-filho.

"A primeira-família sempre manteve e continua a manter vidas separadas das relações políticas e diplomáticas da presidência", o secretário de imprensa da Casa Branca, Davis Sutherland, afirmou em um comunicado breve nesta manhã. "Eles pedem paciência e compreensão ao povo americano enquanto lidam com essa questão particular."

A reportagem do *Daily Mail* revelou que o primeiro-filho Alex Claremont-Diaz está envolvido romântica e sexualmente com o príncipe Henry desde pelo menos fevereiro deste ano, segundo e-mails e fotografias obtidos pelo jornal.

As transcrições completas dos e-mails foram publicadas no WikiLeaks sob a alcunha "Cartas de Waterloo", batizadas por uma referência ao Waterloo

Vase no jardim do Palácio de Buckingham em um e-mail escrito por Henry. A correspondência continua regularmente até a noite do último domingo e parece ter sido tirada de um servidor de e-mail privado usado pelos residentes da Casa Branca.

"Tirando as ramificações da capacidade da presidente Claremont de se manter imparcial em questões de relações internacionais e valores da família tradicional", o candidato presidencial republicano senador Jeffrey Richards disse em uma conferência de imprensa na manhã de hoje, "fico extremamente preocupado com esse servidor de e-mail privado. Que tipo de informações estava sendo disseminado através dele?".

Richards acrescentou que acredita que os eleitores norte-americanos têm o direito de saber tudo mais para que o servidor da presidenta Claremont pode ter sido usado.

Fontes próximas à administração Claremont insistem que o servidor privado é semelhante ao instalado durante a administração do presidente George W. Bush e utilizado apenas para a comunicação interna da Casa Branca sobre operações cotidianas e correspondência pessoal para a primeira-família e o núcleo de funcionários da Casa Branca.

As primeiras análises das "Cartas de Waterloo" feitas por especialistas ainda não revelaram nenhuma evidência de informações confidenciais ou qualquer conteúdo comprometedor além da natureza do relacionamento do primeiro-filho com o príncipe Henry.

Por cinco horas intermináveis, insuportáveis, Alex é levado de uma sala a outra da Ala Oeste, reunindo-se com o que parecem todos os estrategistas, assessores de imprensa e gerenciadores de crise que a administração da sua mãe tem a oferecer.

O único momento que ele lembra com alguma clareza é puxar a mãe para uma alcova para dizer:

— Contei pro Raf.

Ela o encara.

— Você contou para Rafael Luna que é bissexual?

— Contei para Rafael Luna sobre Henry — ele diz, categórico. — Dois dias atrás.

Ela não pergunta o porquê, apenas solta um suspiro carregado, e os dois consideram as implicações até ela dizer:

— Não. Não, aquelas fotos foram tiradas antes disso. Não pode ter sido ele.

Ele analisa listas de prós e contras, modelos de diferentes consequências, malditos gráficos e tabelas e mais dados do que ele nunca quis ver sobre seu relacionamento e suas ramificações no mundo ao redor dele. *Esse é o mal que você causa, Alex,* tudo parece dizer, bem ali em fatos concretos e números. *São esses que você machuca.*

Ele se odeia, mas não se arrepende de nada, e talvez isso o torne uma pessoa ruim e um político ainda pior, mas ele não se arrepende de Henry.

Por cinco horas intermináveis, insuportáveis, ele não tem permissão nem de tentar entrar em contato com Henry. O secretário de imprensa rascunha um comunicado. Parece um memorando como qualquer outro.

Por cinco horas, ele não toma banho nem troca de roupa nem ri nem sorri nem chora. São oito horas da manhã quando ele finalmente é liberado e recebe ordens de ficar na Residência e esperar as próximas instruções.

Ele recebe o celular de volta, pelo menos, mas Henry não atende quando ele liga e não responde quando envia mensagem. Absolutamente nada.

Amy o leva pela colunata e escada acima, sem dizer nada, e, quando eles chegam ao corredor entre os Quartos Leste e Oeste, ele os vê.

June, o cabelo em um rabo de cavalo no topo da cabeça e um roupão rosa, com os olhos vermelhos. Sua mãe, com um vestido preto simples e elegante e saltos finos, o maxilar firme. Leo, descalço e de pijama. E seu pai, uma bolsa de couro ainda pendurada no ombro, a cara preocupada e exausta.

Todos se viram para olhar para ele, e Alex sente uma onda de algo muito grande tomar conta dele, como quando ele era uma criança de pernas tortas diante do Golfo do México, a corrente passando por seus pés. Um som involuntário que ele mal reconhece escapa de sua garganta, e June é a primeira a abraçá-lo, depois os demais, braços e braços e mãos e mãos, puxando-o para perto e tocando seu rosto e o puxando até ele estar no chão, no maldito tapete velho, terrível e horrendo que ele detesta, sentado no chão e olhando para o tapete e os fios do tapete, e ouvindo o barulho do golfo em seus ouvidos e pensando que está tendo um ataque de pânico, e que é por isso que não consegue respirar, mas ele está apenas encarando o tapete e está tendo um ataque de pânico e saber por que seus pulmões não funcionam não os faz funcionar de novo.

Ele está vagamente ciente de ser levado para o quarto, para a cama, que ainda está coberta por aquelas porras de jornais malditos, e alguém o coloca em cima dela, e ele senta e se esforça muito, muito para fazer uma lista na sua cabeça.

Um.

Um.

Um.

Ele tem um sono espasmódico, acorda suando, tremendo. Sonha cenas curtas e fragmentadas que surgem e desaparecem de maneira errática. Sonha que está na guerra, em uma trincheira enlameada, uma carta de amor encharcada de sangue no bolso do peito. Sonha com uma casa no Condado de Travis, as portas trancadas, sem querer deixá-lo entrar de novo. Sonha com uma coroa.

Em determinado momento ele sonha, brevemente, com a casa do lago, um raio de luz laranja sob a lua. Ele se vê ali, com a água até o pescoço. Vê Henry, sentado sem roupa no píer. Vê June e Nora de mãos dadas, Pez na grama entre elas, e Bea, enfiando as unhas cor-de-
-rosa na terra úmida.

Nas árvores perto deles, ele escuta o estalo, o estalo, o estalo dos galhos.

— Olha — Henry diz, apontando para as estrelas.

E Alex tenta dizer: "Você não está ouvindo?". Tenta dizer: "Tem alguma coisa se aproximando". Ele abre a boca: um jorro de vagalumes, e nada.

Quando ele abre os olhos, June está sentada contra os travesseiros ao lado dele, pressionando as unhas roídas no lábio inferior, ainda usando o roupão, olhando para ele. Ela abaixa o braço e aperta a mão dele. Alex aperta em resposta.

Entre um sonho e outro, ele escuta o som de vozes abafadas no corredor.

— Nada — a voz de Zahra diz. — Nadinha. Ninguém atende nossas ligações.

— Como podem não atender nossas ligações? Sou a maldita presidenta.

— Permissão para fazer uma coisa ligeiramente fora do protocolo diplomático, senhora.

Um comentário: **A Primeira Família Mentiu pra Nós, O Povo Americano!!1 SOBRE O QUE MAIS eles estão mentindo??!?!**

Um tweet: **EU SABIA QUE ALEX ERA GAY EU AVISEI CACETE**

Um comentário: **Minha filha de 12 anos passou o dia inteiro chorando. Ela sonhava em se casar com o príncipe Henry desde que era pequena. Ela está com o coração partido.**

Um comentário: **Nós realmente devemos acreditar que nenhum fundo federal foi usado para encobrir isso?**

Um tweet: **kkkkkkk calma olhem a página 22 dos e-mails, o alex é mto puta**

Um tweet: **PQP VCS VIRAM que alguém que foi à universidade com Henry postou umas fotos dele numa festa e ele é tipo Profundamente Gay o berro que eu dei**

Um tweet: **LEIA — Minha coluna no @WSJ sobre o que as #Cartas-**

deWaterloo dizem sobre o funcionamento interno da Casa Branca de Claremont.

Mais comentários. Insultos. Mentiras.

June tira o celular da mão dele e o coloca embaixo de uma almofada do sofá. Ele nem tenta reclamar. Henry não vai ligar mesmo.

À uma da tarde, pela segunda vez em menos de doze horas, Zahra entra pela porta do seu quarto.

— Arruma uma mala — ela diz. — Vamos para Londres.

June o ajuda a encher uma mochila com uma calça jeans, um par de sapatos e um exemplar antigo de *O prisioneiro de Azkaban*, e ele veste uma camisa limpa e sai aos tropeços do quarto. Zahra está esperando no corredor com uma mala para ela e um terno recém-passado de Alex, um azul-marinho discreto que ela parece ter julgado apropriado para conhecer a rainha.

Ela falou muito pouco para ele, exceto que o Palácio de Buckingham fechou todos os canais de comunicação, e que eles vão simplesmente aparecer e exigir uma reunião. Ela parece confiante de que Shaan vai concordar e disposta a derrubá-lo fisicamente se ele disser não.

O sentimento que está apertando sua barriga é bizarro. Sua mãe aceitou que eles fossem a público com a verdade, o que é *incrível*, mas não há razões para esperar que a coroa faça o mesmo. Ele pode receber ordens explícitas de negar tudo. Ele pensa que pode pegar Henry e fugir se isso acontecer.

Ele tem quase certeza absoluta que Henry não aceitaria fingir que é tudo mentira. Ele confia em Henry, e confia em si mesmo.

Mas era para eles terem mais tempo.

Há uma entrada lateral isolada da Residência pela qual Alex pode sair sem ser visto, e June e seus pais o encontram lá.

— Eu sei que isso é assustador — sua mãe diz —, mas você dá conta.

— Acaba com a raça deles — seu pai acrescenta.

June o abraça, e ele põe os óculos de sol e um boné e sai correndo pela porta em direção a qualquer que seja o caminho aonde tudo isso vai dar.

Cash e Amy estão esperando no avião. Alex se pergunta brevemente se eles se ofereceram para a missão, mas ele está tentando recuperar o controle de suas emoções, e isso não vai ajudar. Ele dá um toque no punho de Cash ao passar, e Amy tira o olhar da jaqueta de couro em que está bordando flores amarelas e o cumprimenta com a cabeça.

Tudo aconteceu tão rápido que, agora, com os joelhos dobrados junto ao queixo enquanto saem do chão, essa é a primeira vez que Alex consegue realmente pensar em tudo.

Ele percebe que não está incomodado que as pessoas saibam. Ele nunca foi de esconder as pessoas que namorava e o que ele curtia, embora nada nunca tenha sido parecido com isso. Mesmo assim, a parte mais boba e arrogante dele está um tanto feliz de finalmente poder assumir que Henry é seu. Sabe o príncipe? O solteiro mais desejado do mundo? Sotaque britânico, rosto de um deus grego, pernas enormes? *Meu*.

Mas essa é apenas uma fração muito minúscula de tudo. O resto é um nó de medo, raiva, violação, humilhação, insegurança, pânico. Há uma diferença entre as falhas que todos podem ver — sua boca grande, seu temperamento imprevisível, seus impulsos ardorosos — e isso. É por isso que ele só usa os óculos de grau quando não tem ninguém por perto: ninguém deveria saber o quanto ele precisa deles.

Alex não liga para o que as pessoas pensam sobre seu corpo e escrevem sobre sua vida sexual, real ou imaginada. Ele se importa que elas saibam, com suas palavras particulares, o que bate em seu coração.

E Henry. Deus, Henry. Aqueles e-mails — aquelas cartas — eram o único lugar em que Henry podia dizer o que pensava de verdade. Não havia nada que não estivesse expresso ali: Henry ser gay, a reabilitação de Bea, o fato de a rainha manter Henry no armário de maneira tácita. Faz muito tempo que Alex não é um bom católico, mas ele sabe que confissões são um sacramento. Deveriam ser mantidas em segurança.

Merda.

Ele não consegue ficar parado. Deixa *O prisioneiro de Azkaban* de lado depois de quatro páginas. Encontra um artigo sobre seu relacionamento no Twitter e precisa fechar o aplicativo. Anda de um lado para o outro do jato, chutando os pés dos bancos.

— Dá para sentar, *por favor*? — Zahra diz depois de vinte minutos olhando para ele se inquietar pela cabine. — Você está dando uma úlcera para a minha úlcera.

— Tem certeza que eles vão nos deixar entrar quando chegarmos lá? — Alex pergunta para ela. — Tipo, e se eles não deixarem? E se eles, tipo, mandarem a Guarda da Rainha atrás de nós e nos prenderem? Eles podem fazer isso? Acho que a Amy poderia brigar com eles. Ela seria presa se tentasse brigar?

— Puta que pariu — Zahra resmunga, tira o celular do bolso e começa a discar.

— Pra quem você está ligando?

Ela suspira, levando o celular à orelha enquanto toca.

— Srivastava.

— Por que ele te atenderia?

— É a linha pessoal dele.

Alex fica olhando para ela.

— Você tem a linha pessoal dele e só foi usar agora?

— *Shaan* — Zahra grita. — Escuta aqui, seu bosta. Estamos voando agora. Primeiro-filho está comigo. ETA seis horas. Você vai mandar uma porra de um carro para nos esperar. Vamos nos reunir com a rainha e com quem mais tivermos de nos reunir para dar um jeito nessa bosta, senão juro por Deus que vou transformar suas bolas em brincos com as minhas próprias mãos. Vou destruir todas as coisas minimamente boas da sua vida maldita. — Ela pausa, provavelmente para escutá-lo concordar porque Alex não consegue imaginá-lo fazendo outra coisa. — Agora, coloca Henry na linha, e *não* tente me dizer que ele não está aí, porque sei que você está de olho nele desde que isso tudo começou.

Ela enfia o celular na cara de Alex.

Ele o pega, inseguro, e o leva à orelha. Há um movimento, um barulho confuso.

— Alô?

É a voz de Henry, doce, suntuosa, trêmula e confusa, e o alívio tira o ar de seus pulmões.

— *Querido*.

Ele escuta Henry expirar do outro lado da linha.

— Oi, amor. Você está bem?

Ele ri com lágrimas nos olhos, surpreso.

— Porra, está me zoando? Estou bem, estou bem, e você está bem?

— Estou... indo.

Alex se crispa.

— Está muito ruim?

— Philip quebrou um vaso que era de Ana Bolena, vovó ordenou um bloqueio de comunicações, e minha mãe não falou com ninguém — Henry diz. — Mas, assim, fora isso. Considerando tudo. É, é...

— Eu sei — Alex diz. — Já chego aí.

Há mais uma pausa, a respiração trêmula de Henry pelo celular.

— Eu não lamento — ele diz. — Que as pessoas saibam.

Alex sente seu coração subir à garganta.

— Henry — ele arrisca —, eu...

— Talvez...

— Falei com a minha mãe...

— Sei que não é o momento ideal...

— Será que você...

— Eu quero...

— Espera — Alex diz. — Nós estamos. Hm. Estamos perguntando a mesma coisa?

— Depende. Você ia me perguntar se quero falar a verdade?

— Sim — Alex diz, e ele pensa que seus dedos devem estar brancos em volta do celular. — Sim, eu ia.

— Então, sim.

Alex respira, com dificuldade.

— Quer isso mesmo?

Henry leva um momento para responder, mas sua voz é firme.

— Não sei se eu teria escolhido isso agora, mas já que descobriram e... não vou mentir. Não sobre isso. Não sobre você.

Os cílios de Alex estão cheios de lágrimas.

— Te amo pra caralho.

—Também te amo.

— Só aguenta firme até eu chegar, vamos dar um jeito nisso.

—Vou aguentar.

— Estou chegando. Logo mais estou aí.

Henry solta uma risada fraca e úmida.

— Por favor, não demora.

Eles desligam e ele devolve o celular para Zahra, que o pega sem dizer nada e o guarda dentro da bolsa.

— Obrigado, Zahra, eu...

Ela ergue uma mão, os olhos fechados.

— Não começa.

— Sério, você não precisava fazer isso.

— Escuta, só vou dizer isso uma vez e, se você repetir isso para alguém, vou mandar te aleijarem. — Ela baixa a mão, fixa um olhar nele que consegue ser ao mesmo tempo frio e afetuoso. — Estou torcendo por você, entendeu?

— Espera. Zahra. Ai, meu Deus. Acabei de me dar conta. Você é... minha amiga.

— Não, não sou.

— Zahra, você é a minha *amiga malvada*.

— Não sou. — Ela tira uma coberta de sua pilha de pertences, virando as costas para Alex e se cobrindo. — Não fale comigo pelas próximas seis horas. Mereço uma porra de uma soneca.

— Espera, espera, tá, espera — Alex diz. — Tenho só uma pergunta.

Ela dá um suspiro carregado.

— Quê?

— Por que você esperou para usar o número pessoal de Shaan?

— Porque ele é meu noivo, seu palhaço, mas *alguns* de nós entendem o sentido de discrição, então você não tinha como saber — ela diz sem nem olhar para ele, enroladinha e encostada contra a janela do avião. — Concordamos que nunca usaríamos nossos números pessoais para contatos de trabalho. Agora cala a boca e me deixa dormir um pouco porque temos o resto dessa história pra resolver ainda. Estou vivendo à base de café preto, um pretzel da Wetzel e um punhado de B12. Nem respire na minha direção.

É Bea, não Henry, quem atende quando Alex bate na porta fechada da sala de música no segundo andar de Kensington.

— Eu falei para você ficar longe... — Bea diz assim que a porta se abre, brandindo um violão com o braço. Ela o baixa assim que o vê. — Ah, Alex, me perdoe, pensei que fosse o Philip. — Ela o puxa com a mão livre em um abraço surpreendentemente esmagador. — Graças a Deus que você está aqui, eu mesma estava prestes a ir te buscar.

Quando ela o solta, ele finalmente consegue ver Henry atrás dela, jogado no sofá com uma garrafa de brandy. Ele sorri para Alex, com dificuldade, e diz:

— Não é baixinho demais para a tropa de elite?

A risada de Alex sai quase como um soluço, e é impossível saber se é ele ou Henry quem se move primeiro, mas eles se encontram no meio da sala, os braços de Henry em torno do pescoço de Alex, envolvendo-o por completo. Se a voz de Henry no celular era um fio, seu corpo é a gravidade que torna tudo possível, sua mão segurando o pescoço de Alex é uma força magnética, o norte perpétuo de uma bússola.

— Sinto muito — é o que sai da boca de Alex, sinceridade e angústia abafadas contra a garganta de Henry. — A culpa é minha. Me desculpa. Me desculpa.

Henry o solta, as mãos em seus ombros, o maxilar firme.

— Não ouse. Eu não me arrependo de nada.

Alex ri de novo, incrédulo, olhando para as olheiras pesadas de Henry e seu lábio inferior mordido e, pela primeira vez, vendo um homem que nasceu para liderar uma nação.

— Você é inacreditável — Alex diz. Ele se inclina e beija o lado do queixo dele, encontrando-o áspero por um dia inteiro difícil sem se barbear. Ele passa o nariz, a bochecha ali, sente parte da tensão de Henry diminuir ao seu toque. — Sabia disso?

Eles vão até os roxos e vermelhos dos tapetes persas no chão, a cabeça de Henry no colo de Alex e Bea em um pufe, dedilhando um instrumento pequeno e esquisito que ela explica para Alex que se chama auto-harpa. Bea puxa uma mesinha pequena, serve bolachas e um pedacinho de queijo macio, e leva embora a garrafa de brandy.

Ao que parece, a rainha está absolutamente lívida — não apenas por enfim ter a confirmação sobre Henry, mas por ser através de algo tão humilhante como um escândalo de tabloides. Philip veio de Anmer Hall no minuto em que saiu a notícia e foi rechaçado por Bea toda vez que tentou chegar perto de Henry para o que ele diz ser "apenas uma conversa séria sobre as consequências de seus atos". Catherine passou ali, uma vez, três horas atrás, o rosto duro e triste, para dizer a Henry que ela o ama e que ele poderia ter contado para ela antes.

— E aí eu falei: "Que ótimo, mãe, mas enquanto você continuar deixando minha vó me manter confinado, isso não vai significar porra nenhuma" — Henry diz. Alex o encara, chocado e um tanto impressionado. Henry esconde o rosto com o braço. — Eu me sinto péssimo. Fiquei... sei lá. Todos os momentos em que ela deveria estar do meu lado nos últimos anos foram demais para mim.

Bea suspira.

— Talvez tenha sido o tapa na cara de que ela precisava. Faz anos que a gente tenta fazer com que ela faça *alguma coisa* desde o nosso pai.

— Mesmo assim — Henry diz. — O jeito como a vó é... não é culpa da mãe. E ela conseguia nos proteger antes. Não é justo.

— Henry — Bea diz com a voz firme. — É difícil, mas ela precisava ouvir aquilo. — Ela baixa os olhos para os botõezinhos na auto-harpa. — Nós merecemos ter pelo menos um deles.

O canto de sua boca fica tenso, de maneira muito parecida com o de Henry.

—Você está bem? — Alex pergunta para ela. — Eu sei que eu... Eu vi alguns artigos. — Ele não termina a frase. "A Princesa do Pó" era o quarto *trending topic* do Twitter dez horas atrás.

Ela desfaz a expressão tensa e entreabre um sorriso.

— Eu? Sinceramente, é quase um alívio. Eu sempre disse que só ficaria em paz se todo mundo soubesse minha história de cara, para eu não ter de ficar ouvindo especulações, mentir para esconder a verdade ou ficar me explicando. Eu preferia, sabe, que não tivesse sido assim. Mas aqui estamos nós. Pelo menos agora podemos parar de fingir que é motivo de vergonha.

— Sei como é — Henry diz baixo.

O silêncio vem e vai depois de um tempo, a noite de Londres cai escura e pesada contra as vidraças. David, o beagle, se deita de maneira protetora ao lado de Henry, e Bea escolhe uma música do Bowie para tocar. Ela canta baixo: "I, I will be king, and you, you will be queen", e Alex quase ri. Parece com a descrição de Zahra dos dias de furacão: todos confinados juntos, torcendo para os sacos de areia aguentarem o tranco.

Henry pega no sono em algum momento, e Alex fica contente por isso, mas ainda consegue sentir a tensão em todas as partes de seu corpo.

— Ele não dormia desde que saiu a notícia — Bea fala baixo para ele. Alex acena de leve, observando o rosto dela.

— Posso perguntar uma coisa?

— Sempre.

— Estou com a impressão de que ele não está me contando alguma coisa — Alex sussurra. — Eu acredito quando ele me fala que está dentro, e que quer contar a verdade para todo mundo. Mas tem mais alguma coisa que ele não está dizendo, e estou surtando por não conseguir entender o que é.

Bea ergue os olhos, os dedos parados no ar.

— Ah, amor — ela diz simplesmente. — Ele está com saudades do papai.

Ah.

Ele suspira, apoiando a cabeça entre as mãos. Claro.

—Você pode explicar? — ele arrisca fracamente. — Como é? O que eu posso fazer?

Ela se ajeita no pufe, voltando a apoiar a harpa no chão, e põe a mão dentro da blusa. Tira uma moeda prateada em uma corrente: a ficha de sobriedade.

— Se importa se eu der uma de madrinha? — ela pergunta com um sorriso irônico. Ele entreabre um sorriso fraco em resposta, e ela continua: — Então, pense que todos nascemos com um conjunto de sentimentos. Alguns são maiores ou mais profundos do que outros, mas, para todo mundo, existe um piso, um limite. É a profundidade máxima de sentimento que você já sentiu. E, então, a pior coisa do mundo acontece com você. A pior coisa que poderia acontecer. A coisa com que você tinha pesadelos quando era criança, e você pensava: não tem problema porque isso só vai acontecer comigo quando eu for mais velho e maduro, e vou ter sentido tantas outras coisas até lá que esse pior sentimento, o pior sentimento possível, não vai parecer tão terrível assim.

"Mas ela acontece quando você ainda é jovem. Acontece quando seu cérebro ainda não está completamente formado, quando você ainda não passou por quase nada na vida. A pior coisa do mundo é uma das primeiras que acontecem a você. E ela vai até o fundo do que você sabe sentir, e o dilacera, deixando um abismo oco. E, como você é muito jovem, e como essa foi uma das primeiras coisas grandes que aconteceram na sua vida, você vai carregá-la dentro de si para sempre.

Sempre que algo terrível acontecer com você dali em diante, não vai simplesmente parar no fundo... Vai continuar descendo até o final."

Ela estende o braço sobre a mesinha de centro e a pilha pequena e triste de biscoitos de água e sal e toca o dorso da mão de Alex.

— Você entende? — ela pergunta para ele, olhando no fundo de seus olhos. — Você precisa entender isso para estar com Henry. Ele é a pessoa mais amorosa, carinhosa e altruísta que você vai encontrar, mas existe uma tristeza e uma dor dentro dele que é gigante, e talvez você nunca entenda de verdade, mas precisa amar esse lado tanto quanto ama o resto do meu irmão. É uma parte fundamental dele. E ele está preparado para entregar tudo a você, o que é muito mais do que eu imaginaria, em mil anos, que o veria fazer.

Alex fica sentado, tentando por um bom tempo absorver isso, e diz:

— Eu nunca... nunca passei por nada desse tipo — ele diz, com a voz rouca. — Mas sempre senti isso nele. Tem esse lado dele que... não dá pra conhecer. — Ele respira fundo. — Mas o fato é que... pular de penhascos é meio que o meu lance. É essa a escolha. Eu amo o Henry, com tudo isso, *por causa* de tudo isso. De propósito. Eu amo o Henry de propósito.

Bea sorri com carinho.

— Então você vai se dar bem.

Por volta das quatro da madrugada, ele se deita na cama atrás de Henry, Henry cujas costas têm protuberâncias suaves, Henry que passou por uma coisa terrível e agora outra coisa terrível e continua vivo. Ele estende uma mão e toca a beira da escápula de Henry, a pele onde o lençol escapou, onde os pulmões se recusam terminantemente a parar de inspirar. Um menino de um metro e oitenta e três deitado em torno de costelas salientes e um coração recalcitrante.

Com cuidado, o peito encostado nas costas de Henry, ele encontra seu lugar.

— É loucura, Henry — Philip está dizendo. — Você é jovem demais para entender.

Os ouvidos de Alex estão zumbindo.

Eles sentaram à cozinha de Henry de manhã diante de biscoitos e um bilhete de Bea que dizia ter saído para encontrar Catherine. De repente, Philip entrou com tudo pela porta, o terno desalinhado, o cabelo desgrenhado, gritando com Henry sobre a audácia de violar o embargo de comunicações, de trazer Alex para cá enquanto o palácio estava sendo vigiado, de não parar de envergonhar a família.

Agora, Alex está pensando em quebrar o nariz dele com a cafeteira.

— Eu tenho *vinte e três* anos, Philip — Henry diz, claramente se esforçando para manter a voz firme. — A mamãe não tinha muito mais quando conheceu o papai.

— É, e você acha que essa foi uma decisão madura? — Philip diz com maldade. — Casar com um homem que passou metade da nossa infância fazendo filmes, que nunca serviu ao país, que ficou doente e nos abandonou e a mãe...

— Não começa, Philip — Henry diz. — Juro por Deus. Só porque *ele* não ficava impressionado com sua obsessão pelo legado da família...

— Você claramente não entende porra nenhuma do que significa legado se pôde deixar isso acontecer — Philip vocifera. — A única coisa a fazer agora é abafar esse caso e torcer para que o povo acredite que nada disso foi verdade. Esse é o seu dever, Henry. É o mínimo que você pode fazer.

— Sinto muito — Henry diz, a voz angustiada, mas há uma rebeldia amargurada surgindo nele também. — Sinto muito por ser uma *desgraça* para a família.

— Eu não dou a mínima se você for gay — Philip diz, soltando a palavra "se" como se Henry não tivesse especificamente contado para ele. — Me importo que você tenha feito essa escolha, com *ele* — ele volta os olhos para Alex de repente como se ele finalmente tivesse começado a existir no mesmo ambiente que esta conversa —, alguém que tem uma porra de um alvo nas costas, de ser tão idiota e ingênuo e egoísta a ponto de pensar que isso não foderia completamente com todos nós.

— Eu sabia, Philip. Meu Deus — Henry diz. — Eu sabia que isso poderia estragar tudo. Eu tinha *pavor* de isso acontecer. Mas como eu poderia ter previsto? Como?

— Assim como eu disse, ingênuo — Philip fala para ele. — Essa é a vida que vivemos, Henry. Você sempre soube disso. Eu tentei te avisar. Eu queria ser um bom irmão para você, mas você não me dava ouvidos. É hora de lembrar o seu lugar nesta família. Vire homem. Tome tenência e assuma a responsabilidade. Dê um jeito nisso. Pela primeira vez na sua vida, não seja um covarde.

Henry se crispa como se tivesse levado um tapa. Alex consegue ver agora — é assim que ele foi derrubado ao longo dos anos. Talvez não tão explicitamente sempre, mas a todo o momento ali, sempre subentendido: *Lembre-se do seu lugar.*

Ele faz aquilo que Alex ama tanto: ele ergue o queixo, se firmando.

— Eu não sou covarde — ele diz. — E não quero dar um jeito nisso.

Philip quase cospe uma risada dura e sem graça na cara dele.

—Você não sabe o que está falando. Não tem como saber.

—Vai se foder, Philip, eu amo o Alex — Henry diz.

— Ah, você ama esse menino, é? — É tão condescendente que o punho de Alex se cerra embaixo da mesa. — O que exatamente você pretende fazer, então, Henry? Hmm? *Casar com ele?* Transformá-lo na duquesa de Cambridge? O filho da presidente dos malditos Estados Unidos, quarto na linha de sucessão para virar a rainha da Inglaterra?

— Eu vou abdicar, cacete! — Henry diz, levantando a voz. — Estou pouco me fodendo!

—Você não teria coragem — Philip retruca.

— Temos um tio que abdicou porque era a *porra de um nazista*, então esse está longe de ser o pior motivo para alguém abdicar, não é? — Henry está aos berros agora, e levantou da cadeira, as mãos trêmulas, se assomando sobre Philip, e Alex nota pela primeira vez que ele é o irmão mais alto. — O que você está defendendo aqui, Philip? Que tipo de legado? Que tipo de família que diz que vamos pegar o assassinato, vamos pegar o estupro, o saque e a colonização, limpar tudo bem bonitinho e colocar num museu, mas, ah, não, você é bicha? Isso está fora do nosso senso de decoro! Para mim já chega. Fiquei quieto por tempo demais deixando você e a vó e o maldito peso do mundo me prenderem, e eu cansei. *Eu não ligo.* Você pode pegar o seu legado e o seu decoro e *enfiar no rabo*, Philip. Para mim já chega.

Ele bufa um fôlego poderoso, dá meia-volta e sai andando da cozinha.

Alex fica boquiaberto na cadeira por alguns segundos. À frente dele, Philip está com a cara vermelha e enjoada. Alex limpa a garganta, levanta, e abotoa o paletó.

— Só para constar — ele diz a Philip —, esse é o filho da puta mais corajoso que já conheci.

E também sai.

Shaan está com cara de quem não dorme há trinta e seis horas. Bom, ele está perfeitamente sereno e elegante, mas a etiqueta está para fora do suéter e o cheiro forte de uísque emana de seu chá.

Perto dele, no lado de trás da van incógnita que eles pegaram para o Palácio de Buckingham, Zahra está com os braços cruzados de maneira resoluta. O anel de noivado na sua mão esquerda cintila na manhã silenciosa de Londres.

— Então, hm — Alex arrisca. — Vocês dois estão brigando agora? Zahra olha para ele.

— Não. Por que você pensaria isso?

— Ah. Só pensei porque...

— Está tudo bem — Shaan diz, ainda digitando no iPhone. — É por isso que definimos regras sobre limites pessoais e profissionais desde o começo da relação. Funciona para nós.

— Se você quer uma briga, deveria ter visto quando descobri que ele sabe sobre vocês dois desde o começo — Zahra diz. — Por que acha que ganhei um diamante deste tamanho?

— *Normalmente* funciona para nós — Shaan se corrige.

— Pois é — Zahra concorda. — Além disso, a gente transou pra caramba ontem à noite.

Sem erguer os olhos, a mão de Shaan encontra a dela em um cumprimento.

As forças de Shaan e Zahra combinadas conseguiram uma reunião com a rainha no Palácio de Buckingham, mas eles receberam ordens de pegar uma rota sinuosa e circunspecta para evitar os paparazzi. Alex consegue sentir uma eletricidade estática vibrando em Londres nesta manhã, milhares de vozes murmurando sobre ele e Henry e o que vai acontecer em seguida. Mas Henry está ao seu lado, segurando a sua mão, e ele está segurando de volta, o que não é pouca coisa.

Há uma mulher mais velha e baixa, com o nariz arrebitado de Bea e os olhos azuis de Henry esperando na frente da sala de conferência quando eles se aproximam. Ela está usando óculos grossos, um suéter marrom surrado e uma calça jeans com a barra dobrada, parecendo definitivamente deslocada nos corredores do Palácio de Buckingham. Ela está com um livro pequeno enfiado no bolso de trás.

A mãe de Henry se vira para eles, e Alex vê a expressão dela passar de mágoa e reserva a doçura quando os vê.

— Oi, meu filho — ela diz quando Henry se aproxima.

O maxilar de Henry está cerrado, mas não é raiva, apenas medo. Alex consegue ver a expressão que ele reconhece: Henry se perguntando se é seguro aceitar o amor que é oferecido a ele, e ao mesmo tempo desejando desesperadamente aceitar de qualquer maneira. Ele a abraça, deixa que ela dê um beijo em sua bochecha.

— Mãe, este é o Alex — Henry diz.— Meu namorado — acrescenta, como se não fosse óbvio.

Ela se vira para Alex, e ele sinceramente não sabe o que esperar, mas ela o puxa para perto e dá um beijo na bochecha dele também.

— Minha Bea contou o que você fez pelo meu filho — ela diz, o olhar sagaz. — Obrigada.

Bea está atrás dela, o ar cansado mas focado, e Alex mal pode imaginar o banho de realidade que ela deve ter dado na mãe antes de virem para o palácio. Ela troca um olhar com Zahra e seu pequeno grupo se reúne no corredor, e Alex sente que eles não poderiam estar em mãos mais capazes. Ele se pergunta se Catherine está disposta a entrar na luta.

— O que você vai dizer para ela? — Henry pergunta à mãe.

Ela suspira, tocando a beira dos óculos.

— Bom, a velhota não é de se comover por sentimentos, então acho que vou tentar apelar a estratégias políticas.

Henry pestaneja.

— Desculpa... o que você está dizendo?

— Estou dizendo que vim para brigar — ela diz, pura e simplesmente. — Você quer contar a verdade, não quer?

— Eu... sim, mãe. — Uma luz de esperança se acende atrás de seus olhos. — Sim, eu quero.

— Então podemos tentar.

Eles assumem seus lugares em torno da mesa comprida e entalhada na sala de reunião, esperando a chegada da rainha em um silêncio nervoso.

A rainha Mary entra usando um conjunto cinza-ardósia e a expressão dura, o corte chanel grisalho aparado com precisão milimétrica em volta do rosto. Alex fica espantado com a altura dela, as costas eretas e o rosto fino mesmo na casa dos oitenta. Ela não é exatamente bonita, mas há uma história clara em seus olhos azuis sagazes e seus traços angulares, as rugas pesadas em torno da boca.

A temperatura na sala despenca assim que ela senta à cabeceira da mesa. Um atendente real busca a chaleira no centro da mesa e serve na porcelana impecável, e o silêncio pesa enquanto ela prepara seu chá em um ritmo glacial, fazendo-os esperar. O leite, servido com uma mão antiga com um leve tremor. Um cubo de açúcar, pegado com um cuidado deliberado com a pincinha de prata. Um segundo cubo.

Alex tosse. Shaan dispara um olhar para ele. Bea pressiona os lábios.

— Recebi uma visita no começo do ano — a rainha diz por fim. Ela pega a colher de chá e começa a mexer lentamente. — O presidente da China. Me perdoem se o nome dele me escapa. Mas ele me contou uma história fascinante de como a tecnologia avançou em diferentes partes do mundo nestes tempos modernos. Sabiam que é possível manipular uma fotografia para fazer parecer que as coisas mais mirabolantes são verdadeiras? Apenas um simples... programa, não é? Um computador. E toda forma de inverdade inacreditável pode se tornar real. Os olhos humanos mal podem notar a diferença.

O silêncio na sala é total, exceto pelo som da colher de chá da rainha raspando o fundo da xícara em movimentos circulares.

— Infelizmente, sou velha demais para entender como as coisas possam ser enviadas para o espaço — ela continua —, mas me disseram que todo tipo de mentiras pode ser produzido e disseminado. É possível... criar arquivos que nunca existiram e plantá-los em algum lugar fácil de ser encontrado. Nada verdadeiro. A evidência mais flagrante pode ser desacreditada e ignorada, simples assim.

Com o tilintar delicado de prata em porcelana, ela pousa a colher no pires e finalmente olha para Henry.

— Eu me pergunto, Henry. Me pergunto se você acha que algo desse gênero teve relação com essas notícias assombrosas.

Está bem ali na mesa entre eles: uma oferta. Continuar ignorando. Fingir que foi uma mentira. Fazer tudo desaparecer.

Henry range os dentes.

— É verdade — ele diz. — É tudo verdade.

O rosto da rainha passa por uma série de expressões, parando em uma careta tensa como se tivesse encontrado algo desagradável dentro de seu sapato de salto baixo.

— Muito bem. Nesse caso. — Seu olhar se volta para Alex. — Alexander. Se eu soubesse que você estava envolvido com meu neto, teria insistido em um primeiro encontro mais formal.

—Vó...

— Cale-se, Henry, querido.

Catherine levanta a voz, então.

— Mãe...

A rainha ergue uma mão enrugada para silenciá-la.

— Pensei que tínhamos sido humilhados o suficiente nos jornais quando Beatrice teve aquele *probleminha*. E deixei claro, Henry, anos atrás, que, se sentisse tendências *contrárias à natureza*, poderíamos tomar medidas apropriadas. Por que você preferiu sabotar o trabalho duro que tive para manter a coroa em pé eu já não entendo, e por que parece decidido a atrapalhar meus esforços para restaurá-la exigindo que eu me encontre com um... *menino* — aqui, um tom maldoso em sua voz, sob o qual Alex consegue ouvir epítetos para tudo, desde sua raça à sua sexualidade —, quando você recebeu ordens de esperar, me é um mistério. Está claro que você perdeu a cabeça. Minha posição não mudou, meu caro: seu papel nesta família é perpetuar nossa linhagem e manter a aparência da monarquia como o ideal de excelência britânica, e simplesmente não posso permitir nada menos do que isso.

Henry está de cabeça baixa, o olhar distante voltado para a granulação da mesa, e Alex praticamente consegue sentir a energia se erguendo em Catherine à frente dele. Há um reflexo da fúria presa no peito dele. A princesa que fugiu com James Bond, que disse aos filhos para devolverem o que seu país roubou, tomando uma decisão.

— Mãe — ela diz com firmeza. — Você não acha que devemos pelo menos conversar sobre outras opções possíveis?

A cabeça da rainha se vira devagar.

— E que opções seriam essas, Catherine?

— Bom, creio que revelar a verdade é uma opção válida. Nosso prestígio pode ser salvo se tratarmos isso não como um escândalo, mas como uma intrusão à privacidade da família e a vitimização de um jovem apaixonado.

— Que é o que aconteceu — Bea intervém.

— Podemos integrar isso em nossa narrativa — Catherine diz, escolhendo as palavras com uma precisão extrema. — Reivindicar a dignidade dela. Transformar Alex em um pretendente oficial.

— Entendo. Então seu plano é permitir que Henry escolha essa vida?

A expressão de Catherine muda.

— É a única vida que é honesta para ele, mãe.

A rainha suga os lábios.

— Henry — ela diz, voltando-se para ele —, você não teria uma vida mais agradável sem todas essas complicações desnecessárias? Você sabe que temos os recursos para encontrar uma esposa para você e compensá-la generosamente. Você entende: estou tentando apenas proteger você. Sei que isso parece importante agora, mas você realmente deve pensar no futuro. Você percebe que isso significaria anos de repórteres perseguindo você, todo tipo de alegações? Não imagino que as pessoas gostariam de receber você em hospitais infantis...

— Chega! — Henry explode. Todos os olhos na sala se voltam para ele, e ele parece pálido e chocado com o som da própria voz, mas continua. — Você não... você não pode me intimidar a me submeter para sempre!

A mão de Alex tateia o espaço entre eles embaixo da mesa e, no instante em que seus dedos encontram o pulso de Henry, a mão de Henry agarra a sua, com força.

— Sei que vai ser difícil — Henry diz. — Eu... É assustador. E, se você me perguntasse um ano atrás, eu provavelmente teria dito que tudo bem, que ninguém precisa saber. Mas... sou uma pessoa e parte desta família tanto quanto você. Mereço ser feliz tanto quanto qualquer um de vocês. E não acho que eu vá ser feliz se tiver de passar o resto da vida fingindo.

— Ninguém está dizendo que você não merece ser feliz — Philip intervém. — O primeiro amor deixa todos malucos... é tolice jogar seu futuro fora por causa de uma decisão hormonal com base em menos de um ano da sua vida quando você mal passou dos vinte anos.

Henry encara Philip e diz:

— Eu sou profundamente gay desde que saí da barriga da mamãe, Philip.

No silêncio que se segue, Alex precisa morder a língua com força para segurar o impulso de uma risada histérica.

— Bom — a rainha diz depois de um tempo. Ela está segurando

a xícara no ar com delicadeza, olhando para Henry por cima dela. — Mesmo que você queira se submeter ao flagelo nos jornais, isso não apaga as estipulações de seu direito de nascença: você deve produzir herdeiros.

E Alex aparentemente não está mordendo a língua com força suficiente, porque fala sem pensar:

— Ainda podemos fazer isso.

Até a cabeça de Henry se volta ao ouvir isso.

— Não me lembro de lhe dar permissão para falar na minha presença — diz a rainha Mary.

— *Mãe...*

— Isso levanta a questão de barrigas de aluguel ou doadoras — Philip intervém — e direitos ao trono...

— Esses detalhes são mesmo pertinentes agora, Philip? — Catherine interrompe.

— Alguém precisa se preocupar com a conservação do legado real, mãe.

— Não estou gostando *nada* desse tom.

— Podemos considerar hipóteses, mas o fato é que qualquer coisa além de manter a imagem real está fora de questão — a rainha diz, pousando a xícara. — O país simplesmente não vai aceitar um príncipe com tais inclinações. Sinto muito, querido, mas para eles é perverso.

— Perverso para eles ou perverso para você? — Catherine pergunta a ela.

— Não é justo... — Philip diz.

— É a *minha* vida... — Henry intervém.

— Ainda nem tivemos a chance de ver como as pessoas vão reagir.

— Estou governando esse país há quarenta e sete anos, Catherine. Creio que o conheço de cor e salteado a esta altura. Como lhe digo desde que você era pequena, você precisa tirar a sua cabeça das nuvens...

— Ah, dá para calar a boca por um segundo? — Bea diz. Ela está em pé agora, brandindo o tablet de Shaan em uma mão. — Olhem.

Ela o bate na mesa para que a rainha Mary e Philip possam ver, e o restante levanta para olhar também.

É uma reportagem da BBC, e o som está desligado, mas Alex lê o título ao pé da tela: APOIO MUNDIAL EM MASSA A PRÍNCIPE HENRY E PRIMEIRO-FILHO DOS EUA.

A sala fica em silêncio diante das imagens. Uma manifestação em Nova York na frente do Beekman, pontilhada de arco-íris, com cartazes que dizem coisas como: PRIMEIRO-FILHO DOS NOSSOS CORAÇÕES. Um banner na lateral de um prédio em Paris que diz: HENRY + ALEX ESTIVERAM AQUI. Um mural apressado em uma parede na Cidade do México do rosto de Alex em azul, roxo e rosa, uma coroa na cabeça. Um grupo de pessoas no Hyde Park com as bandeiras britânicas em arco-íris e o rosto de Henry tirado de revistas e colado em placas com dizeres: LIBERTEM HENRY. Uma jovem com o cabelo raspado mostrando os dois dedos para as janelas do *Daily Mail*. Uma multidão de adolescentes na frente da Casa Branca, usando camisetas improvisadas que dizem a mesma coisa em letras tortas escritas com canetas permanentes, uma frase que ele reconhece de seus próprios e-mails: HISTÓRIA, HEIN?

Alex tenta engolir em seco, mas não consegue. Ele ergue os olhos, e Henry está olhando para ele, boquiaberto, os olhos cheios de lágrimas.

A princesa Catherine se vira e atravessa a sala devagar, na direção das janelas altas que dão para o leste da sala.

— Catherine, não... — a rainha diz, mas Catherine pega as cortinas pesadas com as duas mãos e as abre.

Uma rajada de luz e cor tira o ar da sala. Na alameda em frente ao Palácio de Buckingham, há uma multidão de pessoas com estandartes, cartazes, bandeiras dos Estados Unidos, do Reino Unido e de arco-íris levantadas. Não é tão grande quanto a multidão do casamento real, mas é enorme, enchendo a calçada diante dos portões. Alex e Henry receberam a recomendação de entrar pelos fundos do palácio — não tinham visto nada daquilo.

Henry foi com cuidado até a janela, e Alex, do outro lado da sala, o vê se aproximar e encostar os dedos no vidro.

Catherine vira para ele e diz em um suspiro trêmulo:

— Ah, meu amor — e dá um jeito de abraçá-lo junto ao peito, embora ele seja quase trinta centímetros mais alto do que ela. Alex precisa desviar o olhar; mesmo depois de tudo, isso parece íntimo demais para ele presenciar.

A rainha limpa a garganta.

— Isso está... longe de representar como o país como um todo vai reagir — ela diz.

— Jesus Cristo, mãe — Catherine diz, soltando Henry e o empurrando para trás dela em um reflexo protetor.

— É exatamente por isso que eu não queria que você visse. Você tem o coração mole demais para aceitar a verdade, Catherine. A maioria deste país ainda quer os costumes antigos.

Catherine se empertiga, a postura ereta enquanto se aproxima da mesa novamente. É um fruto de sua criação real, mas se assemelha mais a um arco prestes a ser disparado.

— Claro que quer, mãe. É claro que os malditos Tory de Kensington e os tolos do Brexit não querem que isto aconteça. Não é essa a questão. Você está tão decidida a acreditar que nada pode mudar? Que nada *deve* mudar? Podemos ter um legado real aqui, de esperança, amor e mudança. Não a mesma merda requentada e enfadonha que estamos vendo desde a Segunda Guerra Mundial...

— Não fale comigo dessa forma — a rainha Mary diz friamente, uma mão velha e antiquíssima ainda na colher de chá.

— Eu tenho sessenta anos, mãe — Catherine diz. — Não podemos deixar o decoro de lado a esta altura?

— Nenhum respeito. Nunca nenhum pingo de respeito pela santidade...

— Ou talvez eu devesse levar minhas preocupações ao Parlamento? — Catherine diz, aproximando-se para baixar a voz bem na cara da rainha Mary. Alex reconhece a centelha nos olhos dela. Ele nunca soube... sempre presumiu que Henry tinha puxado aquilo do pai. — Sabe, creio que o Partido Trabalhista está cansado da velha guarda. Imagino, se eu mencionasse essas reuniões de que você vive esquecendo, ou os nomes de países que sempre confunde, se eles não podem determinar que a Grã-Bretanha não espera que a senhora sirva com mais de oitenta e cinco anos?

O tremor na mão da rainha duplicou, mas o queixo dela é firme. Um silêncio mortal cai sobre a sala.

— Você não teria coragem.

— Será que não, mãe? Você quer pagar para ver?

Catherine se vira para Henry, e Alex fica surpreso ao ver lágrimas no rosto dela.

— Desculpe, Henry — ela diz. — Eu falhei com você. Falhei com todos vocês. Vocês precisavam de uma mãe, e eu não estava lá. Fiquei tão assustada que comecei a pensar que talvez fosse melhor deixar que todos vocês fossem mantidos atrás de uma vidraça. — Ela se volta para a mãe. — Olhe para eles, mãe. Eles não são acessórios de um legado. Eles são meus *filhos*. E juro pela minha vida, e pela de Arthur, que eu tiro a senhora do trono antes de permitir que os faça sentir as mesmas coisas que me fez sentir.

O silêncio paira sobre a sala por alguns segundos agonizantes, até que:

— Ainda não acho que... — Philip começa, mas Bea pega a chaleira do centro da mesa e a entorna no colo dele.

— Ah, sinto *muitíssimo*, Pip! — ela diz, pegando-o pelos ombros e o empurrando para a porta enquanto ele balbucia gritos agudos. — Tão *terrivelmente* estabanada. Sabe, acho que toda aquela *cocaína* que usei deve ter feito um estrago nos meus reflexos! Vamos lá arrumar essa sujeira?

Ela o leva para fora, dando um joinha para Henry por cima do ombro, e fecha a porta atrás de si.

A rainha olha para Alex e Henry, e Alex vê nos olhos dela por fim: ela tem medo deles. Tem medo da ameaça que eles representam às aparências perfeitas de Fabergé que ela passou a vida mantendo. Eles a aterrorizam.

E Catherine não está recuando.

— Bom — a rainha Mary diz. — Creio que. Creio que vocês não me dão muita escolha, não é?

— Ah, mãe, você tem escolha — diz Catherine. — Você sempre teve uma escolha. Talvez hoje você faça a escolha certa.

No corredor do Palácio de Buckingham, assim que a porta se fecha atrás deles, eles tombam de lado contra uma tapeçaria na parede, esbaforidos, delirantes e gargalhando. Henry puxa Alex para perto, o beija e sussurra:

— Eu te amo eu te amo eu te amo.

E não importa, *não importa* se alguém vir.

Ele está no caminho de volta para a pista de decolagem quando vê, gravado na lateral de um prédio de tijolos, um choque de cor contra uma rua cinza.

— Espera! — Alex grita para o motorista. — Para! Para o carro!

De perto, é lindo. Dois andares de altura. Ele não consegue imaginar que alguém preparou algo assim tão rapidamente.

É um mural dele e de Henry, se encarando, aureolados por um sol amarelo brilhante, representados como Han e Leia. Henry está todo de branco, a luz de estrelas no cabelo. Alex vestido como um contrabandista desarrumado, com uma arma no quadril. Um príncipe e um rebelde, abraçados.

Ele tira uma foto com o celular e, os dedos trêmulos, digita um tweet: *Nunca me diga a probabilidade.*

Ele liga para June enquanto sobrevoa o Atlântico.

— Preciso da sua ajuda — ele diz.

Ele escuta o clique da caneta do outro lado da linha.

— O que você tem pra mim?

Catorze

Jezebel ✓ @Jezebel
ASSISTA: Grupo de ativistas lésbicas de moto afugenta protestantes da Igreja Batista de Westboro na Pennsylvania Avenue e, sim, é tão incrível quanto parece. bit.ly/2ySPeRj
21h15 · 29 Set 2020

A primeira vez em que Alex saiu de um carro na Pennsylvania Avenue, que liga a Casa Branca ao Capitólio, como o primeiro-filho dos Estados Unidos, ele quase caiu de cara em um arbusto.

Ele consegue se lembrar da cena vividamente, embora o dia inteiro tenha sido surreal. Ele se lembra do interior da limusine, como ainda não tinha se acostumado com a sensação do couro sob as palmas de suas mãos suadas, ainda ingênuo e ansioso, perto demais da janela para ver toda a multidão.

Ele se lembra de sua mãe, o cabelo comprido amarrado em uma trança elegante e discreta atrás da cabeça. Ela tinha usado o cabelo solto em seu primeiro dia como prefeita, seu primeiro dia no Congresso, seu primeiro dia como presidenta da Câmara, mas naquele dia estava com o cabelo preso. Disse que não queria nenhuma distração. Ele achou que aquilo a fazia parecer durona, como se estivesse pronta para uma luta se necessário, como se tivesse uma gilete dentro do sapato. Ela estava sentada ao lado dele, revendo as anotações para o discurso, uma bandeira de ouro de vinte e quatro quilates na lapela, e Alex estava tão orgulhoso que achou que iria passar mal.

Houve uma mudança em determinado momento — Ellen e Leo escoltados para a entrada norte e Alex e June transportados para outra direção. Ele se lembra, muito especificamente, de algumas coisas. Suas abotoaduras, X-wings de prata de lei feitos sob encomenda. Um arranhão minúsculo no reboco de uma parede no oeste da Casa Branca, que ele estava vendo de perto pela primeira vez. Seu cadarço desamarrado. E ele se lembra de abaixar para amarrar o sapato, perder o equilíbrio pelo nervosismo, e ser segurado por June pela parte de trás do paletó para impedir que caísse de cara em uma roseira espinhosa na frente de setenta e cinco câmeras.

Esse foi o momento em que ele decidiu que nunca mais se permitiria sentir nervosismo. Não como Alex Claremont-Diaz, primeiro-filho dos Estados Unidos, nem como Alex Claremont-Diaz, astro político em ascensão.

Agora, ele é Alex Claremont-Diaz, centro de um escândalo sexual político internacional e namorado do príncipe da Inglaterra, e está de volta ao banco de trás de uma limusine na Pennsylvania Avenue, tem outra multidão, e a sensação de vômito iminente está de volta.

Quando a porta do carro se abre, lá está June, com uma camiseta amarelo brilhante que diz: HISTÓRIA, HEIN?

—Você gostou? — ela diz. — Tem um cara vendendo na esquina. Peguei o cartão dele. Vou usar na minha próxima coluna para a *Vogue*.

Alex se joga em cima dela, envolvendo-a em um abraço que a tira do chão, ela dá um grito e puxa seu cabelo, e eles tropeçam de lado e caem num arbusto, como sempre foi o destino de Alex.

A mãe deles está em uma maratona de reuniões, então eles saem escondidos para o Truman Balcony e atualizam um ao outro com chocolates quentes e um prato de donuts. Pez vinha tentando fazer telefone sem fio entre os respectivos campos, mas não adiantou muito. June chora pela primeira vez quando ouve sobre a ligação no avião, depois de novo sobre Henry enfrentando Philip, e uma terceira vez sobre a multidão diante do Palácio de Buckingham. Alex a observa mandar uns cem emojis de coração para Henry, e ele responde com um vídeo curto dele com Catherine tomando champanhe enquanto Bea toca "God Save the Queen" na guitarra.

— Certo, é o seguinte — June diz depois. — Ninguém vê Nora faz dois dias.

Alex a encara.

— Como assim?

— Tipo, eu liguei pra ela, Zahra ligou pra ela, Mike e os pais dela ligaram pra ela, ela não atende ninguém. O guarda no apartamento diz que ela não saiu do quarto esse tempo todo. Aparentemente, ela está "bem, mas ocupada". Tentei simplesmente aparecer, mas ela falou pro porteiro não me deixar entrar.

— Isso é... preocupante. E, bom, um pouco escroto.

— Pois é, eu sei.

Alex se vira, andando de um lado para o outro pela sacada. Teria sido muito bom ter a frieza de Nora para ajudar a lidar com esta situação ou, na verdade, a simples companhia de sua melhor amiga. Ele se sente um tanto traído por ela tê-lo abandonado quando ele mais precisava dela — quando ele e June mais precisavam. Ela tem a tendência de se afundar propositalmente em cálculos complexos quando coisas especialmente ruins acontecem ao redor.

— Ah, ei — June diz. — E aqui está o favor que você me pediu.

Ela enfia a mão no bolso da calça jeans e passa um papel dobrado para ele.

Ele passa os olhos pelas primeiras linhas.

— Ai, meu Deus, Juju — ele diz. — Eu... Ai, meu Deus.

— Você gostou? — Ela parece um pouco nervosa. — Eu estava tentando captar, tipo, quem você é, o seu lugar na história, e o que seu papel significa para você, e...

Ela é cortada quando ele a ergue em mais um abraço de urso, os olhos lacrimejantes.

— Está perfeito, June.

— Ei, primeira-prole — diz uma voz de repente e, quando Alex coloca June no chão, Amy está esperando no batente que liga a sacada ao

Salão Oval. — A senhora presidenta quer vocês na sala dela. — Ela desvia a atenção, escutando seu ponto. — Ela mandou levarem os donuts.

— Como ela sempre sabe? — June murmura, pegando o prato.

— Estou com Tremoço e Barracuda a caminho — Amy diz, tocando o ponto na orelha.

— Ainda não acredito que você escolheu esse codinome idiota — June diz. Alex a faz tropeçar enquanto passam pela porta.

Os donuts acabaram faz duas horas.

Um, no sofá: June, amarrando, desamarrando e reamarrando os cadarços de seus Keds, por falta de outra coisa para fazer com as mãos. Dois, encostada na parede oposta: Zahra, digitando rapidamente um e-mail no celular, depois outro. Três, à mesa do Resolute: Ellen, mergulhada em projeções de probabilidade. Quatro, no outro sofá: Alex, contando.

As portas do Salão Oval se abrem de repente e Nora entra correndo. Ela está usando um moletom manchado de alvejante da campanha HOLLERAN PARA O CONGRESSO 1972 e tem a expressão frenética e tonta de quem acabou de sair de um bunker do apocalipse pela primeira vez em uma década. Ela quase tropeça no busto de Abraham Lincoln na pressa de chegar à mesa de Ellen.

Alex já está em pé.

— Onde você estava, *porra*?

Ela coloca uma pasta grossa na mesa e vira de lado para olhar para Alex e June, esbaforida.

— Tá, eu sei que vocês estão putos, e com toda razão, mas... — ela se apoia na mesa com as duas mãos, apontando para a pasta com o queixo — fiquei enfurnada no apartamento por dois dias fazendo isso, e vocês super não vão ficar bravos comigo quando virem.

A mãe de Alex a encara, preocupada.

— Nora, meu bem, estamos tentando descobrir...

— *Ellen* — Nora praticamente grita. A sala toda fica em silêncio, e

Nora paralisa, se tocando. — Hm. Senhora. Sogra. Por favor, só. Você precisa ler isto.

Alex a observa suspirar e colocar a caneta na mesa antes de pegar o arquivo. Nora parece estar prestes a desmaiar. Alex olha para June no sofá em frente, que parece entender tão pouco quanto ele, e...

— Puta... *merda* — sua mãe diz, um misto de fúria e confusão tomando conta dela. — Isso é...?

— Sim — Nora diz.

— E o...

— Uhum.

Ellen leva uma mão à boca.

— Como é que você *conseguiu* isso? Espera, me deixa reformular... como é que *você* conseguiu isso?

— Certo, então. — Nora se afasta da mesa e dá um passo para trás. Alex não faz ideia do que está acontecendo, mas é alguma coisa, alguma coisa grande. Nora está andando de um lado para outro agora, as duas mãos na testa. — No dia dos vazamentos, recebi um e-mail anônimo. Típica conta descartável, mas impossível de rastrear. Eu tentei. A pessoa me enviou um link para um despejo enorme de arquivos e falou que era um hacker que tinha obtido todo o conteúdo do servidor de e-mail privado da campanha de Richards.

Alex a encara.

— *Como assim?*

Nora olha de volta para ele.

— Pois é.

Zahra, que está em pé atrás da mesa de Ellen com os braços cruzados, intervém para perguntar:

— E por que você não denunciou isso para as autoridades?

— Porque no começo eu não sabia que encontraria alguma coisa. E, quando encontrei, não confiei em mais ninguém para lidar com isso. A pessoa mandou especificamente para mim porque sabia que eu estava envolvida pessoalmente na situação de Alex e trabalharia o mais rápido possível para encontrar o que ela não teve tempo de encontrar.

— Que é? — Alex não consegue acreditar que ainda precisa perguntar.

— A prova — Nora diz. E a voz dela está tremendo agora. — De que o filho da puta do Richards armou pra você.

Ele escuta, vagamente, o som de June soltando um palavrão e levantando do sofá, andando até o outro canto do salão. Os joelhos dele cedem, então ele volta a sentar.

— Nós... desconfiamos que o comitê republicano estivesse envolvido de alguma forma com o que aconteceu — sua mãe diz. Ela está dando a volta na mesa agora, ajoelhando no chão na frente dele com seu vestido cinza engomado, a pasta junto ao peito. — Mandei pessoas investigarem. Nunca imaginei que... a coisa toda vinha direto da campanha do Richards.

Ela pega a pasta e a abre na frente da mesa de centro no meio da sala.

— Tinha... tipo, uns cem mil e-mails — Nora diz quando Alex desce para o tapete e começa a olhar as páginas — e juro que um terço era de contas falsas, mas escrevi um código que restringiu para cerca de três mil. Verifiquei o resto manualmente. Isso é tudo sobre Alex e Henry.

Alex nota seu rosto primeiro. É uma foto: borrada, sem foco, tirada com uma lente de longo alcance, quase não dá para reconhecê-lo. É difícil identificar onde ele está, até ver as cortinas elegantes cor de marfim na beira da imagem. O quarto de Henry.

Ele olha sobre a foto e vê que está anexada a um e-mail entre duas pessoas. *Negativo. Nilsen diz que não está visível o bastante. Você precisa falar para o P que não vamos pagar por aparições do Pé Grande. Nilsen.* Nilsen, o chefe da campanha de Richards.

— Richards te tirou do armário, Alex — Nora diz. — Começou assim que você saiu da campanha. Ele contratou uma firma que contratou os hackers que conseguiram as imagens de vigilância do Beekman.

A mãe dele está ao seu lado já com a tampa de uma marca-texto nos dentes, destacando linhas amarelo-vivas nas páginas. Há um movimento à sua direita: Zahra está ali também, puxando uma pilha de papéis e começando com uma caneta vermelha.

— Eu... não encontrei nenhum número de contas bancárias nem nada, mas, se vocês olharem, tem recibos de pagamento e faturas e pedidos de serviço — Nora diz. — Está tudo aí. Foi tudo através de canais secundários, empresas fantasmas e nomes falsos mas é... tem um rastro de documentos virtuais para tudo. O suficiente para uma investigação federal, acho. Basicamente, Richards contratou uma empresa que contratou os fotógrafos que seguiram Alex e os hackers que invadiram seu servidor e depois ele contratou uma terceira empresa para comprar tudo e revender para o *Daily Mail*. Tipo, estamos falando sobre mandar empresas privadas vigiarem um membro da primeira-família e infiltrar a segurança da Casa Branca para tentar induzir um escândalo sexual para ganhar uma corrida presidencial, é uma merda do cara...

— Nora, dá pra...? — June diz de repente, tendo voltado a um dos sofás. — Só, por favor.

— Desculpa — Nora diz. Ela se senta com tudo. — Bebi, tipo, uns nove Red Bulls para fazer tudo isso e comi uma bala de maconha para rebater, então estou voando sem cinto de segurança agora.

Alex fecha os olhos.

Tem tanta bosta na frente dele que é impossível processar tudo agora, e ele está puto, *furioso*, mas também tem em quem botar a culpa. Ele pode fazer alguma coisa a respeito disso. Ele pode sair. Pode sair desse escritório e ligar para Henry e dizer: "Estamos a salvo. O pior já passou".

Ele abre os olhos de novo, olha para as páginas na mesa.

— O que faremos com isso agora? — June pergunta.

— E se vazarmos? — Alex sugere. — WikiLeaks...

— Eu não vou dar merda nenhuma para eles — Ellen o interrompe imediatamente, sem nem erguer os olhos —, muito menos depois do que fizeram com você. Essa porra é de verdade. Vou acabar com aquele filho da puta. Isso precisa ser levado a sério. — Ela finalmente põe o marca-texto na mesa. — Vamos vazar para a imprensa.

— Nenhum grande veículo vai publicar isso sem a confirmação de alguém na campanha de Richards de que esses e-mails são verdadeiros — June argumenta. — Esse tipo de coisa leva meses.

— Nora — Ellen diz, fixando um olhar firme nela —, tem alguma coisa que você possa fazer para rastrear a pessoa que enviou isso para você?

— Eu tentei — Nora diz. — A pessoa fez de tudo para esconder a própria identidade. — Ela coloca a mão no bolso da camisa e tira o celular. — Posso mostrar o e-mail que eu recebi.

Ela navega por algumas telas e coloca o celular na mesa. O e-mail é exatamente como ela descreveu, com uma assinatura ao pé da página que parece uma combinação de números e letras aleatórias: SCB 2021. CHS BAC CE GR A1.

SCB 2021.

Os olhos de Alex pousam na última linha. Ele pega o celular. Fica olhando.

— Puta que pariu.

Ele fica olhando para aquelas letras idiotas. SCB 2021.

South Colorado Boulevard, 2021.

A lanchonete Five Guys mais próxima do gabinete onde ele trabalhou naquele verão em Denver. Ele ainda se lembra do pedido que tinha de buscar pelo menos uma vez por semana. Cheeseburger com bacon, cebolas grelhadas, molho A1. Alex decorou a porcaria do pedido do Five Guys. Ele sente que vai começar a rir.

É um código, para Alex e apenas para ele: *Você é o único em quem eu confio.*

— Não foi um hacker — Alex diz. — Rafael Luna mandou isso para você. Essa é a sua confirmação. — Ele olha para a mãe. — Se você tiver como protegê-lo, ele vai confirmar para você.

[*INTRODUÇÃO INSTRUMENTAL: 15 SEGUNDOS INSTRUMENTAIS DE "BILLS, BILLS, BILLS" DE 1999 DAS DESTINY'S CHILD*]

NARRAÇÃO: Este é um pocast da Range Audio. Você está escutando *Bills, Bills, Bills*, apresentado por Oliver Webrook, professor de direito constitucional da Universidade de Nova York.

[*FIM DA INTRODUÇÃO INSTRUMENTAL*]

WESTBROOK: Oi. Eu sou Oliver Westbrook e, comigo, como sempre, está a minha produtora excepcionalmente paciente, talentosa, misericordiosa e adorável, Sufia, sem a qual eu estaria perdido, desolado, à deriva em um mar de pensamentos negativos e tomando meu próprio xixi. Nós a amamos. Diz oi, Sufia.

SUFIA JARWAR, PRODUTORA, RANGE AUDIO: Olá, por favor, mandem socorro.

WESTBROOK: E este é o *Bills, Bills, Bills*, o podcast em que toda semana tento explicar a vocês, em termos leigos, o que está acontecendo no Congresso, por que você deveria se importar e o que pode fazer a respeito.

Bom. Devo dizer, pessoal, que eu tinha um programa muito diferente planejado alguns dias atrás, mas não vejo por que entrar naquele assunto.

Vamos só, ah. Parar um minuto para analisar a matéria que o *Washington Post* publicou na manhã de hoje. Temos e-mails vazados anonimamente, confirmados por uma fonte anônima da campanha de Richards, que mostram nitidamente que Jeffrey Richards — ou pelo menos funcionários de alto escalão na campanha dele — orquestraram um plano diabólico para que Alex Claremont-Diaz fosse seguido, hackeado e tirado do armário pelo *Daily Mail* como parte de uma tentativa de derrotar Ellen

Claremont na eleição geral. E então, cerca de — hm, o quê, Suf? Quarenta minutos? — quarenta minutos antes de começarmos a gravar isto, o senador Rafael Luna postou no Twitter que estava saindo da campanha de Richards.

Então. Uau.

Não acho que seja preciso considerar que a fonte desse vazamento seja alguém além de Luna. Está na cara que é ele. A meu ver, esse parece o caso de um homem que — talvez ele não quisesse estar lá desde o começo, talvez já estivesse tendo suas dúvidas. Talvez tenha se infiltrado na campanha para fazer exatamente algo do tipo — Sufia, eu posso falar isso?

JARWAR: Literalmente, quando isso te impediu de fazer qualquer coisa?

WESTBROOK: Faz sentido. Enfim, a Casper Colchões está me pagando uma nota para apresentar um podcast com uma análise de Washington, então vou tentar fazer isso aqui, embora o que fizeram com Alex Claremont-Diaz — e com o príncipe Henry também — nos últimos dias tenha sido imoral, e me pareça grosseiro e repulsivo falar desse assunto nesses termos. Mas, na minha opinião, aqui vão três coisas que podemos tirar das notícias que recebemos hoje.

Primeiro, o primeiro-filho dos Estados Unidos na verdade não fez nada de errado.

Segundo, Jeffrey Richards cometeu um ato hostil de conspiração contra uma presidenta em exercício, e estou aguardando ansiosamente a investigação federal que acontecerá depois que ele perder a eleição.

Terceiro, Rafael Luna pode ser o herói improvável da corrida presidencial de 2020.

Um discurso precisa ser feito.

Não uma declaração. Um discurso.

—Você escreveu isso? — a mãe deles pergunta, segurando a página dobrada que June entregou para Alex na sacada. — Alex falou para você jogar fora a declaração que nosso secretário de imprensa fez e escrever isso tudo? — June morde o lábio e faz que sim. — Isso está... isso está *ótimo*, June. Por que é que você não escreve todos os nossos discursos?

A sala de imprensa na Ala Oeste é descartada como impessoal demais, então eles chamaram a imprensa para a Sala de Recepção Diplomática no térreo. É a sala onde Roosevelt gravava seus discursos, e Alex vai entrar lá, fazer um discurso e torcer para o país não o odiar por falar a verdade.

Eles trouxeram Henry de Londres para a transmissão. Ele ficará posicionado ao lado de Alex, firme e seguro, um emblemático esposo de político. O cérebro de Alex não para de girar em volta disso. Ele fica imaginando: daqui a uma hora, milhões e milhões de TVs em todos os Estados Unidos vão transmitir seu rosto, sua voz, as palavras de June, Henry ao seu lado. Todos vão saber. Todos já sabem a essa altura, mas eles não *sabem*, não do jeito certo.

Em uma hora, todas as pessoas nos Estados Unidos vão poder olhar para uma tela e ver o primeiro-filho e seu namorado.

Do outro lado do Atlântico, quase tantas pessoas vão tirar os olhos da cerveja em um pub, no jantar com a família ou em uma noite tranquila em casa e ver seu príncipe caçula, o mais bonito, o Príncipe Encantado.

É hoje. Dia 2 de outubro de 2020, e o mundo todo assistiu, e a história lembrou.

Alex espera no Gramado Sul, com vista para as tílias no Jardim Kennedy, onde eles se beijaram pela primeira vez. O Marine One pousa com uma cacofonia de ruído, vento e rotores, e Henry sai vestindo Burberry dos pés à cabeça com o ar dramático e soprado pelo vento, como um herói garboso que veio para arrancar espartilhos e salvar países destroçados pela guerra. Alex não consegue conter o riso.

— Quê? — Henry grita mais alto do que o barulho quando vê a cara de Alex.

— Minha vida é uma piada cósmica e você não é uma pessoa de verdade — Alex diz, ofegante.

— *Quê?* — Henry grita de novo.

— Eu disse que você está lindo, baby!

Eles escapam para se beijar em uma escada até Zahra os encontrar e levar Henry para se preparar para as câmeras. Pouco depois, eles são levados para a Sala de Recepção Diplomática, e chega a hora.

É agora.

Foi um longo ano conhecendo Henry por dentro e por fora, conhecendo a si mesmo, aprendendo que ele ainda tem muito a aprender e, de repente, chega a hora de ir lá e subir a um palanque e, confiante, declarar tudo como um fato.

Ele não tem medo de nada do que sente. Ele não tem medo de falar o que sente. Ele só tem medo do que vai acontecer quando ele falar.

Henry encosta de leve em sua mão, dois dedos sobre a palma.

— Cinco minutos para o resto de nossas vidas — ele diz, dando uma risadinha tensa.

Alex ergue a mão em resposta, pressiona um polegar na concavidade de sua clavícula, logo abaixo do nó de sua gravata. A gravata é de seda roxa, e Alex está contando as respirações.

—Você é — ele diz — a pior ideia que eu já tive na vida.

A boca de Henry se abre em um sorriso lento, e Alex o beija.

DISCURSO DO PRIMEIRO-FILHO ALEX CLAREMONT-DIAZ NA CASA BRANCA, 2 DE OUTUBRO DE 2020

```
Bom dia.
    Eu sou, e sempre fui — antes de tudo — um filho
dos Estados Unidos.
    Vocês me criaram. Eu cresci nos pastos e nas
montanhas do Texas, mas já tinha passado por trinta
```

e quatro estados antes mesmo de aprender a dirigir.
Quando peguei gastroenterite no quinto ano, minha
mãe mandou um bilhete para a escola escrito no
verso de um memorando de férias do vice-presidente
Biden. O senhor me desculpe — estávamos com pressa,
e era o único papel que ela tinha por perto.

Falei com vocês pela primeira vez quando eu
tinha dezoito anos, no palco da Convenção Nacional
Democrata na Filadélfia, quando apresentei minha
mãe como a candidata para a presidência. Vocês me
aplaudiram. Eu era jovem e cheio de esperança, e
vocês me deixaram encarnar o sonho americano: que
um menino que cresceu falando duas línguas, cuja
família era misturada, bonita e resistente, poderia
encontrar um lar na Casa Branca.

Vocês prenderam a bandeira na minha lapela e me
disseram: "Estamos torcendo por você". Hoje, diante
de vocês, torço para que não os tenha decepcionado.

Anos atrás, eu conheci um príncipe. E, embora
eu não tivesse percebido na época, seu país o havia
criado também.

A verdade é que eu e Henry estamos juntos desde
o começo do ano. A verdade é que, como muitos de
vocês já leram, nós dois sofremos diariamente pelo
que isso significa para nossas famílias, nossos
países e nossos futuros. A verdade é que nós dois
tivemos de fazer sacrifícios que nos tiraram o
sono à noite para termos tempo de revelar nosso
relacionamento para o mundo em nossos próprios
termos.

Essa liberdade nos foi negada.

Mas a verdade também é simplesmente a seguinte:
o amor é indomável. Os Estados Unidos sempre
acreditaram nisso. E, por isso, não tenho vergonha
de estar aqui hoje onde presidentes estiveram
e dizer que o amo, assim como Jack amava Jackie,
assim como Lyndon amava Lady Bird. Toda pessoa
que carrega um legado escolhe um parceiro com quem
compartilhá-lo, uma pessoa que o povo americano
guardará em seus corações, memórias e livros de
história. América: ele é a minha escolha.

Assim como outros inúmeros americanos, tive medo de dizer isso em voz alta por causa das consequências. A vocês, especificamente, digo: eu vejo vocês. Eu sou um de vocês. Enquanto eu tiver um lugar nesta Casa Branca, vocês também terão. Eu sou o primeiro-filho dos Estados Unidos, e sou bissexual. A história vai se lembrar de nós.

Se eu puder pedir apenas uma coisa ao povo norte-americano, é o seguinte: por favor, não deixem que minhas ações influenciem sua decisão em novembro. A decisão que vocês vão tomar neste ano é muito maior do que tudo que eu poderia dizer ou fazer, e vai determinar o destino deste país durante anos. Minha mãe, sua presidenta, é a guerreira e a defensora que todos os norte-americanos merecem por mais quatro anos de crescimento, progresso e prosperidade. Por favor, não deixem que minhas ações nos façam andar para trás. Peço que a mídia não se concentre em mim nem em Henry, mas na campanha, nas políticas, na vida e no trabalho de milhões de norte-americanos que estão em jogo nesta eleição.

Finalmente, espero que os Estados Unidos se lembrem que ainda sou o filho que vocês criaram. O sangue que corre em minhas veias ainda vem de Lometa, Texas, e San Diego, Califórnia, e da Cidade do México. Ainda me lembro do som de suas vozes naquele palco na Filadélfia. Acordo toda manhã pensando em suas cidades, nas famílias que conheci nos comícios em Idaho, em Oregon e na Carolina do Sul. Nunca desejei ser nada além do que era para vocês naquela época, e o que sou para vocês agora — o primeiro-filho, seu em atitudes e palavras. Espero que, quando chegar o Dia da Posse novamente em janeiro, eu continue sendo.

As vinte e quatro horas depois do discurso passam em um borrão, mas algumas imagens vão ficar com ele para sempre.

Uma imagem: na manhã seguinte, uma nova multidão se reuniu

no National Mall, a maior até agora. Ele fica na Residência por uma questão de segurança, mas ele, Henry e June e seus três pais sentam na sala de estar no segundo andar e assistem à transmissão ao vivo na CNN. No meio da transmissão: Amy na frente da multidão usando a camiseta amarela de HISTÓRIA, HEIN? de June e um broche da bandeira trans. Ao lado dela, Cash, com a mulher de Amy em cima dos ombros usando o que Alex consegue ver agora que é a jaqueta jeans que Amy estava bordando no avião, nas cores da bandeira pansexual. Ele grita tanto que derrama café no tapete preferido de George Bush.

Uma imagem: a cara idiota de águia do senador Jeffrey Richards na CNN, falando sobre sua grave preocupação pela capacidade da presidenta Claremont de se manter imparcial em questões de valores da família tradicional considerando os atos praticados pelo filho dela no solo sagrado da casa que os fundadores de nosso país construíram. Em seguida: o senador Oscar Diaz, respondendo via satélite que o principal valor da presidenta Claremont é defender a Constituição, e que a Casa Branca foi construída por escravos, não pelos fundadores do país.

Outra imagem: a cara de Rafael Luna quando ele tira os olhos da papelada e encontra Alex no batente do seu gabinete.

— Sua equipe serve pra quê? — Alex diz. — Ninguém nunca tentou me impedir de entrar aqui.

Luna está com os óculos de leitura e uma cara de quem não se barbeia há semanas. Ele sorri, um pouco apreensivo.

Depois que Alex decodificou a mensagem no e-mail, sua mãe ligou diretamente para Luna e, sem fazer perguntas, disse que garantiria proteção total de acusações criminais se ele a ajudasse a derrubar Richards. Ele sabe que seu pai entrou em contato também. Luna sabe que nenhum dos pais dele guarda rancor. Mas essa é a primeira vez que os dois se falam.

— Se você pensa que não digo para todo funcionário que está começando que você tem um passe livre — ele diz —, você não tem noção do seu valor.

Alex sorri, põe a mão no bolso e tira um pacote de Skittles, atirando-o em cima da mesa de Luna.

Luna olha para o pacote.

A cadeira está perto da mesa, e ele a empurra para Alex sentar.

Alex ainda não teve a chance de dizer obrigado, e não sabe por onde começar. Ele nem acha que essa seja a prioridade. Ele observa Luna abrir o pacote e jogar as balas em cima dos papéis.

Há uma pergunta pairando no ar, que os dois conseguem sentir. Alex não quer perguntar. Eles acabaram de recuperar Luna. Ele tem medo de perdê-lo de novo com a resposta. Mas ele precisa saber.

— Você sabia? — ele diz finalmente. — Antes do que aconteceu, você sabia o que ele ia fazer?

Luna tira os óculos e, com o ar pesado, os coloca sobre o mata-borrão.

— Alex, sei que eu... destruí completamente sua confiança em mim, então não te julgo por perguntar — ele diz. Ele se inclina para a frente apoiado nos cotovelos, o contato visual firme e deliberado. — Mas preciso que você saiba que eu nunca, jamais, intencionalmente deixaria algo como aquilo acontecer com você. Nunca. Só soube quando saiu na imprensa. Assim como você.

Alex expira longamente.

— Certo — ele diz. Ele observa Luna se recostar na cadeira, olha as rugas finas em seu rosto, um pouco mais pesadas do que antes. — Então, o que aconteceu?

Luna suspira, um som rouco, cansado, no fundo da garganta. É um som que faz Alex pensar no que seu pai falou para ele no lago, sobre como grande parte de Luna ainda está escondida.

— Então — ele diz —, você sabe que estagiei pro Richards?

Alex fica encarando.

— Como assim?

Luna solta uma risada breve, sem humor.

— Pois é, você não teria como saber. Richards tomou todo o cuidado para se livrar das provas. Mas, sim, em 2000. Eu tinha dezenove anos. Ele era procurador-geral em Utah. Um dos meus professores me conseguiu a vaga.

Havia boatos, Luna explica, entre os funcionários de baixo escalão. Normalmente as estagiárias mulheres, mas, de vez em quando, um menino especialmente bonito — um menino como ele. Promessas de Richards: mentoria, contatos, se "você só tomar um drinque comigo depois do trabalho". Uma forte insinuação de que um "não" era inaceitável.

— Eu não tinha *nada* na época — Luna diz. — Nem dinheiro, nem família, nem contatos, nem experiência. Eu pensei: "Essa é a sua chance. Talvez ele esteja falando sério".

Luna pausa, respira fundo. O estômago de Alex se revira, tenso.

— Ele mandou um carro, falou para eu encontrá-lo num hotel, me deixou bêbado. Ele queria... ele tentou... — Luna faz uma careta em vez de terminar a frase. — Enfim, eu escapei. Lembro que cheguei em casa à noite, e o cara que dividia apartamento comigo viu a minha cara e me deu um cigarro. Foi aí que comecei a fumar, aliás.

Ele está olhando para os Skittles na sua mesa, separando os vermelhos dos laranja, mas, agora, ele ergue o olhar para Alex com um sorriso amargo, penetrante.

— Eu voltei para o trabalho no dia seguinte como se nada tivesse acontecido. Bati papo com ele na copa porque queria que as coisas voltassem ao normal, e foi então que mais me odiei por aquilo tudo. Na vez seguinte que ele me mandou um e-mail, eu entrei no gabinete dele e falei que, se ele não me deixasse em paz, eu levaria tudo para os jornais. E foi então que ele tirou o arquivo da gaveta.

"Ele chamava de 'apólice de seguro'. Ele sabia coisas que eu tinha feito na adolescência, que eu tinha sido expulso da casa dos meus pais e de um abrigo em Seattle. Que eu tinha parentes sem documentos. Ele me falou que, se algum dia eu dissesse uma palavra sobre o que havia acontecido, não apenas eu nunca teria uma carreira na política, mas ele destruiria minha vida. Destruiria a vida da minha *família*. Então, eu calei a boca."

Os olhos de Luna quando encontram os dele de novo são frios, afiados. Uma janela fechada.

— Mas nunca esqueci. Eu o via no Senado, e ele olhava para mim como se eu devesse alguma coisa para *ele*, porque ele não tinha me destruído quando teve a chance. Eu sabia que ele faria qualquer merda desonesta para conquistar a presidência, e eu não podia permitir que a porra de um *abusador* se tornasse o homem mais poderoso do país se eu tivesse como impedir.

Ele se vira, um leve tremor nos ombros como se estivesse tirando um pouco de neve que caiu ali, girando a cadeira para pegar um punhado de Skittles e os pôr na boca, e ele está tentando agir de maneira casual mas suas mãos não estão firmes.

Ele explica que decidiu no último verão, quando viu Richards na TV falando sobre o programa do Congresso da Juventude. Que sabia que, com mais acesso, ele poderia encontrar e vazar provas de abuso. Mesmo se fosse velho demais para Richard querer pegar, ele poderia manipulá-lo. Convencê-lo que ele não achava que Ellen ganharia, que conseguiria o voto latino e moderado em troca de poder.

— Eu me odiei em todos os minutos em que trabalhei naquela campanha, mas passei o tempo todo procurando provas. Eu estava perto. Estava tão focado, tão concentrado naquilo, que... nem notei que havia conversas sobre você. Eu não fazia ideia. Mas, quando foi tudo para a imprensa... eu soube. Só não conseguia provar. Mas eu tinha acesso aos servidores. Posso não entender muita coisa, mas andei o bastante por aí na minha adolescência anarquista para conhecer gente que sabe fazer um despejo de arquivos. Não me olha desse jeito. Eu não sou *tão* velho assim.

Eles riem, e é um alívio, como se o ar voltasse para a sala.

— Enfim, levar diretamente para você e para sua mãe era o jeito mais rápido de expor Richards, e eu sabia que Nora conseguiria fazer isso. E eu... sabia que você entenderia.

Ele para, chupando um Skittle, e Alex decide perguntar.

— Meu pai sabia?

— Sobre eu trabalhar como agente triplo? Não, ninguém sabe. Metade da minha equipe pediu demissão porque não sabia. Minha irmã está sem falar comigo faz meses.

— Não, sobre o que Richards fez com você.

— Alex, seu pai é a única pessoa no mundo para quem eu contei — ele diz. — Ele assumiu a missão de me ajudar quando eu não deixava mais ninguém chegar perto de mim, e nunca vou deixar de ser grato a ele. Mas Oscar queria que eu revelasse à imprensa o que Richards fez comigo, e eu... não conseguia. Eu disse que era um risco que eu não estava disposto a assumir com a minha carreira, mas, para ser sincero, eu não achava que o que aconteceu com um menino gay e mexicano vinte anos atrás faria diferença para a base dele. Eu achava que ninguém acreditaria em mim.

— Eu acredito em você — Alex diz prontamente. — Só queria que você tivesse me contado o que estava fazendo. Ou, tipo, contado pra alguém.

— Você teria tentado me impedir — Luna diz. — Vocês todos teriam.

— Tipo... Raf, era um plano louco pra cacete.

— Eu sei. E não sei se vou conseguir reparar o dano que causei, mas, sinceramente, eu não ligo. Eu fiz o que precisava fazer. De jeito nenhum que eu deixaria Richards ganhar. Minha vida inteira foi uma luta. E eu lutei.

Alex reflete sobre isso. Ele consegue se identificar — ecoa as mesmas decisões que ele tem tomado em relação a si mesmo. Ele pensa em algo em que não se permite pensar desde que tudo isso começou depois de Londres: o resultado do seu vestibular para a faculdade de direito, fechado e escondido dentro da gaveta da escrivaninha em seu quarto. Como fazer o maior bem possível que uma pessoa pode fazer?

— Desculpa, aliás — Luna diz. — Pelas coisas que eu falei. — Ele não precisa especificar que coisas. — Eu estava... fodido da cabeça.

— Tudo bem — Alex responde, e é de verdade. Ele perdoou Luna antes mesmo de entrar no gabinete, mas fica contente pelo pedido de desculpa. — Me desculpa também. Mas, mesmo assim, espero que você saiba que, se me chamar de "moleque" de novo depois de tudo isso, eu vou literalmente te encher de porrada.

Luna solta uma gargalhada sincera.

— Escuta, você teve seu primeiro grande escândalo sexual. Pode sentar na mesa dos adultos agora.

Alex agradece com a cabeça, se esticando na cadeira e entrelaçando as mãos atrás da cabeça.

— Cara, é uma bosta que precise ser assim com Richards. Mesmo que você o exponha agora, os heterossexuais sempre querem que os filhos da puta homofóbicos sejam gays no armário para poderem lavar as mãos. Como se noventa e nove por cento deles não fossem tão preconceituosos quanto.

— Pois é, ainda mais porque acho que sou o único estagiário homem que ele levou para um hotel. É o mesmo que qualquer abusador de merda: não tem nada a ver com sexualidade, mas com poder.

—Você acha que vai falar alguma coisa? — Alex diz. — A essa altura?

—Andei pensando muito sobre isso. — Ele se inclina sobre a mesa. — A maioria das pessoas meio que já se tocou que fui eu quem soltou o vazamento. E acho que, mais cedo ou mais tarde, alguém vai vir atrás de mim com uma alegação que não tenha prescrito ainda. Aí nós podemos abrir uma investigação no Congresso. *Das grandes*. E isso *sim* vai fazer a diferença.

— Ouvi um "nós" aí — Alex diz.

— Bom — Luna diz. — Eu e mais alguém com experiência jurídica.

— Isso é uma indireta?

— É uma sugestão — Luna diz. — Mas eu é que não vou te dizer o que fazer com a sua vida. Estou tentando dar um jeito na minha. Olha só. — Ele ergue a manga. — Adesivo de nicotina, cara.

— Não brinca — Alex diz. — Você está parando para valer?

— Eu sou um homem mudado, sem o peso dos demônios do meu passado — Luna diz solenemente, com um gesto de quem bate uma.

— Filho da puta, estou orgulhoso de você.

— *Hola* — diz uma voz na porta do gabinete.

É o pai dele, de jeans e camiseta, trazendo um engradado de cerveja na mão.

— Oscar — Luna diz, sorrindo. — Estávamos falando agora mesmo sobre como dizimei minha reputação e destruí minha carreira política.

— *Ay* — ele diz, puxando outra cadeira para perto da mesa e passando as cervejas. — Parece uma missão para Los Bastardos.

Alex abre sua lata.

— Também podemos discutir como posso custar a eleição da minha mãe porque sou uma máquina de demolição bissexual que expôs a vulnerabilidade do servidor de e-mails privado da Casa Branca.

— Você acha? — seu pai diz. — Não. Fala sério. Não acho que essa eleição vá girar em torno de um servidor de e-mail.

Alex arqueia a sobrancelha.

— Tem certeza?

— Escuta, talvez se Richards tivesse mais tempo para semear essas dúvidas, mas eu não acho que seja o caso. Talvez se fosse em 2016. Talvez se não estivéssemos em uns Estados Unidos que já elegeram uma mulher para o cargo mais alto do país. Talvez se eu não estivesse em uma sala com os três panacas responsáveis por eleger o primeiro homem assumidamente gay para o Senado na história dos Estados Unidos. — Alex comemora e Luna inclina a cabeça e ergue a cerveja. — Mas, não. Vai ser um saco para sua mãe no segundo mandato? Porra, claro. Mas ela dá conta.

— Olha só você — Luna diz por sobre a cerveja. — Respostas pra tudo, hein?

— Escuta — seu pai diz —, alguém nessa maldita campanha precisa manter a porra da calma enquanto todo mundo faz tempestade em copo d'água. Vai ficar tudo bem. Eu acredito nisso.

— E eu? — Alex diz. — Você acha que eu ainda tenho uma chance na política depois de estourar em todos os jornais do mundo?

— Eles te pegaram — Oscar diz, dando de ombros. — Acontece. Dá um tempo. Depois tenta de novo.

Alex ri, mas, mesmo assim, sente algo no fundo do peito. Algo na forma não de Claremont, mas de Diaz — nem melhor nem pior, só diferente.

Henry recebe um quarto só para ele na Casa Branca enquanto está hospedado. A coroa o dispensou por duas noites antes que ele voltasse para a Inglaterra para sua própria turnê de controle de danos. Mais uma vez, eles tiveram sorte de ter Catherine de volta ao jogo; Alex duvida que a rainha teria sido tão generosa.

É isso em particular o que torna um tanto engraçado que o quarto de Henry — os aposentos costumeiros para hóspedes da realeza — se chame Quarto da Rainha.

— É bem... agressivamente rosa, né? — Henry murmura, sonolento.

O quarto é, de fato, agressivamente rosa, decorado no estilo federal com paredes rosa e tapetes e roupas de cama cobertos de flores, estofamento rosa em tudo, desde as poltronas ao sofá na área de estar até o dossel da cama.

Henry aceitou dormir no quarto em vez de no de Alex "porque respeito sua mãe", como se todas as pessoas que ajudaram a criar Alex não tivessem lido em mínimos detalhes as coisas que eles fazem quando dormem na mesma cama. Alex não tem as mesmas reservas e gosta dos resmungos pouco convincentes de Henry quando vem do Quarto Leste no fim do corredor para cá.

Eles acordam seminus e quentinhos, embaixo das cobertas enquanto o primeiro frio de outono entra sob as cortinas de renda. Cantarolando baixo, Alex pressiona o corpo contra o de Henry embaixo das cobertas, as costas contra o peito de Henry, a bunda contra...

— Argh, olá — Henry murmura, avançando o quadril ao sentir o contato. Henry não consegue ver seu rosto, mas Alex sorri mesmo assim.

— Bom dia — Alex diz. Ele balança um pouco a bunda.

— Que horas são?

— Sete e trinta e dois.

— Avião em duas horas.

Alex solta um barulhinho no fundo da garganta e se vira, encontrando o rosto de Henry suave e próximo, os olhos apenas entreabertos.

— Tem certeza que não quer que eu vá com você?

Henry abana a cabeça sem desencostar do travesseiro, de maneira que sua bochecha fica esmagada. É fofo.

— Você não é o único que falou mal da coroa e da própria família nos e-mails que as pessoas em todo o mundo leram. Preciso lidar com isso sozinho antes de você ir.

— Faz sentido — Alex diz. — Mas logo?

A boca de Henry se abre em um sorriso.

— Claro. Você precisa tirar as fotos de pretendente real, assinar os cartões de Natal... Ah, será que vão mandar você fazer uma linha de cosméticos igual a Martha...

— Para — Alex resmunga, cutucando as costelas dele. — Você está curtindo demais isso.

— Estou curtindo o suficiente — Henry diz. — Mas, falando sério, é... assustador, mas é bom. Fazer isso sozinho. Nunca cheguei tão longe.

— Sim — Alex diz. — Estou orgulhoso de você.

— Eca — Henry diz com um sotaque americano falso, rindo, e Alex dá uma cotovelada nele.

Henry o puxa e o beija, o cabelo cor de areia sobre o lençol rosa, os cílios longos, as pernas compridas e os olhos azuis, as mãos elegantes prendendo seus punhos no colchão. É como tudo que ele ama em Henry em um momento, em uma risada, na maneira como ele treme, na virada confiante de sua coluna, no sexo feliz e despreocupado no olho bem mobiliado de um furacão.

Hoje, Henry volta para Londres. Hoje, Alex volta para a campanha. Eles precisam descobrir como fazer isso de verdade agora, como se amar à luz do dia. Alex acha que eles estão prontos.

Quinze

QUASE QUATRO SEMANAS DEPOIS

— Me deixa só arrumar esse cabelo, filho.

— *Mãe*.

— Desculpa, estou fazendo você passar vergonha? — Catherine diz, os óculos na ponta do nariz enquanto volta a arrumar o cabelo farto de Henry. — Você vai me agradecer quando não tiver uma bela lambida de vaca no seu retrato oficial.

Alex tem de admitir, o fotógrafo real está sendo extremamente paciente com a história toda, ainda mais considerando que eles passaram por três lugares diferentes — os Kensington Gardens, uma biblioteca abafada no Palácio de Buckingham, o pátio do palácio de Hampton Court — antes de decidirem trocar tudo por um banco no Hyde Park fechado.

("Como um mendigo qualquer?", a rainha Mary questionou.

"Cala a boca, mãe", Catherine respondeu.)

Há uma certa necessidade de retratos formais agora que Alex está oficialmente "cortejando" Henry. Ele tenta não pensar demais em seu rosto em barras de chocolate e calcinhas fio dental nas lojas de presente de Buckingham. Pelo menos, vai ser ao lado do rosto de Henry.

Certa matemática mental sempre é levada em conta ao preparar fotos como essas. Os stylists da Casa Branca vestem Alex em algo que ele usaria todo dia — mocassins de couro marrom, chinos justas castanho-claras, uma camisa de *chambray* de colarinho frouxo da Ralph Lauren —, mas, nesse contexto, ele tem um ar confiante, rebelde, definitivamente americano. Henry está com uma camisa Burberry dentro do jeans escuro e um cardigã azul-marinho sobre o qual os compradores reais passaram horas discutindo na loja Harrods. Eles querem o retrato de um intelectual britânico digno e perfeito, um namorado amado com um futuro brilhante como acadêmico e filantropo. Eles até montaram uma pequena pilha de livros no banco ao lado dele.

Alex olha para Henry, que está resmungando e revirando os olhos sob a arrumação da mãe, e sorri pelo fato de como essa representação é próxima do verdadeiro Henry confuso e complicado. O mais próximo que uma campanha de marketing poderia chegar.

Eles tiram cerca de cem retratos sentados um ao lado do outro no banco e sorrindo, e parte de Alex fica voltando, incrédulo, ao fato de que ele realmente está aqui, no meio do Hyde Park, diante de Deus e de todos, segurando a mão de Henry sobre o joelho para a câmera.

— Ai, se o Alex do ano passado pudesse ver isso — Alex diz, cochichando no ouvido de Henry.

— Ele diria: "Ah, eu sou apaixonado pelo Henry? Deve ser por isso que sou tão babaca com ele o tempo todo" — Henry sugere.

— Ei! — Alex grita, e Henry está rindo da própria piada e da indignação de Alex, abraçando seus ombros. Alex cede e ri também, profunda e completamente, e lá se vai a última esperança para um tom sério no dia. O fotógrafo finalmente desiste, e eles são liberados.

Catherine está com o dia cheio, ela diz — três reuniões antes do chá da tarde para discutir a mudança para uma residência real em uma região mais central de Londres, já que começou a assumir mais responsabilidades do que nunca. Alex consegue ver o brilho nos olhos dela — ela está se preparando para assumir o trono em breve. Ele acha melhor não comentar nada com Henry por enquanto, mas está curioso para ver como isso vai se desenrolar. Ela dá um beijo nos dois e sai com os seguranças reais de Henry.

É uma caminhada curta ao longo do lago Long Water até Kensington e eles encontram Bea no Laranjal, onde uma dezena de membros da equipe de organização de eventos está correndo de um lado para o outro, erguendo um palco. Ela está subindo e descendo por uma fileira de cadeiras no gramado com um rabo de cavalo e galochas, falando com a voz tensa no celular sobre algo chamado *"cullen skink"* e por que é que ela pediria *cullen skink* e, mesmo se ela tivesse de fato pedido *cullen skink*, em que universo ela precisaria de vinte litros de *cullen skink* para alguma coisa.

— O que é esse tal de *"cullen skink"*? — Alex pergunta depois que ela desliga.

— Sopa de hadoque defumado — ela diz. — Gostou de ser exibido feito um cachorrinho de exposição, Alex?

— Não foi tão ruim — ele diz, com um sorriso irônico.

— Minha mãe está fora de si — Henry diz. — Ela se ofereceu para *editar meu manuscrito* hoje de manhã. Parece que ela está tentando compensar os cinco anos de ausência materna de uma vez só. Óbvio que amo muito a minha mãe, e aprecio o esforço, mas, meu Deus.

— Ela está tentando, Henry — Bea diz. — Ela ficou na reserva por um tempo. Espera até ela se aquecer.

— Eu sei — Henry diz com um suspiro, mas seu olhar é carinhoso. — Como estão as coisas aqui?

— Ah, você sabe — ela diz, acenando o celular no ar. — Só a viagem inaugural do meu fundo muito polêmico sobre o qual todas as minhas campanhas futuras vão ser julgadas, então, sem pressão. Só estou um pouquinho irritada com você por não transformar em uma ação conjunta da Fundação Henry-Fundo Beatrice para eu poder descarregar metade do estresse em você. Toda essa arrecadação de fundos pela sobriedade vai me fazer voltar a beber. — Ela dá um tapinha no braço de Alex. — Isso é humor de alcoólatra, Alex.

Bea e Henry tiveram um outubro tão movimentado quanto o da sua mãe. Houve muitas decisões a serem tomadas naquela primeira semana: se eles ignorariam as revelações sobre Bea nos e-mails (não), se Henry seria obrigado a se alistar afinal (depois de muitos dias de deliberação, não) e, acima de tudo, como transformar tudo em algo positivo. A solução foi uma ideia que Bea e Henry tiveram juntos, duas campanhas filantrópicas sob os nomes deles. A de Bea, um fundo de caridade para apoiar programas de recuperação de vício em todo o Reino Unido, e a de Henry, uma fundação pelos direitos LGBT.

À direita deles, as treliças de iluminação estão subindo rapidamente para o palco onde Bea vai apresentar um show de ingresso a oito mil libras com uma banda ao vivo e convidados famosos, seu primeiro evento solo de arrecadação de fundos.

— Cara, queria poder ficar para o show — Alex diz.

Bea sorri.

— É uma pena que o Henry aqui passou a semana inteira ocupado demais assinando documentos com a titia Pezza para aprender umas partituras, senão poderíamos ter demitido nosso pianista.

— Documentos? — Alex diz, erguendo uma sobrancelha.

Henry dispara um olhar para Bea ficar quieta.

— Bea...

— Para os abrigos de jovens — ela diz.

— *Beatrice* — Henry repreende. — Era para ser uma *surpresa*.

— Ah — Bea diz, se ocupando com o celular. — Foi mal.

— O que está rolando?

Henry suspira.

— Então. Nós iríamos esperar o fim da eleição para anunciar... e falar para você, obviamente, para não estragar o seu momento. Mas... — ele coloca as mãos nos bolsos, daquele jeito que faz quando está orgulhoso de alguma coisa mas está tentando não demonstrar. — Eu e minha mãe concordamos que a fundação não deveria ser apenas nacional, que havia trabalho a fazer em todo o mundo, e eu queria focar especificamente em jovens LGBT desabrigados. Então, Pez passou todos os abrigos para jovens da Fundação Okonjo para mim. — Ele balança um pouco para trás e para a frente, visivelmente contendo um sorriso largo. — Você está olhando para o dono orgulhoso de quatro futuros abrigos mundiais para adolescentes LGBT carentes.

— Ai, meu Deus, seu filho da mãe — Alex praticamente grita, se lançando em cima de Henry e jogando os braços em volta do pescoço dele. — Isso é incrível. Eu te amo que nem um *idiota*. Nossa. — Ele recua de repente, espantado. — Espera, ai, meu Deus, isso inclui aquele no Brooklyn também? Certo?

— Sim, inclui.

— Você não me falou que queria se envolver mais com a fundação? — Alex diz, o coração acelerado. — Você não acha que uma supervisão direta pode ajudar para ela sair do papel?

— Alex — Henry diz —, não posso me mudar pra Nova York.

Bea ergue os olhos.

— Por que não?

— Porque eu sou o príncipe da... — Henry olha para ela e aponta para o Laranjal, para Kensington, balbuciando. — *Daqui!*

Bea dá de ombros, impassível.

— E daí? Não precisa ser permanente. Você passou um mês do seu ano sabático falando com iaques na Mongólia, Henry. Isso está longe de não ter precedentes.

Henry abre a boca algumas vezes, sempre cético, e se volta para Alex.

— Bom, mesmo assim seria raro te ver, não? — ele pondera. — Se você vive trabalhando em Washington, começando sua ascensão meteórica para a estratosfera política.

Nisso, Alex precisa admitir, ele tem razão. Uma razão que, depois do ano que ele teve, depois de tudo, depois de finalmente abrir e encontrar resultados perfeitamente passáveis no seu vestibular para a faculdade de direito que esperavam em casa, parece cada vez menos concreta.

Ele pensa em abrir a boca para dizer isso.

— Olá — diz uma voz educada atrás deles, e eles se viram para encontrar Philip, engomado e penteado, atravessando a grama a passos largos.

Alex sente uma leve vibração no ar da coluna de Henry se empertigando por instinto. Philip chegou em Kensington duas semanas antes para pedir desculpas a Henry e Bea pelos anos desde a morte do pai deles, as palavras duras, a dominação, o julgamento pesado. Por basicamente deixar de ser um puxa-saco reprimido para se tornar um babaca abusivo e arrogante sob a pressão de sua posição e da manipulação da rainha. "Ele se desentendeu com a vó", Henry havia dito a Alex pelo celular. "Esse é o único motivo por que acredito em alguma palavra do que ele diz."

No entanto, o sangue já havia sido derramado. Alex quer dar um soco toda vez que vê a cara idiota de Philip, mas essa é a família de Henry, não a dele, então não cabe a ele tomar essa decisão.

— Philip — Bea diz com frieza. — A que devemos a honra?

— Acabei de ter uma reunião em Buckingham — Philip diz. O sentido paira no ar entre eles: uma reunião com a rainha, porque ele é o único que ainda está disposto. — Quis passar para ver se poderia ajudar em alguma coisa. — Ele baixa o olhar para as botas Wellington de Bea ao lado dos sapatos sociais engraxados dele na grama. — Sabe, você não precisa estar aqui; temos funcionários de sobra que podem fazer o trabalho pesado por você.

— Eu sei — Bea diz com soberba, o ar totalmente de princesa. — Eu quero fazer.

— Certo — Philip diz. — Claro. Bom, é... Tem algo em que eu possa ajudar?

— Não muito, Philip.

— Tudo bem. — Philip limpa a garganta. — Henry, Alex. Correu tudo bem com o retrato?

Henry pestaneja, claramente surpreso pela pergunta de Philip. Alex tem instintos diplomáticos suficientes para manter a boca fechada.

— Sim — Henry diz. — É, sim. Correu tudo bem. Um pouco constrangedor, sabe, ficar sentado por séculos.

— Ah, eu lembro — Philip diz. — Quando eu e Mazzy tiramos os nossos primeiros retratos, eu estava com uma comichão terrível na bunda por causa de uma peça idiota com hera venenosa que um dos meus amigos da universidade tinha pregado em mim naquela semana, e eu mal conseguia ficar parado sem arrancar as calças no meio de Buckingham, que dirá tentar tirar uma boa foto. Pensei que ela iria me matar. Tomara que a sua saia melhor.

Ele ri um pouco constrangido, visivelmente tentando criar um vínculo com eles. Alex coça o nariz.

— Bom, enfim, boa sorte, Bea.

Philip sai andando, as mãos nos bolsos, e os três o observam voltar até desaparecer atrás dos arbustos altos.

Bea suspira.

— Você acha que eu deveria ter deixado que ele ligasse para o moço do *cullen skink* por mim?

— Por enquanto não — Henry diz. — Dê mais uns seis meses. Ele ainda não fez por merecer.

Azul ou cinza? Cinza ou azul?

Alex nunca esteve tão dividido entre dois blazers igualmente inofensivos em toda a sua vida.

— Que besta — Nora diz. — Os dois são sem graça.

— Só me ajuda a escolher, por favor? — Alex pede. Ele ergue um cabide em cada mão, ignorando o olhar de julgamento que ela lhe lança, ainda sentada em cima da cômoda dele. As fotos da noite de eleição amanhã, ganhando ou perdendo, vão segui-lo pelo resto da sua vida.

— Alex, falando sério. Eu odeio os dois. Você precisa de algo matador. Esse pode ser sua porra de *canto do cisne*.

— Certo, não vamos...

— Sim, tá, você está certo, se as projeções se mantiverem, vamos ficar bem — ela diz, descendo. — Então, quer conversar sobre por que está escolhendo este momento específico da carreira para fazer uma jogada tão conservadora no seu estilo?

— Não — Alex diz. Ele ergue os cabides para ela. — Azul ou cinza?

— Certo, então. — Ela está o ignorando. — Deixa que eu falo. Você está nervoso.

Ele revira os olhos.

— É claro que estou nervoso, Nora, é uma eleição presidencial e a presidenta me deu à luz.

— Tenta de novo.

Ela está lançando aquele olhar para ele. O olhar de "eu já analisei todos os dados da baboseira que você está me falando". Ele solta um suspiro chiado.

— Tá — ele diz. — Tá, beleza. Estou com medo de voltar para o Texas.

Ele atira os blazers na cama. Merda.

— Sempre achei que o fato de o Texas me aceitar como filho era, sabe, meio que condicional. — Ele anda de um lado para o outro, coçando a nuca. — Todo o lance, meio mexicano, inteiro democrata. Tem um contingente muito veemente que não gosta de mim e não quer me ver como representante deles. E agora, é só. Não ser hétero. Ter um namorado. Ter um *escândalo sexual gay* com um *príncipe europeu*. Não sei mais de nada.

Ele ama o Texas — ele *acredita* no Texas. Mas ele não sabe se o Texas ainda o ama.

Ele andou até o lado oposto do quarto, e ela o observa e inclina a cabeça para o lado.

— Então... você está com medo de usar qualquer coisa que seja espalhafatosa demais na sua primeira viagem pra casa depois de sair do armário, por conta das sensibilidades heterossexuais delicadas dos texanos?

— Basicamente.

Ela está olhando agora para ele como se ele fosse um problema matemático muito complexo.

— Você chegou a olhar nossas pesquisas sobre você no Texas? Depois de setembro?

Alex engole em seco.

— Não. Eu, hm. — Ele esfrega o rosto com uma mão. — Pensar nisso, tipo... me estressa? Tipo, eu fico querendo olhar os números, e daí eu só. Travo.

O rosto de Nora se suaviza, mas ela não se aproxima ainda, dando espaço para ele.

— Alex. Você poderia ter me perguntado. Não são... nada ruins.

Ele morde o lábio.

— Não?

— Alex, nossa base no Texas não se virou contra você depois de setembro, de jeito nenhum. Pelo contrário, eles gostam mais de você. E muitos indecisos ficaram putos com o Richards por ter atacado um menino texano. Você está indo muito bem.

Ah.

Alex expira, trêmulo, passando a mão no cabelo. Ele volta a andar, se afastando da porta, da qual ele percebe ter se mantido perto como uma espécie de reflexo de lutar ou fugir.

— Certo.

Ele senta com tudo na cama.

Nora senta com cuidado perto dele e, quando ele se vira para ela, vê aquela contundência em seu olhar, como quando está praticamente lendo a mente dele.

— Olha. Você sabe que não sou boa com todo o lance de, tipo, tato emocional, mas, hm, a June não está aqui, então. Vou. Caralho. Vou tentar. — Ela se esforça para continuar. — Não acho que a questão seja apenas o Texas. Você sofreu um trauma do cacete faz pouco tempo, e agora está com medo de fazer ou dizer o tipo de coisa que gosta ou quer fazer porque não quer chamar mais atenção para si.

Alex quase sente vontade de rir.

Nora é parecida com Henry às vezes, no sentido de que ela consegue partir direto para o cerne da questão, com a diferença que Henry lida com o coração e Nora com os fatos. Às vezes ele precisa dessa brutalidade para parar de ser trouxa.

— Hm, bom, é. Deve. Ser parte do motivo — ele concorda. —

Sei que preciso começar a recuperar a minha imagem se quiser ter uma chance na política, mas parte de mim fica, tipo... será mesmo? Agora? Por quê? É esquisito. Minha vida inteira, fiquei me prendendo a essa pessoa imaginária do futuro que eu viraria. Tipo, o plano... graduação, campanhas, membro de gabinete, Congresso. Era isso. Entrar diretamente no jogo. Eu seria a pessoa que poderia fazer isso... que *queria* fazer isso. E agora aqui estou eu, e a pessoa que me tornei... não é aquela.

Nora encosta o ombro no dele.

— Mas você gosta dessa pessoa?

Alex pensa; ele é diferente, sem dúvida, talvez um pouco mais sombrio. Mais neurótico, mas mais honesto. A cabeça mais aguçada, o coração mais frenético. Alguém que nem sempre quer estar casado com o trabalho, mas que tem mais razões do que nunca para lutar.

— É — ele diz finalmente. Com firmeza. — Sim, eu gosto.

— Legal — ela diz, e ele olha para o lado e a encontra sorrindo. — Eu também gosto. Você é o Alex. Com toda as babaquices, isso é tudo que você precisava ser. — Ela segura o rosto dele com as duas mãos, e ele resmunga mas não recua. — Então, tipo. Quer pensar em alguns planos de contingência? Quer que eu faça algumas projeções?

— Na verdade, hm — Alex diz, a voz um pouco abafada pelo fato de Nora ainda estar apertando seu rosto com as mãos. — Eu te contei que meio que... dei uma escapada e fiz a prova para entrar na faculdade de direito no verão?

— Ah! Ah... *faculdade de direito* — ela diz, com a mesma simplicidade de quando ela disse *brincar com aquele pau* tantos meses atrás, a resposta simples sobre aonde ele estava se encaminhando sem saber todo esse tempo. Ela solta o rosto dele, empurrando seus ombros em vez disso, imediatamente eufórica. — É isso, Alex. Espera... sim! Estou prestes a me candidatar para o meu mestrado; podemos fazer isso juntos!

— É? — ele diz. — Você acha que vou me dar bem?

— Alex. Sim. Alex. — Ela está de joelhos na cama agora, balançando para cima e para baixo. — Alex, isso é genial. Certo... escuta. Você vai pra faculdade de direito, eu vou pra pós, June vira uma redatora de discursos-barra-escritora como a Rebecca Traister-Roxane Gay da nossa geração, eu viro a cientista de dados que salva o mundo, e você...

— ... viro um advogado de direitos civis fodão com uma carreira ilustre tipo Capitão América destruindo leis discriminatórias e lutando pelos fracos e oprimidos...

— ... e você e Henry se tornam o casal da geopolítica internacional preferido do mundo...

— ... e, quando eu tiver a idade do Rafael Luna...

— ... as pessoas vão estar *implorando* para você concorrer ao Senado — ela completa, esbaforida. — Sim. Então, tipo, um pouco mais devagar do que o planejado. Mas.

— Sim — Alex diz, engolindo em seco. — Parece bom.

E aí está. Ele vinha hesitando há meses em deixar esse sonho específico para trás, apavorado, mas o alívio é surpreendente, uma montanha tirada das suas costas.

Ele fica encarando essa nova realidade, pensa nas palavras de June, e não tem como não rir.

— Me pressiono demais sem motivo.

Nora faz uma cara. Ela reconhece as palavras de June.

—Você é... passional, ao extremo. Se June estivesse aqui, ela diria que ir devagar vai te ajudar a encontrar o melhor jeito de usar isso. Mas eu estou aqui, então vou dizer: você é ótimo em ser proativo, em políticas públicas, e em liderar e convocar pessoas. Você é tão inteligente pra caralho que a maioria das pessoas quer meter um soco na sua cara. Esses são talentos que só vão melhorar com o tempo. Então, tipo, você vai arrasar.

Ela levanta de um salto e entra no closet dele, e ele consegue ouvir os cabides deslizando.

— Acima de tudo — ela continua —, você se tornou um ícone de alguma coisa, o que é, tipo, muito importante.

Ela sai com um cabide na mão: uma jaqueta que ele nunca usou, que ela o convenceu a comprar pela internet por um preço absurdo na noite em que eles ficaram bêbados, assistiram a *The West Wing* em um hotel em Nova York e deixaram os tabloides pensar que eles estavam se pegando. É uma porra de uma *Gucci*, uma jaqueta bomber azul-noturna com listras vermelhas, brancas e azuis na cintura e nas mangas.

— Eu sei que é muito, mas — ela taca a jaqueta no peito dele — você dá esperança às pessoas. Então, volta para lá e seja o Alex.

Ele pega a jaqueta da mão dela e a experimenta, olha o reflexo no espelho. É perfeita.

O momento é interrompido por um quase grito no corredor fora do quarto, e ele e Nora correm para a porta.

É June, cambaleando para o quarto de Alex com o celular na mão, pulando para cima e para baixo, o cabelo balançando sobre os ombros. Ela claramente veio direto de uma de suas corridas para a banca de jornais porque seu outro braço está cheio de tabloides, mas ela os joga no chão sem cerimônia.

— Eu consegui o contrato para o livro! — ela berra, erguendo o celular na cara deles. — Fui olhar o celular e... a autobiografia... *eu consegui a porra do contrato!*

Alex e Nora gritam também, e eles a puxam em um abraço de seis braços, comemorando, rindo e pisando nos pés um do outro sem se importar. Eles acabam tirando os sapatos e pulando na cama, e Nora liga pelo Facetime para Bea, que encontra Henry e Pez em um dos cômodos de Henry, e todos eles comemoram juntos. Parece completo, o bando, como Cash os chamou. Eles receberam seu próprio apelido da mídia como resultado da história toda: Os Superseis. Alex não se importa.

Horas depois, Nora e June pegam no sono encostadas na cabeceira de Alex, a cabeça de June no colo de Nora e os dedos de Nora em seu cabelo, e Alex vai ao banheiro para escovar os dentes. Ele quase escorrega no caminho de volta e, quando baixa os olhos, precisa olhar duas vezes. É uma edição da *HELLO! US* da pilha abandonada de revistas da June, e a imagem que domina a capa é uma das fotos dele e Henry da sessão de retratos.

Ele se abaixa para pegar. Não é uma das fotos posadas — é uma que ele nem se tocou que tinha sido tirada, uma que ele definitivamente não achou que seria liberada para a imprensa. Ele deveria ter dado mais crédito para os fotógrafos. Eles conseguiram capturar o momento certo em que Henry fez uma piada, uma foto espontânea, sincera, completamente concentrados um no outro, o braço de Henry em volta dele e sua mão erguida para segurar a de Henry no ombro.

A maneira como Henry está olhando para ele na foto é tão afetuosa, tão cheia de amor, que ver a imagem de um terceiro ponto de vista faz Alex querer desviar os olhos, como se ele estivesse olhando diretamente para o sol. Ele já chamou Henry de Estrela do Norte uma vez. Ele brilha muito mais do que isso.

Ele pensa no Brooklyn, pensa no abrigo de Henry lá. Sua mãe conhece alguém na faculdade de direito da Universidade de Nova York, não?

Ele escova os dentes e deita na cama. Amanhã eles vão descobrir, ganhar ou perder. Um ano atrás — seis meses atrás —, isso significaria uma noite sem sono. Mas ele é um novo tipo de ícone agora, alguém que ri com o namorado real na capa de uma revista, alguém disposto a aceitar os anos que se estendem diante dele, a dar tempo ao tempo. Ele está experimentando coisas novas.

Ele coloca um travesseiro sobre os joelhos de June, estende os pés sobre as pernas de Nora, e pega no sono.

Alex morde o lábio inferior. Raspa o calcanhar da bota no piso de linóleo. Olha para a urna.

PRESIDENTE e VICE-PRESIDENTE dos ESTADOS UNIDOS
Vote em uma opção

Ele pega a *stylus* presa à máquina, o coração na boca, e seleciona: *CLAREMONT, ELLEN* e *HOLLERAN, MICHAEL*.

A máquina apita em aprovação e, para seus mecanismos zumbindo baixo, ele poderia ser qualquer um. Um dentre milhões, apenas um número, que não vale nem mais nem menos do que outro. O simples apertar de um botão.

É um risco passar a noite da eleição na cidade natal deles. Não existe uma regra, tecnicamente, dizendo que o presidente em exercício não possa fazer seu comício em Washington, mas é costume fazer na cidade de origem.

O ano de 2016 foi agridoce. Austin é democrata, profundamente democrata, e Ellen ganhou no Condado de Travis por 76%, mas nenhum fogo de artifício ou rolhas de champanhe mudou o fato de que eles perderam no estado em que fariam o discurso de vitória. Mesmo assim, a Cometa de Lometa quis voltar para casa outra vez.

Houve progresso no último ano: algumas vitórias judiciais que Alex anotou em seu fichário de confiança, campanhas para registro de jovens eleitores, o comício de Houston, as pesquisas mudando. Alex precisava de uma distração depois de todo o pesadelo dos tabloides, então se lançou em um comitê noturno com um monte de organizadores da campanha do Texas, participando por Skype para entender a logística de um serviço de transporte gigantesco por todo o estado no dia da eleição. É 2020, e o Texas é um estado decisivo pela primeira vez em anos.

Sua última noite de eleição foi no amplo espaço aberto do Zilker Park, contra o pano de fundo do céu de Austin. Ele se lembra de tudo.

Ele tinha dezoito anos em seu primeiro terno de alfaiataria, abrigado em um hotel na esquina com a família para assistir aos resultados enquanto a multidão crescia do lado de fora, correndo com os braços abertos pelo corredor quando anunciaram 270. Ele lembra que sentiu que aquele era o seu momento, porque era a sua mãe e a sua família, mas também de se tocar que, de certa forma, não era seu momento coisa nenhuma, quando virou e viu o rímel borrado de Zahra.

Ele ficou perto do palco montado na encosta de Zilker e olhou nos muitos olhos de mulheres que tinham idade suficiente para ter comemorado a lei dos direitos de voto de 1965 e meninas jovens o bastante para nunca terem conhecido um presidente que fosse um homem branco. Todas olhando para sua primeira presidenta. E ele se virou e olhou para June à sua direita e Nora à sua esquerda, e se lembra claramente de empurrar as duas para o palco à frente dele, deixando trinta segundos para elas se banharem naquilo antes de segui-las para o holofote.

As solas de suas botas tocam a grama marrom atrás do Palm Events Center como se ele estivesse descendo de uma altitude muito mais alta do que o banco de trás de uma limusine.

— É cedo — Nora está dizendo, navegando pelo celular enquanto sai atrás dele em um macacão preto decotado e saltos altíssimos. — Tipo, muito cedo para sondagens de boca de urna, mas tenho quase certeza que temos Illinois.

— Legal, isso estava projetado — Alex diz. — Estamos indo bem até agora.

— Eu não diria isso — Nora responde. — Não estou curtindo a cara da Pensilvânia.

— Ei — June diz. Seu vestido foi escolhido com cautela, um J. Crew prêt-à-porter, renda branca, típica garota americana. Seu cabelo está em uma trança que cai sobre um ombro. — Não podemos, tipo, tomar um drinque antes de vocês começarem com isso? Ouvi dizer que tem mojitos.

— Sim, sim — Nora diz, mas não tira os olhos do celular, a testa franzida.

Vossa alteza Príncipe Babaca 💩

3 de nov, 2020, 18h37

Vossa alteza Príncipe Babaca 💩
O piloto disse que estamos com problemas de visibilidade? Talvez tenha que desviar e pousar em outro lugar.

Vossa alteza Príncipe Babaca 💩
Pouso em Dallas? Isso é longe?? Não entendo nada de geografia americana.

Vossa alteza Príncipe Babaca 💩
Shaan me informou que é, de fato, longe. Pousando logo mais. Vamos tentar decolar de novo quando o tempo melhorar.

Vossa alteza Príncipe Babaca 💩
Desculpa, desculpa mesmo. Como estão as coisas por aí?

tá tudo uma bosta
por favor chega logo
estou estressado pra cacete

Oliver Westbrook ✓ @BillsBillsBills
Todos os republicanos que continuam apoiando Richards mesmo depois de seus atos contra um membro da primeira-família — e, agora, os rumores desta semana de abuso sexual — vão ter que prestar contas ao seu Deus protestante amanhã de manhã.
19h32 · 3 nov 2020

538 politics ✓ @538politics
Nossas projeções colocavam Michigan, Ohio, Pensilvânia e Wisconsin com pelo menos 70% de chances de voto democrata, mas os resultados mais recentes os colocam como imprevisíveis. É, também estamos confusos.
20h04 · 3 nov 2020

The New York Times ✓ @nytimes
#Eleição2020: rodada de resultados negativos para a pres. Claremont leva a apuração para 178 para o sen. Richards. Claremont fica atrás com 113.
21h15 · 3 nov 2020

Eles separaram o salão de exposições apenas para os VIPs — funcionários da campanha, amigos e familiares, congressistas. Do outro lado do centro de eventos está a multidão de apoiadores com suas placas, suas camisetas de CLAREMONT 2020 e HISTÓRIA, HEIN?, transbordando sob os pavilhões arquitetônicos até as colinas ao redor. É para ser uma festa.

Alex está tentando não se estressar. Ele sabe como funcionam as eleições presidenciais. Quando ele era criança, essa era sua Copa do Mundo. Ele sentava à frente da TV da sala de estar e coloria cada estado com canetinhas vermelhas e azuis ao longo da noite, podendo ficar acordado até altas horas em uma noite abençoada aos dez anos de idade para ver Obama derrotar McCain. Ele vê o queixo de seu pai de perfil agora, tentando se lembrar do triunfo em seu maxilar naquela noite.

Naquela época, era magia. Agora, é pessoal.

E eles estão perdendo.

Ver Leo entrar por uma porta lateral não é inteiramente inesperado, e June levanta da cadeira e os encontra em um canto escondido do salão com o mesmo instinto. Ele está com o celular numa mão.

— Sua mãe quer falar com você — Leo diz, e Alex estende o braço automaticamente antes de Leo erguer a mão para detê-lo. — Não, desculpa, Alex, não você. June.

June fica surpresa.

— Ah. — Ela dá um passo à frente, tira o cabelo da orelha. — Mãe?

— June — diz o som da voz de sua mãe no viva-voz. Do outro lado da linha, ela está em uma das salas de reunião da arena, um gabinete improvisado com sua equipe central. — Filha. Preciso que você, hm. Preciso que você venha aqui.

— Claro, mãe — ela diz, a voz calma e comedida. — Está acontecendo alguma coisa?

— Eu só. Preciso de você para me ajudar a reescrever este discurso para, é. — Há uma pausa considerável. — Bom. Para o caso de uma concessão.

O rosto de June fica completamente inexpressivo por um segundo e, de repente, vividamente furioso.

— Não — ela diz, e segura Leo pelo antebraço para poder falar diretamente no celular. — *Não*, não vou fazer isso, porque você não vai perder. Está me ouvindo? Você não vai perder. Vamos continuar fazendo essa porra por mais quatro anos, *todos nós*. Eu é que não vou escrever um *maldito discurso de concessão*, de jeito nenhum.

Há mais uma pausa do outro lado da linha, e Alex consegue imaginar sua mãe na pequena Sala de Crise improvisada no andar de cima, de óculos, saltos altos ainda na mala, olhando para as telas, torcendo, tentando e rezando. Presidenta Mãe.

— Certo — ela diz com firmeza. — Certo. Alex. Você acha que consegue subir e falar alguma coisa para a plateia?

— Sim, sim, claro, mãe — ele diz. Ele limpa a garganta, e suas palavras são tão fortes como as dela na segunda vez. — Claro.

Uma terceira pausa, agora.

— Deus, como eu amo vocês.

Leo sai e é rapidamente substituído por Zahra, cujo vestido vermelho elegante e sua sempre presente garrafa térmica de café são o maior conforto que Alex viu a noite toda. O anel dela cintila para ele, e ele pensa em Shaan e deseja desesperadamente que Henry já estivesse *aqui*.

— Arruma essa sua cara — ela diz, ajeitando sua gola enquanto o guia com June pelo salão de exposição principal para a área atrás do palco. — Sorriso largo, energia alta, confiança.

Ele se vira desamparado para June.

— O que eu falo?

— Bebê, não tenho tempo pra escrever nada pra você — ela responde. — Você é um líder. Vai liderar. Você consegue.

Deus do céu.

Confiança. Ele volta a baixar os olhos para as mangas de sua jaqueta, o vermelho, branco e azul. *Seja Alex*, Nora disse quando a deu para ele. *Seja Alex*.

Alex é — duas palavras que falaram para alguns milhões de jovens nos Estados Unidos que eles não estavam sozinhos. Uma jaqueta colegial em história avançada dos Estados Unidos. Vidraças soltas nas janelas da Casa Branca. Estragar algo de tanto que você queria e voltar a levantar e tentar outra vez. Não um príncipe. Algo maior, talvez.

— Zahra — ele pergunta. — Já definiram o Texas?

— Não — ela diz. — Ainda muito apertado.

— *Ainda?*

O sorriso dela é de quem entende.

— *Ainda*.

O holofote quase o cega quando ele sai, mas ele sabe de uma coisa. No fundo do seu coração. Texas ainda não está definido.

— Ei, pessoal — ele diz à multidão. Sua mão aperta o microfone, mas não treme. — Sou Alex, o primeiro-filho de vocês.

A multidão da sua cidade natal vai à loucura, e Alex abre um sorriso sincero, se apoia nisso. Quando ele diz o que diz em seguida, ele quer acreditar.

— Sabem o que é louco? Agora, o Anderson Cooper está na CNN dizendo que a eleição no Texas está acirrada demais para definir. *Acirrada demais*. Talvez vocês não saibam disso sobre mim, mas sou um pouco nerd em história. Então posso dizer que a última vez em que a eleição geral no Texas estava *acirrada demais* foi em 1976. Em 1976, votamos nos democratas. Foi Jimmy Carter, pouco depois de Watergate. Por muito pouco, ele conseguiu tirar cinquenta e um por cento dos nossos votos, e o ajudamos a derrotar Gerald Ford pela presidência.

"Agora estou aqui e estou pensando nisso... Um democrata sulista, confiável, trabalhador e honesto contra a corrupção, a perversidade e o ódio. E um grande estado cheio de pessoas honestas, cansadas pra caramba de ouvir mentiras."

A multidão adora, e Alex quase ri. Ele ergue a voz no microfone, fala mais alto do que o som de gritos, aplausos e botas pisando no chão do salão.

— Bom, isso me parece um pouco familiar, só isso. Então, o que vocês acham, Texas? *¿Se repetirá la historia?* Vamos fazer a história se repetir essa noite?

O estrondo diz tudo, e Alex grita junto com eles, deixa o palco com esse som, deixa que ele envolva seu coração, traga de volta o sangue que escoou dele a noite toda. Assim que entra nos bastidores, ele sente uma mão em suas costas, o peso familiar do corpo de outra pessoa voltando a entrar em seu espaço antes mesmo de o tocar, um cheiro límpido e conhecido iluminando o ar entre eles.

— Isso foi *genial* — Henry diz, sorrindo, em carne e osso, finalmente. Ele está lindo com um terno azul-marinho e uma gravata que, ao olhar mais de perto, é estampada com pequenas rosas amarelas.

— Sua gravata...

— Ah, sim — ele diz —, rosa amarela do Texas, não é? Li que tinha isso. Pensei que poderia dar boa sorte.

De repente, Alex está completamente apaixonado de novo. Ele enrola a gravata no dorso da mão, puxa Henry e o beija como se nunca precisasse parar. O que — ele lembra, e ri com a boca de Henry — ele não precisa.

Se ele estivesse falando sobre quem ele é, ele queria ter sido alguém esperto o suficiente para ter feito isso no ano passado. Ele não teria feito Henry fugir através de um monte de arbustos congelados, nem teria ficado simplesmente parado enquanto Henry lhe dava o beijo mais importante de sua vida. Teria sido assim. Ele teria pegado o rosto de Henry nas duas mãos, o beijado profunda, intensa e intencionalmente e dito: "Pegue tudo que quiser e saiba que você merece ter".

Ele para e diz:

— Você está atrasado, vossa alteza.

Henry ri.

— Na verdade, parece que cheguei bem a tempo da virada.

Ele está falando da última rodada de votos, que aparentemente chegou enquanto Alex estava no palco. Na área VIP, todos estão em pé, assistindo a Anderson Cooper e Wolf Blitzer analisarem os resultados nas telonas. Virgínia: Claremont. Colorado: Claremont. Michigan: Claremont. Pensilvânia: Claremont. Quase compensa a diferença de votos, faltando apenas a Costa Oeste.

Shaan também está aqui, em um canto com Zahra, rodeados por Luna, Amy e Cash, e a cabeça de Alex fica rodando com o pensamento de quantas nações poderiam ser subjugadas com aquele bando em particular. Ele pega a mão de Henry e o puxa para o meio de tudo.

A mágica vem aos poucos — a gravata de Henry, o tom de esperança nas vozes, alguns confetes soltos que escapam das redes penduradas nas vigas e ficam presos no cabelo de Nora — e então, de uma vez.

Dez e meia da noite traz os principais resultados: Richards leva o Iowa, claro, e conquista Utah e Montana, mas a Costa Oeste bota para foder com cinquenta e cinco votos eleitorais da Califórnia.

— Benditos heróis — Oscar grita quando sai o anúncio diante de vivas estridentes e, para a surpresa de ninguém, ele e Luna batem palmas. *Bastardos da Costa Oeste.*

À meia-noite, eles assumem a liderança e, finalmente, parece uma festa, embora eles ainda não estejam a salvo. As bebidas estão circulando, as vozes estão altas, a multidão do outro lado da divisória está elétrica. Gloria Estefan cantando pelo sistema de som volta a combinar, em vez de parecer uma ironia doentia e lancinante num funeral. Do outro lado do salão, Henry está com June, apontando para o cabelo dela, e ela se vira e deixa que ele arrume uma parte de sua trança que se soltou mais cedo em uma crise de ansiedade.

Alex está tão ocupado observando suas duas pessoas preferidas que só nota outra pessoa em seu caminho quando ele tromba de cara com ela, derramando o drinque e quase fazendo os dois caírem no bolo de vitória gigantesco na mesa do bufê.

— Meu Deus, desculpa — ele diz, pegando uma pilha de guardanapos na mesma hora.

— Se você derrubar outro bolo caro — diz um sotaque arrastado extremamente familiar, quente como uísque —, tenho quase certeza que sua mãe vai te deserdar.

Ele se vira e encontra Liam, quase igual a como ele se lembra — alto, ombros largos, rosto doce, desarrumado.

Ele fica furioso por ter um tipo tão específico de homem e demorar tanto tempo para se tocar.

— Ai, meu Deus, você veio!

— É claro que eu vim — Liam diz, sorridente. Ao lado dele, tem um cara bonito sorrindo também. — Tipo, meio que pareceu que o Serviço Secreto iria me buscar no meu apartamento se eu não viesse.

Alex ri.

— Olha, a presidência não me mudou *tanto* assim. Continuo sendo o mesmo cara que enche o saco para as pessoas irem nas festas.

— Eu ficaria decepcionado se você não fosse.

Os dois sorriem e, Deus, mais do que em qualquer outra noite, é bom vê-lo, é bom aliviar o clima, é bom estar perto de alguém fora da sua família que o conhecia antes de tudo isso.

Uma semana depois que ele foi tirado do armário, Liam mandou uma mensagem para ele: **1. Queria que não fôssemos tão babacas na época pra podermos ajudar um ao outro nessas coisas. 2. Só pra vc saber, um repórter de um site de direita me ligou ontem pra me perguntar da minha história com você. Mandei ele se foder, mas achei que seria bom vc saber.**

Então, sim, é claro que ele recebeu um convite pessoal.

— Escuta, eu... — Alex começa. — Eu queria agradecer...

— Nem começa — Liam o interrompe. — Sério. Tá? Estamos de boa. — Ele faz um gesto de que não é nada de mais e cutuca o moço bonito de olhos escuros do lado dele. — Enfim, este é Spencer, meu namorado.

— Alex — Alex se apresenta. O aperto de mão de Spencer é forte, de moço interiorano. — É um prazer te conhecer, cara.

— É uma honra — Spencer diz com entusiasmo. — Minha mãe foi cabo eleitoral da sua quando ela concorreu pro Congresso, então, tipo, nossa história vem de longe. Ela é a primeira presidente para quem eu votei.

— Certo, Spence, relaxa — Liam diz, passando um braço em volta do ombro de Spencer. Um raio de orgulho perpassa Alex; se os pais de Spencer eram voluntários de Claremont, eles definitivamente eram mais abertos do que os de Liam. — Esse cara cagou nas calças no caminho de volta do aquário no quarto ano, então, tipo, ele não é grande coisa.

— Pela última vez, seu imbecil — Alex bufa —, foi o Adam Villanueva que fez isso, não eu!

— É, eu sei o que eu vi — Liam diz.

Alex está abrindo a boca para argumentar quando alguém grita seu nome — uma sessão de fotos ou entrevista ou alguma coisa para o BuzzFeed.

— Merda. Preciso ir, mas, Liam, nós temos, tipo, uma caralhada de coisa para botar em dia. A gente pode se ver no fim de semana? Vamos se ver no fim de semana. Vou passar o fim de semana inteiro na cidade. Vamos se ver no fim de semana.

Ele já está andando para trás, e Liam está revirando os olhos de um jeito irritado mas afetuoso, e não como "foi por isso que parei de falar com você", então ele continua. A entrevista é rápida, interrompida no meio da frase: o rosto de Anderson Cooper aparece no telão pendurado feito um canhão repulsivamente bonito dos Jogos Vorazes, dizendo que eles já podem anunciar a Flórida.

— Vamos lá, seus filhos da puta com campos de tiro no quintal — Zahra está murmurando baixo ao lado dele quando ele encontra seu pessoal.

— Ela acabou de falar de campo de tiro no quintal? — Henry pergunta, se aproximando do ouvido de Alex. — As pessoas podem ter uma coisa dessas?

—Você realmente tem muito a aprender sobre os Estados Unidos, *mi hijo* — Oscar fala para ele, com carinho.

A tela fica vermelha — RICHARDS — e um resmungo coletivo percorre o salão.

— Nora, faz as contas? — June diz, partindo para cima dela, um olhar ligeiramente desesperado. — Eu me formei em substantivos.

— Certo — Nora diz —, a essa altura, só precisamos passar de 270 ou tornar impossível que Richards passe de 270…

— Sim — June interrompe, impaciente —, eu sei como funciona o colégio eleitoral…

—Você perguntou!

— Não era pra me tratar feito analfabeta política!

—Você fica bem gata quando está indignada.

— Dá pra gente *focar*? — Alex intervém.

— Certo — Nora diz. Ela agita as mãos. — Então agora podemos passar de 270 com Texas ou Nevada e Alasca combinados. Richards precisa conseguir os três. Então ninguém está fora do jogo ainda.

— Então, nós *temos* que conseguir o Texas agora?

—A não ser que eles anunciem Nevada — Nora diz —, que nunca anunciam tão cedo.

Ela mal acabou a frase quando Anderson Cooper volta a aparecer na tela com notícias de última hora. Alex se pergunta brevemente como vão ser suas alucinações futuras de estresse com Anderson Cooper. NEVADA: RICHARDS

— Está me zoando?

— Então, agora é basicamente...

— Quem ganhar o Texas — Alex diz — ganha a presidência.

Há uma pausa pesada, e June diz:

— Estou estressada, então vou comer a pizza fria que o pessoal da pesquisa deixou. Beleza? Legal. — E ela sai.

À meia-noite e meia, ninguém consegue acreditar que chegou a esse ponto.

Nunca na história o Texas demorou tanto para anunciar seus resultados. Se fosse qualquer outro estado, Richards já teria sido chamado para admitir derrota a essa altura.

Luna está andando de um lado para o outro. O pai de Alex está suando através do terno. June vai ficar com cheiro de pizza por uma semana. Zahra está no celular, gritando com a caixa de mensagens de alguém e, quando ela desliga, explica que sua irmã está com dificuldade para encontrar uma boa creche e aceitou colocar Zahra na missão como uma válvula de escape para o estresse dela. Ellen está andando por todos os lados feito uma leoa faminta.

É então que June vem voando para cima deles, a mão no braço de uma menina que Alex reconhece — a colega de quarto de faculdade dela, seu cérebro diz. Ela está com uma camiseta de voluntária de pesquisas e um sorriso largo.

— Gente — June diz, sem ar. — Molly acabou... ela acabou de chegar do... porra, só, fala de uma vez!

Molly abre sua boca abençoada e diz:

— Achamos que vocês conseguiram os votos.

Nora derruba o celular. Ellen pisa nele para pegar o outro braço de Molly.

— Você acha ou você tem certeza?

— Assim, temos quase certeza...

— Quanto por cento de certeza?

— Então, eles acabaram de contar mais dez mil urnas do Condado de Harris...

— Ai, meu Deus...

— Espera, *olha*...

É a tela de projeção de novo. Eles vão anunciar. *Anderson Cooper, seu filho da mãe bonito.*

Texas fica cinza por mais cinco segundos antes de ser colorido pelo tom lindo, lindo e inconfundível de azul do lago LBJ.

Trinta e oito votos para Claremont, dando um grandioso total de 301. E a presidência.

— MAIS QUATRO ANOS! — a mãe de Alex grita na hora, mais alto do que ele a ouvia gritar em anos.

Os gritos de comemoração começam como um burburinho, um estrondo e então uma tempestade, vindos do outro lado da divisória, das colinas que cercam a arena e da cidade que cerca as ruas, do país inteiro. Talvez até de alguns aliados sonolentos em Londres.

Ao seu lado, Henry, cujos olhos estão cheios de lágrimas, pega o rosto de Alex com as duas mãos e o beija como se fosse o final do filme, grita e o empurra para junto de sua família.

As redes são cortadas no teto, os balões caem e Alex vai cambaleando até uma multidão e o peito do pai, um abraço delirante, June, que está chorando desastrosamente, e Leo, que consegue estar chorando *ainda mais*. Nora está espremida entre os pais, orgulhosos e sorridentes, gritando do alto dos pulmões, e Luna está jogando panfletos da campanha de Claremont no ar feito um mafioso com notas de cem. Ele vê Cash, testando os limites de peso das cadeiras ao dançar em cima de uma delas, e Amy, que ergue o celular para que sua mulher possa ver tudo pelo FaceTime, e Zahra e Shaan, se beijando agressivamente contra uma pilha gigante de placas de CLAREMONT/ HOLLERAN 2020. O Hunter de Boston está erguendo outro membro da campanha nos ombros, Liam e Spencer levantam as cervejas em um brinde, uns cem funcionários e voluntários da campanha estão chorando e gritando, incrédulos e contentes. Eles conseguiram. Eles conseguiram. A Cometa de Lometa e um tão esperado Texas democrata.

A multidão o empurra de volta para o peito de Henry e, depois de absolutamente tudo, todos os e-mails, mensagens, meses na estrada, encontros secretos e noites de desejo, toda a história de se-apaixonar-sem--querer-pelo-seu-pior-inimigo-no-pior-momento-possível, eles conseguiram. Alex disse que eles conseguiriam — ele *prometeu*. Henry está com um sorriso tão largo e brilhante que Alex pensa que seu coração vai rachar tentando abarcar toda a magnitude desse momento, a plenitude daquilo tudo, mil anos de história crescendo dentro de sua caixa torácica.

— Preciso te contar uma coisa — Henry diz, esbaforido, quando Alex recua. — Comprei uma casa. No Brooklyn.

O queixo de Alex cai.

— *Não!*

— Sim.

E, por uma fração de segundo, toda uma vida cristalina passa diante de seus olhos, um próximo mandato e mais nenhuma eleição para ganhar, um cronograma cheio de aulas e Henry sorrindo no travesseiro junto dele sob a luz cinza de uma manhã do Brooklyn. Isso cai dentro da lagoa em seu peito e se espalha o enchendo de esperança. É bom que todos os outros já estejam chorando.

— Certo, pessoal — diz a voz de Zahra mais alto que o pulsar do sangue, do amor, da adrenalina e do barulho em seus ouvidos. O rímel dela está escorrendo, seu batom manchado até o queixo. Ao seu lado, ele consegue ouvir sua mãe no celular com um dedo enfiado no ouvido, recebendo a ligação de concessão de Richards. — Discurso de vitória em quinze minutos. Em seus lugares, vamos!

Alex se pega sendo arrastado de lado através da multidão para um cantinho perto do palco, atrás das cortinas, e então sua mãe está no palco, e Leo, e Mike e a esposa, e Nora e seus pais e June e o pai deles. Alex avança atrás deles, acenando para o brilho branco do holofote, gritando uma confusão de línguas para o barulho. Ele está tão absorto pelo momento que demora para perceber que Henry não está ao seu lado, e ele se vira e o vê parado nas coxias, logo atrás das cortinas. Como sempre, hesitando a atrapalhar o momento de outra pessoa.

Não vai ser mais assim. Ele é da família. Ele é parte de tudo isso agora, manchetes, pinturas a óleo e páginas na Biblioteca do Congresso, retratado ao seu lado. E ele é parte *deles*. Definitivamente para sempre.

— Vem! — Alex grita, acenando, e Henry lança um último olhar em pânico antes de erguer o queixo, abotoar o paletó e subir ao palco. Ele chega ao lado de Alex, radiante. Alex põe um braço em volta dele e outro em volta de June. Nora vai para o outro lado de June.

E a presidenta Ellen Claremont sobe ao pódio.

TRECHO: DISCURSO DE VITÓRIA DA PRESIDENTA ELLEN CLAREMONT EM AUSTIN, TEXAS, 3 DE NOVEMBRO DE 2020

Quatro anos atrás, em 2016, nossa nação estava à beira de um precipício. Havia aqueles que queriam nos ver andar para trás, para o ódio, a raiva e o preconceito, que queriam reacender velhas chamas de divisão na alma de nosso país. Vocês olharam nos olhos deles e disseram: "Não. Não vamos fazer isso".

Em vez disso, votaram em uma mulher e uma família com a terra do Texas nos sapatos, que guiaria vocês para mais quatro anos de progresso, para levar adiante um legado de esperança e mudança. E, hoje, vocês fizeram isso de novo. Vocês me escolheram. E, com muita, muita humildade, eu agradeço.

E a minha família — a minha família agradece também. A minha família composta por filhos de imigrantes, de pessoas que amam independentemente das expectativas ou condenações, de mulheres determinadas a nunca voltar atrás do que é certo, uma trança de histórias que defende o futuro dos Estados Unidos. A minha família. A sua primeira-família. Pretendemos fazer todo o possível, pelos próximos quatro anos e mais, para continuar deixando vocês orgulhosos.

A segunda rodada de confetes ainda está caindo quando Alex pega Henry pela mão e diz:

—Vem comigo.

Todos estão ocupados demais comemorando ou dando entrevistas para ver os dois escaparem pela porta dos fundos. Ele promete um engradado de cerveja para Liam e Spencer em troca de suas bicicletas, e Henry não faz perguntas, apenas pisa nos pedais e desaparece na noite atrás dele.

Austin parece diferente de certa forma, mas não mudou, não de verdade. Austin são as flores secas do buquê de uma festa da escola num vaso ao lado do telefone sem fio, os tijolos desbotados do centro de recreação onde ele dava aulas particulares para as crianças depois da escola, uma cerveja tomada de um estranho à beira do riacho de Barton Creek Greenbelt. Os nopales, as cervejarias hipsters. É uma constante estranha e singular, o laço em seu coração que o puxou de volta para a terra toda a sua vida.

Talvez seja apenas Alex que está diferente.

Eles atravessam a ponte para o centro da cidade, as ruas cinza cruzando a avenida Lavaca, os bares cheios de gente gritando o nome de sua mãe, usando camisetas com o rosto dele, acenando bandeiras do Texas, dos Estados Unidos, do México, do orgulho LGBT. Tem música ecoando pelas ruas, mais alta quando eles chegam ao Capitólio, onde alguém subiu a escada e montou um conjunto de alto-falantes que está tocando "Nothing's Gonna Stop Us Now" do Starship. Em algum lugar no alto, contra as nuvens pesadas: fogos de artifício.

Alex tira os pés dos pedais e passa deslizando pela fachada gigantesca neorrenascentista do Capitólio, o prédio onde sua mãe ia trabalhar todos os dias quando ele era criança. É mais alto do que o de Washington. É tudo maior, afinal.

Demora vinte minutos para chegar a Pemberton Heights, e Alex guia o príncipe da Inglaterra sobre a calçada alta de um quarteirão de Old West Austin e mostra para ele onde deixar a bicicleta no jardim, os raios ainda lançando sombras rodopiantes sobre a grama. Os sons de solas de couro caras sobre os degraus rachados da casa antiga na Westover são tão familiares quanto seus próprios pés. Como voltar para casa.

Ele dá um passo para trás e observa Henry contemplar tudo — o revestimento amarelo-manteiga, as grandes janelas salientes, as marcas de mão no pavimento. Alex não entra nessa casa desde que tinha vinte anos. Eles pagam para um amigo da família cuidar dela, revestir os canos, correr a água pelas tubulações. Eles não conseguem se livrar da casa. Nada mudou dentro dela, só foi encaixotado.

Não há fogos de artifício aqui, nem música, nem confete. Apenas casas de famílias dormindo, TVs finalmente desligadas. Apenas uma casa onde Alex cresceu, onde viu a foto de Henry em uma revista e sentiu uma faísca de alguma coisa, um começo.

— Ei — Alex diz. Henry se volta para ele, os olhos prateados sob a luz dos postes. — Nós ganhamos.

Henry pega a mão dele, um canto da boca se erguendo de leve.

— Sim. Nós ganhamos.

Alex leva a outra mão para a parte da frente da camisa social e encontra a corrente com os dedos, a tira com cuidado. O anel, a chave.

Sob as nuvens de inverno, vitorioso, ele destranca a porta.

Agradecimentos

Tive a ideia para este livro em uma saída da autoestrada I-10 no começo de 2016, e não podia imaginar o que isso se tornaria. Quer dizer, naquela época, eu não conseguia nem imaginar o que *2016* se tornaria. Caramba. Por meses depois de novembro, desisti de escrever este livro. De repente, o que era para ser um universo paralelo irônico precisava ser um universo escapista paralelo, porém realista, capaz de aliviar um trauma. Não um mundo perfeito — um mundo zoado em que ainda desse para acreditar, só que um pouco melhor, um pouco mais otimista. Eu não sabia se estava à altura da tarefa. Torcia para que sim.

O que eu pretendia fazer, e tomara que eu tenha feito agora que você terminou de ler, meu caro leitor: ser a faísca de alegria e esperança de que você precisava.

Eu não teria como ter feito nada disso sem a ajuda de muitas pessoas. Ao meu anjo em forma de agente, Sara Megibow, obrigada por me guiar nesta loucura. Entrei nesta experiência toda torcendo para encontrar uma pessoa que sentisse metade do que eu sentia por este livro, e você sentiu o mesmo desde o momento em que nos falamos pela primeira vez. Obrigada por ser a defensora de que este livro precisava e a tranquilidade que sempre me apoiou. A Vicki Lame, minha editora, a garota texana que lutou por este livro e sempre viu nele o que ele poderia significar para as pessoas. Obrigada por dar tudo de si para ele, por sempre ser a pessoa no canto do ringue com a garrafa d'água. Você e a equipe da St. Martin's Griffin literalmente realizaram meus sonhos.

Mais agradecimentos: Elizabeth Freeburg, que ensinou mais do que eu nunca poderia retribuir, sem a qual eu seria metade da escritora que sou hoje. Lena Barsky, que acompanhou o parto de todo esse romance, que foi a primeira a amar esses personagens tanto quanto eu. Sasha Smith, minha guia literária que acreditou em mim mais do que todos, sem a qual eu estaria me afogando muito antes de chegar à praia. Shanicka Anderson, a leitora beta dos meus sonhos, que amou este livro quando ele tinha 40 mil palavras a mais do que o necessário. Lauren Heffker, a pessoa que sentou comigo em um Taco Bell enquanto eu traçava esse enredo, que sempre quis ouvir o que eu tinha na cabeça. Leah Romero, minha fã número um e minha inspiração política, a leitora que sempre escrevi para impressionar. Tiffany Martinez, que leu este livro com cuidado e amor e me jogou a real. CJSR, este livro aconteceu apesar das noites insones. Minha família da FoCo, minha nova casa.

À minha família, que fez mais por mim ao longo dos anos do que nenhuma pessoa pode merecer: vocês não faziam ideia do que estavam aceitando quando falei que tinha escrito um livro, mas me estimularam mesmo assim. Obrigada por me amarem do jeito que sou. Obrigada por me deixarem ser sua bebê esquisita. Ao meu pai, meu primeiro contador de histórias: eu sei que você sempre soube que eu tinha isso dentro de mim. Obrigada por me ajudar a acreditar. Tão grande quanto o universo, além das nuvens, para sempre. Este é meu melhor trabalho até agora.

Às fontes que me ajudaram com os montes de pesquisa que fiz para isto: o WhiteHouseMuseum.org, a Royal Collection Online, *My Dear Boy* de Rictor Norton, o site extremamente útil do Victoria & Albert Museum e inúmeros outros. Ao país da Noruega, literalmente, pela semana que me tirou do buraco e fez 110.000 palavras do primeiro rascunho acontecerem. A "Texas Reznikoff" da Mitski.

A todas as pessoas em busca de um lugar para chamar de seu e que pegaram este livro para ler, espero que tenham encontrado um lugar aqui, mesmo que apenas por algumas páginas. Vocês são amadas. Escrevi isto para vocês.

Continuem lutando, continuem fazendo história, continuem cuidando uns dos outros.

Com carinho, sua. Tomem uma cerveja por minha conta.

1ª EDIÇÃO [2019] 16 reimpressões

ESTA OBRA FOI COMPOSTA PELO SETE EM BEMBO E IMPRESSA
EM OFSETE PELA GRÁFICA SANTA MARTA SOBRE PAPEL PÓLEN NATURAL
DA SUZANO S.A. PARA A EDITORA SCHWARCZ EM ABRIL DE 2023

A marca FSC® é a garantia de que a madeira utilizada na fabricação do papel deste livro provém de florestas que foram gerenciadas de maneira ambientalmente correta, socialmente justa e economicamente viável, além de outras fontes de origem controlada.